2

Inger G. Madsen
Mord auf Antrag

Inger Gammelgaard Madsen arbeitete lange Zeit als Grafikdesignerin in verschiedenen Werbeagenturen. 2008 debütierte sie mit ihrem Kriminalroman *Dukkebarnet*, der jetzt bei Osburg unter dem Titel „Der Schrei der Kröte" erscheint. Sowohl der erste als auch der zweite Band ihrer Krimireihe um den Ermittler Roland Benito wurden von Kritik und Publikum begeistert aufgenommen. 2010 gründete Madsen ihren eigenen Verlag *Farfalla* und seit 2014 konzentriert sie sich ganz auf das Schreiben. Die *Robert Benito*-Reihe umfasst inzwischen acht Bände, im Februar 2016 erscheint der neunte. Inger Madsen lebt in Aarhus.

Inger G. Madsen

Mord auf Antrag

Kriminalroman

Aus dem Dänischen von
Kirsten Krause

Osburg Verlag

Titel der dänischen Originalausgabe:
Drab efter begæring

Erste Auflage 2016

www.osburgverlag.de

Lektorat: Bernd Henninger, Heidelberg
Umschlaggestaltung: Judith Hilgenstöhler, Hamburg
Druck und Bindung: CPI books GmbH, Leck
Printed in Germany
ISBN 978-3-95510-107-7

Meiner Großmutter väterlicherseits gewidmet

Kila lenye mwanzo halikosi
kuwa na mwisho.

Alles, was einen Anfang hat, muss auch ein Ende haben.

Altes Suaheli-Sprichwort

1

Von den frisch gepflügten Feldern roch es nach Herbst und Humus. Noch nicht alle Bauern waren fertig. Auf einem Feld in der Ferne fuhr ein staubiger Traktor, umgeben von einer Horde schreiender, hungriger Möwen. Der warme Sommer, der erst Mitte August begonnen hatte, setzte sich den ganzen September bis Anfang Oktober fort und machte Mäntel trotz der Jahreszeit überflüssig.

Nach einem lauten Streit über ein Nintendo Wii-Spiel, von dem Mikkel meinte, dass Lukas dafür zu klein sei, hatte ihre Mutter sie bei dem schönen Wetter zum Spielen nach draußen geschickt. Sie traten in die Pedale, brachten die Räder zum Schnurren und die Fahrräder auf Tempo. Aber für sie waren das keine Fahrräder. In ihrer Fantasie waren es Pferde, die sie in wildem Galopp vorwärtstrieben.

»*Peng*, du bist tot!«, rief Lukas hinter seinem Bruder her, der sich wütend im Sattel zu ihm umdrehte.

»Du sollst mich doch nicht erschießen. Du wolltest doch ein Indianer sein!«

»Na und? Dürfen Indianer keine Soldaten erschießen?«, schmollte Lukas.

»So einen wie mich nicht, ich bin ein Soldat wie die im Fernsehen.« Der neunjährige Mikkel verfolgte ein wenig die Nachrichten und fand die Soldaten mit ihren Waffen und Helmen ziemlich cool, aber für einen Sechsjährigen wie Lukas waren die Indianer aus den Cowboyfilmen sehr viel spannender.

Plötzlich bremsten die beiden so heftig, dass der Kies sie wie eine Wolke umgab. Lukas' Fahrrad kam ins Schleudern, und er konnte einen Sturz gerade so verhindern, indem er einen Fuß fest auf die Erde stellte, bevor er umkippte. Vor ihnen waren die Bäume ums Moor zu sehen. Ihre Blätter schillerten in den goldenen, braunen und violetten Nuancen des Herbstes.

»Lass uns lieber umdrehen, Mikkel. Ohne Mama und Papa dürfen wir nicht zum Moor gehen.«

»Boa, hör auf! Das war doch nur, als wir noch Babys waren. Du bist doch kein Baby mehr, oder?«

Lukas schmollte noch mehr und sah nicht länger wie ein wilder und blutrünstiger Indianer aus, trotz des Stirnbands mit Krähenfedern

und des Kriegsbeils, das in den Gürtel gesteckt war, der sonst nur dem Zweck diente, die allzu große Hose, die mal Mikkels gewesen war, um seinen dünnen Körper zu halten.
»Aber Mama sagt, das ist gefährlich! Die Moorfrau kann uns unter Wasser ziehen und ertränken!« Nervös rieb sich Lukas mit einem Finger die sommersprossige Nase, die von Sonne und Wind gerötet war. Seine blauen Augen suchten Mikkels in der Hoffnung, darin den gleichen Schrecken zu sehen, den er selbst fühlte.
Mikkel lachte unsicher. »So ein Quatsch, es gibt doch gar keine Moorfrauen. Komm!« Er warf das Fahrrad ins Gras.
Zögernd tat Lukas es ihm gleich. Er konnte das Moorwasser riechen. Der Wind ließ einige welke Blätter in einem Kriegstanz um seine Füße wirbeln. Sein aufgeregtes Schnaufen wurde vom Rascheln der Blätter übertönt, aber Mikkel hörte es trotzdem. Er lächelte erwachsen.
»Hör jetzt auf, es passiert schon nichts. Das ist doch nur ein Moor!« Er war bereits zwischen den Bäumen.
»Ja, aber, es gibt doch 'ne Moorfrau, Mikkel! Wenn sie irgendwas braut, ist doch weißer Nebel bei den Bäumen«, murmelte Lukas, ging aber trotzdem hinterher, während er wachsam Ausschau hielt, ob die Moorfrau hinter dem nächsten Baum stand. Sein Herz hämmerte im Brustkorb und seine Atemlosigkeit war nicht nur die Folge der schnellen Radtour. Er näherte sich Mikkel, der am Ufer stand und in das trübe, braune Wasser schaute, das mit grüner Entengrütze bedeckt war.
»Komm. Das ist überhaupt nicht gefährlich. Guck, da ist ein Fisch. Vielleicht ist das ein großer Hecht!«
Lukas war im August gerade in die Vorschulklasse gekommen. Die Lehrerin hatte da etwas von einem Hecht erzählt. Die können sehr groß und sehr alt werden, hatte sie gesagt. Die Neugier war stärker als die Angst. Er wagte sich neben Mikkel, aber seine Augen glänzten vor Furcht. Da war kein Fisch.
»Jetzt ist er wieder weg. Kann natürlich auch die Moorfrau gewesen sein«, zog Mikkel ihn auf und grinste.
Lukas erkannte plötzlich das Lustige daran und lachte mit. Das Moor war ja überhaupt nicht so unheimlich, wie er es sich vorgestellt hatte. Er war nur einmal hier gewesen, zusammen mit seinem Vater, aber das war viele Jahre her – da war er noch ein Baby.

Die Vögel sangen in den Baumwipfeln, und ab und zu hörten sie ein leises Plumpsen im Wasser von springenden Fischen oder Fröschen. Lukas begann sich zu entspannen und wagte es, die Umgebung auf eigene Faust zu erkunden. Am Ufer gab es viel zu sehen und es sah überhaupt nicht wie ein Ort aus, an dem eine Frau wohnen könnte. Sie würde doch in dem dunklen Wasser ertrinken. Beinahe hatte ihn seine Logik überzeugt, als er etwas am Uferrand entdeckte. Es sah irgendwie aus wie ein Fuß. War das vielleicht doch sie – die Moorfrau?

»Mikkel …! Mikkel …!«, rief er vorsichtig. »Ich hab die Moorfrau gefunden.«

»Ach, hör auf!«

Mikkel kam vorsichtig näher, als ob er trotz allem Zweifel hätte. Er hatte das, was einem braunen Fuß ein bisschen ähnlichsah, auch gesehen. Es ragte halb aus dem Wasser unter den Zweigen eines Busches hervor, der nur noch wenige Blätter hatte. Die meisten lagen im Wasser, und einige davon hatten die gleiche Farbe wie der Fuß – oder was auch immer das nun war. Vielleicht ein Tier? Ein toter Fisch? Er riss sich zusammen. Schließlich war er der Ältere und Klügere. »Das ist nicht die Moorfrau. Das ist – was anderes.« Er fand einen Stein und warf ihn in den Busch. Und traf. Er suchte einen zweiten und zielte erneut. Plötzlich sah es so aus, als ob sich der Fuß im Wasser bewegen würde. Erschrocken zogen sie sich zurück.

Der Stein hatte ein Loch in die braune, lederartige Oberfläche geschlagen, und etwas Gelbliches war zum Vorschein gekommen. Der Schlag hatte das Etwas im Wasser gedreht, sodass es noch weiter herausragte. Jetzt konnten die beiden sehen, was es war. Es *war* ein menschlicher Fuß. Mikkel schmiss den Stein weg, als ob er seine Hand verbrannt hätte, und zog seinen Bruder schnell mit sich aus dem Schatten der Bäume in die Sonne.

»Komm!« Seine Stimme zitterte.

»Was ist das, Mikkel? Ist das die Moorfrau?« Lukas hatte angefangen zu weinen.

»Du sagst Mama und Papa nichts hiervon«, drohte Mikkel, als sie wieder auf ihren Fahrrädern saßen und in hohem Tempo von den Bäumen der Moorfrau wegfuhren.

Lukas weinte noch lauter.

2

Die Pathologie im Rechtsmedizinischen Institut war nicht der Ort, den er in seinem Job am meisten liebte. Der Anblick des misshandelten kleinen Mädchens, das vor ein paar Jahren in einem Abfallcontainer gefunden worden war, hatte ihm noch lange Zeit danach schlaflose Nächte bereitet. Wie eine weiße Puppe lag sie auf dem sterilen Stahltisch. Einige Bilder verschwanden nie von der Netzhaut. Sie wurden immer wieder gezeigt wie ein unheimlicher Film, von dem man weder den Blick abwenden noch ihn ausschalten kann.

Das Rechtsmedizinische Institut war letzten Herbst in neuere, größere und bessere Räumlichkeiten in der Skejby Uniklinik gezogen. Dem hatte man sowohl mit Wehmut als auch mit Freude entgegengesehen. Der Rechtsmediziner Henry Leander hatte viele Jahre seines einundsechzigjährigen Lebens in den Räumen des alten Städtischen Krankenhauses, das heute Aarhus Krankenhaus hieß, verbracht, sich aber oft darüber beklagt, den Platz mit dessen Pathologen teilen zu müssen. In seine Arbeit versunken stand er über den Tisch gebeugt, als Roland Benito hereinkam. Er richtete sich auf und schenkte seinem alten Freund das übliche großzügige Lächeln, sodass sich der weiße Fahrradlenkerschnurrbart bis zu den Ohren hob.

»Hereinspaziert, Herr Kriminalkommissar«, begrüßte er ihn fröhlich und konzentrierte sich dann wieder auf seine Arbeit.

Roland kam zu spät. Er war gerade aus einem wohlverdienten Sommerurlaub in seinem Heimatland zurückgekommen und hatte die süditalienische Stimmung noch nicht ganz abgeschüttelt. Schnell grüßte er die anderen bei einer Obduktion obligatorisch Anwesenden, die in einer kleinen Gruppe in angemessenem Abstand vom Stahltisch versammelt waren. Nur ein Fotograf der Kriminaltechnischen Abteilung wagte sich mit seiner Kamera näher. Seine Augen funkelten vor Abscheu über der Nasenmaske.

Die Leiche ließ Roland sofort an einen Moorfund denken, was es natürlich auch war. Er zog ein Taschentuch aus der Tasche und hielt es vor die Nase, bis Leander ihm eine Nasenmaske reichte. Die Lüftung, die ein ganzes Stück besser als die im alten Institut war, konnte den süßlichen Todesgeruch nicht bekämpfen, der ihn an die Straßen Neapels voll stinkendem Abfall erinnerte. Trotz allem war der Geruch im

Sezierraum nicht so schlimm, wie er hätte sein können, weil von der Leiche fast nur noch Haut und Knochen übrig waren. Die Fäulnisgase, die unerträglich stanken, waren schon längst verflogen.
»Gibt's schon neue Erkenntnisse bezüglich Todesursache und -zeitpunkt? Haben wir hier einen neuen Grauballe-Mann?«, fragte er.
Sie waren früh am Morgen zusammen an der Fundstelle im Moor gewesen und hatten gemeinsam mit den Kriminaltechnikern und einem Bagger die braune Leiche aus dem Wasser gezogen und sie auf eine Bahre gelegt, sodass Leander die Leichenschau vornehmen und seine Beobachtungen ins Diktiergerät sprechen konnte.
Leander schüttelte den Kopf, ohne ihn anzusehen. »So lang liegt das wohl nicht zurück. Es sieht auch gar nicht wie ein Opfer für die Götter aus. Die Todesursache scheint ein harter Schlag gegen den Hinterkopf zu sein. Vielleicht mehrere.« Vorsichtig drehte er den braunen Schädel mit Überresten von Haaren, deren ursprüngliche Farbe man nur erahnen konnte, sodass der Hinterkopf Roland und den anderen Anwesenden zugewandt war. Mit der weißen, behandschuhten Hand zeigte er auf ein Loch im Schädel. »Es sieht nach einem schweren, harten Gegenstand aus, der mit einer gewaltigen Kraft durch den Hinterkopf ging. Das Gewicht beträgt ungefähr drei Kilo, schätze ich.«
Er rückte ein Stück zur Seite, damit Roland näher kommen konnte.
»Mord?«
»Das nehme ich an.«
Roland beugte sich herunter und betrachtete das Loch im Schädel genauer. Er richtete sich auf und studierte den Rest des eingefallenen Körpers. Die braune Lederhaut war um die Knochen, die an einigen Stellen gelblich hervorstachen, eingesunken. Es war schwer, die Farbe der spärlichen Kleidung zu erkennen, die noch übrig war. Der Rest war sicher weggespült worden oder hatte sich im Moorwasser aufgelöst. Das Gesicht bestand nur aus leeren Augenhöhlen, einem dreieckigen Loch, wo die Nase gewesen war, und einer Reihe gelblicher Zähne mit sehr langen Zahnhälsen, die im Kiefer entblößt waren. Er bekam den Eindruck, dass der Schädel lachte, und sah stattdessen die Rechtsmediziner an.
»Eine Frau?«

Leander nickte und drehte behutsam den Kopf der Leiche zurück, wobei er sie nur mit den Fingerspitzen berührte, als ob er die Tote nicht wecken wollte. Zu Toten hatte er ein spezielles Verhältnis. Wenn er allein war, sprach er mit ihnen, als ob sie noch lebendig wären, beklagte ihr Schicksal und tröstete sie damit, dass der Täter bestimmt gefunden werden würde, wenn die Leiche ihm die Auskünfte gegeben habe, die sie bis dahin verborgen hatte.

»Das Becken lässt auf eine Frau schließen. Eine, die geboren hat. Ich schätze, sie ist um die dreißig. Ich habe ein paar Zähne an den Gerichtsodontologen geschickt, um die Bestätigung zu bekommen. Die Zähne können auch bei der Identifikation helfen. Fingerabdrücke können wir getrost vergessen.«

Alle sahen auf die Finger des Opfers. Von den Fingerspitzen waren nur noch Knochen übrig.

»Sie hat nichts bei sich, was Auskunft darüber gibt, wer sie ist, und sie hat lange im Moor gelegen«, fuhr Leander unbeirrt fort.

»Wie lange?«

Leander schaute Roland über den Brillenrand hinweg an. »Auf jeden Fall zwanzig Jahre.«

Einen Augenblick lang starrte er auf die Leiche, ohne etwas zu sehen, während die Worte eindrangen. »Du sagst also, wir haben es mit einem Mord zu tun, der in den Achtzigern begangen wurde?« Er sah in Leanders stahlgraue Augen.

»So sieht's aus. Es muss einen ungelösten Fall mit einer verschwundenen Frau geben. Wenn ich die Ergebnisse der Analysen bekomme, kriegst du eine etwas genauere Jahreszahl.«

»Warum ist die Leiche nicht vorher an die Oberfläche gekommen – und warum hat niemand sie entdeckt?« Kurt Olsen hatte endlich seine Stimme wiedergefunden. Er war im neuen Polizeibezirk zum Vizepolizeidirektor ernannt worden und hatte seitdem ein bisschen von allem gesehen.

»Die Fäulnisgase bringen eine Leiche tatsächlich dazu, im Wasser an die Oberfläche zu steigen, doch sie sinkt wieder auf den Grund zurück, sobald sich die Gase verflüchtigen. Aber das ist schon vor langer Zeit passiert. Warum sie jetzt an die Oberfläche kommt, ist schwer zu beantworten. Vielleicht liegt es an dem warmen Herbst oder völlig anderen, unbekannten Faktoren«, antwortete Leander.

»Nach so vielen Jahren müsste die Leiche doch aufgelöst sein?« Kurt kratzte sich am Hals, der, wie immer, wenn er gestresst war, von roten Flecken übersät war.
»In all den Jahren im Moor wurde sie ziemlich gut konserviert. Das liegt daran, dass Moorleichen wegen der Säure, die die Pflanzen abgeben, keinen Bakterien ausgesetzt sind. Wenn die Leiche ins Wasser geworfen wurde, bevor sich die Bakterien ausgebreitet haben, sind die Möglichkeiten zur Konservierung am besten. Zum Beispiel, wenn sie gekühlt wird.«
»Du denkst also, sie wurde vielleicht eingefroren ins Moor geworfen?« Roland fuhr sich mit der Hand durch das dunkle Haar, das unter der starken süditalienischen Sonne ein bisschen aufgehellt worden war, und sah wieder zu Leander.
Er nickte. »Vielleicht wurde sie an einem kühlen Ort aufbewahrt, bevor sie ins Moor geworfen wurde. Die Eingeweide sind sehr gut erhalten, was darauf schließen lässt, dass sie nicht verwesen konnten, bevor die Säure im Moor ihre Wirkung entfalten konnte. Das saure, sauerstoffarme Wasser und vielleicht niedrige Temperaturen hatten auch Einfluss darauf. Das Wasser kann sehr kalt gewesen sein – vielleicht ein Wintertag, da gibt's mehrere Möglichkeiten.«
Das wohlbekannte Rumoren im Darm und der bittere Geschmack im Rachen meldeten sich, und Roland wusste, dass er bald da raus musste. Viele Jahre im Job hatten ihn doch ein bisschen mehr abgehärtet als damals, als er als junger Polizeianwärter seine erste Leiche bei einer Obduktion gesehen hatte. Er hatte versucht sich zusammenzureißen, aber schließlich sein Frühstück dem Fußboden geopfert, über die Schuhe des Rechtsmediziners, vor allen anderen Polizeianwärtern, die ebenfalls blass um die Nase gewesen waren und angestrengte Schluckbewegungen gemacht hatten.
»Wenn ich das richtig verstanden habe, wurde die Leiche im Moor von zwei Jungs gefunden«, unterbrach Kurt Olsen seine Gedanken.
»Ja, vor drei Tagen. Es war natürlich streng verboten, zum Moor zu gehen, deswegen hatten sie nichts davon gesagt. Aber der Jüngere verging fast vor Angst und träumte von der Moorfrau, die kam und ihn holte. Schließlich brach er zusammen und erzählte seiner Mutter von dem schrecklichen Fund.«

Kurt schüttelte den Kopf. »Die Armen. Aber so ist das halt. Das Verbotene ist immer das Spannendste.«
»Kann die Neugier auch unser Opfer gereizt haben? Oder was hat sie im Moor gemacht?«, seufzte Roland.
Leander war wieder beschäftigt. Er war dabei, mit einer langen Pinzette etwas aus der Bruchstelle im Schädel zu holen. Trotz neuer Technologie waren Pinzette, Schere und Messer nach wie vor die wichtigsten Werkzeuge des Rechtsmediziners.
»Ich hoffe, sie wird schnell identifiziert«, murmelte er abwesend, während er langsam den Gegenstand hervorzog und die Pinzette ins scharfe, kalte Licht hielt. Alle rückten ein bisschen näher und kniffen die Augen über den Nasenmasken zusammen, um besser sehen zu können.
»Was ist das?«, fragte sein Assistent ungeduldig; auch er hatte es aufgegeben zu raten.
Roland beugte sich über Leanders Schulter und kam dichter heran. »Ist das Holz?«
»Ein spitzes, geschliffenes Stück Holz. Sehr hartes Holz. Es steckte gut verborgen im Schädel. Vielleicht ein Stück der Mordwaffe«, antwortete Leander. Steen Dahls Blitzlicht blendete sie für einen kurzen Moment. Henry Leander legte das Holzstück in ein Tütchen und reichte es Gert Schmidt, dem Leiter der Kriminaltechnischen Abteilung, der ungewöhnlich still war, sich aber nun mit seiner lauten Stimme bedankte und versprach, sich der Sache so schnell wie möglich anzunehmen.

Sobald er das Rechtsmedizinische Gebäude verlassen hatte, suchte Roland eine Zigarettenschachtel in der Tasche. Seit über einem Jahr war es wegen des Nichtraucherschutzgesetzes verboten, im Polizeipräsidium zu rauchen. Er hatte sich noch nicht daran gewöhnt, wenn er wie jetzt eine Zigarette dringend nötig hatte. Aber seine Hand stieß nur auf ein Päckchen Nikotinkaugummi.

3

Nicolaj, der neue Praktikant, der gerade eingestellt worden war, klickte mit einem Kugelschreiber, Britt machte Blasen mit ihrem Kaugummi und ließ sie mit einem provokanten Knall zerplatzen, gleichzeitig spielte

ihr Transistorradio lauter als normal. Mads Dams Stuhl war leer, er war irgendwo *draußen* – wo, wusste niemand. Höchstwahrscheinlich saß er in einer Kneipe ohne Rauchverbot mitten in der Stadt. Die Redaktion war spürbar davon geprägt, dass der Redakteur Ivan Thygesen sich krankgemeldet hatte und alle »Ist die Katze aus dem Haus …« spielten. Obwohl Anne auch das befreiende Gefühl im Körper spürte, Thygesens stechende Schweinsäuglein in dem rotwangigen Gesicht auf der anderen Seite der Glasscheibe, die die Redaktion von ihrem kleinen, stickigen Büro abtrennte, nicht sehen zu müssen, drangen alle Geräusche in ihr Nervensystem und hinderten sie am Denken. Sie hatte mehrfach ihren Kontakt im Präsidium angerufen, um etwas über die Moorleiche zu erfahren. Aber niemand wollte ihr etwas mitteilen, daher musste sie schön auf die Pressekonferenz warten. Ihr Ärger wuchs stetig. Dieses Mal hatte sie die Auskünfte über den Fund im Moor nicht vor allen anderen Journalisten bekommen. Ihr Informant, der über eine illegale Ausrüstung zum Abhören des Polizeifunks verfügte, war im Frühjahr verhaftet und wegen Haschbesitz verurteilt worden. Glücklicherweise hatte weder er noch sie ihre Zusammenarbeit erwähnt. Mit Hasch hatte sie nichts mehr zu tun. Alle Verbindungen zu ihrer Nørrebro-Clique waren gekappt. In den zwei Jahren, die sie in Aarhus wohnte, hatte sie mit keinem von ihnen gesprochen. Interessierte sich auch überhaupt nicht mehr für ihre Aktionen, die meist pöbelhafter Vandalismus waren. Aber alles hatte sie noch nicht abgelegt; der Nørrebro-Dialekt schien deutlich durch, als sie knurrend um etwas Ruhe bat und sich erhob, um Kaffee zu holen. Britt ließ noch eine Kaugummiblase platzen und sah sie verärgert an.
»Na, hier haben wir vielleicht die weibliche Ausgabe von Ivan dem Schrecklichen«, meinte sie trocken. Der Praktikant lachte. Er spielte mit ein paar Bildern in Photoshop, in dem er nach eigener Aussage Experte war. Sie bemerkte flüchtig, dass er nicht wesentlich weiter damit gekommen war, die schlechten Fotos von einem der Spiele des AGF zu retuschieren, über das Mads Dam, der Sportverantwortliche der Redaktion, gerade schrieb – wenn er nicht gerade in der Kneipe saß. Aber wenn man verträumt aus dem Fenster schauen und mit dem Kugelschreiber klicken musste, war es ja auch nicht so leicht, das Ganze zu schaffen. Säße Kamilla, die Fotografin der Redaktion, an den Bildern,

wären sie schon längst fertig retuschiert. Kamilla war seit Anfang des Jahres fest angestellt, nachdem sie viele Jahre als Freelancer gearbeitet hatte. Aber heute hatte sie frei. Das hatte bestimmt etwas damit zu tun, dass ihre Mutter im Krankenhaus lag. Als ob Kamilla nicht schon genug um die Ohren hätte.

»Bist du mit deiner Moorleichen-Sache ins Stocken geraten?«, erkundigte sich Britt mit ein bisschen mehr Anteilnahme, nachdem sie sich mit einem Plastikbecher lauwarmen Kaffees wieder an den Computer gesetzt hatte. Sie drehte die Musik ein bisschen leiser, und Anne genoss es, dass es ihr geglückt war, sich in der Redaktion ein wenig Respekt zu verschaffen. Sie hatten ihr hitziges Temperament oft genug erlebt. Oder vielleicht lag es auch an ihrer Vergangenheit, die mittlerweile alle kannten. Vielleicht war es mehr Angst als Respekt.

»So 'ne Moorleiche ist schon geil. Mein Onkel ist verrückt nach Vögeln und Mitglied des Dänischen Ornithologischen Vereins, wo er Beobachter ist. Verdammt, er zählt die – die Vögel! Bestimmt hat er oft am Ufer vom Moor mit einem Fernglas auf der Lauer gelegen, ohne zu wissen, dass eine alte, verrottete Leiche direkt unter ihm lag«, sagte Nicolaj und grinste, bevor Anne antworten konnte. Sie sah ihn wütend an. Eigentlich war er ein ganz süßer Kerl mit frechen, grünen Augen, rot gelocktem Haar und Sommersprossen auf einer Haut, die genauso hell wie ihre eigene war. Trotzdem störte sie irgendetwas an ihm. Vielleicht nur, dass sie die Betreuung des Praktikanten übernehmen musste, weil Nicolaj sich am meisten für Kriminalthemen interessierte und er deshalb in dem halben Jahr, das er in der Redaktion angestellt war, ihr zugeteilt worden war. Sie sollte ihn coachen, anleiten und ihm einen Überblick über seine Stärken und Schwächen geben. Wenn er vorhatte, sich mit Verbrechen zu beschäftigen, sollte ihm das Geile an einer verrottenden Leiche möglichst schnell ausgetrieben werden.

»Ja, es ist ein bisschen schwer weiterzukommen, wenn keiner irgendetwas verraten will.« Sie trank einen Schluck Kaffee und ignorierte Nicolaj. »Das Einzige, was ich weiß, ist, dass es um einen Mord geht, der vor vielen Jahren begangen wurde. Wenn ich wüsste, um wie viele Jahre es geht, könnte ich nach alten Vermisstenanzeigen des betreffenden Jahres suchen, aber wie weit muss ich zurückgehen?«

Britt streckte sich, sodass ihre fülligen Brüste beinahe aus der allzu tief ausgeschnittenen Bluse quollen. Nicolaj erfasste das mit einem kurzen Blick, den er schnell und errötend abwandte. Sie lächelte hinter dem Bildschirm. Es war eine Neuerung, dass Thygesen endlich Mitarbeiter des anderen Geschlechts eingestellt hatte. Als sie in der Redaktion angefangen hatte, waren alle Journalisten Frauen gewesen und die reinsten *babes* – wie Britt –, aber als Bertha fertig ausgebildet war, bekam sie einen Job beim *Extrablatt* und war nach Kopenhagen gezogen. Tove war in den Mutterschaftsurlaub gegangen und nie mehr in die unsichere Zeitungsbranche zurückgekehrt. Ein neuer Auszubildender wurde nicht eingestellt. Für Tove wurde Mads Dam eingestellt, als jemand mit Gespür für Sport fehlte. Wie Thygesen auf die Idee kam, dass es von all den Qualifizierten auf Jobsuche ausgerechnet *er* sein sollte, hatte sie nie verstanden; es hatte bestimmt etwas damit zu tun, dass sie alte Freunde waren. Oder vielleicht war er schlicht und ergreifend der Einzige, der das Gehalt akzeptierte. Die Branche war unter Druck. Zeitungskriege hatten getobt, ohne dass es einen Sieger gegeben hatte, weitere Kriege würden zweifelsohne folgen. Zeitungskonzerne fusionierten und verdrängten die Kleinen, um den ganzen Markt für sich selbst zu haben – inklusive der lokalen Themen. Mehrfach hatte Ivan Thygesen sie darauf vorbereitet, dass die Redaktion vielleicht schließen müsste, aber das *Tageblatt* hielt noch stand, kräftig unterstützt von den Werbeeinnahmen vieler treuer Anzeigenkunden. Die Werbung überschattete fast den redaktionellen Stoff und wurde sogar manchmal in Zeiten ohne große Neuigkeiten als Titelseite benutzt.

»Vielleicht wurde die Moorleiche nicht vermisst und es wurde nie nach ihr gesucht«, schlug Britt vor, als sie sich fertig gestreckt und eine Zigarette aus der Packung geklopft hatte, obwohl sie sich in der Redaktion normalerweise an das Rauchverbot hielten. Sie gestikulierte, die Zigarette zwischen die Lippen geklemmt, als Anne sie vorwurfsvoll ansah. »Verdammt, die Gewerbeaufsicht wird schon nicht herkommen«, verteidigte sie sich und zündete sich mit einem Einwegfeuerzeug von Opel die Zigarette an.

Anne schüttelte den Kopf über sie. »Kann schon sein, dass es eine Person ist, die nicht vermisst wurde«, meinte sie. »Ich bin mir sicher, irgendwo bei einem alten Fall liegt eine Suchmeldung, die man nur aus-

graben muss.« Das Klingeln des Telefons auf Thygesens Schreibtisch unterbrach sie. Alle sahen einander an.
»Lass es einfach klingeln«, sagte Britt und nahm ihre Arbeit an der Tastatur wieder auf.
»Das können wir aber verflixt noch mal nicht einfach. Vielleicht geht es um die Pressekonferenz im Polizeipräsidium. Die wissen doch nicht, dass Thygesen krankgemeldet ist, oder?« Anne stand auf und schüttelte erneut missbilligend den Kopf.
In Thygesens Büro roch es immer noch nach Zigarren und alter Kneipe. Sie glaubte auch nicht, dass er sich die Zigarren verkniff, wenn er hier spät am Abend allein saß. Die Sonne schien durchs Fenster, das dringend mal geputzt werden müsste, und auf den verstaubten Rahmen. Das Reinigungspersonal war ebenfalls den Sparmaßnahmen zum Opfer gefallen, sodass sie nun selbst dafür verantwortlich waren, die Redaktion sauber zu halten. Sie warf einen Krug mit abgekauten Bleistiften und Reklamekulis um, als sie sich über den Schreibtisch beugte und den Hörer abhob. Hätten sie die Umstellung nach dem Blitzschlag letzten Sommer gemacht, hätte sie das Gespräch mit einem einzigen Tastendruck auf ihrem eigenen Telefon annehmen können.
»Redakteur Thygesens Telefon«, meldete sie sich, während sie den Krug aufrichtete, die Bleistifte einsammelte und sie wieder hineinstellte. Durch die schmutzigen Fenster konnte man im diesigen Nebel gerade so am Horizont den Rathausturm ausmachen. Sie hörte ein leises Luftholen im Hörer.
»Hallo, mit wem spreche ich?«, fragte sie und war versucht, wieder aufzulegen.
»Mit wem spreche *ich*? Ich will nur mit dem Verantwortlichen vom *Tageblatt* reden!« Die Stimme klang so, als ob sich der Anrufer die Nase zuhielt oder Asthma hatte. Sie witterte die Stimmung von etwas Wichtigem.
»Der verantwortliche Redakteur ist leider krank, kann ich Ihnen weiterhelfen? Ich bin Journalistin. Anne Larsen.«
Langes Schweigen.
»Sie haben über den Mord an dem Mädchen geschrieben. Das sie im Container gefunden haben, stimmt's?«

Jetzt war sie diejenige, die schwieg.
»Ja, das war ich.«
»Gut, Sie kann ich auch gut gebrauchen. Ich glaube, ich weiß etwas über die Leiche im Moor«, fuhr die Stimme fort. »Wenn meine Vermutung richtig ist, wird es noch weitere Morde geben.«

4

Roland hatte gerade nach einem Gespräch mit Gert Schmidt von der Kriminaltechnik aufgelegt, als der Kriminalbeamte Mikkel Jensen in sein Büro kam. »War das Gert?«, wollte er wissen, als ob er an der Tür gelauscht hätte.
Roland nickte. »Das war ein Tipp bezüglich der Mordwaffe.« Er nahm die Coca-Cola entgegen, die Mikkel ihm aus der Kantine mitgebracht hatte. Sie hatten untereinander eine Vereinbarung in der Abteilung, etwas für die anderen mitzubringen, wenn sie ›außer Haus‹ oder in die Kantine gingen. Er warf seinen Kaugummi in den Papierkorb und trank einen Schluck von der Cola, die, vermischt mit dem Geschmack von Nicotinell mit Lakritz, merkwürdig schmeckte.
Mikkel zog geräuschvoll einen Stuhl vor den Schreibtisch und setzte sich. Es war gegen drei Uhr nachmittags, und der Blutzucker war völlig im Keller. Roland sah ihn an, während er das erste rosafarbene schaumgummiähnliche Ding in den Mund steckte. Jeder hatte irgendwelche Laster. Seine waren italienischer Rotwein und Zigaretten. Mikkels' waren diese Schaumdinger, obwohl sie überhaupt nicht zu seinem maskulinen Äußeren mit fast glatt rasiertem Schädel und einem jungen Gesicht mit kräftigen Kieferknochen passten. Extrastarkes Lakritz würde besser passen. Er überlegte, wann die Einnahme von Zucker an öffentlichen Stellen verboten werden würde, weil auch das ungesund war.
»Schwarzes Ebenholz«, sagte er.
»Wat?« Mikkel konnte seine echte Aarhuser Herkunft nicht verbergen.
»Die Mordwaffe. Gert Schmidt sagt, das sei Ebenholz. Afrikanisches Ebenholz«, erklärte er geduldig.
»Suchen wir nach einem Afrikaner?«, fragte Mikkel kauend mit einem naiven Gesichtsausdruck.

»Wer weiß? Das Ebenholz ist von sehr guter Qualität und ausgezeichnet verarbeitet. Vielleicht ein Souvenir. Aber das kann natürlich sonst woher kommen.«
»Afrikanische Souvenirs kann man auch hier kaufen. Im Netz zum Beispiel«, erklärte Mikkel.
Roland hatte an ein paar PC-Kursen teilgenommen, aber den Computer für etwas anderes als seine Arbeit zu verwenden, wäre ihm nicht in den Sinn gekommen. Mit den jungen Leuten war das etwas anderes, die benutzten den Computer und das Internet eigentlich für alles. Selbst seine Enkelin, Marianna, die gerade sieben geworden war, konnte Tastatur und Maus besser bedienen als er.
»Ich glaube kaum, dass ein Mörder bewusst ins Netz geht und ein aus Ebenholz geschnitztes Souvenir kauft in der Absicht, es als Mordwaffe zu verwenden. Ich glaube, es ist wahrscheinlicher, dass es sich am Tatort befunden hat und am schnellsten und leichtesten greifbar war.«
»Tja, aber eigentlich bin ich wegen der Suchmeldungen gekommen«, meinte Mikkel, der nicht dasitzen und sich über unbedeutende Dinge wie Souvenirs unterhalten wollte.
»Wir haben in dem Zeitraum keine Vermissten, die nicht gefunden wurden – also in Aarhus. Aber ich habe im ganzen Land gesucht und es gab Resultate.« Mikkel sah ihn an, die hellen Augenbrauen erhoben, um ihm die Wichtigkeit des Ergebnisses zu demonstrieren.
»Ja?« Roland schüttete ein neues Stück Kaugummi aus der Schachtel.
»1983 wurde eine Frau aus Silkeborg als vermisst gemeldet. Sie wurde nie gefunden. Das könnte sie sein.«
»Passt das Alter?«
»Jep. Zweiunddreißig Jahre alt und Krankenpflegerin.«
Roland nickte abwesend. Eine Frau aus Silkeborg. Aber warum sollte sie in einem Moor in Mundelstrup landen? Er rief im Rechtsmedizinischen Institut an, um zu hören, ob die Ergebnisse des Zahnmediziners vorlagen, aber das war noch nicht der Fall; genervt legte er auf.
Mikkel erhob sich und warf die leere Süßigkeitentüte in Rolands Papierkorb. »Wann ist die Pressekonferenz? Die Journalisten belagern uns.«

Roland runzelte die Stirn. Die Journalisten. Die Aasgeier, wie er sie nannte. Wie schwarze Schatten hingen sie über ihnen und lauerten auf Neuigkeiten, die die Verkaufszahlen ihrer bedrängten Zeitungen steigen ließen. Der Leichenfund im Moor war ganz sicher ein Ereignis, auf das sie sehnlichst gewartet hatten, und der Kampf darum, wer als Erstes die makabre Neuigkeit brachte, war eröffnet. Unwillkürlich dachte er an die Journalistin vom *Tageblatt*, mit der er vor ein paar Jahren während der Ermittlungen im Gitte-Mord gekämpft hatte. Widerwillig musste er einräumen, dass sie ein gutes Team gewesen waren, und dass sie ihm bei der Aufklärung ein ganzes Stück weitergeholfen hatte, gemeinsam mit der blonden Fotografin, an deren Namen er sich nicht mehr erinnerte. Die Journalistin hieß Anne Larsen, das wusste er noch und fragte sich kurz, ob sie wohl noch beim *Tageblatt* arbeitete. Falls sie das tat, würde es wohl nicht lange dauern, bis er sie an den Fersen kleben hatte.
»Wir müssen bezüglich der Identität sicher sein, bevor wir an die Presse gehen.«
»Sonst fangen die doch selbst an, sich was zusammenzureimen, und das kann, wie wir wissen, noch viel schlimmer sein.«
Roland nickte und sah zur Tür, als sie aufgestoßen wurde und den Stuhl rammte, auf dem Mikkel saß. Der Platz in seinem Büro war nicht gerade überwältigend. Kurt Olsen, der Vizepolizeidirektor, stand in der Tür. Frisch rasiert und in einem sauberen Hemd. Er sah sehr viel besser aus als sonst. Es gab Gerüchte, er habe wieder mit seiner Frau zusammengefunden, aber was den Mann am meisten verändert hatte – die Rasur oder die Frau –, war nicht leicht zu beurteilen.
»Wir halten spätestens am Nachmittag eine Pressekonferenz ab, das werden wir verdammt noch mal müssen«, informierte er sie kurz, so als ob auch er an der Tür gelauscht hätte.
»Sollten wir nicht vorher die Bestätigung bekommen, dass es sich wirklich um die verschwundene Frau aus Silkeborg handelt?«, schlug Roland vor. »Wir sollten bald den Bescheid aus der Rechtsmedizin und der Kriminaltechnik bekommen.«
Eine junge Frau entschuldigte sich und quetschte sich an Kurt Olsen vorbei. Das Büro wirkte langsam klaustrophobisch.
Isabella Munch war eines der neu eingestellten Mädchen bei der Polizei. Sie war gerade zur Kriminalpolizei gewechselt. Erst jetzt war Roland

klar geworden, wie sehr Beamte des anderen Geschlechts gefehlt hatten. Weibliche Intuition war dermaßen Mangelware gewesen. Oft bediente er sich Irenes, aber es gab auch Grenzen dafür, wie weit er seine Frau mit Fällen belasten konnte. In manchen Fällen war es auch nicht besonders zweckmäßig und er brach seine Schweigepflicht, aber Irene war aufgrund ihrer Tätigkeit als Sozialarbeiterin und als frühere Polizeisekretärin besser dafür geeignet als die meisten anderen Polizistengattinnen. Mit Isabella war die weibliche Intuition immer gleich vor Ort greifbar und er konnte sie nutzen, wann er wollte. Noch dazu kamen die anderen kleinen Vernügen, wie den maskulinen Mikkel erröten zu sehen, als die blonde Beamtin mit dem Pferdeschwanz ihn lächelnd ansah, weil sie ihm ziemlich nah kommen musste, um Roland ein Stück Papier zu reichen.

»Ich habe mir den Fall von damals mal näher angeschaut. Die Polizei von Mittel- und Westjütland ist sehr kooperationsbereit. Die Suche wurde 1984 eingestellt, nachdem man vier Monate lang keine heiße Spur gefunden hatte. Sie hat einen Sohn, Sebastian Juhl. Er wohnt in der Klosterstraße und arbeitet als Mechaniker in einer Autowerkstatt in Hasselager. Ich habe die Adresse rausgesucht, die dort angegeben war«, fuhr sie fort und verschwand genauso schnell, wie sie gekommen war.

Er bat Kurt Olsen, noch ein bisschen mit der Pressekonferenz zu warten, nahm seinen Mantel, der über der Stuhllehne hing, und winkte Mikkel zu sich.

»Wir fahren in die Klosterstraße«, teilte er kurz angebunden mit.

Mikkel folgte ihm widerwillig. »Aber der Sohn kann doch nicht beantworten, ob das seine Mutter ist, die im Moor gefunden wurde. Und er kann sie unmöglich identifizieren«, murmelte er auf dem Weg zum Aufzug.

»Das mit der Identifizierung zieht sich anscheinend hin, also müssen wir die Sache wohl selbst in die Hand nehmen. Vielleicht kann der Sohn uns was erzählen.«

5

Sie wurde auf dem Flur angehalten.

»Annemette Knudsen?«

»Ja.«
»Sie ist gerade im Bad, aber es dauert nicht lange. Sie können eine Tasse Kaffee haben, während Sie warten.« Die Frau nickte in Richtung einer Menge verschiedenfarbiger Thermoskannen und Becher, die auf einem Couchtisch standen.
Annemette nickte, setzte sich auf ein hellgraues Sofa mit braunen Kaffeeflecken und wartete, während sie der Frau nachsah, die schnell in Richtung Flur verschwand. Sie hatte sie zuvor noch nicht gesehen, also war sie wohl neu. Aber sie kannte sich selbst mit den Thermoskannen aus, denn sie kam so oft wie möglich hierher. Sie hätte vorher anrufen sollen, wie sonst auch.
Die Sonne schien durch ein hohes Fenster herein und warf blendendes Licht über den polierten Boden und die weißen Wände. Sie betrachtete die abstrakten Malereien. Nicht, weil sie sie nicht schon mal gesehen hätte, sondern weil sie nicht wusste, was sie sonst machen sollte. Rauchen durfte man hier nicht. Die Zeitung auf dem Tisch hatte sie morgens schon gelesen und Kaffee getrunken hatte sie den ganzen Vormittag im Büro. Nora hatte sich wieder gemeldet, sodass sie mit den ganzen Lohnabrechnungen allein war. Trotzdem war sie dankbar. Dankbar dafür, dass sie den Job trotz ihres Alters bekommen hatte. Als das Geld zur Neige ging, war es schwer gewesen, sich das Ganze leisten zu können. Darauf war sie nicht vorbereitet gewesen. Aber natürlich musste das eines Tages passieren, so wie sie gelebt hatte. Sie hatte nie etwas gespart.
Die Frau ging erneut vorbei, einen Stapel Handtücher im Arm, und teilte mit, dass sie fertig sei. Annemette stand auf. Warum war sie nicht einfach reingegangen? Warum war sie nicht aus dem Bad zu ihr gekommen? Das hätte sie ohne Weiteres machen können, selbst wenn die Neue sie darum gebeten hatte zu warten. Sie dachte über ihre ungewohnte Passivität nach, während sie den langen Flur mit den geschlossenen Türen entlangging. Die Tür zu ihrem Zimmer stand offen. Je näher sie kam, desto stärker klopfte ihr Herz, sodass sie meinte, man könnte es hören, als sie die Tür erreichte und die junge Frau betrachtete, ohne hineinzugehen. Sie hatte ihren Gast noch nicht bemerkt. Ihr langes Haar war feucht und ganz schwarz. Die Augen waren ebenfalls schwarz. Sie sahen zum Fenster und fixierten ausdrucklos etwas drau-

ßen am Horizont. Das Sonnenlicht ließ die dunkle Haut blass wirken. Ihr Vater war Spanier. Ein Versehen während eines Sommerurlaubs vor zwanzig Jahren.
»Hallo Kit.« Vorsichtig trat sie ein und setzte sich auf die gegenüberliegende Seite des Tisches. »Alles Gute zum Geburtstag.«
»Hi. Ich wusste nicht, ob du kommst.«
»Natürlich komme ich an deinem Geburtstag! Den müssen wir doch feiern.«
»Ich *wurde* gefeiert – mit Brötchen und Kakao. Deswegen musste ich ins Bad, ich hab Kakao verschüttet.« Kit versuchte zu lächeln, aber in ihren Augen standen Tränen.
Annemette strich ihr über die Wange. »Ach komm. Es war doch nur Kakao.«
»Ich hab mich verbrannt!«
Sie zog schnell die Hand zurück und steckte sie stattdessen in eine Tragetasche von Salling. »Ich hab ein Geschenk für dich.« Sie legte es auf den Tisch und wartete gespannt, während Kit es mit einem kleinen, schüchternen Lächeln auspackte.
»Was hast du dir jetzt ausgedacht? Das war doch nicht nötig. Gibst du mir einen Tipp?«
Das Auspacken dauerte ziemlich lange. Annemette wartete ruhig, aber ihr Fuß unterm Tisch wippte ungeduldig. Verdammt, wie gern sie jetzt eine rauchen würde. Bevor es ganz ausgepackt war, hielt sie den Pulli vor Kit. Das Lächeln erstarb langsam, auch in ihren braunen Augen.
»Magst du ihn? Kannst du erkennen, was die Pailletten darstellen?«
»Ja. Schmetterlinge. Er ist toll. Wirklich. Aber wann soll ich den anziehen? Wann brauche ich denn mal etwa *so* Schickes?«
»So ein Quatsch. Das brauchst du doch oft und so schick ist er nun auch wieder nicht, dass du ihn nicht im Alltag tragen könntest.«
Kit berührte vorsichtig die Pailletten. Es war ein Ausdruck in ihre Augen getreten, den Annemette noch nie leiden konnte. Es war einer dieser Tage. Einer dieser Tage, mit denen sie so schwer umgehen konnte.
»Warum hast du mich damals nicht einfach sterben lassen?«
»Nein, hör jetzt auf!«
»Ich weiß, dass du die Wahl hattest. Warum hast du nicht einfach gesagt, sie sollten ausschalten?«

Annemette sammelte geräuschvoll das Geschenkpapier ein und stopfte es in die leere Plastiktüte. »Wer erzählt denn so einen Unsinn? Woher hast du nur solche Gedanken?«
»Oma hat es mir erzählt. Sie sagte, du solltest die Entscheidung treffen. Das war damals, als sie mal Lust hatte, mich zu besuchen.«
»Oma ist krank. Es geht ihr sehr schlecht, und nur deswegen kommt sie nicht. Das weißt du genau.«
»Warum holst du sie dann nicht ab und bringst sie mit?«
Annemette ließ die Frage im Raum stehen.
»Ich hab mich doch damals richtig entschieden, oder? Sonst würdest du heute nicht Geburtstag feiern.«
»Und das wäre besser gewesen. Alles wäre besser gewesen als das hier!«
»So was darfst du nicht sagen, Schätzchen.«
Der Puls stieg und das Zwerchfell krampfte sich zusammen. Hätte sie das Frühstück besser nicht ausfallen lassen sollen?
»Gibt es zur Feier des Tages nicht ein bisschen Kaffee und Kuchen?« Sie versuchte die Gereiztheit in ihrer Stimme zu verbergen.
»Sie geben heute Abend eine Feier für mich. Kommst du?« Kit sah sie bittend an.
»Du weißt genau, ich kann nicht.« Sie nahm ihre Hände, die schlaff auf dem Tisch lagen. »Ich muss doch arbeiten.«
Kit riss ihre Hand an sich und sah sie wütend an, bis sie plötzlich die andere Hand losließ. »Du hättest mich sterben lassen sollen, dann hättest du nicht so viel arbeiten müssen. Dann hätte der Bürojob ausgereicht. Dann hättest du kommen können.«
»Ja, aber dann wärst du nicht hier gewesen und es hätte keine Feier gegeben.« Sie lächelte und versuchte neckend zu klingen. Manchmal reichte das. »Aber dann kannst du heute Abend deinen schicken Pullover anziehen. Das wird bestimmt schön mit all deinen Freunden.«
»Freunde! Nennst du das Freunde? Wo sind meine Freunde jetzt? Verrat mir das mal!«
»Schätzchen, du verstehst doch bestimmt, dass sie …« Sie stockte, als ihr aufging, dass der Satz katastrophal missverstanden werden würde. Sie stand auf und begann, den Mantel anzuziehen. Kits Blick folgte jeder ihrer Bewegungen. Es tat im Innersten weh und sie freute sich beschämt darauf, wieder draußen im Sonnenschein zu stehen

und die reine Luft einzuatmen. Draußen in einer anderen Welt. Ihrer eigenen.
»Rufst du morgen an und fragst, wie die Feier war?« Es kam eine Bewegung über Kits Lippen, die zur Feier des Tages einen Hauch schimmernden Lipgloss verpasst bekommen hatten.
Annemette deutete das als ein Lächeln und atmete erleichtert auf. »Natürlich. Hab einen schönen Abend und freu dich darüber, zwanzig zu werden. Das ist das beste Alter im Leben.« Vielleicht war das unangebracht – geradezu böse, aber jetzt war es gesagt.
»Ja, das Alter, in dem man sich amüsiert und sein Leben lebt.« Dieses Mal lächelte sie, aber es war ein ironisches und bitteres Lächeln. »Darf ich dir winken?«
»Natürlich darfst du das. Ich muss dann mal.«
Sie ging um Kit herum und schob den Rollstuhl ans Fenster.

Als sie vom Parkplatz aus zum Fenster schaute und zurückwinkte, dachte sie, dass Kit der größte Fehler war, den sie je begangen hatte.

6

In der Klosterstraße öffnete niemand, daher gingen sie davon aus, dass Sebastian Juhl noch bei der Arbeit war.
Die Autowerkstatt lag versteckt in einem Hinterhof. Wäre das Schild *OLE HANSSONS AUTOWERKSTATT* an der Tür nicht so markant, hätten sie sie nie gefunden. Und markant *war* das Schild mit kräftigen roten, gelben und blauen Farben – nicht weiter schön, was Mikkel Jensen zu einer Grimasse veranlasste, als er es sah. »Es ist bestimmt hier«, kommentierte er trocken, fuhr über den Bürgersteig hinein und parkte.
Die Werkstatt war ein niedriges Gebäude, das mehr an einen Hühnerstall als an eine Werkstatt erinnerte. Wenn man von den verrotteten Autos absah, die dahinter geparkt waren, hätte es ohne Weiteres Hühner beherbergen können. Aber der Mann, der sofort heraus ins Sonnenlicht kam, war ohne Zweifel Mechaniker und kein Geflügelzüchter. Er war saudreckig und trocknete die Ölfinger an einem Stück farbiger Putzwolle ab, während er sie mit schmalen Augen in einem fetten, un-

rasierten Gesicht abschätzig musterte. Seine Haare waren nach vorne gekämmt, um eine beginnende Glatze zu verstecken.
»Kriminalpolizei«, erklärte Roland und zeigte ihm seine Dienstmarke. »Wir würden gerne mit Sebastian Juhl sprechen.«
»Ole Hansson«, stellte sich der Mechaniker vor, wodurch ihnen schnell klar wurde, dass sie mit dem Eigentümer persönlich sprachen.
»Sebastian hat heute frei«, ergänzte er ohne ein besonderes Interesse, worüber die Polizei mit einem seiner Angestellten sprechen wollte.
»Weiß jemand, wo er ist? Bei ihm zu Hause war keiner«, fragte Roland ihn aus.
»Woher soll ich das wissen? Was meine Leute in ihrer Freizeit machen, geht mich nichts an.« Ole Hansson fuhr fort, seine Finger an der Putzwolle zu trocknen und Kaugummi zu kauen. Sie hielten sich wohl auch an das Rauchverbot, war Rolands erster Gedanke, bis er die Glut einer Zigarette in der dunklen Werkstatt erblickte. Rauchen war im Präsidium verboten, aber anscheinend nicht hier im Benzin- und Öldunst.
»Dürfen wir uns ein wenig umsehen?«, fragte er, und war höflicher als Mikkel Jensen, der schon auf dem Weg in die Werkstatt war.
»Worum geht's?«, wollte Hansson schließlich wissen.
»Wie lange arbeitet Sebastian hier schon?«
»Es müssten jetzt ungefähr sechs Jahre sein, glaube ich. Er hat hier seine Lehre gemacht. Sobald er fertig ausgebildet war, hat er eine Stelle in der Werkstatt bekommen. Sebastian ist ein tüchtiger Mechaniker.« Ole Hansson sah ihn skeptisch an, während er ihm in die Werkstatt folgte, die nur von den Arbeitslampen erhellt wurde. Es gab keine Fenster und es roch nach Benzin. Alles wirkte schmutzig. In der Ecke waren Autoreifen aufgestapelt und überall lagen gebrauchte Motoren herum. An einer Wand hing ein ölfleckiges Bild eines Pin-up-Girls. In der Werkstatt waren zwei Mechaniker in ihre Arbeit vertieft. Der eine hantierte in der Schmiergrube unter einem verhältnismäßig neuen Fiat, der andere kümmerte sich um den Unterboden eines verrosteten weißen Lieferwagens, der auf einer Hebebühne aufgebockt war. Er war derjenige, der eine angezündete Zigarette zwischen den fülligen Lippen unter einem schwarzen Schnurrbart hängen hatte. Er schmiss sie schnell auf den Boden und trat die Glut aus, als er die beiden Fremden in schicker Kleidung erspähte. Sie könnten ja von der

Gewerbeaufsicht sein. Er nahm seine Arbeit wieder auf und schaute sie nicht mehr an.
»Weiß einer von euch, ob Sebastian heute was vorhat?«, rief Ole Hansson. Aus dem Autograben wurde etwas Verneinendes gemurmelt und der an der Hebebühne zuckte mit den Schultern und schüttelte den Kopf.
»Können wir uns kurz unterhalten?« Roland machte eine Kopfbewegung in Richtung eines abgeschlossenen Raums mit dreckigen Glasscheiben zur Werkstatt hin, in dem er das Büro vermutete. Undeutlich konnte er darin eine Kaffeemaschine und einen neueren Flachbildschirm ausmachen.
Ole Hansson nickte und öffnete die Tür zum Büro. Auch hier roch es nach Benzin. Roland spürte einen beginnenden Kopfschmerz. Mikkel blieb in der Werkstatt und beobachtete die Arbeit am Unterboden. Er bastelte in seiner Freizeit selbst an alten Autos, deswegen würden sie wohl hauptsächlich darüber reden.
»Wissen Sie etwas über Sebastians Familie?«, fragte Roland und lehnte dankend den ihm angebotenen Kaffee ab. Er konnte riechen, dass er lange in der Kaffeemaschine gestanden hatte. Ole Hansson schenkte sich etwas davon in einen großen, ölverschmierten Becher ein und trank einen Schluck.
»Nicht viel. Er redet nicht darüber. Aber was sollen die ganzen Fragen? Hat Sebastian was ausgefressen?«
»Nicht soweit wir wissen. Es geht um seine Mutter.«
Ole Hansson schüttelte mit einem besserwisserischen Lächeln den Kopf. »Soviel ich weiß, ist seine Mutter verschwunden, als er noch ziemlich klein war. Armer Junge. Sicher, dass ihr nach dem Richtigen sucht?«
Roland nickte langsam. Er war sich nun noch sicherer als vorher. »Was hat er sonst noch über seine Eltern erzählt? Wissen Sie beispielsweise, was seine Mutter gemacht hat?«
»Nee, es hat ihn keiner nach seiner Mutter gefragt. Das ist wie gesagt nichts, worüber er redet, und was soll das auch helfen. Sie ist nun mal verschwunden – oder nicht?« Nun stand dem Mann die Neugier in sein fettes Gesicht geschrieben. Roland wollte gerade etwas erwidern, als das Handy in seiner Tasche vibrierte.
Gert Schmidt sprach wie gewöhnlich so laut, dass er aus Sorge darüber, dass Ole Hansson das Gespräch mithören könnte, in eine Ecke des

Büros ging. »Die Tote ist identifiziert. Es ist die Krankenpflegerin aus Silkeborg, die 1983 verschwunden ist. Der Zahnarzt hat es bestätigt.« Er bedankte sich und legte schnell auf. »Ich glaube, wir müssen sehen, dass wir weiterkommen. Danke fürs Gespräch.« Er verließ das Büro und rief Mikkel zu sich. Die Sonne blendete, als sie hinaus auf den Hof gingen.

»Die Frau ist identifiziert. Sie *ist* es, also sollten wir jetzt den Sohn finden. Einerseits, um ihm die grauenhafte Nachricht zu überbringen, andererseits müssen wir Gewissheit haben, wie viel er über das Verschwinden seiner Mutter weiß.«

Mikkel nickte und folgte ihm widerwillig zum Auto. Die Arbeit in der Garage interessierte ihn anscheinend mehr.

Als sie erneut bei der Wohnung in der Klosterstraße klingelten, war immer noch keiner da, der aufmachte.

»Verflixt! Kurt besteht darauf, dass heute Nachmittag die Pressekonferenz stattfinden soll. Wir *müssen* vorher mit dem Sohn reden.« Er klopfte fest gegen die Tür. Es könnte ja sein, dass die Klingel in den alten Wohnungen nicht funktionierte. Ein junges Mädchen, das auf dem Weg die Treppe hoch war, schaute zu ihnen herunter und erkundigte sich, ob sie Sebastian besuchen wollten. Sie erzählte, er sei auf dem Weg, sie habe ihn nämlich gerade auf dem Bürgersteig gegrüßt, wo er einer alten Bewohnerin des Hauses aus einem Taxi geholfen habe. Roland murmelte einen unverständlichen Dank und sah ungeduldig auf die Uhr. Sie warteten im Treppenhaus, das nach altem Linoleum und Schmierseife roch. Dann hörten sie Stimmen aus dem Erdgeschoss und schwere, schleifende Schritte. Kurz darauf tauchte eine alte Dame zusammen mit einem jungen Mann auf, der sie fest untergehakt hatte und sie bei ihrem unsicheren Gang nach oben stützte. Er half der Alten die Treppenstufen zur nächsten Etage hoch und ließ ihren Arm erst los, als die krummen Finger festen Halt am Geländer gefunden hatten. Sie dankte ihrem Nachbarn und setzte den schleifenden Gang ins nächste Stockwerk fort, wo das junge Mädchen darauf wartete, sie in Empfang zu nehmen. Roland und Mikkel sahen sich vielsagend an. Von Jugendlichen kannten sie häufig mangelnden Respekt, Überfälle bei den Älteren zu Hause, Fälle von Gewalt gegen Senioren bis hin zu bestialischem Raubmord.

»Wollten Sie mit mir sprechen?«, fragte Sebastian mit einem unbekümmerten Lächeln und steckte den Schlüssel ins Schloss zu seiner Wohnung. Rolands Darm krampfte sich bei dem Gedanken zusammen, dass er dem jungen Mann den Tag ruinieren würde. Sie folgten ihm in eine gemütliche Wohnung, die dem Türschild zufolge eine Junggesellenbude, aber trotzdem schön und freundlich war. Das Bett im Schlafzimmer war gemacht und farbige Kissen zierten die Bettdecke. Der Tisch in der kleinen, engen Küche war sauber und abgewischt. Es stand kein Geschirr von mehreren Tagen herum, nur eine einzelne benutzte Kaffeetasse. Auch das Wohnzimmer war aufgeräumt, ohne dass es unbewohnt aussah. Eine Schale mit frischem Obst stand in der Mitte des runden Esstisches und signalisierte gesunde Ernährung.
»Geht es um das Auto, das ich zu verkaufen habe? Ich dachte, Sie kämen erst morgen«, sagte Sebastian fröhlich und hängte die Schlüssel in einen kleinen Schlüsselschrank aus gebürstetem Stahl.
»Leider nicht.« Roland zeigte seine Erkennungsmarke und sah, dass in Sebastians einem Augenlid fast unmerklich ein Nerv zu zittern begann. Er setzte sich und lud sie mit einer Handbewegung ein, ebenfalls Platz zu nehmen. Er war Mitte dreißig. Die sonnengebräunte Haut ließ das blonde Haar noch heller wirken und die blauen Augen tiefer. Sie erinnerten ihn an die Augen der Schlittenhunde, die er in einer Doku über Finnland gesehen hatte. Sibirische Huskys hießen die. Auf dem Kinn und den Wangen hatte er helle Bartstoppeln, ohne dass es ungepflegt aussah.
Sebastian nahm einen roten Apfel aus der Obstschale und warf ihn mit kleinen, schnellen Bewegungen von einer Hand in die andere, während er sie prüfend ansah. »Es ist schon lange her, dass ich Besuch von der Polizei hatte«, meinte er.
Roland sah das als guten Aufhänger.
»Es geht um Ihre Mutter.«
Sebastian hörte abrupt mit dem Apfelwerfen auf und sah einen Moment ehrlich überrascht aus. »Meine Mutter?« Die Worte kamen wachsam und fast unverständlich, als ob er sie lange nicht ausgesprochen hätte.
Der Kerl tat Roland leid. Der unglückliche Ausdruck, der plötzlich in seine Augen trat, konnte nicht aufgesetzt sein.

»Ich weiß, dass Sie ziemlich klein waren, als Ihre Mutter verschwand. Aber können Sie sich an irgendwas von diesem Tag erinnern?« Seine Frage brachte Sebastian dazu, ihn direkt anzusehen.
»Ich war erst acht. Ich war in der Schule.«
Der Augenkontakt war so intensiv, dass Roland sich unbehaglich fühlte. Es war, als ob Sebastian in seine Seele blicken könnte, und das mochte er nicht. Selten wandte er zuerst den Blick ab.
»Sie wissen also überhaupt nicht, was Ihre Mutter an diesem Tag vorhatte? Sie wohnten in Silkeborg – wollte sie nach Aarhus?«
Sebastian sah Mikkel nach, der still umherging und sich in der Wohnung umsah. Er hatte kein Wort gesagt und Roland hatte nichts dagegen. Mit seiner direkten Art fand er nicht immer die richtigen Worte. Aber nun kam er mit einem Foto in der Hand zu ihnen ins Wohnzimmer.
»Ist das Ihre Mutter?«, fragte er. In seiner Stimme lag Mitgefühl, das Roland dazu zwang, ihn verwundert anzusehen. Sebastian nickte und sah schnell weg. Die Frau auf dem Bild war ungefähr Ende zwanzig. Nur ein paar Jahre jünger als zum Zeitpunkt ihrer Ermordung. Es gab keinen Zweifel, wem der Sohn ähnlichsah. Die besonderen Augen hatte er von ihr.
»Ich wurde damals vernommen, aber wie ich schon sagte, ich war in der Schule und sie hat mir nie erzählt, was sie vorhatte. Sie war oft auf Krankenbesuch – was weiß ich.«
Das Wort *Mutter* war wieder aus dem Wortschatz des Sohnes verschwunden, jetzt umschrieb er sie als *sie* auf eine beinahe feindliche Art. Aber es war nur verständlich, dass das Verschwinden der Mutter für einen Achtjährigen einem Versagen gleichzusetzen war. Er kannte ihr Schicksal ja noch nicht.
Sebastian betrachtete den Apfel in seiner Hand, als ob er eine Kristallkugel wäre, die ihm erzählen könnte, warum seine Mutter verschwunden war.
»Sie haben gesagt, sie sei bestimmt mit einem Mann durchgebrannt und ich wäre ihr egal.« Seine Stimme war heiser.
»Wer hat das gesagt, Sebastian?«
»Alle. Auch die Polizei, als etwas Zeit vergangen war und sie sie nicht gefunden hatten.« Der intensive Blick traf ihn erneut, jetzt lag darin auch ein Vorwurf.

»Glauben Sie das auch?«, fragte Mikkel, der sich auf die Tischkante gesetzt hatte. Sebastian schüttelte den Kopf und sah nicht, dass Mikkel seinem Chef vielsagend zunickte. Es war sicher an der Zeit zu erklären, warum sie gekommen waren.

»Es tut mir leid, Ihnen mitteilen zu müssen, dass wir Ihre Mutter gefunden haben. Sie ist tot.«

Von Sebastian kam ein halberstickter Schluchzer. Er ließ den Apfel fallen und verbarg das Gesicht in seinen Händen. Der Apfel kullerte unter den Tisch.

7

Das Schlafzimmer sah genauso aus, wie sie es in Erinnerung hatte. Das Fenster war offen und die weißen Spitzengardinen wellten sich leicht in der Brise. Undeutlich konnte sie die Spitze des Doms wie einen verschleierten Schatten zwischen den dünnen Gardinen sehen. Eine Fliege saß auf dem Fensterrahmen und putzte ihre Flügel. In der Kirche hatte auf der Rückenlehne der Bank vor ihr auch eine Fliege gesessen, als der Pfarrer schöne Worte über ihre Oma sprach, die mit all den Blumen in dem weißen Sarg lag, als ob sie sich nicht trauen würde, den Kopf zu drehen und sie anzusehen. Es war vorher schon schwer genug gewesen, die Tränen zurückzuhalten.

Die Tür zu dem angrenzenden Wohnzimmer war geschlossen, aber die leisen Stimmen drangen trotzdem hindurch, manchmal ein lautes Lachen, das ihr unpassend und anstößig erschien. Sie knüllte das Taschentuch in ihren Händen fest zusammen. Es war unbenutzt. Als ob keine Tränen mehr übrig wären. Sie hatte jede Nacht geweint, seit sie die Todesnachricht erhalten hatte. Unbemerkt und lautlos, damit Peter es nicht hörte. Er würde nur glauben, dass sie sich immer noch nicht eingewöhnt hätte.

Sie ließ den Blick über die wohlbekannten Dinge im Schlafzimmer schweifen. Jedes Einzelne rief Erinnerungen hervor. In der Wohnung war die Zeit stehengeblieben. Nichts hatte sich verändert, seit sie als Kind alle ihre Ferien hier verbracht hatte. Die Hand glitt wie abwesend über die Bettdecke, die ihre Oma aus weißer Baumwolle gehäkelt hatte. Sie hatte lange an dieser Decke gearbeitet. Und im Bett nebenan – Opas

Bett – hatte sie geborgen neben ihrer Oma geschlafen nach langen, spannenden Märchen, die sie in eine Traumwelt mit guten Feen und Prinzessinnen versetzten. Das Foto ihres Großvaters stand auf dem Nachttisch in einem Silberrahmen. Er sah sie milde an, aber sie konnte sich nicht an ihn erinnern. Er starb, als sie erst zwei war. Aber Oma hatte ihr so viel über ihn erzählt, dass er in ihren Gedanken leibhaftig vor ihr stand. Ihre Brille lag ebenfalls auf dem Nachttisch, als ob sie irgendwann zurückkommen und sie holen würde. Aber Tatsache war, sie würde sie nie wieder brauchen und nie mehr zurückkommen. Ihr Gesicht lächelte hinter dem Glas in einem Rahmen an der Wand beim Fenster. Die alten, klugen Augen sahen sie beinahe entschuldigend an, als ob es ihr leidtäte, sie verlassen zu haben. Sie spürte wieder einen Kloß im Hals. Natürlich hatte Peter Recht damit, dass Elina eine alte Dame geworden war, die in ihrem langen Leben viel erlebt hatte. Aber sie vermisste sie deswegen nicht weniger. Selbst wenn sie in letzter Zeit nicht so oft nach ihr gesehen hatte, nachdem sie mit Peter nach Italien gezogen war, hatte ihr das Wissen, dass sie zu Hause in Dänemark war und sie sie anrufen und mit ihr über alles reden konnte, eine Sicherheit – ein Netz – gegeben, das nun verschwunden war. Als ob ein Band gekappt worden wäre. Ein Band, das etwas bedeutete. Ein Band, das sie auch mit ihrer Mutter verband.
Ihr Blick blieb an einem anderen kleinen Bild auf dem Nachttisch hängen. Sie nahm es und ließ einen Finger über das Gesicht hinter dem Glas gleiten. Außer durch dieses Foto und wenige andere, die es gab, erinnerte sie sich nicht an sie. Jetzt, da sie erwachsen war, konnte sie die Ähnlichkeit mit sich selbst sehen, über die alle anderen sprachen. Das dunkle Haar wellte sich um ein schmales Gesicht und die braunen Augen lächelten. Das Foto war gemacht worden, bevor ihre Mutter krank geworden war. Als der Krebs von ihrem Körper Besitz ergriffen hatte, war es schnell gegangen. Sie war im Dezember gestorben. In diesem Jahr hatten sie Weihnachten nicht zusammen erlebt. Während sie das Foto betrachtete, schien es ihr, als ob sie sich erinnern könnte. Sich erinnern, wie etwas Wichtiges aus ihrem Leben verschwunden war und an die Einsamkeit, die sie zum ersten Mal erlebt hatte. Dass nichts mehr dasselbe war. Sie stellte das Foto gerade zurück auf den Nachttisch, als sie hörte, wie die Tür zum Schlafzimmer aufging.

»Ach hier steckst du, Sabrina! Sie sind alle gegangen. Jetzt konntest du dich nicht verabschieden.« Ihr Vater setzte sich schwer auf das Bett neben sie, sodass sie gegen ihn fiel, als die Matratze unter seinem Gewicht nachgab. Er legte einen Arm um ihre Schulter und rieb ungeschickt ihren Arm. Sein Blick verweilte kurz auf dem Foto seiner Schwiegermutter an der Wand, aber es lag keine Liebe darin. Sabrina betrachtete sein gequältes Gesicht, die Augen waren nun auf den Boden gerichtet. Es sah aus, als ob er jede einzelne Schlinge in dem bunten, alten Flickenteppich zählte.
»Was ist zwischen dir und Oma passiert?«, fragte sie vorsichtig. »Warum habt ihr euch gehasst? Hat das etwas mit Mama zu tun?«
Gustav Hjort sah in die bekümmerten Augen seiner Tochter. Die auffallende Ähnlichkeit mit ihrer Mutter zu sehen schmerzte ihn. Es war viele Jahre her, seit er Sabrina zuletzt gesehen hatte. Er hatte diese Augen und ihre Mutter fast vergessen, aber jetzt spürte er wieder den bedrückenden Krampf im Bauch und musste sich ein paar Mal räuspern, ehe er antwortete. »Wir haben uns doch nicht gehasst, Sabrina. Das darfst du wirklich nicht glauben.« Er sah wieder auf den Teppich. Ihre braunen Augen irritierten ihn zu stark. Sie hatten die gleiche intensive Glut wie Josefines. Sie konnten ihn auf die gleiche vorwurfsvolle Weise ansehen, wie ihre es getan hatten. Unruhig saß er im Bett, löste den verdammten Schlips und wusste nicht, wie er es erklären sollte. Warum fragte sie nach all den Jahren plötzlich danach?
»Du weißt doch, dass Schwiegermütter manchmal eine Plage sein können, oder? Elina war so eine.« Er versuchte, zu lachen und es wie einen Witz klingen zu lassen, aber das Lachen klang hohl.
Sabrinas Augen wurden noch dunkler und blank. »So war Oma nicht, das weiß ich doch. Wie kannst du gerade heute so etwas über sie sagen!«
Sie stand auf und glättete den schwarzen Rock. Es ärgerte sie, dass sie sich schon wieder mit ihm stritt. Im Flugzeug von Mailand hierher hatte sie sich selbst die ganze Zeit über gesagt, das dürfe nicht passieren, aber warum konnte er ihr nicht einfach eine Antwort geben? Mehr als je zuvor wollte sie wissen, was die Familie gespalten hatte. Was war schiefgelaufen? War es nur, weil Gustav Carola zu bald nach Mamas Tod geheiratet hatte? Sie stand mit verschränkten Armen am Fenster.

Die warme Luft roch so anders als die in Mailand, an die sie sich das letzte Jahr zu gewöhnen versucht hatte.
Gustav stellte sich hinter sie und legte vorsichtig die Hände auf ihre Schultern mit einer Bewegung, als ob er glaubte, dies sei eine unwillkommene Geste. »Es ist schön, dich wieder zu Hause zu haben, Sabrina. Selbst wenn die Umstände nicht ...«
Er zog schnell die Hände zurück, als die Tür zum Wohnzimmer aufging und eine schlanke, geschminkte Frau, von Kopf bis Fuß in Schwarz gekleidet, sich suchend umsah, bis sie die beiden am Fenster entdeckte. Die unnatürlich weißen Zähne blitzten in dem sonnengebräunten Gesicht auf. Selbstsicher stöckelte sie mit hohen Absätzen auf sie zu.
»Ich habe dich in der Kirche gar nicht entdeckt, Sabrina. Schön, dich zu sehen. Das mit deiner Oma tut mir natürlich schrecklich leid«, sagte sie mit ihrer leicht rauchigen Stimme, die Männer sicher sexy fanden, und ergriff den Arm ihres Mannes. Zärtlich lehnte sie sich an ihn und musterte sie, als ob es etwas gäbe, das sie gerne ändern wollte. Aber diesen Blick nahm sie ihr nicht länger ab. Sie war daran gewöhnt. Es hatte immer etwas gegeben, das Carola an ihr missfallen hatte. Ihre Kleidung, ihre Haare, ihre Gesichtsfarbe, ihre mollige Figur. Als sie ein Kind war, hatte ihre Stiefmutter versucht, sie in unbequeme, kleine Prinzessinnenkleidchen zu stecken und ihr Schleifen in die Haare zu binden, um ihre Vorstellung eines hübschen Kindes an dem hässlichen Anhängsel von Tochter zu verwirklichen, aber es dauerte nicht lange, bis die Schleifen hingen und das Seidenkleid schmutzig war. Schließlich gab Carola auf und bekam stattdessen jedes Mal, wenn sie sie ansah, diesen Ausdruck in den Augen. Carola und Gustav hatten selbst keine Kinder bekommen. Warum, wusste sie nicht. Über so etwas sprach sie mit ihnen nicht. Ihr Privatleben war für die Umwelt ein verschlossenes Buch. Carola hatte einen Sohn aus einer früheren Ehe mit einem englischen Marineoffizier, aber er war drei Jahre älter als Sabrina und wohnte bei seinem Vater in England, sodass sie ihn nur ein paar Mal getroffen hatte, als sie noch ziemlich klein war. Er war selbst irgendetwas innerhalb der Marine geworden und segelte – soviel sie wusste – mit einer Korvette auf dem Persischen Golf herum.
»Das war wirklich eine schöne Beerdigung«, sagte Carola, als das Schweigen drückend wurde. Gustav legte den Arm um ihre schlanke

Taille und Sabrina musste widerwillig einräumen, dass sie ein schönes Paar abgaben, auch wenn beide schon in die Jahre gekommen waren. Sie nickte und spürte wieder die Tränen, die erneut die Oberhand zu gewinnen versuchten, aber sie schluckte und hielt sie zurück. Carola hatte sie noch nie weinen sehen.

»Kommst du mit und isst mit uns?«, fragte Gustav. »Ich bin gespannt darauf zu hören, wie es dir mit dem Italienischen geht.«

»Hast du dich eingelebt?«, unterbrach Carola. »Du hast doch schnell Heimweh bekommen, wenn ich Peter richtig verstanden habe.«

Es ärgerte sie, dass Peter mit Carola über so eine private Sache, dass er *überhaupt* mit ihr gesprochen hatte, aber sie nickte bloß und strich ihre Haare hinter die Ohren. »Ja, ist schon besser. Die Sprache lerne ich nie, aber ich komm zurecht.«

»Du musst dem Ganzen ein bisschen Zeit geben. Wegen Peter, meine ich. Dieser Job als Produktionsingenieur bei Grundfos ist doch seine große Chance.« Carola lächelte gezwungen und sah schnell zu Gustav. Es war Sabrina klar, dass sie das vorher diskutiert hatten. Ja, das war Peters große Chance. Aber was war mit ihr? Sie vermisste ihren Job im Hospiz Skovdal, von dem sie einen Jahresurlaub genommen hatte, um ihrem Mann zu folgen. Ohne die Sprache zu können war ihre Ausbildung als klinische Ernährungswissenschaftlerin in Italien nicht viel wert, obwohl es in Mailand einige Krankenhäuser gab. Aber jetzt dauerte es glücklicherweise nur noch ein halbes Jahr, bis sie nach Hause nach Dänemark zurückkehrten, wenn Peters Auslandsaufenthalt, Teil eines langfristigen Karriereplans, vorbei sein würde. Sie hätte auch zu Hause bleiben können, aber Peter hatte sich gewünscht, dass sie mitkam. Und eine kleine Pause vom Alltag mit kranken und sterbenden Menschen war zu dem Zeitpunkt nötig. Aber jetzt wünschte sie sich nur, nach Dänemark und zu ihrem Job zurückzukehren, und es hatte keinen Zweifel daran gegeben, dass sie nach Hause reisen würde, um an Elinas Beerdigung teilzunehmen, obwohl Peter nicht mitkommen konnte.

»Ich bin mir sicher, dass Johanne etwas Leckeres für uns gekocht hat. Willst du wirklich nicht, Sabrina? Dann können wir miteinander reden«, versuchte Gustav es erneut und hielt ihren Arm fest, als ob er beabsichtigte, sie gegen ihren Willen mit sich zu ziehen, aber sie schüttelte den Kopf.

»Danke, Papa, aber nein, ich bleib noch ein bisschen hier. Ich habe Emma versprochen, ihr morgen früh zu helfen, die Wohnung auszuräumen. Vielleicht schlafe ich heute Nacht hier.«
»Du musst doch irgendwas essen.« Gustav sah sie bittend an.
Sie hatte schon Lust, mit ihrem Vater zusammen zu sein, aber Carolas Kritik und Vorwürfe wollte sie nicht hören. Nicht heute. Sie gab ihm einen Kuss auf die Wange und atmete den Duft seines exklusiven Aftershaves ein, das zweifelsohne von Carola ausgesucht worden war.
»Fahrt ruhig, Papa. Ich bestell mir eine Pizza.«
Carola verzog das Gesicht, sagte aber nichts, als sie sichtlich erleichtert mit ihrem Mann abzog. Im Weggehen warf er ihr einen langen Blick zu, bevor sie die Tür schloss.

8

Er legte den Kopf zurück und genoss die Nachmittagssonnenstrahlen auf seinem Gesicht. Anfang Oktober hatten sie natürlich nicht mehr die intensive Wärme des Sommers, aber es war unglaublich, er konnte hier draußen nur mit einem warmen Pullover sitzen. Die anderen Gäste des Cafés waren auch mehr oder weniger sommerlich gekleidet. Wenn das wirklich die globale Erwärmung war, passte sie ihm ganz ausgezeichnet. Einige der Mädchen saßen und trugen ihre nackten Beine zur Schau, sodass er weit an den sonnengebräunten Oberschenkeln hinaufsehen konnte. Vor ihm floss plätschernd das Aarhuser Flüsschen und reflektierte das Licht. Das Summen der Stimmen machte ihn schläfrig. Oder war es vielleicht das zweite Fassbier? Er schloss die Augen, aber wusste, dass sie noch da waren. Er hörte ihre Stimmen. Nicht worüber sie sprachen, aber das war auch egal. Hauptsache er wusste, dass sie nicht gegangen waren. Die Sonnenwärme im Gesicht trug seine Gedanken in der Zeit zurück. Die Gedanken fingen an, sich nur noch um eine Sache zu drehen. Seine Kindheit.

Es war dieselbe Sonne, die sein Gesicht damals gewärmt hatte. Er war spät von der Schule heimgekommen. Die Haustür stand in der Sommerwärme offen. Er liebte ihre Stimme und freute sich, wenn sie sang. Sie stand mit dem Rücken zu ihm am Herd und kochte. Er brachte es nicht übers

Herz, reinzugehen und sie zu stören. Sie sang ›What's Another Year‹, das in dem Jahr den internationalen Grand Prix gewonnen hatte. Als sie ihm das Profil zuwandte, um etwas aus dem Kühlschrank zu holen, sah er, dass eine Zigarette zwischen ihren roten Lippen hing, während sie sang. Sie rauchte nur, wenn sie wusste, dass niemand es sah. Noch ein guter Grund, sie nicht zu stören. Sie wurde sehr wütend, wenn man sie erwischte. Mit geschlossenen Augen setzte er sich auf die Treppe und lauschte, während die Sonnenstrahlen Schweiß auf seine Stirn trieben und das Blut unter der Nase trocknete. Es würde ihre gute Laune ruinieren, dass er in der Schule wieder verprügelt worden war. Er hatte Löcher in beide Knie bekommen, als ihn die großen Jungs auf den Asphalt des Schulhofs geworfen hatten. Unter dem einen Arm war das Hemd aufgerissen, und er hatte Nasenbluten. Er schlug sich immer ihretwegen, aber das wusste sie nicht. Die Jungs aus der Neunten nannten sie eine Nutte und sagten, sie zöge sich in dem Nachtclub aus, in dem sie nachts kellnerte, aber er wusste, dass es eine Lüge war. Das würde seine Mutter nie tun. Der Rektor hatte ihn mit in sein zigarrettenverseuchtes Büro mit braunen Möbeln genommen und ihm gedroht, seiner Mutter von den vielen Prügeleien zu erzählen, aber das sollte sie nicht wissen, damit sie nicht wieder traurig wurde. Er hatte ihn angefleht, nichts zu sagen und versprochen, sich nie mehr zu prügeln. Aber er war ja nicht derjenige, der anfing. Das waren die, die etwas Böses über seine Mutter sagten.

Sie waren seit zwei Jahren allein, seit sein Vater bei einem Unfall auf der Baustelle umgekommen war. Er war gerade erst fünf geworden und erinnerte sich nicht so genau daran. Nur dass, als er noch lebte, alles anders war. Seine Mutter war immer zu Hause, kümmerte sich um ihn und seinen Vater. Manchmal durfte er auf einem Stuhl stehen und ihr beim Kochen helfen, bevor Papa von der Arbeit heimkam. Nichts Gefährliches, wie mit einem Messer zu schneiden oder so was, aber er durfte mit einem Löffel in einem Topf rühren oder Fleisch mit dem Fleischhammer klopfen, das machte am meisten Spaß. Damals war sie immer fröhlich. Aber als er starb, schloss sie sich im Schlafzimmer ein, und ein Sozialarbeiter der Gemeinde sorgte dafür, dass er in einer anderen Familie untergebracht wurde. Er hatte sie vermisst. Aber nach einem Jahr war sie total verändert und holte ihn in das kleine Haus zurück, in dem er die meiste Zeit seiner behüteten Kindheit verbracht

hatte. Sie hatte einen Job als Kellnerin bekommen und konnte sie beide versorgen. Aber sie hatte nun auch einen Freund statt Papa. Er hasste ihn. Sie nannten ihn den »Afrikaner«, weil er immer nach Afrika reiste. Wenn er den lauten Motor seines verrosteten, roten Sportwagens hörte, konnte er sich genauso gut in seinem Zimmer einschließen, weil seine Mutter keine Augen mehr für andere hatte und so peinlich wurde.
Ein ungewöhnlicher Duft bahnte sich seinen Weg von der Küche über die Treppe nach draußen. Sie sollten heute etwas Besonderes essen. Nicht das gewöhnliche Mittwochsessen. Weder Fisch noch Gemüse, sondern etwas Leckeres. Der Hunger meldete sich wie ein leeres Loch im Bauch. Aber dann hörte er, wie sie eine Flasche Wein öffnete und danach das Geräusch von Gläsern, als sie diese aus dem Schrank nahm. Seine Nackenhaare stellten sich auf. Die Vorfreude erstarb. Sie kochte nicht für ihn. *Er* würde zum Abendessen kommen.

Er zuckte zusammen, als er einen Automotor brummen hörte. Schnell öffnete er die Augen. Das Geräusch, das ihn in die Wirklichkeit zurückgeholt hatte, kam von einem Taxi, das betrunkene Gäste aus dem Café einsammelte. Dann merkte er, dass ihre Stimmen nicht mehr zu hören waren. Ein Kellner war dabei, die leeren Tassen abzuräumen und ihren Tisch abzuwischen.
Er entdeckte sie, kurz bevor sie um die Ecke beim Kaufhaus Magasin in Richtung Immervad verschwanden. Er griff nach dem Kellner und bekam dessen Ärmel zu fassen, sodass der beinahe das Tablett mit Gläsern und Tassen fallen ließ. Er bezahlte seine Fassbiere und folgte ihnen schnell.

9

Emma war ein gutes Stück jünger als ihre verstorbene Schwester. Sabrina hatte immer viel von ihrer direkten und unvorhersehbaren Art gehalten. Sie lächelte, als Emma, schon bevor sie sich an einen freien Tisch setzten, zwei SMS entgegengenommen und beantwortet hatte – auf einem kleinen, modernen, silbernen Handy mit so winzigen Tasten, dass sie selbst sie nicht treffen würde. Aber Emmas kleine, dicke Daumen bewegten sich schnell auf ihnen, wie die eines Teenagers. »Das war mein Enkel, der mir gesimst hat«, erklärte sie mit einem müden

Lächeln und tippte weiter, während sie sich setzte. Die rotgeränderten Augen zeugten davon, dass sie in den letzten Tagen viel geweint hatte. Sabrina nickte nur. Sie kannte Emmas Familie nicht besonders gut, so oft trafen sie sich nicht. Emma wohnte ein bisschen außerhalb von Ribe und blieb nur in Aarhus, bis sie damit fertig waren, die Wohnung zu räumen. Sie wohnte während der Zeit im Hotel Cabinn neben dem Aarhuser Theater. Kaj, ihr Mann, war zu Hause geblieben. Sie hatte einen Bauernhof mit kleinen Schweinen, die versorgt werden mussten.
»Nee, das dauert hier wirklich zu lange«, rief Emma aus, sobald sie das Handy in die Tasche gelegt hatte. »Wo bleibt der Kellner bloß?«
Die beiden sahen zum Café, wo zwei Kellner im Linienverkehr zwischen den offenen Türen des Cafés und den Tischen entlang des Flusses auf und ab eilten. Es waren viele Menschen unterwegs. Die Sonne schien und wärmte wie an einem Sommertag, die meisten hatten freibekommen und genossen eine Tasse Kaffee oder ein Fassbier, bevor sie nach Hause gingen. Nur die Angestellten der Läden mussten neidisch in den Sonnenschein hinausschauen. Es dauerte noch ein paar Stunden, bis auch sie an der Reihe waren. Aus dem Haupteingang des Magasin strömten Leute hinein und heraus.
»Die haben doch viel zu tun, Emma. Haben wir denn keine Zeit zu warten?«
Emma erhob sich ungeduldig. Sie war eine kleine, kräftige Dame, verstand es aber, sich geschickt zu kleiden, sodass es nicht das Erste war, das einem auffiel. Die Sonne ließ den weißen Pagenkopf wie Silber leuchten, die kleinen Augen sahen trotzig aus. Sie klemmte ihre Tasche unter den Arm und richtete sich auf. »Nee, Sabrina. Wir haben zu tun. Wenn wir mehrere Stunden warten müssen, um eine einfache Tasse Kaffee serviert zu bekommen, schaffen wir heute nichts mehr.« Sie verschwand mit schnellen, kleinen Schritten im Gedränge des Cafés, die Tasche unter den Arm gepresst, als ob sie fürchtete, jemand würde sie ihr hier in der Großstadt stehlen. Sabrina lächelte wieder. Drinnen würde sie ganz sicher auch warten müssen.
Sie lehnte sich in dem nicht besonders bequemen Caféstuhl zurück, dessen Rückenlehne an der Wirbelsäule scheuerte, und betrachtete die Passanten. Zog man die Jahreszeit in Betracht, waren die Leute sehr dünn angezogen. Sie genoss den Duft aus dem Café. Eine wohlriechende Tas-

se Espresso oder Cappuccino nach der anderen wurde an ihr vorbeigetragen. Die Atmosphäre ließ sie an Italien und Peter denken. Jetzt, da sie von ihm weg war, vermisste sie ihn. Aber war es nicht oft so, dass man von jemandem wegmusste, um zu erkennen, dass man ihn nicht entbehren wollte? Vielleicht fühlte er das Gleiche, oder was machte er allein in Mailand? Heute Abend hätten sie mit seinen Kollegen von Grundfos gemeinsam gegessen. Das war das Erste, worüber er sich beklagte, als sie zur Beerdigung nach Hause nach Dänemark wollte. Eine Feier war für ihn wichtiger als ein Todesfall in der Familie. Oder besser gesagt, seine Karriere war wichtiger. Sie sah ein umschlungenes Paar vorbeigehen und starrte ihnen neidisch nach. Es war lange her, dass sie und Peter so herumgelaufen waren. Sie fühlte sich allmählich wie eine Selbstverständlichkeit an seiner Seite, wenn es ihm gerade passte. Wenn nicht, konnte sie allein durch Mailands Straßen laufen und exklusive Schaufenster mit Modemarken ansehen, die sie sich nie würde leisten können. Im Laufe der letzten Monate hatte sie es einfach bereut, mit ihm gegangen zu sein. Und jetzt saß sie hier und vermisste ihn schon nach zwei Tagen. Wie hätte sie ein ganzes Jahr ohne ihn auskommen sollen? Sie legte eine Hand auf ihren Bauch, den die Sonne wärmte.

Und dann war da das, was sie ihm nicht erzählt hatte. Peter hatte immer sehr vehement darauf bestanden, dass keine Kinder kommen sollten, bevor er nicht als Produktionsingenieur ausgebildet wäre und das Gehalt bekäme, das er verdiente. Er erwartete, dass sie die Pille nahm, aber an dem Abend hatte sie es vergessen. Warum war es bei ihr auch gleich so leicht gewesen, wenn so viele andere keine Kinder bekommen konnten? Die Einzige, mit der sie über so etwas hätte reden können, wäre – Oma.

Überraschend schnell kam Emma zum Tisch zurück mit einem Tablett, auf dem eine kleine Tasse Kaffee und eine große Tasse Cappuccino standen. Auf den Untertassen lagen kleine, verpackte Schokoladenstückchen. Sabrina stand sofort auf, um mit dem Tablett zu helfen. »Das ging schnell! Was hast du mit der Schlange da drinnen gemacht?«, fragte sie beeindruckt.

Emma lächelte geheimnisvoll, streckte ihre Ellbogen raus und stieß damit. Sabrina lachte und setzte sich. Es war fast so, als ob sie wieder mit Oma zusammen wäre. Sie hatte sie auch immer zum Lachen gebracht.

»Gut, du hast dich erinnert, dass ich Cappuccino wollte«, meinte sie. »Du begnügst dich mit gewöhnlichem Kaffee, wie ich sehe.«
Emma schielte böse auf Sabrinas große Tasse mit weißem Schaum und Schokoladenstreuseln. »Ja, danke. Ich darf keine fette Schlagsahne in meinem Kaffee zu mir nehmen.« Sie rümpfte die Nase und konzentrierte sich auf ihre Tasse.
»Das ist keine Schlagsahne, Emma. Das ist aufgeschäumte Milch. Und es würde mich nicht wundern, wenn es sogar fettarme Milch wäre. In Italien wirkt die Milch fetter, ohne dass sie es unbedingt ist.«
»Gewöhnst du dich langsam an dein neues Land?«, fragte Emma neugierig und sah sie mit zusammengekniffenen Augen gegen die Sonne an, die gerade auf ihren Tisch schien.
»Ich komm ja wieder nach Hause, deswegen würde ich es nicht gerade mein neues Land nennen. Um ganz ehrlich zu sein, kann ich Mailand nicht leiden. Aber an einem Wochenende sind wir nach Süditalien gefahren und haben Positano besucht. Das war schön. Fast keine Autos. Das Meer und die südländische Atmosphäre. Fast wurde unter den Balkonen abends Mandoline gespielt.« Sie lächelte abwesend. Peter hatte nicht so gestresst gewirkt und eine romantische Seite von sich gezeigt, die sie nur selten sah. Sie war davon überzeugt, dass ihr Kind dort gezeugt worden war.
Schweigend saßen sie da, während sie die Schokolade auspackte und Emma Zucker in den Kaffee rührte. Die Freilegung des Flusses war längst fertig. Das große Projekt war abgeschlossen, und die allermeisten Aarhuser fanden, dass sich all die Umleitungen und Bauarbeiten gelohnt hatten.
Emma starrte auf das Wasser des Flusses. Es war nicht schwer zu erraten, an wen sie dachte.
»Ich vermisse sie auch sehr«, sagte Sabrina und probierte den Cappuccino. Er schmeckte längst nicht so gut wie der, den sie in der Bar del Corso am Corso Vittorio Emanuele genoss, aber das lag nicht nur an den Kaffeebohnen. In Italien schmeckte alles an einem Cappuccino anders. Das Wasser, die Milch, der Zucker.
Tante Emma aß Schokolade und sah weiter aufs Wasser, das ruhig und in der Sonne glitzernd hinter der niedrigen Absperrung dahinfloss. »Elina liebte es, hier zu sitzen und die Leute anzuschauen, wusstest

du das? Sie saß bestimmt viele Male auf diesem Stuhl und genoss eine Tasse Kaffee. Und dachte sich Geschichten über die Leute aus.« Emma lächelte, aber ihre Augen waren matt, als sie sie ansah. »Als Kind warst du bestimmt der größte Fan ihrer Geschichten.«

»Ich fand sie toll«, gab sie zu.

»Ihre Fantasie hat nie nachgelassen. Leider habe ich sie als Kind nicht so oft gesehen, weil ich so viel jünger bin als sie. Elina wurde als 14-Jährige weggeschickt, um Geld zu verdienen. So war das halt damals in den armen Familien. Aber ich habe es genossen, wenn sie in den Ferien zu Hause war und wir zusammen sein konnten. Ich habe wahrhaftig auch an ihren lustigen Erzählungen, die immer vom Guten handelten, Freude gehabt.«

Sabrina nickte. »Oma war ein guter Mensch.« Sie sah Emma lange an, die sie in so vieler Hinsicht sehr an ihre Schwester erinnerte, bevor sie beschloss, sie zu fragen. Die Gedanken hatten sie die ganze Nacht über gequält, während sie mit all den Erinnerungen im Bett ihres Großvaters schlief. Es ärgerte sie, dass Peter ihre Wohnung in der Dalgas Avenue für das Jahr, das sie in Italien wohnten, an ein junges Paar vermietet hatte, aber die Mieteinnahmen waren hilfreich und genau genommen lebten sie davon, weil sie da unten nicht arbeiten konnte. Sie hatte überlegt, ein Hotelzimmer zu nehmen, während sie sich in Aarhus aufhielt, aber warum sollte man dafür Geld ausgeben, wenn Omas schöne Wohnung am Großen Marktplatz leer stand. Bei ihrem Vater und Carola wollte sie auf keinen Fall wohnen.

»Emma, weißt du, was zwischen meinem Vater und Oma passiert ist? Hat das etwas mit meiner Mutter zu tun?«, fragte sie vorsichtig.

»Ich erinnere mich gut daran, als Josefine starb. Deine Mutter war sehr krank, Sabrina. Das hat uns alle sehr mitgenommen. Ich weiß nicht, ob Elina es deinem Vater nachgetragen hat, weil er so schnell diese – Carola heißt sie, oder? – geheiratet hat. Sie hat es nie erwähnt. Nachdem wir deine Mutter begraben hatten, wollte sie überhaupt nicht mehr über sie sprechen. Ach, Sabrina, du warst so klein ...« Emma nahm ihre Hand und drückte sie fest.

»Ich kann mich nicht an die Beerdigung erinnern. Ich kann mich noch nicht mal an Mama erinnern. Nur in kleinen, kurzen Momentaufnahmen, Szenen, die ich vielleicht nur erzählt bekommen habe.«

»Du warst erst vier. Wie sollst du dich an sie erinnern können, meine Liebe? Josefine war ein wunderbarer Mensch. Du bist ihr unfassbar ähnlich, sowohl innerlich als auch äußerlich. Sie hatte die gleichen dunklen Augen wie du. Aber zuletzt war sie sehr dünn. Überhaupt nicht wiederzuerkennen. Vor ihrer Krankheit war sie ein klitzekleines bisschen mollig. Aber du hast auch ganz schön abgenommen, Sabrina. Ein bisschen zu viel, finde ich. Man braucht doch noch Reserven, falls man krank wird.«

Sabrina wurde ganz verlegen und legte wieder eine Hand auf ihren Bauch. Die schlanke Linie würde nicht von Dauer sein. Aber sie hatte über zehn Kilo abgenommen, als sie das Studium der Ernährungswissenschaften begonnen und mehr über gesunde Ernährung gelernt hatte. Das war, bevor sie Peter kennengelernt hatte, aber sonst hätte er sie wohl auch nicht beachtet. Er war sehr kritisch, was Ernährung und überhaupt Aussehen betraf. In ein dickes Mädchen hätte er sich nie verlieben können.

»Aber man kann natürlich auch nicht als dicker Stöpsel wie ich rumlaufen, wenn man in deiner Branche arbeitet«, kommentierte Emma mit einer gewissen Selbsterkenntnis und stopfte sich demonstrativ das letzte Stück Schokolade in den Mund.

»Nicht alle Ernährungsberater sind gleich schlank«, lachte Sabrina.

»Vermisst du deine Arbeit? Ich meine – ist das nicht gut, von all den sterbenden und kranken Menschen weg zu sein, die …«

»Ich vermisse meinen Job!«, unterbrach sie und sah Emma bestimmt an. »Es ist so lebensbejahend zu sehen, wie sehr kranke Menschen immer noch den Willen haben weiterzuleben, und es ist unbeschreiblich, dabei zu sein, den letzten Teil ihres Lebens lebenswert zu machen.«

Emma nickte und schwieg lange.

»Gab es nie einen Kranken, der darum gebeten hat, dass ihr sein Leiden beendet?«, fragte sie ein bisschen heiser mit unsicherer Stimme.

»Meinst du aktive Sterbehilfe? Nein, den Gedanken haben die Patienten im Hospiz selten. Manchen geht es deutlich besser, wenn sie zu uns kommen. Manchmal mussten wir sogar die Sterbenden heimschicken, weil sie gar nicht mehr moribund waren. Eine Schätzung des Hospiz Forums Dänemark besagt, dass an manchen Stellen jeder Fünfte wieder nach Hause geschickt wird, um Platz für schwerer erkrankte Pati-

enten zu schaffen. Das regt zum Nachdenken an, oder? Davon abgesehen ist es verboten, einem anderen das Leben zu nehmen. Das gilt für alle, auch für Krankenschwestern und Ärzte.«
Ihre Stimme klang nicht ganz überzeugend. Sie erinnerte sich an einen Zwischenfall vor ein paar Jahren, als eine Patientin eine Krankenschwester genau darum gebeten hatte, ihr nämlich so viel Morphium zu geben, dass sie nicht mehr aufwachen würde. Die Krankenschwester hatte lange mit der Patientin gesprochen und herausgefunden, dass sie eigentlich gar nicht sterben wollte, aber Mitleid mit ihrem Mann hatte, der sie treu jeden einzelnen Tag besuchte. Danach war die Krankenschwester im Schwesternzimmer zusammengebrochen und hatte von diesem Vorfall und anderen Ereignissen erzählt, die sie im Krankenhaus auf der Intensivstation erlebt hatte, wo sie gearbeitet hatte, bevor sie ins Hospiz Skovdal gekommen war. Damals wusste sie nicht genau, was früher im Anschluss daran geschehen war, und glaubte, das sei ein normales Verfahren. Während einer Nachtschicht wurde sie Zeuge davon, wie ein Arzt einem Patienten so viel Morphium gab, dass er danach starb. Sie standen da und sahen zu. Später fand sie heraus, dass die erhöhte Dosis im Morphiumtropf nie notiert worden war, und als sie den Arzt nach dem Grund fragte, antwortete er, das sei für die Angehörigen am besten. Sie hatte nicht gewagt, ihrem Chef zu widersprechen, aus Angst, gefeuert zu werden. Aktive Sterbehilfe kommt in Krankenhäusern tatsächlich vor – öfter als man ahnt. Es geschieht aus verschiedenen Gründen, aus Mitleid, Barmherzigkeit oder aus reinem und purem Zynismus, hatte sie gesagt.
»Falls es trotzdem keine Hoffnung auf Heilung gibt, ist das dann nicht besser für alle? Wenn das Morphium einfach hochgedreht wird, merkt der Patient doch nichts«, fuhr Emma fort, obwohl sie einen Debattenbereich betrat, über den sie sich nie einig werden würden.
»Im Hospiz Skovdal benutzen wir keinen Morphiumtropf. Es gibt viel zu viele Meinungsverschiedenheiten, wie er gesetzt werden soll und ob oder wann die Dosis gesteigert werden soll. Es ist immer eine Frage der Einschätzung. Ein Patient mit starken Schmerzen bekommt das Morphium stattdessen subkutan – also unter die Haut – mit einer Morphinpumpe verabreicht, die den Patienten mehr bei Bewusstsein lässt, sodass er in der letzten Zeit, die sie zusammen haben, noch etwas von

seinen Angehörigen hat und umgekehrt. Niemand hat das Recht, Gott zu spielen.« Mit ihrem Tonfall setzte sie einen Schlusspunkt unter ihre Debatte. Im selben Moment war das Motorengeräusch eines weißen, mit Werbung überladenen Taxis zu hören, das einen Haufen betrunkener Menschen abholte, die wohl außerhalb der Stadt weiter Party machen wollten.

»Na, wir müssen auch zurück und weiterkommen. Elina hat alles aufgehoben, sodass es viel aufzuräumen gibt. Ich habe bezahlt«, meinte Emma und hakte sich bei ihr unter, als sie losgingen und bei der Immervad um die Ecke bogen. Den Mann, der ihnen folgte, bemerkten sie nicht.

10

Roland seufzte erleichtert, als er sich auf den Bürostuhl plumpsen ließ, sodass die Gasdruckfeder unter ihm mit einem klagenden Laut nachgab. Obwohl er die Zigaretten vermisste, musste er zugeben, dass die Luft im Büro frischer war, nachdem er aufgehört hatte. Er hätte sonst auch gut in seinem Einmannbüro rauchen können, aber er entschied sich dafür, solidarisch zu sein und auch sein kleines Büro rauchfrei zu halten. Hatte er auch schon oft Pläne gehabt, mit dem Rauchen aufzuhören, jetzt gab es einen guten Grund. Raucher waren nicht länger eine gern gesehene Rasse. Im Übrigen fand er, die Vorschrift, dass man in einem kleinen Einmannbüro und in kleinen Bars und Restaurants rauchen durfte, war ein Fehler. Sollte es sein, sollte man es ordentlich machen wie in Schweden – totales Rauchverbot. Entrüstet hatte er zu Irene gesagt, dass es schlimmer war, den Rauch in kleinen Lokalen einzuatmen als in Großräumen. Irene hatte nie geraucht und sah das Problem nicht. Sie sagte, er solle an all die Passivraucher denken und dass er als das Auge des Gesetzes ein Vorbild sein müsse. Das war er dann geworden, so schwer es auch war, das Rauchen durch zähes Kaugummi zu ersetzen.

Das Fenster war offen gewesen, während er bei der Pressekonferenz war, und nun konnte er das Meerwasser vom Hafen riechen. Sein Geruchssinn hatte sich verbessert. Er füllte einen Plastikbecher zur Hälfte mit Kaffee und trank einen Schluck. Auch der Geschmackssinn hatte sich verbessert, was man von dem miserablen Kaffee nicht behaupten

konnte, den die Kantine des Präsidiums immer noch lieferte. Irene hatte angeboten, eine Thermoskanne Kaffee mit ihrer eigenen italienischen Bohnenmischung zu machen, die er dann mit auf die Arbeit nehmen konnte, aber er sah das ein bisschen als Hohn gegenüber der Kantine. Es gab so viel anderes abgesehen von schlechtem Kaffee, mit dem sie sich abfinden mussten. Die Gemeindezusammenlegung mit Viborg als Hauptstadt und politischem Machtzentrum in der neuen Region Mitteljütland mit einem weit größeren Polizeikreis zum Beispiel – und die Polizeireform, die von einer großen Mehrheit im Parlament beschlossen wurde, um mehr Polizei auf den Straßen zu haben und eine siebzig Jahre alte Organisation zu modernisieren.
Warum auch nicht, sie war modernisiert worden mit neuen Telefonen und technischen Systemen, die nicht funktionierten. Und nun bekamen sie – die Polizei – sowohl von den Bürgern als auch den Politikern und der Presse dafür auf die Mütze, dass die Dinge noch nicht so funktionierten, wie sie sollten. Umstellungen und Reformen brauchten Zeit und passierten nicht von einem Tag auf den anderen. Zweifelsohne gab es auch diejenigen, die bewusst das Ihre dazu taten, die hochfliegenden Pläne der Politiker, die Reform ohne große finanzielle Unterstützung durchzuführen, zu vereiteln. Besser war es jedenfalls nicht geworden. Nie waren sie mit Fällen so im Rückstand gewesen und für die ganz banalen Dinge wie Diebstahl war weder Zeit noch Belegschaft vorhanden. Roland beneidete die älteren Mitarbeiter, die dankend annahmen, als ihnen eine Vorruhestands-Regelung angeboten wurde, falls sie die zu erwartenden Änderungen mit Stellenwechsel oder neuem Arbeitsplatz nicht wünschten. Mit seinen fünfundfünfzig Jahren gehörte er nicht zu den Auserwählten. Mehr Leute als erwartet nahmen diese Chance war, und leicht war es nicht, die offenen Stellen neu zu besetzen. Die neue Polizeibehörde wurde in drei sogenannte Säulen eingeteilt, bestehend aus ›Bereitschaft‹, worunter Verkehrspolizei, Überfallkommando, Bereitschaftsdienst und Wachdienst zählten, ›Lokalpolizei‹, die sich mit Kriminalität gegen Bürger wie Einbrüchen, Raubüberfällen, Diebstahl, Aufnahme von Anzeigen und Präventivmaßnahmen befasste. Die dritte große Säule, zu der er selbst gehörte, war ›Ermittlungen‹ und umfasste neben den großen Wirtschaftsdelikten, organisierter Kriminalität, Drogen- und Bandenkriminalität auch

die Ermittlungen in Fällen von Mord, Sittlichkeitsverbrechen und IT-Kriminalität. Alles Fälle, die früher von der Kriminalpolizei bearbeitet worden waren. Der Begriff ›Kriminal-‹ wurde gestrichen.
In den neuen Führungspositionen war er nicht länger existent. Er als gewöhnlicher Beamter hatte wählen können, seinen Titel als Kriminalkommissar zu behalten, und das hatte er getan, da Polizeibeamter oder Polizeikommissar, wie Zukünftige in seiner Position nun heißen würden, in seinen Ohren nicht besonders Achtung gebietend klang. Das war natürlich Quatsch. Der Titel bedeutete ja nichts. Beamte, die darin überhaupt nicht ausgebildet waren, durften auf die Straße, um die Forderung nach mehr sichtbarer Polizei zu erfüllen. Nach und nach hatten viele der tüchtigen Jüngeren aufgrund der schlechten Bezahlung aufgehört. In anderen Berufen konnten sie mehr verdienen, ohne die Gefahr für Leib und Leben, die der Polizeijob in einer Zeit mit sich brachte, in der niemand mehr eine Dienstmarke respektierte. Kim Ansager beklagte sich darüber, dass seine Frau, die als Grafikerin in einer Werbeagentur arbeitete, mehr als er verdiente. Dabei zeichnete sie einfach Logos für verschiedene Unternehmen und Etiketten für Shampoos.
Tja, aber die Presse hatte heute auch andere Sorgen gehabt als die Polizeireform und den ›mangelnden Einsatz der Polizei‹. Eine fünfundzwanzig Jahre alte Leiche in einem Moor war trotz allem spannender und verkaufte sich besser. Er hatte Anne Larsen vom *Tageblatt* mitten in dem Haufen gesehen, aber sie war ungewöhnlich schweigsam gewesen. Sie hatten nur ein einziges Mal Augenkontakt gehabt, wobei er die Andeutung eines freundlichen Lächelns in ihrem Gesicht gesehen hatte, das sonst wegen der Narbe in der einen Augenbraue immer ernst aussah.
Der Vizepolizeidirektor war sehr großzügig mit Informationen gewesen. Das war etwas Neues, das er sich ausgedacht hatte, da er der Meinung war, es würde dem Fall nützen, wenn sie die Presse – und damit die Bevölkerung – in die Aufklärung eines so alten Mordfalls miteinbezogen. Irgendjemand da draußen musste etwas wissen, meinte er. Außerdem bezog er sich auf andere alte Mordfälle, die deutlich zeigten, dass die Aufklärung schneller erfolgte, wenn die Presse miteinbezogen wurde und Hinweise aus der Bevölkerung bekommen konnte. Und genauso war es ja auch; die Journalisten glaubten, sie seien kleine Detekti-

ve, die all das erledigen müssten, was die Polizei nicht selbst herausfinden konnte. Das war genau der Grund, warum Roland es nicht mochte, sie zu sehr zu involvieren. Er dachte wieder an Anne Larsen, die als Detektivin im Gitte-Mord ihre eigenen Wege gegangen war. Dabei war natürlich etwas Gutes herausgekommen – manche Journalisten hatten ein besseres Gespür dafür als andere.

Er saß in der Stille und bereitete sich mental auf die Konferenz mit seinen Mitarbeitern vor. Sie sollten mit Hypothesen arbeiten, und er sollte selbst einige parat haben, bevor die Versammlung begann. Schließlich war er der Ermittlungsleiter. Er schrieb ›Moorleiche‹ und löschte es wieder mit der am meisten gebrauchten Taste, bei der das ›le‹ von ›delete‹ schon fast abgerieben war, und schrieb stattdessen ›Leiche im Moor‹. Jetzt, wo damit ein richtiger Mensch verbunden war, wirkte es unethisch, von einer Moorleiche zu sprechen. Kannten sich Opfer und Täter oder nicht? Vielleicht konnten sie von Letzterem für die Zeit vor fünfundzwanzig Jahren absehen. In den Jahren danach hatten sich die Fälle, in denen sich Opfer und Täter nicht kannten, gehäuft. Die Globalisierung. Naja, sie war ja zu etwas gut, aber offene Grenzen, bessere und billigere Reisemöglichkeiten und Zugang zur Kommunikation via Internet gaben auch der Kriminalität einen größeren Spielraum. Ein Mörder konnte aus einem fremden Land anreisen – zum Beispiel Afrika – einen Mord in Dänemark begehen und praktisch ungesehen in sein Heimatland zurückkehren, bevor die Polizei Antworten auf eventuelle DNA-Analysen bekam. 1983, in einer kleinen Gesellschaft, war es wahrscheinlicher, dass sich der Mörder und das Opfer kannten. Die Ermordete konnte eine der statistischen ›Dunkelziffern‹ geworden sein – verborgene und nicht aufgeklärte Morde und damit frei laufende Täter. Wenn sich nicht die beiden Jungen in Mundelstrup ins Moor gewagt hätten … Mit einer Aufklärungsrate für Mord von fünfundneunzig Prozent war Dänemark sonst gut dabei. Er traute sich überhaupt nicht, an Italiens Aufklärungsrate zu denken, allein in Neapel … Sofort schlug er sich den Gedanken aus dem Kopf und gab es auf, mehr schreiben zu wollen. Er hatte überhaupt keine Zweifel, dass es wirklich gelingen könnte, das perfekte Verbrechen zu begehen. Ohne eine Leiche, eine Mordwaffe und ein Motiv gab es keinen Fall. Was kaschierten die Selbstmordstatistiken? Die Drogentoten?

Die Verschwundenen, wie die Frau im Moor. Die Vergessenen, für deren Verschwinden oder Tod schnell eine natürliche Erklärung gefunden worden war und der Fall eingestellt oder abgeschlossen wurde. Früher half der Suchdienst in diesen Fällen, wenn die lokale Polizei aufgegeben hatte. Es wurde nicht ermittelt, man wartete nur darauf, dass der Verschwundene – oder eine Leiche – auftauchte. Der Fall aus Silkeborg war ein gutes Beispiel. Er hatte auch keine Zweifel daran, dass wohl auch unschuldig Verurteilte in den dänischen Gefängnissen saßen. Einige davon hatten sich selbst aus irgendeinem Grund gestellt, obwohl sie unschuldig waren. Gefälschte Beweise, Justizirrtümer, Fehler von Seiten der Ermittler und der Techniker, unentdeckte Beweise, die den Verurteilten entlasten könnten.

Er streckte den Rücken und die Beine, stand auf und schaltete den Drucker ein. Der brummte und jammerte ein paar Mal und begann dann, Papier auszuspucken. Er sammelte sie auf einem Haufen. Nun wollte er hören, was die anderen zu dem Fall zu sagen hatten. Nur in einem Punkt war er sich sicher – es kam viel Arbeit auf sie zu.

Drei Mal schnelles Klopfen an der Tür, die aufgerissen wurde, bevor er antworten konnte, ließ ihn Kim Ansager wütend ansehen, dessen bebrilltes Gesicht sich entschuldigend in der Tür zeigte.

»Verzeihung, dass ich unterbreche, aber diese Journalistin ist hier draußen und will mit dir reden. Die, du weißt …«

Er wusste genau, wen Kim meinte. Außerdem konnte er ihre dünne Gestalt hinter ihm ungeduldig trippeln sehen.

»Ich hoffe, es ist wichtig«, brummte er, legte schnell die Ausdrucke in die Schublade und fuhr den PC runter.

Anne Larsen setzte sich unaufgefordert auf den Stuhl vor dem Schreibtisch. Sie hatte weiter abgenommen und das Gesicht unter dem kohlschwarzen Haar wirkte besonders blass.

»Ich hoffe, es ist wichtig«, wiederholte er.

»Ist es. Danke übrigens für die gute Pressekonferenz. Es ist selten, dass ihr so informativ seid.« Sie lächelte.

Er murmelte irgendetwas Unhörbares. Ginge es ausschließlich nach ihm, hätte die Presse nicht so viele Informationen bekommen. »Was wollen Sie dann noch? Es kann unmöglich etwas geben, das Sie noch nicht wissen«, sagte er sarkastisch.

»Nein. Das gibt es auch nicht. Aber es gibt da etwas, das *Sie* noch nicht wissen.«
Der Machtkampf war eröffnet.
»Darf ich?«, fragte sie und nahm die Thermoskanne vom Schreibtisch und einen Becher aus dem Stapel, der auf dem Sideboard am Fenster stand.
»Natürlich.« Jetzt war es ohnehin zu spät, Nein zu sagen. »Ich habe in zehn Minuten ein Meeting, also ist nicht viel Zeit. Was weiß ich nicht?«
Es war noch eine halbe Stunde Zeit bis zu dem Meeting, aber das musste sie nicht wissen. »Wo haben Sie heute eigentlich ihre Fotografin gelassen?«, fragte er schnell, um die Lüge zu kaschieren, obwohl sie diese natürlich trotzdem nicht durchschauen konnte.
»Kamilla? Die ist im Krankenhaus bei ihrer kranken Mutter«, antwortete Anne Larsen mit einem Tonfall, als ob die Fotografin in einem Café säße und Kaffee tränke.
Roland schwieg und beobachtete sie irritiert, während sie es sich mit dem Kaffee, von dem sie trank, ohne ein Zeichen des Unbehagens zu zeigen, wieder auf dem Stuhl bequem machte.
»Ich wurde gestern Vormittag in der Redaktion angerufen. Der Anrufer wollte eigentlich mit dem Verantwortlichen reden, aber Thygesen ist krank. Der Mann hatte eine Stimme, als ob er sich die Nase zuhielte, und sagte, er wisse etwas über die Leiche im Moor«, fuhr sie fort.
Er lehnte sich auf dem Stuhl zurück und sah sie mit einem nachsichtigen Lächeln an. »Sie wissen doch, dass so ein Fall alle Verrückten anzieht. Das war bestimmt nur einer, der in die Zeitung wollte.«
Anne schüttelte den Kopf und trank wieder von ihrem Kaffee. »Das dachte ich auch erst, und ich habe dem zunächst auch keine Bedeutung zugemessen vor der Pressekonferenz. Er sagte nämlich, er habe eine Vermutung, wer die Leiche sei, und wenn sich seine Vermutung bewahrheiten sollte, würden noch mehr Morde geschehen. Es klang fast, als ob er ein ganzes Massaker erwarten würde!«
»Das ist ja wohl auch genug für euch, um einen tollen, großen Artikel über ihn zu bringen, stimmt's?« Roland lächelte immer noch und nahm sich einen Kaugummi, als sich der Drang nach einer Zigarette plötzlich meldete.

»Ja, wenn es das wäre, was er wollte. Aber er wollte anonym bleiben.«
»Noch schlimmer!«
»Ja, er wäre zu nichts zu gebrauchen, wenn nicht …«
Anne Larsen tat es wieder. Das, was ihn immer quälte, wenn sie auf etwas Interessantes zu sprechen kam. Sie machte eine Kunstpause und wollte seine Augen betteln sehen, dass sie weiter redete.
»Was denn?«, sagte er nach der Pause, in der sie provozierend in den schwarzen Kaffee im Plastikbecher sah, während sie wie eine Fanfare vor dem großen Finale mit den Nägeln dagegen trommelte. Seine Stimme zitterte ein bisschen vor Spannung und das ärgerte ihn noch mehr, weil er wusste, dass sie das genoss.
»Sie meinen, dass er *wirklich* wusste, wer die Ermordete war?« Er gewann die Oberhand und sah die Enttäuschung in ihrem Gesicht.
»Genau. Woher hätte er wissen können, dass es sie war, lange vor der Pressekonferenz – ja, lange vor dem Ergebnis der Rechtsmedizin?«
Er bezwang sich selbst darin, ein bisschen zu energisch auf dem Kaugummi zu kauen.
»Sie haben keinen Namen bekommen? Haben Sie Geräusche im Hintergrund gehört, die einen Hinweis geben könnten, von wo er anrief?«
»Nichts, nein. Doch, es klang so, als ob im Hintergrund gedämpfter Verkehrslärm wäre, aber das ist heutzutage ja überall so. Und ich glaube, er ist leider zu klug, um von einem Handy aus anzurufen, das man aufspüren kann, wenn er daran dachte, seine eigene Stimme unkenntlich zu machen.«
»Verdammt. Das ist die heißeste Spur, die wir bisher haben«, unterbrach er und sah deutlich, wie stolz Anne Larsen wurde. Aber es schmerzte sie wohl auch. Sie hätte die Information für sich behalten und sie in ihrer Zeitung als Titelstory bringen können, aber sie hatte sich entschieden, zu ihm zu gehen. Sie hatte wohl auch entdeckt, dass es besser war, zusammenzuarbeiten als gegeneinander, wie Kurt Olsens neue Vision lautete. Oder vielleicht war es auch, weil sie selbst mit ihren eigenen Informationen so großzügig gewesen waren.
»Sie haben keine Verabredung mit ihm für weitere Gespräche getroffen?«
»Ich habe es vorgeschlagen, aber er wollte nichts versprechen, also bleibt es ganz ihm überlassen.«

Sie trafen sich im Besprechungsraum. Alle kamen pünktlich und nahmen rund um den Tisch Platz, der mit Bechern und Thermoskannen gedeckt war. Kurt Olsen saß am Tischende und sortierte Fotos aus der Rechtsmedizinischen und Kriminaltechnischen Abteilung. Niels Nyborg war auf Streife gewesen und hatte Kopenhagener Gebäck mitgebracht. Er servierte, indem er die Tüte in der Mitte mit einem schnellen Ruck aufriss, sodass der Zucker über den Tisch rieselte.

»Man muss sich nur mal vorstellen, dass die das Gebäck hier im Ausland ›Danish‹ nennen. Wofür halten die uns?«, fragte Dan Vang, der auf die Idee gekommen war, dass man keinen Zucker essen solle. Bestimmt eine neue Freundin.

Roland forderte zur Ruhe auf, indem er an die Tafel zu schreiben begann. Er fing mit ›Mo‹ an, wischte es aber wieder weg und schrieb ›Leiche im Moor‹. Von da aus zog er einen Strich und notierte den Namen des Opfers, von diesem aus zog er einen weiteren Strich und schrieb ›Sebastian Juhl, Sohn‹. In die eine Ecke schrieb er ›Mörder aus dem Umfeld – fremder Mörder?‹, dann wandte er sich dem kleinen Haufen vertrauensvoller Mitarbeiter zu und bekam Blickkontakt mit Isabella Munch; sie lächelte ihn an. Wie erhebend es mit einem weiblichen Beamten war. Er räusperte sich.

»Das hier ist unser Ausgangsmaterial. Aber ich hatte gerade Besuch von einer Journalistin vom *Tageblatt*. Sie wurde von einem unbekannten Mann angerufen. Er kannte die Identität der Leiche – vor dem Rechtsmediziner und dem Rechtsodontologen. Ich weiß allerdings nicht, in welcher Verbindung er zu dem Fall steht.« Er schrieb ›unbekannter Zeuge – Täter?‹ auf eine zufällige Stelle an der Tafel. Kurt Olsen reichte ihm die makaberen Fotos der irdischen Überreste der Krankenpflegerin, die er ebenfalls auf der Tafel platzierte, und ein Foto der Holzspitze, die Leander im Schädel gefunden hatte.

»Der Mörder kann Verbindungen nach Afrika haben. Vielleicht ist er einfach dahin gereist und hat ein Souvenir mit nach Hause gebracht. Es sieht so aus, als ob die Mordwaffe ein großer, schwerer Gegenstand aus schwarzem, afrikanischem Ebenholz ist.«

»Vielleicht wohnte das Opfer oder der Mörder einfach mit jemandem zusammen, der reiste«, wandte Kim ein, und Roland nickte.

»Du verwendest die Vergangenheitsform, Kim, und genau das ist unser größtes Problem. All das hier ist fünfundzwanzig Jahre her und die meisten Spuren sind weg. Sie wurde 1983 als vermisst gemeldet. Nach der Erklärung des Sohnes klingt es so, als ob die Polizei sie einfach für eine Frau hielt, die mit ihrem Geliebten durchgebrannt war, daher war die Suche sicher nicht besonders intensiv. Jedenfalls wurde sie nie gefunden.«

»Verflixt, das glaub ich sofort. Wer sucht schon in einem Moor?«, murmelte Dan und schielte mit Abscheu zu Mikkel, der ein Stück Gebäck abbiss und mit Zucker um den Mund mit Kaffee nachspülte.

»Den Gedanken hatte der Mörder sicher auch. Wir fangen damit an, uns auf den Bekanntenkreis und die Bewohner rund um das Moor in dem betreffenden Jahr zu konzentrieren. Wir müssen mit einer fächerförmigen Ermittlung anfangen, da wir nichts haben, dem wir nachgehen könnten. Es ist sicher nicht leicht gewesen, eine Leiche unbemerkt dahin zu transportieren, es sei denn, der Mörder wohnte in der Nähe oder es fand nachts statt. Kim, du darfst mit deiner Geduld und deiner Erfahrung mit Recherchen die alten Berichte durchgehen. Bezieh die Kollegen der Polizei von Mittel- und Westjütland so viel wie möglich mit ein. Schnapp dir Arne Svendsen. Grüß ihn nur von mir.« Er setzte sich und nahm ebenfalls ein Stückchen Gebäck, verfolgt von Dans vorwurfsvollen Augen. Ob es sein Lob an Kim oder seine Lust auf Zucker war, die den Vorwurf hervorrief, konnte er nur raten. Es war selten, dass ein Lob für Dan Vang abfiel.

»Kann es einer der Patienten der Verstorbenen gewesen sein? Sie war ja Krankenpflegerin«, schlug Isabella Munch vor, und Roland nickte ein bisschen zu eifrig.

»Wir sollten ihre Patienten ausfindig machen, besonders die, die sie am letzten Tag ihres Lebens besucht hat.«

»Genau darüber habe ich mit den Kollegen in Silkeborg gesprochen«, meinte Kim. »Aus den alten Berichten ging das nicht hervor, und leider gibt es keine Verzeichnisse von damals darüber, wo sich die Krankenpfleger an bestimmten Tagen und zu bestimmten Zeiten aufhielten. So etwas wird nicht so lange aufgehoben.«

»Gut, Kim, dann vergeuden wir keine Zeit mehr damit. Aber irgendwie müssen wir sie finden. Der Sohn konnte uns leider nicht viel helfen, er war erst acht, als das alles passierte.«

»Es kann aber nicht der gewesen sein, der die Journalistin angerufen hat?« Kurt Olsen kaute auch, aber es war bestimmt eher Stimorol- als Nikotinkaugummi. Seine geliebte Stanwell-Pfeife, die normalerweise wie eine Verlängerung seiner rechten Hand wirkte, wollte er um nichts in der Welt entbehren. Er nutzte eine Gesetzeslücke und qualmte weiter in seinem Einmannbüro.
»Der junge Mann wirkte sehr geschockt, als er vom Tod seiner Mutter erfuhr, daher bezweifle ich das sehr«, antwortete Roland und sah zu Mikkel, der Sebastians Reaktion ebenfalls gesehen hatte. Er schüttelte den Kopf und stimmte seinem Chef zu.
»Ich frage mich, warum eine Krankenpflegerin aus Silkeborg Patienten hier in Aarhus hat. Wirkt das nicht seltsam?«, fragte Isabella.
Die wunderbare weibliche Intuition. Roland runzelte die Augenbrauen und nickte. »Ja, da hast du Recht. Ich habe mich das auch schon gefragt«, log er. »Niels, darum kümmerst du dich. Wir müssen wissen, was eine Krankenpflegerin aus Silkeborg hier in Aarhus gemacht hat.«
»Können wir denn ausschließen, dass die Leiche aus Silkeborg nach Aarhus transportiert wurde? Also, dass sie in ihrem eigenen Zuhause ermordet und hierher gebracht wurde? Das könnte ihre Patienten ausschließen.« Kurt Olsen krempelte die Ärmel hoch und wirkte von seiner Theorie sehr überzeugt. Roland war nur davon überzeugt, dass es viele Möglichkeiten gab, wenn man keine Fakten hatte, von denen man ausgehen konnte.
»Wie lange braucht man, um von Silkeborg nach Mundelstrup zu fahren?«, fragte er in die Runde.
»Kommt drauf an, ob man mit Blaulicht fährt«, kommentierte Dan, was ihm von Niels einen harten Schlag auf den Arm einbrachte.
»Mann, ein Mörder fährt doch nicht mit Blaulicht, du Knalltüte.«
Dan wurde rot, als ihm auffiel, worauf die Frage abzielte. Roland schüttelte unbemerkt den Kopf. Nun war Dan bald vier Jahre bei der Polizei, und es war nur dem Mangel an Beamten zu verdanken, dass er noch nicht gefeuert worden war. Er war nicht der Hellste, und viele ernste Gespräche unter vier Augen hatten seine Einstellung zu seiner Arbeit nicht verbessert, die scheinbar für ihn nur darin bestand, eine Uniform und Waffen tragen zu können.

»Von Silkeborg nach Mundelstrup sind es rund vierzig Kilometer, ich denke, das ist in etwas mehr als einer halben Stunde zu schaffen«, sagte Niels Nyborg, der dort Verwandte hatte.

»Wenn wir davon ausgehen, dass es an einem kalten Wintertag mit Minustemperaturen geschah, könnte dieser Transport vielleicht die Ursache dafür sein, dass die Leiche kalt war, als sie ins Moor geworfen wurde. Dem Obduktionsbericht zufolge wurden die Eingeweide in dem sauren Moorwasser sehr gut erhalten. Man meint sogar, ihre letzte Mahlzeit sei Rindfleisch gewesen, aber das ist nicht hundert Prozent bewiesen«, sagte Roland.

Kurt Olsen erhob sich und studierte mit den Händen in den Hosentaschen die Fotos der Leiche. »Aber wer versteckt eine Leiche und fährt sie so weit? Sollte man sie nicht einfach so schnell wie möglich aus dem Weg räumen?« Er drehte sich zum Tisch um, wo alle ihn anstarrten.

»Haben wir noch überhaupt keinen Todeszeitpunkt?«, erkundigte sich Niels Nyborg und drehte eifrig seinen Kugelschreiber zwischen den schlanken Fingern.

»Leider noch nicht. Das Alter der Leiche macht es kompliziert, an dem Teil arbeiten sie also noch«, seufzte Roland und richtete sich auf seinem Stuhl auf. »Aber wir haben genug mit dieser Aufklärung hier zu tun. Der unbekannte Mann, mit dem die Journalistin gesprochen hat, kündigte weitere Morde an, wenn er Recht hätte – und das hatte er ja.« Es lief ihm eiskalt den Rücken runter. Was, wenn das nicht nur eine Warnung, sondern eine Drohung war!

11

Sie waren so gut wie durch. Es war Spätnachmittag, und mit kleinen Pausen hatten sie zusammengenommen gut und gerne einen Tag gebraucht, um die Wohnung zu räumen. Ganz schöne Mengen, die man so im Laufe eines langen Lebens aufbewahrt, dachte sie mehrmals. Sie stand auf und strich die Haare zurück. Ihr Rücken tat weh von der ungewohnten Haltung, in der sie bei den Küchenschränken gesessen hatte, um sie auszuräumen. Die Wohnung war schon wieder vermietet und der neue Mieter zog am Ersten ein, sodass alles draußen sein musste, damit gestrichen werden konnte. Elina hatte hier viele Jahre

gewohnt, und Instandhaltung hatte es nicht viel gegeben, daher war es wirklich nötig.
Emma schleppte außer Atem einige Pappkartons. »Stell dir vor, dass sie so alte Briefe aufgehoben hat«, seufzte sie. »Auf dem obersten Umschlag ist ein Poststempel von 1983.« Sie ließ die Kartons auf den Stapel mit den anderen fallen, die nach unten in den Abfallcontainer getragen werden sollten.
»Willst du die wegschmeißen?«, fragte Sabrina ungläubig und schleppte ihren Karton mit alten, abgenutzten Töpfen und Pfannen ebenfalls zum Stapel. Mit einem schabenden Geräusch zog sie ihn über den Boden.
»Was willst du sonst damit?« Emma sah auf ihre Armbanduhr und zog ihre Bluse runter, die über dem runden Hinterteil hochgerutscht war.
»Fahr ruhig, Emma. Ich kümmer mich schon um den Rest.«
Sie lächelte dankbar. »Meinst du das ernst? Es ist wohl auch besser, wenn ich am Wochenende heimkomme. Kaj hat mehrfach angerufen. Ich fehle ihm sicher auf dem Hof. Es würde mich nicht wundern, wenn er nichts anderes als das Essen bekommen hat, das ich ihm vorbereitet habe, bevor ich weggefahren bin.«
Sabrina bedankte sich für die Hilfe und winkte vom Fenster aus, als Emma, die sich mit ihrer großen Reisetasche abmühte, in Richtung ihres im Hinterhof geparkten Autos verschwand. Traurig drehte sie sich zu der leeren Wohnung und den Kartons im Eingangsbereich um. Es war keine Spur mehr von Elina da. Die Wände waren kahl und die Möbel waren gestern Nachmittag abgeholt worden. Diesen Teil hatte Gustav organisiert. Die meisten waren wohl auf der Mülldeponie verbrannt worden. Sie wollten nichts von dem ›alten Gerümpel‹, wie Carola es genannt hatte. In einem der Kartons hatte sie die Dinge, die ihr etwas bedeuteten, als Erinnerung gesammelt. Emmas Auto war ebenfalls mit Dingen vollgeladen, die für sie von Bedeutung waren. Es gab nur die beiden, um die Sachen aufzuteilen. Elina hatte kein Geld hinterlassen, nur ein paar Schulden, die mit dem Nachlass verrechnet werden würden.
Sie setzte sich auf den Boden neben den Pappkarton mit den alten Briefen. Emma hatte Recht, warum sollte man Briefe aufheben, die fünfundzwanzig Jahre alt waren? Sie nahm den ersten Brief und las den

Absender. Er war in einer engen Handschrift geschrieben, die schwer zu lesen war. Sie deutete ihn als *Louise Engtoft*. Es war keine Adresse angegeben. Vorsichtig öffnete sie den Umschlag, als ob er so alt wäre, dass er zerbröseln könnte.

Mai 1983

Liebe Elina,
ich schreibe, weil ich dir gern erzählen möchte, welche Verbesserung es bei Josefine gab wegen der Behandlung, die wir im Augenblick versuchen. Heute konnte sie, gestützt von mir, mit raus in das wunderbare Frühlingswetter kommen. Die frische Luft machte sie so klar, dass sie genug Energie hatte, ein bisschen mit ihrem kleinen Mädchen dazusitzen und ihm etwas über die Vogelstimmen zu erzählen. Ich war beeindruckt, wie viele sie kannte. Obwohl Josefine schnell müde wird und wieder ins Bett will, gab es große Fortschritte.
Doktor Winther ist auch sehr optimistisch und sagt, dass etwas darauf hindeutet, dass die Behandlung ihr etwas nützt. Vielleicht haben sie wirklich ein Mittel gegen Krebs gefunden. Wir können doch immer hoffen. Ich fand, das solltest du wissen. Als du letztes Mal hier warst, hast du so resigniert gewirkt. Dazu gibt es überhaupt keinen Grund. Alles wird wohl wieder gut werden.
Liebe Grüße, Louise

Sabrinas Herz klopfte heftig, als sie den Brief zusammenfaltete und ihn zurück in den Umschlag schob. Louise musste die Krankenpflegerin ihrer Mutter gewesen sein und das kleine Mädchen sie selbst. Bei der Vorstellung des Mädchens auf dem Schoß seiner Mutter in einem sonnendurchfluteten Garten mit frischen Blättern an den Bäumen um sie herum und den fröhlichen Vogelstimmen kamen ihr die Tränen. Sie hatten wohl auf der Gartenbank gesessen, neben dem Vogelbad aus Granit ganz am Ende des Gartens mit Blick aufs Haus, an das sie sich nur anhand der paar Bilder im Fotoalbum erinnerte. Aber sie spürte ein warmes Gefühl im Inneren, wenn sie sie sah. Das musste bedeuten, dass sie in diesem Zuhause fröhlich und geborgen gewesen war – bis zu dem Zeitpunkt, als Carola kurz nach Josefines Tod dort einzog. Danach wohnten sie nur noch ein paar Wochen dort, dann hatte Carola eine teure und protzige Villa am Strandweg gefunden, und obwohl sie weinte und nicht mit in das große Haus ohne Gemütlichkeit und Erinnerungen ziehen wollte, gab es kein Erbarmen, weder von ihrem Vater noch von Carola. Damals fing es auch mit den schicken Kleidchen und den Schleifen im Haar an. Die Kinder vom Strandweg sollten aussehen wie – Kinder vom Strandweg.

Plötzlich fror sie und stand auf, um das gekippte Fenster zu schließen. Wenn die Sonne verschwand, war die Jahreszeit deutlicher spürbar. Sie betrachtete eine Mutter, die ihr Baby aus einem Kinderwagen im Hinterhof hereinholte. Der Brief hatte alte Wunden aufgerissen. Auf einmal erinnerte sie sich an Kleinigkeiten aus ihrer Kindheit, die sie längst hinter sich gelassen hatte – dachte sie. Die Angst, die sie in dem großen Haus erlebt hatte in den dunklen Nächten allein im Kinderzimmer, in dem es sonst an nichts fehlte – außer an Geborgenheit. Carolas kritische Blicke auf die dicke Stieftochter, die durch Frustessen nur noch dicker wurde.

Geld bekam sie genug und der Bäcker lag auf dem Weg zur Schule. Sie sah sich wieder als Kind, wie sie nach der Schule in ihrem schicken Kleid auf einem großen Stein am Wasser saß und Kuchen aß. Der Serotoninspiegel in ihrem Gehirn stieg und sie beruhigte sich. Heute wusste sie, dass das passiert war. Während ihrer Ausbildung zur Ernährungsberaterin hatte sie viel über Botenstoffe im Gehirn gelesen und wusste nun, dass süße Sachen die Produktion von Serotonin erhöhen, das als Trost und Belohnung wirkt. Paradoxerweise der gleiche Stoff, der bei Bewegung ausgeschüttet wurde. Aber für ein Kind sind Süßigkeiten und süße Sachen eine leichtere Lösung, um sich besser zu fühlen – um den Glücksrausch zu finden, den das Leben verwehrt. Sie *war* ein unglückliches Kind. Aber warum tauchten nur die schlechten Erinnerungen auf? War sie einfach zu klein gewesen, um sich an die guten zu erinnern? Sie setzte sich wieder auf den Pappkarton und nahm den nächsten Brief. Er war aus demselben Jahr, aber einen Monat später.

Juni 1983

Liebe Elina,
danke für deinen Brief und den Besuch neulich. Josefine hat sich sehr gefreut, dich zu sehen. Sie spricht oft über dich und vermisst dich. Gustav

ist ja nicht so viel zu Hause, er arbeitet oft bis spät in den Abend, daher bleibe ich ein bisschen länger bei ihr und helfe in der Regel dabei, die Kleine ins Bett zu bringen. Aber sie ist so brav, sie schläft fast immer sofort ein, ohne groß Unsinn zu machen. Ich weiß, du hast Recht, wenn du sagst, ich darf keine zu starke Bindung zu Josefine und dem Kind aufbauen, aber wie kann man anders? Mein eigener Sohn ist dabei, groß zu werden, daher ist es schön, mit dem kleinen Mädchen zu toben. Es geht immer noch bergauf. Doktor Winther ist ganz optimistisch geworden. Obwohl manche Ärzte gesagt haben, dass es keine Hoffnung gibt, dürfen wir nicht aufgeben.
Liebe Grüße, Louise

Sobald der Brief zusammengefaltet und zurück in den Umschlag gesteckt war, nahm sie den nächsten. Ihre Hände zitterten ahnungsvoll, als sie ihn aus dem Umschlag nahm.

November 1983

Liebe Elina,
als du letztes Mal hier warst, konnten wir uns ja nicht unterhalten. Aber ich hörte, dass du dich mit Gustav strittest. Es kann sich nicht lohnen zu versuchen, ihm das auszureden. Ich habe es selbst versucht. Ich weiß nicht, was zwischen ihm und Doktor Winther vorgefallen ist, aber es muss ernst gewesen sein. Ich werde dich nächste Woche besuchen, wenn ich hier fertig bin, dann können wir gemeinsam überlegen, was wir machen können.
Liebe Grüße, Louise

Dieses Mal legte sie den Brief nicht in den Umschlag zurück, bevor sie den nächsten herausholte. Alle Briefe waren von dieser Louise Engtoft, sie erkannte die Schrift wieder. Warum hatte Elina nie etwas von ihr erzählt? Warum hatte sie nie etwas von diesen Briefen gesagt, die so viel über ihre Mutter berichteten? Nach diesem Wissen hatte sie immer gesucht. Irgendetwas sagte ihr, dass es vielleicht nicht gut für sie wäre, sie zu lesen, aber der Drang, mehr zu wissen, vertrieb den Gedanken schnell. In diesem Karton fand sie die Wahrheit. Davon war sie plötzlich überzeugt.

12

Der Horsens Fjord lag windstill im herbstlichen Sonnenschein. Man konnte das Wasser vom Fenster aus gerade schemenhaft erkennen. Kamilla umklammerte den Kaffeebecher, starrte gedankenverloren hinaus ins Licht und biss vor Nervosität in die Plastikkante. Ein Arzt hatte ihr ein Bett angeboten, damit sie bei ihrer Mutter im Zimmer schlafen konnte, aber man brauchte nicht mal eine Stunde von Egå in das Krankenhaus in Horsens, daher entschied sie sich, jeden Abend heimzufahren und am nächsten Tag wiederzukommen. Jetzt hatte sie Angst, nicht so reagieren zu können, wie man es von ihr erwartete. Der Arzt sah sie seltsam an, als er sie über den kritischen Zustand informierte, dass sie operieren mussten, und konnte offenbar sehen, dass sie bei der Nachricht nichts fühlte. Wie konnte sie ihm erzählen, dass sie ihre Mutter selten sah, ohne wie eine gefühlskalte Tochter zu wirken? Er konnte doch nicht wissen, welches Leben sie gelebt hatten. Es war eine gemeinsame stillschweigende Vereinbarung gewesen, dass sie so wenig wie möglich miteinander zu tun haben wollten. In den letzten Jahren hatte sich ihr Kontakt auf ein paar verbindliche Telefongespräche ab und zu reduziert, die trotzdem keinem von beiden etwas genutzt hatten. Zwischen ihnen hatte es nie Liebe gegeben, und sie wusste auch nicht ganz, was das war, was sie nun fühlte.

Die Krankenschwestern verließen das Einzelzimmer wieder. Die eine legte eine Hand auf ihren Arm und drückte ihn kurz, als sie an ihr vorbeiging. Sie ging hinein und warf den Plastikbecher in den Mülleimer unter dem Waschbecken, bevor sie sich auf den Stuhl neben dem Bett setzte. Ihre Mutter lag immer noch mit geschlossenen Augen da. Ein Morphiumtropf sandte eine schmerzlindernde Flüssigkeit in ihre Adern. Sie betrachtete das Gesicht, das auf dem weißen Kissen so fremd wirkte. Die Frau im Bett war fast unkenntlich und das nicht nur wegen der Bandage um den Kopf und der blauen und lilafarbenen Hämatome im Gesicht nach dem Sturz. Sie war nur Haut und Knochen, und wenn Kamilla es nicht wüsste, würde sie bestreiten, dass ihre Mutter dort lag. In dem großen Bett wirkte sie völlig fehl am Platz. Sie konnte sich nicht erinnern, sie jemals aufgrund einer Krankheit bettlägerig gesehen zu haben. Die Stille, die sie umgab, wirkte nicht ganz echt. Normalerweise predigte sie konstant von dem Familienfluch, dass sie alle einen schmerzvollen Tod sterben würden als Strafe für ihr Handeln in ihrer frühen Jugend, als sie ihr Heim der Inneren Mission an der jütländischen Westküste verlassen hatte, um mit einem Mann, der Kamillas Vater wurde, ein Leben ›in Sünde‹ zu leben. Sie hatte ihnen das Leben zur Hölle gemacht, nachdem sie ihre Handlung bereute, und alles als eine Strafe Gottes sah, weil sie ihren Glauben verraten hatte. Es wurde noch ernster, als Kamillas Vater starb und damit den Fluch bestätigte. Sie nahm die Hand, die auf der Decke lag. Sie war sehnig und schlaff. In ihrem Gedächtnis kramte sie nach guten Erinnerungen und Erlebnissen, die sie mit ihrer Mutter gehabt hatte. Aber es tauchten keine auf. War sie zu hart gewesen? Hätte sie bei ihr sein sollen, statt zu flüchten? Sie hatte selbst Tragödien erlebt, die alles andere überschatteten. Aber war es nicht verkehrt, sich nur mit seiner eigenen Tragödie zu beschäftigen? Vielleicht hatte ihre Mutter Recht. Vielleicht lag wirklich ein Fluch über ihrer Familie. War ihr eigenes Leben nicht ein Beweis dafür? Die Scheidung von Jan. Rasmus, der von einem betrunkenen Fahrer getötet wurde. Danny, in den sie verliebt war und von dem sie dachte, er sollte der Mann in ihrem Leben werden. Sie hasste ihn, wollte ihn nicht lieben. Aber die Gefühle waren zu tief gewesen, um sie einfach loslassen zu können. Jetzt war er mit Majken zusammen. Majken, die immer ihre engste und vertrauenswürdigste Freundin gewesen war – fast eine Schwester. Wenn all das kein Fluch war, was war es dann?

Sie küsste die Hand ihrer Mutter. Nicht einmal ihr Duft rief Erinnerungen hervor. Es könnten genauso gut die Medikamente durch die Haut gedrungen sein, die sie in sie gepumpt hatten. Sie lehnte ihre Wange gegen die fast durchsichtige Haut und schloss die Augen. Als sie hörte, dass die Tür geöffnet wurde, richtete sie sich schnell auf und sah den Arzt an, der zu ihr gekommen war. Er lächelte beruhigend, aber es lag ein Schatten über dem Lächeln, der etwas anderes sagte. Es war ein neuer Arzt, den sie noch nicht gesehen hatte.

»Kamilla Holm?«

Sie nickte.

»Ich würde gerne ein wenig mit Ihnen sprechen«, sagte er gedämpft, als ob ihre Mutter sie hören könnte und nicht durfte.

»Würden Sie mir in mein Büro folgen?«

Sie stand auf und folgte ihm stumm auf den langen Flur. Vor Autoritäten im weißen Kittel oder in Uniform hatte sie immer großen Respekt gehabt.
Das Büro war hell und freundlich mit weichem Nachmittagslicht von einem großen Fenster in Richtung Fjord. Sie setzte sich auf den angebotenen Stuhl. Ihr Herz raste, der Mund wurde trocken. Das Gefühl einer schrecklichen Nachricht lag zitternd in der Luft, und sie wusste nicht, wie sie sich verhalten sollte, wie sie darauf reagieren müsste.
Der Arzt stellte sich als Karsten Berthelsen vor, obwohl das überflüssig war. Es stand auf seinem Namensschild. Karsten Berthelsen, Chefarzt.
»Kaffee?« Er zeigte auf eine Thermoskanne.
Sie schüttelte den Kopf.
»Es ist kein Automatenkaffee«, sagte er eine Spur zu munter.
»Ich hatte gerade welchen, daher – aber danke.«
Sie faltete die Hände im Schoß, befeuchtete die trockenen Lippen und versuchte, ihm in die Augen zu sehen. Er setzte sich ihr gegenüber und wurde ernst. »Ihre Mutter hat sich bei dem Sturz leider schwere Verletzungen zugezogen«, begann er. »Aber das ist nicht das Schlimmste. Wie Sie sicher wissen, ist der Sturz die Folge einer plötzlich aufgetretenen Hirnblutung. Es ist sehr beunruhigend, dass sie eine ganze Woche nach der Operation noch nicht wieder aufgewacht ist. Sie zeigt überhaupt keine Reaktionen«, fuhr er gedämpft fort und lehnte sich im Stuhl zurück.
Sie könnte natürlich fragen, wie die Chancen standen. Ob es Hoffnung gab. Würde sie gelähmt und hilflos werden, und wer sollte sich dann um sie kümmern? Oder wurde sie ein lebender Leichnam, der von einer Maschine am Leben gehalten wurde? Aber sie traute sich nicht. Hatte vor den Antworten genauso große Angst wie davor, die Fragen zu stellen.
»Was machen Sie jetzt mit ihr?«
Karsten Berthelsen schaute in die Krankengeschichte vor sich und schüttelte mutlos den Kopf. »Das Einzige, was wir jetzt für Ihre Mutter tun können, ist, sie mit Morphium schmerzfrei zu halten.«
Kamilla nickte.
»Aber es besteht das Risiko, dass Ihre Mutter die Dosis, die wir ihr geben müssen, nicht verkraftet.«

Sie sah ihn verständnislos an. »Wollen Sie damit sagen, sie kann …?«
Er nickte. »Ich muss Sie diesbezüglich nach ihrer Meinung fragen. Gibt es andere Angehörige?«
Sie schüttelte den Kopf. Sie könnte Jan anrufen, es war trotz allem seine frühere Schwiegermutter, obwohl die beiden sich nie ausstehen konnten. Gerade hatte sie nur das Bedürfnis, jemanden bei sich zu haben, dessen Hand sie drücken oder an den sie sich klammern konnte, damit sie nicht – wie immer – mit allem allein war. Es war fast egal wer, selbst Jan. Aber er würde sowieso nicht kommen, selbst wenn sie ihn darum bat. Er und Nina hatten ihr nie verziehen, dass sie ein Verhältnis mit Rasmus' Mörder gehabt hatte, obwohl sie damals nicht wusste, wer er war, und Danny nicht länger sah. Das konnte sie sich selbst auch nicht vergeben. Außerdem hatten sie selbst einen kleinen Jungen, um den sie sich kümmerten. Er war knapp zwei Jahre alt. Sie hatte gehört, dass sie ihn Rasmus genannt hatten, nach Jans erstem Sohn. Als sie das hörte, hatte es sie durchbohrt, als ob ein Messer in einer Wunde herumgedreht wird.
»Meine Meinung?« Sie sah starr auf den Tisch, ohne zu wissen, was ihre Meinung war. »Gibt es keine anderen Möglichkeiten, als …?«
Der Arzt schüttelte den Kopf und blätterte in der Krankengeschichte.
»Ich sehe, dass Ihre Mutter erst sechsundfünfzig ist. Das ist natürlich noch jung. Aber in was für ein Leben kehrt sie zurück – falls sie zurückkehrt?«
Kamilla spürte seinen Blick auf ihr. Sie schaute auf ihre Hände, die zitterten und eiskalt waren. Sechsundfünfzig. Sie hatte nie über das Alter ihrer Mutter nachgedacht, sie hatte immer alt ausgesehen. Aber sie war tatsächlich erst neunzehn gewesen, als sie selbst auf die Welt kam.
»Ich kann nur wiederholen, das Beste, was wir für sie tun können, ist, sie schmerzfrei zu halten.«
»Sie wissen am besten, was zu tun ist«, murmelte sie und wollte einfach nur so schnell wie möglich raus aus dem Büro. Raus aus dem Krankenhaus.
Der Chefarzt erhob sich und steckte den Kugelschreiber in die Brusttasche.
»Sie dürfen natürlich gerne bleiben, aber leider ist keine Besserung in Sicht. Wir können anrufen, wenn …« Er ließ den Satz in der Luft hängen.

Sie stand auf und schüttelte seine entgegengestreckte Hand; sie war weich und warm, aber der Händedruck war schwach, und er zog seine Hand schnell wieder zurück, als ob er nicht mit irgendetwas angesteckt werden wollte. Er folgte ihr zur Tür.

»Es tut mir sehr leid, dass wir nicht mehr tun können«, sagte er hinter ihr, als sie auf den Krankenhausflur trat. Die Absätze der Stiefel auf dem Boden hallten von den kahlen Wänden wieder.

Sie ging zurück in das Einzelzimmer. Ihre Mutter lag noch genauso da wie vorher. Ihre Atmung war ruhig und gleichmäßig, als ob sie schliefe. Kamilla zog ihren Mantel an, beugte sich übers Bett und gab ihr einen Kuss auf die warme Stirn. Das Morphium lief langsam durch einen Schlauch neben ihr.

Die Tränen kamen im Auto auf dem Nachhauseweg, aber sie wusste nicht, warum. Es fühlte sich nicht an wie Trauer, sondern wie Hoffnungslosigkeit.

Es war angenehm, den vertrauten Geruch im Haus wahrzunehmen, als sie aufschloss und in die Wärme trat. Der Duft ihres eigenen Hauses und nicht die gemischten Krankenhausgerüche von weiß Gott was. Sie streifte den Mantel ab und warf ihn oben auf die Garderobenhaken. Im Kühlschrank fand sie ein paar kalte Reste von gestern, die sie aß, während sie den Anrufbeantworter abhörte und nach dem Frühstück ein bisschen aufräumte. Das Gefühl der Hoffnungslosigkeit hatte sich wie eine Zecke festgebissen.

Sie war lange nicht dort gewesen, aber nun öffnete sie die Tür zu Rasmus' Zimmer und ging vorsichtig hinein, ohne Licht anzumachen, als ob er in seinem Bett liegen und schlafen würde und sie ihn nicht wecken wollte. Die Tür knarrte leicht, wie damals schon. Sie konnte immer hören, wenn er nachts rausschlich, um auf die Toilette zu gehen oder sich in der Küche ein Glas Wasser zu holen. Das Zimmer war nun ausgeräumt. Majken hatte ihr dabei geholfen. Genau genommen war sie es gewesen, die gesagt hatte, dass es nun sein sollte. Das Einzige, was noch dastand, war ein Fußballpokal, der vom Staub matt war, und ein Silberrahmen mit dem letzten Foto, das von ihm gemacht worden war. Sie erschrak vor ihrem eigenen Spiegelbild in der Fensterscheibe – wie eine andere Person, die draußen allein in der Kälte und Dunkelheit stand und zusammensank. Ganz allein – wie sie selbst. Sollte ihre Mutter jetzt auch sterben? Falls sie es tat, war niemand mehr da, obwohl sie so gesehen physisch nie da gewesen war. Natürlich gab es irgendwo noch Familie. Zahlreiche Familienmitglieder. Aber sie kannte sie nicht, hatte nie von ihnen gehört. Oma, Opa, Tanten, Onkel – und wer da sonst noch gewesen war. Zum Teufel mit ihr und ihrem Egoismus, dachte sie. Jetzt brauchte sie die wirklich.

Mit ihren Ärmeln wischte sie den Staub von dem Pokal. Das Datum kam zum Vorschein. 7. August 2003. Sie sah Rasmus vor sich – sieben Jahre alt, in seinem gestreiften Fußballtrikot und viel zu großen Shorts, voller Eifer, ein richtiges Spiel zu spielen und versessen darauf, zu gewinnen. Sie hatte ihn und seine Mannschaftskameraden zu dem Spiel gefahren. Hinten auf dem Rücksitz hatten sie wie Brian Laudrup und Ulrik Wilbek geklungen. Mit einem kleinen Lächeln hatte sie sie im Rückspiegel im Auge behalten. Auf dem Platz hatten sie wie Profis gespielt. Sich in simulierten Krämpfen im Gras gewälzt, bis sie gegen das Schienbein getreten wurden, wie sie es im Fernsehen gesehen hatten. Und natürlich wollte die Begeisterung kein Ende nehmen, als sie den Pokal gewannen. Das Einzige, was die Freude ein bisschen getrübt hatte, war, dass sein Vater nicht aufgetaucht war. Er rief abends an, aber das war nicht das Gleiche. Er hatte Rasmus an diesem Tag gefehlt. Auch an diesem Tag.

Sie stellte den Pokal zurück aufs Regal und schloss die Tür hinter sich.

Tarzan schlief auf der Bettdecke im Schlafzimmer. Sie legte sich neben ihn und schnupperte an dem warmen Fell, das ein bisschen nach ihrem eigenen Parfüm roch. Sofort startete der kleine, knirschende Motor in seinem Bauch. Er streckte sich mit Wohlbehagen und drehte den Kopf in eine einschmeichelnde Position, Schnauze und Schnurrhaare in der Luft. Sie brachte es nicht übers Herz, ihn zu verjagen, um ins Bett zu kommen, und kraulte ihm den Bauch, während sie dem beruhigenden Schnurren lauschte und in die Dunkelheit starrte.

Sie musste eingeschlafen sein und wachte davon auf, dass die Katze weg war. Ihr warmes Kissen war verschwunden, und sie fror. Sie hatte mithilfe des Nachbarn eine Katzenklappe in die Tür der Waschküche gemacht, damit Tarzan kommen und gehen konnte, wann er wollte. Ein Nachttier war natürlich jetzt aktiv. Sie wurde zugunsten einer Maus verlassen.

Langsam zog sie ihre Schlafsachen an, hatte nicht mehr die Energie für ein Bad und der Schlaf übermannte sie, sobald ihr Kopf das Kissen berührte.

Die Nachricht kam am nächsten Morgen in Form eines Anrufs, der sie früh am Morgen nach einem tiefen und traumlosen Schlaf jäh wachrüttelte.
»Ihre Mutter ist leider im Laufe der Nacht eingeschlafen, still und friedlich.«
Der Krampf im Magen nahm ihr die Luft. Sie lief ins Badezimmer und übergab sich in die Toilette.

13

Anne hatte ihren Rucksack startklar gemacht und sah auf die Uhr.
»Verdammt, wo bleiben die?«, fragte sie leicht verärgert.
Mads Dam sah von der Tastatur auf und lehnte sich mit einem kleinen, erfreuten Lächeln zurück, während er sie betrachtete.
»Warum schwirrst du nicht einfach ab? Du willst ihn doch eh nicht dabei haben, oder?«
»Nein, Herrgott noch mal! Aber mein Fotograf *muss* einfach mit.«
»Kamilla! Ist ihre Mutter nicht heute Nacht gestorben? Sie kommt dann wohl nicht zur Arbeit, wenn …«
Er kam nicht dazu, mehr zu sagen. Die Tür ging auf, und Kamilla kam außer Atem mit der großen Kameratasche über der Schulter rein. »Entschuldigt die Verspätung. Mir ging's heute Morgen nicht so gut. Ich hab Nicolaj unterwegs eingesammelt.«
Nicolaj drückte sich mit vom Wind zerzausten Haaren an Kamilla vorbei. »Mein Fahrrad hatte einen Platten, so ein Mist, sonst hätte ich …«
Anne, die überhaupt keine Lust hatte zu hören, was Nicolaj mit seinem Fahrrad vorhatte, sah Kamilla ernst an und unterbrach ihn. »Das mit deiner Mutter tut mir leid, Kamilla. Warum bist du heute nicht zu Hause geblieben? Alle hätten Verständnis dafür gehabt.«
»Denk nicht mal daran. Mir geht es besser dabei, mir etwas vorzunehmen, als einfach nur zu Hause zu sitzen. So viel habe ich schon gelernt. Wo ist Britt? Und ist Thygesen immer noch krank?«

Anne nickte und erklärte, dass Britt an Stelle von Thygesen in der Stadt bei einem Meeting war. Sie sah unruhig zu Mads, der aufstand und Kamilla die Hand entgegenstreckte. Als er auftauchte, war deutlich, dass er einen Kater hatte, daher konnte man nie sagen, was er von sich geben würde.
»Mir tut das mit deiner Mutter auch leid«, meinte er. »Ich habe auch keine Eltern mehr, das ist echt unschön, wenn man der Nächste ist, der auf der Liste steht ...« Er lächelte verlegen und setzte sich schnell wieder. Kamilla bedankte sich und nahm die Tasche auf.
»Sollten wir nicht mal zusehen, dass wir loskommen?«

Annes Auto war in der Werkstatt, es würde ungefähr eine Woche dauern, bevor es wieder fahrtüchtig war nach dem kleinen Unfall, bei dem ihr ein anderer auf einem überfüllten Parkplatz in der Innenstadt reingefahren war. Deswegen musste Kamilla fahren. Sie hatte sich einen Geländewagen zugelegt. Einen schwarzen Suzuki Grand Vitara, damit sie Platz für ihre ganze Fotoausrüstung hatte und selbst in unwegsamem Terrain fahren konnte, wenn es nötig war. Sie liebte es, in ihrer Freizeit in der Natur herumzufahren und zu fotografieren, und als der alte Ford Ka sich mehrfach im Schlamm und weichen Gras festgefahren hatte, hatte sie keinen anderen Ausweg gesehen. Die Bank war freundlicher gestimmt, nachdem sie Arbeit bekommen und ein gutes, regelmäßiges Einkommen hatte, sodass sie ihr letztlich einen Kredit gegeben hatten. Als freiberufliche Fotografin war es immer schwer, mit Einkommen zu rechnen, und das Konto war oft überzogen gewesen.
Nicolaj wurde zusammen mit der Kameratasche auf dem Rücksitz platziert. Anne setzte sich auf den Beifahrersitz.
»Oh Mann, ich brauch eine Zigarette. Darf ich hier drinnen rauchen?«
Kamilla nickte. »Schon okay. Wenn du das Seitenfenster runtermachst, damit wir anderen nicht ersticken.«
Der Freitagsverkehr hatte eingesetzt. Es war, als ob die Leute aus der Stadt flüchteten und es eilig hatten heimzukommen und Wochenende zu haben. Auf dem Viborgweg krochen die Autos in langen Schlangen vorwärts. Erst als sie auf den Alten Viborgweg abbog, konnte sie ein bisschen beschleunigen. »Was war noch gleich die Adresse?«, fragte sie.
»Wir sind dran vorbeigefahren.« Anne lächelte verdächtig.

»Verflixt, was machen wir dann hier?« Sie trat ein wenig auf die Bremse, bereit, eine schnelle Kehrtwende zu machen.
»Ich will mir nur eben das Moor anschauen, wo die Leiche all die Jahre verborgen gewesen ist«, erläuterte Anne, was ein lautes »Geiiiiiil!« auf dem Rücksitz auslöste.
»Bieg einfach hier ab und fahr geradeaus.«
Nicolaj war der Erste, der ausstieg, als das Auto hielt, und starrte mit Ehrfurcht auf die Bäume am Rand des Moors. Er sah aus wie ein gespanntes Kind am Weihnachtsabend.
»Du, entspann dich mal ein bisschen. Das ist nur ein Moor«, meinte Anne mit einem schiefen Grinsen und gab ihm einen kameradschaftlichen Klaps auf die Schulter.
»Ja, aber ein Moor, in dem so lange ein Geheimnis versteckt war! Das ist echt total abgefahren!«
Sie wanderten zwischen den Bäumen zum Moor.
»Bestimmt haben sie sie hier gefunden«, sagte Anne und winkte sie zu sich.
Das Gebiet am Wasserrand wies auf die Aktivität schwerer Fahrzeuge hin, deren Reifenabdrücke in der Erde zu sehen waren, zusammen mit mehreren verschiedenen Fußabdrücken, die nicht alle von der Polizei und den Technikern stammen konnten. Hier waren sicher auch viele Spaziergänger entlanggelaufen, um zu gucken. Der menschliche Drang, Unglücksstellen zu sehen. Der Versuch, dem Tod in die Augen zu schauen. Sie stellte sich den dunklen Morgen vor, mit starkem Flutlicht auf den Polizisten, die im und oberhalb vom Wasser arbeiteten, um die Leiche in so gutem Zustand wie möglich zu bergen. Ihr schauderte. Nicht alle konnten ihre Beerdigung im Voraus festlegen. Die Frau hatte sich vermutlich nie gewünscht, in diesem Moor begraben zu werden. Wenn es nach ihr ginge, sollte ihre Mutter eingeäschert werden, aber der Gedanke an deren Aufregung, als Rasmus beigesetzt wurde, änderte diese Meinung. Dem stark von der Inneren Mission geprägten Glauben ihrer Mutter zufolge, der tief in ihr verwurzelt war, sollte man dem christlichen Dogma vom Tod folgen – nach dem der Körper unverletzt in der Erde liegen sollte, in einem so heilen Zustand wie möglich, im Hinblick auf die Wiederauferstehung, und obwohl sie ja jetzt nicht wusste, was mit ihren Körper geschah, wagte Kamilla es

nicht, von diesem Glauben abzuweichen. Das war die letzte Rücksicht, die sie zeigen konnte.
»Ist es nicht ein bisschen spät, um ein Foto der Fundstelle zu machen?«, fragte sie und konzentrierte sich darauf, die Kamera bereit zu machen.
»Ja, wir sind spät dran«, räumte Anne ein. »Aber ein Foto der Stelle kann vielleicht ein bisschen Würze in einen Artikel bringen.« Sie sah sich nach Nicolaj um, der plötzlich nicht mehr in der Nähe war. »Er wird doch wohl verdammt noch mal nicht ins Moor gefallen sein«, murmelte sie und unterdrückte ein kleines, freudiges Lächeln.
Kamilla machte einige Fotos; plötzlich sah sie Nicolaj im Bildausschnitt im Sucher und ließ die Kamera sinken. »Hey, geh da mal weg, du!«, rief sie.
Er machte einen bewusst komischen Sprung aus dem Kamerawinkel weg und ging zu Anne.

»Dort hinten liegt eine Gärtnerei. Vielleicht haben die was gesehen – damals«, sagte er mit vor Spannung zitternder Stimme.
»Wir wissen nicht, ob sie vor fünfundzwanzig Jahren auch schon hier lag – Herrgott, du selbst warst damals ja noch nicht mal geboren!« Anne bereute schnell ihren Tonfall, aber Nicolaj sah aus, als ob er zu beschäftigt wäre, um ihn zu bemerken. Trotz allem war es eine positive Sache, dass er so in dem Stoff aufging.
»Mit wem reden wir dann in Mundelstrup?«
Sie sah ihn versöhnlich an. »Dort wohnt eine ältere Frau. Sie weiß angeblich alles über alle und hat ein fantastisches Gedächtnis. Bestimmt kennt sie einen Vorfall von damals, über den ich dann gerne ein wenig mehr erfahren würde.« Sie klopfte mit gestrecktem Arm die Asche von der Zigarette, während sie Kamilla ansah, die weiter fotografierte. Wenn er noch mal *geiiiil* sagt, erwürge ich ihn, dachte sie. Aber Nicolaj begnügte sich mit einem Nicken.
»Wie findest du so eine Dame?« Er sah sie verwundert an, die hellen Augenbrauen zusammengezogen, und runzelte nachdenklich die Stirn. Hier in der Sonne leuchteten seine Haare ganz karottenfarben und passten zu den Herbstblättern.
»Manchmal passiert es zufällig, aber diesmal habe ich die Friseure angerufen«, antwortete Anne. Sie war ja trotz allem seine Mentorin.

»Die Friseure?«
»Es gibt in Kleinstädten immer zwei Stellen, wo man alles erfährt. Beim ortsansässigen Kaufmann und beim Friseur. Beim Friseur wird am meisten geklatscht, daher habe ich es bei verschiedenen Salons versucht – und Bingo, einer von denen kannte also Agnes Isager.«
Nicolaj lächelte schief, während er den Kopf schüttelte und in den blauen Himmel schaute. Als Kamilla fertig war, fuhren sie zurück in den Alten Viborgweg.

Agnes Isagers Haus lag einsam am Rand von Mundelstrup an offenen Feldern. Es war nicht besonders gepflegt, aber das konnte man auch nicht verlangen von einer fast achtzig Jahre alten Dame, die lebte und atmete, um kleine selbst gemachte Kobolde und Weihnachtsschmuck zu basteln. Jetzt im Herbst hatte sie am meisten zu tun, und der ganze Esstisch war voll mit kleinen, weißen Wattebäuschen, auf die sie Gesichter malte, Zweigen, Zapfen, Strohkränzen, kleinen Koboldmützen aus rotem Filz und geschnitzten Miniholzpantoffeln.
Agnes war nicht aufgestanden, um sie hereinzulassen. Als sie klopften, rief sie laut: »Kommt rein!« Sie war eine der wenigen Älteren, die nichts auf das Gerede der Presse von Überfällen im eigenen Heim gab, Angst bekam, sich mit Ketten einschloss und die Tür zuknallte. Wenn sie diese Art Besuch bekäme, könnte sie auch nicht viel Widerstand leisten. Ihre Arme waren fast so dünn wie die roten Pfeifenreinigerarme der Kobolde, der Rücken war ein wenig krumm davon, die meiste Zeit des Tages über die Arbeit gebeugt zu sein. Die Augen waren lebendig und froh und voller Neugier. Es gab keinen Zweifel daran, dass sie eine von denen war, die es liebte zu erzählen. Sie legte Pinsel und Wattebausch mit einem halbfertigen Koboldgesicht zur Seite. Anne und Kamilla setzten sich an den Tisch. Nicolaj war von den Kobolden fasziniert und betrachtete die Details eines Koboldmädchens, das in einer Leiter aus Zweigen hing.
»Entschuldigung, dass wir Sie mitten im Hochbetrieb stören«, sagte Anne und warf einen bewundernden Blick auf alle Weihnachtssachen. Einige der fertigen Kobolde standen in Reih und Glied auf einem Wandregal und ähnelten kleinen ungeduldigen Wesen, die nur auf den Dezember warteten.

»Das macht wirklich überhaupt nichts, ich mache das ganze Jahr über Kobolde, damit ich ohne Weiteres vor Weihnachten fertig werde«, sagte sie mit einem Lachen.

»Verkaufen Sie Ihre Kobolde – oder ist das einfach ein Hobby?«, fragte Kamilla.

Agnes erklärte, dass alle ihre Kinder und Enkel schon in Kobolden ertranken und dass ihre Tochter eine Homepage im ›Indernett‹, wie sie es aussprach, eingerichtet habe, und dass sie auf diese Weise einen Teil davon verkaufte. Darum kümmerte sich ihre Tochter, da die neumodische Technik für sie selbst nichts sei, sagte sie bestimmt.

»Aber ihr wollt doch darüber reden, was vor fünfundzwanzig Jahren hier im Dorf passiert ist, oder?«, schloss sie und machte mit verblüffend sicherer Hand weiter damit, Koboldgesichter zu malen.

»Ja, ich habe gehört, dass Sie sich an vieles von damals erinnern, und wie ich am Telefon sagte, fehlen uns Informationen für einen Artikel über den makabren Fund im Moor.«

Agnes nickte, ohne ein besonderes Interesse oder Angst zu zeigen; sie malte ruhig weiter. »Ja, das ist eine schreckliche Geschichte. Es stimmt, ich erinnere mich an vieles aus den alten Zeiten, manchmal bringe ich die Jahreszahlen durcheinander. Aber an 1983 erinnere ich mich genau, das war das Jahr, in dem Volmer und ich Silberhochzeit hatten. Ich kann mich auch gut daran erinnern, dass sie nach dieser Frau aus Silkeborg gesucht haben. Die nun im Moor gefunden wurde.«

Nicolaj setzte sich auf einen Stuhl am Tisch; jetzt gab es plötzlich etwas, das zündete.

»Ist in dem Jahr etwas passiert und können Sie sich erinnern, was?« Anne hatte ihre aufmerksame Journalistenmiene aufgesetzt und startete das Aufnahmegerät auf dem Tisch. »Es macht Ihnen doch nichts aus, darüber zu sprechen, oder?«, lächelte sie.

Agnes warf einen kurzen Blick auf das Ding und schüttelte den Kopf. »Es stimmt, dass es um die Zeit unserer Silberhochzeit herum einen speziellen Vorfall gab, über den wir geredet haben und an den ich seitdem viel gedacht habe, als ich hörte, dass sie die Frau nie gefunden haben. Sie war Krankenpflegerin bei einer Familie hier im Dorf. Eine arme Familie. Kurz danach sind sie nämlich umgezogen, das hat uns ein wenig misstrauisch gemacht.« Sie war mit einem weiteren Koboldkopf fertig geworden und legte ihn auf den Tisch; dann suchte sie kleine rote Koboldmützen aus Filz heraus, die sie auf die runden Köpfe klebte. Kamilla begann, die Kamera startklar zu machen, aber Agnes machte sehr deutlich, dass sie ihr Foto nicht in der Zeitung haben wollte.

»Erinnern Sie sich an den Namen der Familie?«, fragte Nicolaj ungeduldig. Er machte auf einem kleinen Block Notizen, und Anne begann, ihn sehr nützlich zu finden. Das, was sie nicht gleich fragen konnte, fragte er vielleicht.

»Leider nicht ... Es ist viele Jahre her – und sie sind ja umgezogen. Aber es war die Krankenpflegerin, die bei ihnen war, die verschwand. Sie war sonst so freundlich und lächelte immer, wenn ich sie auf dem Fahrrad traf. Sie kümmerte sich um die Frau, die sehr krank war. Sie starb in dem Jahr. Und ist es denn nicht sonderbar, dass sie so schnell umziehen?«

»Vielleicht wegen der Erinnerungen?«, schlug Anne vor.

»Wissen Sie, wo sie hingezogen sind?«, wollte Nicolaj wissen.

Agnes schüttelte den Kopf.

»Und Sie sind sich ganz sicher, dass sie es war?«, unterbrach Anne, bevor Nicolaj mehr sagen konnte.

»Ich weiß nicht, wie sie hieß. Aber sie war Krankenpflegerin und sie verschwand 1983.«

»Haben Sie das alles der Polizei erzählt?«, fragte Nicolaj.

Agnes sah ihn verwundert an. »Oh nein, warum hätte ich das tun sollen? Das haben die wohl selbst rausgefunden!«

14

Jetzt bellten sie wieder. Verärgert erhob er sich aus dem Ledersessel und schaute aufmerksam aus dem Fenster. Draußen war es dunkel und diesig, aber er erahnte gerade so den Hundezwinger bei der Stallmauer auf der anderen Seite des Hofes. Die Hunde bellten aus vollem Hals und warfen sich gegen den Drahtzaun. Er wandte den Blick in Richtung Waldrand. Das war wohl wieder der verdammte Fuchs. Im Licht der Hoflampe und des Fensters konnte er ein Stück über die Felder sehen, dann verschwand der Wald in Nebel und Dunkelheit. Auf dem Stück des Feldes, das er sehen konnte, gab es kein Lebenszeichen. »Verdammte Köter«, murmelte er, aber meinte es nicht so. Die drei kurzhaarigen Hühnerhunde folgten ihm treu auf die Jagd, die seit seiner Pensionierung im letzten Jahr zu seiner Leidenschaft geworden war. Sie sollten morgen zeitig los, deswegen konnte er auch nicht hier sitzen bleiben und auf den dummen Fernseher glotzen. Die Jagdsaison auf Rothirsche hatte gerade begonnen.

Es lief der übliche blutige Freitagabendfilm, aber er hatte keine Lust ihn zu sehen, natürlich war es eine Wiederholung. Und er hatte in seinem Leben schon genug Blut gesehen, erst als Chirurg, später als praktizierender Arzt. Die Patienten kamen schon schreiend rein, wenn sie sich nur in den Finger geschnitten hatten und es ein bisschen blutete. Die Menschen waren *ach* so krank, aber vieles von dem, was ihnen fehlte, war oft selbstverschuldet oder reines Gejammer. Fette Menschen, die nicht verstehen konnten, warum sie Rücken- und Knieschmerzen hatten. »Bedenken Sie doch mal, was dieser Rücken und diese Knie an Gewicht aushalten müssen!«, wollte er ihnen am liebsten ins Gesicht brüllen. Trotzdem verwies er sie weiter im System zum Röntgen und Ultraschall, sodass sie die Plätze derjenigen, die wirklich Hilfe brauchten und nicht einfach nur dreißig Kilo abnehmen müssten, in Beschlag nahmen – und das nur, um sie nicht Woche für Woche in seinem Wartezimmer sitzen zu sehen. Kleine Gebrechen, die früher nur gewöhnliche Bagatellen waren, gegen die man ein Aspirin nahm, sollten umgehend mit Penicillin behandelt werden – und das war viel schlimmer. Ein schlechter Tag, an dem die Laune nicht bestens war, oder es nicht das perfekte Leben war, nach dem heutzutage alle verlangten, und schon erforderte es Glückspillen. Nicht mal zum Examen konnten die jungen Leute gehen, ohne vorher ein Rezept für Beruhigungsmittel bekommen zu haben. Und er schrieb die Rezepte gern. Er hatte in seinem Leben viele geschrieben, zur großen Freude der Arzneimittelfirmen, mit denen er Vereinbarungen hatte. Eine Industrie, die der dänischen Ökonomie nutzte. War etwas dagegen zu sagen, dass Ärzte unter Druck und vorzeitig abgearbeitet waren? Es war höchste Zeit, dass er in Rente ging. Der Arztberuf hing ihm längst zum Hals raus und niemand hätte ihn einen Tag länger auf dem Arbeitsmarkt halten können, obwohl sie über einen Mangel an Ärzten klagten.

Er machte den Fernseher aus und schaute wieder aus dem Fenster. Die Hunde wurden immer aufgedrehter. Das ging nicht. Dann waren sie morgen erschöpft.

»Was ist denn mit den Hunden los, Helge?« Plötzlich stand Victoria im Nachthemd in der Türöffnung zum Schlafzimmer und sah verschlafen aus. Die grauen Haare standen ab. Sie war nicht der Typ Frau, der sie färbte. Wie er sie nun ohne Make-up sah, wirkte sie alt, aber sie hatte immer noch die gleiche Ausstrahlung von Klasse, der er erlegen war. Sie war ein bisschen jünger als er und sie wussten immer, dass sie ein tolles Paar waren. Er hatte sich maskulin und schlank gehalten mit einer gesunden Hautfarbe, da er immer viel im Freien gewesen war, zum Teil auf der Jagd, zum Teil auf dem Golfplatz. Seine Haare waren wie ihre grau, aber es passte zu den beiden. Manche trugen das Silberhaar mit Pracht und Würde. Morgen früh sollten sie gemeinsam gehen, er auf die Jagd, sie zur Arbeit in der Apotheke, wo sie in der Rezeptabteilung arbeitete. Um ausgeruht zu sein, war sie beizeiten ins Bett gegangen. In diesen Zeiten war der Arbeitsdruck hoch – weil die Leute so krank waren und die Ärzte so viele Rezepte verschrieben. Früher war er ironischerweise einer der Gründe für ihre Überarbeitung gewesen. Aber in drei Jahren konnte auch sie in Rente gehen. Deswegen hatten sie das Traumhaus in Spanien gekauft, um dorthin zu ziehen und ihren Ruhestand zu genießen. Viele seiner alten Kollegen wohnten dort. Einer von ihnen betrieb immer noch eine Praxis an der Costa del Sol, obwohl er das nach den Patientenklagen hier zu Hause, vor denen er geflüchtet war, wohl nicht tun sollte. Die dänischen Behörden waren nicht so streng, was das anging. Aber darüber sollte er sich nicht beklagen. Wenn man mit Menschen arbeitet, kann viel schiefgehen – Ärzte sind ja auch nur Menschen, die Fehler machen können, und wenn die Behörden nicht hier und da ein Auge zudrücken würden, wer würde sich dann noch trauen, Arzt zu werden?
»Ich glaube, es ist wieder dieser verdammte Fuchs. Ich gehe raus und schaue nach. Geh du mal wieder ins Bett, meine Liebe«, antwortete er mit einem kleinen Lächeln und sah ihr nach, als sie gehorsam wieder zurück ins Schlafzimmer ging, das weiße Satinnachthemd um die nackten Füße tanzend. Sie erinnerte an eine Fee, die im Dunkeln verschwand.
Auf dem Weg zum Waffenschrank bemerkte er, dass das Gebell der Hunde aufgehört hatte. Eine Weile blieb er stehen und lauschte, dann drehte er sich stattdessen zum Barschrank um und schenkte sich einen

Cognac ein. Er trank einen Schluck, während er raus in die Dunkelheit starrte und nach dem Fuchs Ausschau hielt. Falls er zurückkam, dann würde er …

Eine schnelle Bewegung draußen ließ ihn trotzdem das Jagdgewehr holen. Wachsam stand er am Fenster, bereit, auf den Hof zu laufen, aber im diesigen Licht der Lampe sah er, dass es nur ein Hase war. Er trank einen weiteren Schluck Cognac und genoss das angenehme Brennen auf der Zunge. Es war ein guter Cognac, den er von seinem Sohn zum Geburtstag geschenkt bekommen hatte. Er beschloss, ihn morgen in die Jagdtasche zu packen, damit die anderen Jungs ihn auch probieren konnten.

Plötzlich ging ihm auf, dass irgendetwas nicht normal war. Er stellte das Glas auf dem Fensterbrett ab. Der Hase lief im Licht der Hoflampe verstört herum. Der Hundezwinger war dunkel, er sah keine Bewegungen oder leuchtende Augen. Hörte kein Bellen. Vorsichtig nahm er sein Jagdgewehr in die Hand und ging in den Flur. Er steckte die Füße in ein Paar Gummistiefel und trat hinaus in den Hof.

Sie hatten das Landhaus vor vielen Jahren als Hobbylandwirtschaft gekauft. Es war restauriert und das strohgedeckte Dach war ganz neu. Vor ein paar Jahren war es bis auf die Grundmauern niedergebrannt und sie hatten es bei der Gelegenheit so wieder aufbauen lassen, wie sie es wollten. Letzten Sommer hatten sie alle Sprossenfenster weiß gemalt, um das ursprüngliche Aussehen des Hofes zu bewahren. Victoria hatte immer Pferde gemocht, und ihre braune Stute stand im Stall, der ein neuer Anbau war.

Der Hundezwinger war gegen die Stallmauer gesetzt worden, mit einer Klappe zum Stall, sodass die Hunde in eine der Pferdeboxen gehen konnten, die für sie eingerichtet war. Victoria wollte die Hunde nicht drinnen haben. Vielleicht sind sie einfach nur im Stall, beruhigte er sich selbst, aber ein merkwürdiges Gefühl sagte ihm, dass etwas ganz und gar nicht stimmte.

Beim Hundezwinger schien die Hoflampe so stark, dass er hineinsehen konnte. Der Erste, den er sah, war der Rüde Pax. Er lag in einer verdrehten Stellung da. Ein Stück entfernt lag Dax und neben ihm Max, der in einer Lache Erbrochenem lag. Helge richtete seine Aufmerksamkeit auf den Hals. Ein seltsames Geräusch röchelte darin. Ein

Ruf, der nicht herauskam. Als Arzt hatte er keinen Zweifel daran, dass die Hunde vergiftet worden waren. Er war so von dem Anblick und seiner Verzweiflung gefesselt, dass er die Schritte auf dem Kies hinter sich nicht hörte. Der erste Hieb war nur ein Stich, den er als kalt und unwirklich wahrnahm. Er konzentrierte sich auf den Rücken und bemerkte erst dann den Schmerz und das Klebrige an den Fingern. Nach Luft schnappend sah er auf das Blut auf seiner Hand. Er drehte sich um. Der nächste Hieb rammte ihn in den Brustkorb. Obwohl er viel maskuliner und trainierter als sein Gegner war, schaffte er es nicht, zu reagieren. Das Jagdgewehr fiel mit einem kratzenden Geräusch auf den Kies. Die dunkle Gestalt vor ihm hob erneut das Messer. Es war hübsch. Ein Jagdmesser. Diesen Typ hatte er noch nie zuvor gesehen, obwohl er einige in seiner Jagdtasche hatte und Sammler war. Er starrte darauf. Die blanke Klinge blitzte im Licht der Hoflampe. Den nächsten Hieb spürte er. Der kalte Stahl glitt zwischen die Rippen. Entsetzt sah er auf das dunkle Gesicht, das unter der Kapuze einer schwarzen Jacke verborgen war.

»Welcher … meiner … Patienten bist … du?«, stöhnte er schwach.

Einen Augenblick stand die Gestalt unbeweglich da, dann wurde die Kapuze aus dem Gesicht gezogen und die Augen starrten direkt in seine, als sie wieder zustich. Die Augen des Arztes wurden groß und verwundert, bevor er neben dem Hundezwinger und seinem Jagdgewehr umfiel.

Victoria schrak hoch, schnappte nach Luft und setzte sich im Bett auf. Die Hunde waren jetzt still, aber ein furchtbares Gefühl hatte sie geweckt. Ein Traum? Oder war es ein Laut? Sie stand aus dem warmen Bett auf und ging barfuß über den kühlen Holzboden zum Fenster. Draußen war es dunkel, und es dauerte ein wenig, bis ihre Augen das Bündel erfassten, das im Hundezwinger lag. »Helge!«, schrie sie. Sie riss die Haustür auf und lief hinaus auf den kalten Kies, der in ihre Füße schnitt, aber sie ignorierte den Schmerz. Ein heiserer Schrei, der klang, als käme er von einem verwundeten Tier, erfüllte die dunkle, diesige Nacht, als sie sich neben dem blutigen Körper ihres Mannes auf die Knie warf.

15

Er hasste diese Art von Samstagen.

Dabei hatte er so gut angefangen. Er hatte Irenes Haar angehoben und ihren Nacken geküsst, während sie nach dem späten Frühstück den Abwasch machte, und hatte das leichte Rieseln in ihrem Körper bei der Berührung seiner Bartstoppeln gespürt. Danach schlich er sich raus zum Auto und fuhr durch den Herbstwald zum Ballehage Seebad mit einem Handtuch über der Schulter. Die richtige Winterbadesaison hatte noch nicht angefangen. Die Sonne schien, wie sie es nur an einem schönen Herbstvormittag konnte, und schimmerte auf der Wasseroberfläche. Nach vielen Jahren als aktiver Winterbader fühlte sich das Wasser geradezu warm an, obwohl es nur um die 12 Grad waren. Nachdem er ein paar Mal untergetaucht war, setzte er sich auf einen großen Stein in der Sonne, der verblüffend warm war. Wenn er hier badete, hatte er nie sein Handy mit. Das war eine feste Regel, obwohl es im Polizeipräsidium nicht gerne gesehen wurde. Kurt Olsen hatte das zuvor betont, aber das war eine Sache, die Roland nicht änderte. Diesen einen Moment in seinem Leben wollte er ganz für sich selbst haben dürfen. Daher ahnte er nicht, was ihn erwartete, als er mit nass abstehenden Haaren zurück zur Villa kam.

»Sie haben vom Präsidium angerufen!«, rief Irene aus dem Schlafzimmer, wo sie gerade das Bett machte. Sie trug immer noch ihren hellblauen Morgenmantel, wie sie das samstags gewöhnlich tat. Sie konnten beide so bis weit in den Vormittag hinein herumlaufen, bevor sie sich richtig anzogen. Die Farbe passte gut zu ihrer dunklen Haut. Die Haare hatte sie noch nicht hochgesteckt, sodass sie weich über ihr Gesicht hingen, als sie sich herunterbeugte, um die Bettdecke auf den Platz am Fußende zu ziehen. Er betrachtete sie. Bei der Bewegung glitt ihr Morgenmantel zur Seite, sodass er den Anblick von einem Stück der einen Brust genießen konnte. Genug, um seine Begierde zu wecken. Er lächelte, ging hinein und warf sie aufs Bett. Sie versuchte, ihn wegzuschubsen, lachte aber laut, als er sie auf den Hals küsste. »Oh nein! Jetzt war ich gerade fertig! Was ist nur mit euch Italienern los?«, heulte sie, aber dann ergab sie sich und küsste ihn. Das Telefon auf dem Tisch in der Küche klingelte, aber er schüttelte den Kopf und presste sie wieder zurück ins Bett, als sie Anstalten machte aufzustehen, um es

entgegenzunehmen. Sie liebten sich. Das war der gute Teil am Samstagvormittag.
Er war dabei, seine Hose zuzuknöpfen, als fest gegen die Haustür gehämmert und gleichzeitig aggressiv die Klingel gedrückt wurde. Irene öffnete. Kurt Olsen wälzte sich in den Flur und wirkte wie ein aufgeblasener Frosch. »Wo, zur Hölle, bist zu gewesen? Ich hab den ganzen Morgen versucht, dich zu erreichen! Hast du ihm nicht gesagt, dass er anrufen soll?«, sagte er mit einem so bissigen Tonfall, dass Roland sofort reagierte.
»Was bildest du dir ein, in unser Zuhause zu platzen und so mit uns zu sprechen? Was ist passiert? Es ist doch Samstag, verdammt noch mal«, knurrte er zurück und zog ein schwarzes T-Shirt über den Kopf.
»Ja, wenn Mörder auch einfach mal darauf Rücksicht nehmen würden. Aber die sagen ja nie, ›wir dürfen freitagnachts keinen Mord begehen, damit die Polizei am Samstagmorgen ausschlafen kann‹, stimmt's?« Kurts Stimme war ein bisschen ruhiger, aber sie zitterte leicht, und das beunruhigte Roland.
»Sag nicht, dass ein neuer Mord passiert ist?!«
»Henry Leander ist dort zusammen mit den Technikern. Helge Vangberg, achtundsechzig Jahre, pensionierter Arzt.« Kurt Olsen trocknete mit seinem Taschentuch den Schweiß von der Stirn.
»Irgendein Zusammenhang mit dem anderen?«
»Ein Arzt und eine Krankenpflegerin! Das stinkt ja förmlich nach einem Zusammenhang! Das ist eine der ersten Sachen, um die du dich kümmerst – herauszufinden, ob sie sich kannten!«
Roland strich sich über den Nacken, um das Gefühl kribbelnder kleiner Ameisen zu entfernen. Er zog einen Mantel an und schenkte Irene, die als Zeichen von Verärgerung eine Augenbraue hochgezogen hatte, ein entschuldigendes Lächeln.
Das Landhaus lag direkt am Wald, circa fünf Kilometer außerhalb von Skåde, sodass er von seiner Villa in Højbjerg nicht lange fahren musste. Als er ausgestiegen war, bewunderte er einen Augenblick das Anwesen und die Lage. Wenn sie nicht Irenes Elternhaus gekauft hätten, als sie von Kopenhagen nach Aarhus gezogen waren, wäre dieser Ort ideal gewesen, obwohl er daran zweifelte, dass das Gehalt eines Kriminalkommissars und einer Sozialarbeiterin ausreichen würde.

Bei einem Hundezwinger im Innenhof stand eine Gruppe Menschen. Er krabbelte unter dem rot-weißen Absperrband durch und ging hinüber. Sofort bekam er einen weißen Anzug in die Arme gedrückt. Während er ihn über seine Kleidung zog, bemerkte er flüchtig, wie gepflegt die Gebäude waren. Das Mauerwerk erinnerte ihn an das hübsche Montegiove-Schloss mitten zwischen Rom und Florenz, wo er einen Sommer lang mit Irene gewohnt und den wunderbaren Wein und naturreines Olivenöl genossen hatte.
»Wer ist der Mann im Käfig?«, fragte er Leander und machte eine Kopfbewegung in Richtung eines jungen Mannes, der im Hundezwinger in der Hocke saß.
»Ach, guten Morgen, Benito.« Leander schaltete das Diktiergerät aus, in das er gesprochen hatte, während er den Zustand der Leiche beschrieb. »Das ist der Tierarzt. Er meint, dass die Hunde vergiftet wurden.«
»Womit denn?«
»Das will er herausfinden, vielleicht ergibt sich daraus eine Spur.«
Er hockte sich neben Leander und betrachtete den Ermordeten. Helge Vangberg war ein für sein Alter gut aussehender Mann. Sonnengebräunt und mit geflegtem weißem Haar. Es war nicht leicht zu sehen, ob er mit einem roten Hemd bekleidet oder ob das Ganze Blut war.
»Ein Messerstich im Rücken, zwölf in der Brust«, sagte Leander.
»Zweifelsohne ein persönliches Motiv!«
Roland sah hoch beim Klang der Frauenstimme, die er sofort erkannte. Er hatte sie überhaupt nicht bemerkt.
»Ach, hör auf – wurde schon die Reichspolizei gerufen?«, kommentierte er ein bisschen säuerlich und grüßte Julie Hermansen, die Expertin für Täterprofile war und ihnen geholfen hatte, den Gitte-Mord aufzuklären.
»Nee, wir waren auf dem Weg zur Jagd«, antwortete Henry Leander.
»Zusammen?«, rief Roland aus und sein Blick fiel unwillkürlich auf Julies rechte Hand, die sie vielleicht bewusst hinter dem Rücken versteckt hatte.
»Ja, und mit ihm«, fuhr Leander fort, und zeigte auf Helge Vangbergs Leiche.
»Kanntest du ihn?«

»Nicht persönlich. Er fing vor einem Jahr an, auf die Jagd zu gehen, daher bin ich ihm bei manchen Treffen über den Weg gelaufen. Er war als junger Chirurg im Reichskrankenhaus, wo ich ihm auch ein paar Mal begegnet bin.«

»Chirurg! Wie wird ein Chirurg des Reichskrankenhauses plötzlich zu einem praktizierenden Arzt in Jütland degradiert?«

Leander sah schnell zu Roland und zuckte mit den Schultern.

Roland stand auf. »Wer hat ihn gefunden?«

»Victoria Vangberg, seine Frau.« Es war Kurt Olsen, der geantwortet hatte. Auch er hatte einen weißen Anzug an. Er war gerade von einem Gespräch mit dem Tierarzt zurückgekommen, der im Begriff war, mit den toten Hunden abzufahren.

»Und wo ist sie jetzt?«

»Sie wurde mit einem Schock eingeliefert. Es hat sie natürlich völlig aus der Bahn geworfen, ihren Mann so zu finden. Sie hat ihn heute Nacht gefunden, aber erst gegen Morgen konnte sie sich zusammenreißen, die Polizei zu rufen. Ihrem Zustand nach zu urteilen hat sie die ganze Nacht nur mit einem dünnen Nachthemd bekleidet neben ihm in der Kälte gesessen.«

Lange sagte niemand etwas.

»Was hast du sonst noch?« Roland sah auf Leanders gebeugten Rücken herunter.

»Die Leichenflecken sitzen fest. Das heißt, dass er seit ungefähr acht bis zehn Stunden tot ist. Und er hat auf dem Rücken gelegen. Wir können deswegen davon ausgehen, dass er sicher mit dem Rücken zum Mörder stand und dass der erste Messerstich der zwischen den Schulterblättern war. Er hat sich umgedreht und den Rest in die Brust bekommen. Den einen direkt ins Herz. Wie es aussieht, wurde mehrfach auf ihn eingestochen, selbst nachdem der Tod längst schon eingetreten war.«

Julie nickte eifrig. »Eine persönlich motivierte Tat!«, wiederholte sie.

»Die Messerklinge ist zehn bis zwölf Zentimeter lang und ungefähr zwei Zentimeter breit. Rigor mortis, die Leichenstarre, ist am ganzen Körper festzustellen, sodass wir in jedem Fall einigermaßen sicher von den acht Stunden ausgehen können«, fuhr Leander fort.

»Passt das zu der Erklärung der Ehefrau?«, fragte Roland Kurt Olsen.

Er schüttelte den Kopf und war mit damit beschäftigt, was hinter dem Absperrband vor sich ging. Die Buschtrommeln der Presse waren in Gang. Die ersten Fotografen versuchten, durch das Band zu kommen. Ein paar nicht besonders zufällige Passanten machten Bilder mit ihren Handys und mehrere Autos kamen an.

»Bleibt da draußen!«, rief Kurt Olsen wütend zur Presse und drehte sich mit Verzweiflung im Blick zu Roland um.

»Wir wissen nicht so viel, sie hat unzusammenhängend geredet. Sie sagt, sie habe geschlafen und sei plötzlich aufgewacht. Ihrer verwirrenden Erklärung zufolge klingt es so, dass es ungefähr zwei Uhr nachts war, als sie ihn fand. Aber da kann er ja schon lange tot gewesen sein. Wir müssen noch mal mit ihr reden, wenn sie etwas zur Ruhe gekommen ist. Sie ist in Skejby. Darum kümmere ich mich später.« Seine Aufmerksamkeit war wieder auf das Geschehen außerhalb der Absperrung gerichtet. Er ging dorthin und wurde sofort von Journalisten umringt, die ihm ihre Mikrofone vor die Nase hielten. Roland bemerkte flüchtig Anne Larsen und schaute in die andere Richtung. Wie konnten sie so schnell kommen – und das an einem Samstag!

»Ich kann jetzt nichts Genaueres sagen«, verteidigte sich Leander, als Roland ihn erneut ansah, als ob er alle Antworten kannte.

»Es geht um eine Leiche, die draußen gelegen hat, wo die Temperaturen stark geschwankt haben. In unseren Zeiten der globalen Erwärmung können wir Wärmegrade haben, die tagsüber für die Jahreszeit hoch und nachts unter dem Gefrierpunkt sind, und daher kann ich die Halbwertszeit von zwölf Stunden nicht verwenden. Sonst hätte ich den Unterschied zwischen der Temperatur der Leiche und der Umgebung ausrechnen können. Wenn er nun drinnen gelegen hätte, wäre seine Körpertemperatur …«

»Aber er liegt nun mal nicht drinnen!«, unterbrach Roland ihn ungeduldig. Er hatte den Berechnungen, die von einer Halbwertszeit von zwölf Stunden ausgingen, nie richtig getraut.

»Und es gibt keine Maden oder anderes Ungeziefer?«, fragte Kurt Olsen, der die Presse hatte wegschicken lassen – was auch immer er ihnen versprochen hatte –, und seine Lippen verzogen sich ein bisschen unpassend zu einem Lächeln. Henry Leander hatte eine Ausbildung als Insektenforscher hinter sich, was er als Entschuldigung für seine große

Insektensammlung im Keller gebrauchte. Aber andere Polizeibezirke hatten seinen Sachverstand auf diesem Gebiet erkannt und zogen ihn oft hinzu, wenn Insekten verwendet werden sollten, um einen Todeszeitpunkt zu bestimmen.

»Wenn ich ihn im Institut näher untersucht habe, kann ich etwas Genaueres sagen«, sagte Henry Leander und wirkte verärgert. Seine Insekten wurden immer lächerlich gemacht. Er zog die Latexhandschuhe aus. »Ich bin hier fertig.«

»Du denkst, es ist eine Beziehungstat?«, fragte Roland, als er zufällig neben Julie Hermansen zurück zu den Autos lief, die auf dem Kiesweg vor dem Landhaus geparkt waren. Gerade fuhr ein Krankenwagen mit getönten Scheiben auf den Hof, um die Leiche abzuholen. Die Techniker blieben noch ein bisschen vor Ort. Immer noch waren einige standhafte Journalisten da, die Kurt Olsen nicht hatte einschüchtern können. Roland sah zu seinem Ärger, dass einer von ihnen natürlich Anne Larsen war. Er tat so, als ob er sehr mit dem Gespräch mit Julie Hermansen beschäftigt wäre.

»Alle Anzeichen deuten darauf hin. Der Mörder war sehr nah an seinem Opfer, und die Messerstiche wurden hart und entschlossen ausgeführt. Es würde mich nicht wundern, wenn sie sich vorher kannten. Das Jagdgewehr lag neben dem Opfer. Warum hat er sich nicht verteidigt?« Julie strich ihre Haare hinter die Ohren. Sie hatte sich verändert, seit er sie das letzte Mal gesehen hatte. Damals hatten sie sie Angela Merkel genannt, weil sie an die deutsche Bundeskanzlerin erinnerte. Das tat sie nicht mehr. Ihre Haare waren länger geworden und sie hatte ein paar Kilo verloren. So ist das wohl, wenn man verliebt ist. Er warf einen Blick auf den Rechtsmediziner, der neben seinem schwarzen Volvo auf sie wartete. Roland hatte nie aus seinem alten Freund herausbekommen, ob zwischen den beiden etwas lief, aber er hatte keinen Zweifel daran, dass sie sich seit dem Gitte-Mord häufig gesehen hatten, und »wenn ein altes Haus brennt, dann hilft kein Löschen«, wie man so schön sagt. Da war nur das mit dem Ehering, von dem er nun sehen konnte, dass sie ihn noch trug. Und sie war keine Witwe, so viel hatte er herausgefunden, obwohl ihn das nichts anging. Ihr Mann hatte eine Stelle als Konferenzdolmetscher im Europa-Parlament in Brüssel, deswegen war er wohl nicht oft zu Hause in der Villa in Solrød, wo sie wohnten. Trotz der Tatsache, dass Roland Italiener war, der solche Dinge auf die leichte Schulter nahm, war Untreue für ihn inakzeptabel. Wenn er entdecken würde, dass Irene ihm untreu wäre, würde er ihr nie verzeihen.

Jetzt trug Henry Leander seine armeegrüne Jagdkleidung, die der sterile Ganzkörperanzug verdeckt hatte.

»Wart ihr wirklich auf dem Weg zur Jagd?«, fragte er mitfühlend, als sie ihn erreichten. »Welche Jagdsaison hat jetzt angefangen? Rehe?«

»Rothirsche«, antwortete Leander kurz und öffnete die Autotür für Julie. »Aber die laufen wohl nicht weg, unser Messerstecher schon. Sobald ich Helge Vangberg auf meinem Tisch hatte, bekommst du Bescheid.«

Roland nickte und sah zu seiner Irritation Anne Larsen auf sie zukommen.

»Ich hoffe, das ist jetzt nicht die Prophezeiung der Journalistin, die begonnen hat, in Erfüllung zu gehen, sonst brauche ich wohl bald mehr Stahltische.« Er schlug die Autotür zu und startete den alten Volvo, der ein paar Mal hustete, bevor er in Gang kam. Roland sah dem Auto nach und tat so, als nähme ihn das sehr in Anspruch.

»Hat er Recht?«, fragte Anne Larsen. Ihre Stimme klang ganz munter. Die Fotografin machte von der Straße aus Fotos von dem Krankenwagen. Helge Vangbergs Leiche wurde gerade auf einer Bahre über den Hof dort hinein getragen.

»Wer hat Recht?« Er klang, als ob er nicht verstand, worauf sie anspielte.

»Mein Kontakt. Der Anonyme.«

»Keiner sagt, dass es einen Zusammenhang gibt«, murmelte er.

»Ein Arzt und eine Krankenschwester – kein Zusammenhang? Ach, hören Sie doch auf, natürlich gibt es da einen Zusammenhang. Der am Telefon hatte Recht mit weiteren Morden.«

Er kramte nach der Zigarettenpackung in der Tasche und erwischte wieder das Päckchen mit Nicotinell. Er schüttete ein paar davon in seine Hand und stopfte sie in den Mund.

Anne Larsen stand so dicht neben ihm, dass er ihr Shampoo riechen konnte. Sie lächelte ihn an.

»Stopp das Rauchen – behalte dein Feuer«, sagte sie spöttisch.

»Was?«

»Ja, das aus der Werbung. Sie sehen vielleicht nie fern?«
»Selten«, räumte er ein und ging zu seinem Auto.
»Der Vizepolizeidirektor hat uns eine exklusive Pressekonferenz am Montag versprochen, wenn wir jetzt heimgehen. Bleibt es dabei?«, rief sie ihm nach. Er nickte. »Wenn Kurt Olsen das gesagt hat.« Er sah zu seiner Erleichterung, dass sie sich zusammen mit der Fotografin in einen schwarzen Suzuki mit Allradantrieb setzte und sie wegfuhren. Erschrocken zuckte er zusammen, als Kurt Olsen eine schwere Hand auf seine Schulter legte. »Danke für dein Vertrauen. Hast du übrigens ihren Artikel auf der Titelseite vom *Tageblatt* gesehen?«
»Nein.« An diesem stressigen Morgen hatte er es überhaupt nicht geschafft, in die Zeitung zu schauen.
»Sie hat eine alte Frau in Mundelstrup gefunden, die sich an die Familie erinnern kann, bei der die Krankenpflegerin 1983 gearbeitet haben soll, bevor sie verschwand.« Kurt Olsen zündete seine Pfeife an, und sie sahen beide dem Krankenwagen nach, der mit Helge Vangbergs Leiche wegfuhr.
»Ach das. Ein Praktikant von der Zeitung hat gestern spät am Tag angerufen und es mir erzählt. Ich habe Kim darauf angesetzt. Er war ohnehin gerade dabei, Familien zu suchen, die zu diesem Zeitpunkt von Mundelstrup weggezogen sind, aber das ist verflixt mühsam, fünfundzwanzig Jahre zurückzugehen. Es ist nicht so viel in den Datenbanken aufbewahrt wie heute. Aber Kim sucht am Montag weiter nach der Familie. Das ist doch merkwürdig, dass sie sich nicht selbst gemeldet haben.«
»Beunruhigend. Vielleicht solltest du ein bisschen mit dieser Journalistin reden – oder dem Praktikanten, vielleicht haben die was herausgefunden.«
Roland starrte ihn an, ohne zu antworten.
»Aber dieses Mal haben wir ja eine einigermaßen frische Leiche«, seufzte Kurt Olsen und starrte durch den Pfeifenrauch zurück.
Roland drehte sich zum Anwesen um. Das neue Strohdach sah im Sonnenlicht gut getrimmt aus. Die Halme lagen dicht an dicht, sodass es von der Straße aus an weiches, braunes Velours erinnerte. Zweifelsohne war es ein ausnehmend geschickter Dachdecker gewesen, der diese Arbeit ausgeführt hatte. Der Dachfirst war elegant dekoriert mit gan-

zen Holzstücken, die in Kreuzform angeordnet waren. Ein paar Krähen hatten sich darauf gesetzt und verfolgten das Treiben der weiß Gekleideten auf dem Hof.

»Geh jetzt mal heim zu Irene und ins Wochenende. Wir können nicht viel weiter kommen, bevor wir nicht die Ergebnisse der Techniker und der Rechtsmedizin haben«, unterbrach Kurt Olsen seine Ergriffenheit, gefolgt von noch einem Schlag auf die Schulter. »Sieht so aus, als ob am Montag eine arbeitsreiche Woche anfängt.«

Roland nickte und warf einen letzten bewundernden Blick auf Helge Vangbergs schönes Landhaus, bevor er zurück nach Højbjerg fuhr. Nun wird es vielleicht verkauft, dachte er.

16

Sie wurde zurück in den Sitz gepresst, als das Flugzeug abhob. Diesen Teil des Fluges liebte sie am meisten. Mit geschlossenen Augen fühlte sie sich fast schwerelos, als die Räder die Landebahn verließen und das Flugzeug immer höher stieg. Das war ein schönes Gefühl. Wie von den Problemen der ganzen Welt weggetragen zu werden und dorthin, wo der Himmel immer blau ist und die Sonne immer scheint. Eine reizende, dunkelhäutige Stewardess in der grünen Jacke von Alitalia und in einem strammen marineblauen Rock hatte auf Dänisch, Englisch und Italienisch und mit Zeichen und Gesten die Sicherheitsregeln des Flugzeugs erklärt, aber bestimmt hatte niemand zugehört. Alle gingen davon aus, dass auf dieser Reise nichts passieren würde. Sie schaute aus dem ovalen Fenster und sah die Landebahn unter dem Flugzeug verschwinden und die Landschaft zu einem Patchwork aus kleinen, viereckigen, goldenen und braunen Feldern von Herbstwald und Äckern werden. Dann kamen die Wolken wie ein weißer Nebel und versperrten die Aussicht, während das Flugzeug sanft weiter nach oben stieg. Sie schloss wieder die Augen, bis die Bewegungen des Flugzeuges ihr signalisierten, dass sie sich auf dem richtigen Kurs nach Mailand befanden. Als sie wieder nach draußen schaute, war es, wie hinaus in ein Märchen zu sehen. Die Wolken lagen weit unter dem Flugzeug wie ungleichmäßig weiße Watte und wurden in warmen Nuancen von der Sonne erhellt, die von einem klaren, blauen Himmel schien.

Sie nahm sich eine der Zeitschriften aus der Tasche im Sitz vor ihr und hörte, dass überall im Flugzeug die Sicherheitsgurte geöffnet wurden. Sie selbst ließ ihren während des ganzen Fluges geschlossen. Die Zeitschrift bestand nur aus Werbung für Alkohol, Parfüms, Cremes und Make-up. Sie legte sie zurück und versuchte, sich auf den Film zu konzentrieren, der in dem kleinen Bildschirm über den Sitzen zu laufen begann. Aber der Bildschirm war zu nah, es gab nur Ton, wenn sie ein Paar Kopfhörer auftrieb, und der Film interessierte sie auch nicht.

Im Handgepäck lagen Elinas Briefe. Sie waren spannende Lektüre, die ihr das Wissen über ihre Mutter gab, das sie nie aus anderen hatte herauskriegen können. Weder aus ihrem Vater noch aus Elina. Sie verstand jetzt, dass Josefine sie wirklich geliebt und versucht hatte, trotz ihrer Krankheit eine Mutter zu sein. Dass sie ein fröhliches und normales Kind gewesen war, dessen Vater selten zu Hause war. Der Verdacht, dass es vielleicht wirklich Carola war, die ihn schon damals in Beschlag genommen hatte, begann zu schwelen. Vielleicht lagen die Antworten in den letzten Briefen. Sie hatte gehofft, während des Fluges weiterlesen zu können, aber wollte nicht stören, weil sie dafür raus auf den Mittelgang musste, um sie aus dem Handgepäck über den Sitzen herauszusuchen. Sie hatte den Fensterplatz. Auf dem Sitz neben ihr saß eine junge Frau mit einem etwa zweijährigen Mädchen auf dem Schoß. Das Mädchen hatte keinen Laut von sich gegeben, als das Flugzeug in Kopenhagen abhob. Der Druck in den Ohren konnte sonst schlimmes Gejammer bei kleinen Kindern auslösen, die mit an Bord waren. Sie saß auf dem Schoß ihrer Mutter und spielte mit einem gelben Teddy. Ab und zu schaute sie Sabrina mit fast kohlschwarzen Augen unter ebenso schwarzen Wimpern und Augenbrauen prüfend an. Sabrina lächelte. Das Mädchen versteckte das Gesicht im Plüschteddy, kicherte und wandte den Kopf verschämt zur Brust ihrer Mutter. Sie waren beide Italiener. Sie spekulierte, was sie wohl in Kopenhagen ohne italienischen Papi gemacht hatten. Ihn vielleicht besucht. Und er konnte ja Däne sein. Sie legte die Hände auf ihren Bauch über die Schnalle am Sicherheitsgurt. Sie hatte dafür gesorgt, dass er nicht zu stramm saß. Es wurde Zeit, dass sie Peter von dem Kind erzählte. Sie hatte dem Test nicht ganz getraut, den sie vor ein paar Monaten in Mailand selbst gemacht hatte. Unbeholfen hatte sie in der Apotheke gestanden und versucht zu erklären, was sie brauchte. In Peters dänisch-italienischem Wörterbuch hatte sie gefunden, dass schwanger *incinta* hieß und Test *prova*, aber sie sprach es wohl verkehrt aus, weil sie keiner in der Apotheke verstand. Das englische ›pregnancy test‹ machte die Verständigung nicht besser, vielleicht sprach sie das auch falsch aus. In Sprachen war sie nie gut gewesen. Schließlich war ihr ein anderer Kunde in der Schlange, der offenbar besser Englisch verstand, zur Hilfe gekommen, und die Verkäuferin hatte mit einem breiten Lächeln gestrahlt. »Ahhh, un test di gravidanza!«, rief sie aus, sodass alle in der Apotheke es hörten. Sie lächelten und nickten. Italiener liebten Kinder. Wer konnte denn auch ahnen, dass man das so nannte, wenn schwanger *incinta* hieß. Sie hätten sie wohl besser verstanden, wenn sie es auf Dänisch gesagt hätte. Italienisch lernte sie nie. Sie lächelte bei dem Gedanken an den Tag und an das Ergebnis. Die Freude hatte in ihr gebrodelt, als der Test positiv war. Sie entschied sofort, dass Peter es am gleichen Abend erfahren sollte, aber er war spät nach Hause gekommen; sie war ins Bett gegangen und hatte ihn nicht kommen gehört. Am nächsten Morgen hatte er viel zu tun und war nicht in der Stimmung, eine solche Neuigkeit zum Frühstück serviert zu bekommen. Und so war ein Tag nach dem anderen vergangen. Jetzt war sie von ihrem eigenen Arzt in Aarhus untersucht worden. Nun, da sie sowieso für ein paar Tage zu Hause war, hatte sie einen Termin vereinbart. »Sieht gut aus«, hatte er gesagt. »Sie sind im vierten Monat.« Bald würde es nach mehr als einem aufgeblähten Magen aussehen, und wie würde Peter dann reagieren, wenn sie nichts gesagt hätte?

Sie wurde aus ihren Gedanken gerissen, als die junge Frau mit dem Kind etwas auf Italienisch zu ihr sagte. »Scusa, non capisco«, stammelte sie. Das waren drei nützliche Vokabeln, die Peter ihr beigebracht hatte, damit sie den Italienern erklären konnte, dass sie nichts verstand. Wegen der Ähnlichkeit, die sie mit ihnen hatte, mit dem fast schwarzen Haar, der dunklen Haut und den braunen Augen, bekam sie oft Anfragen, die sie nicht verstand, und gebrauchte die drei Worte, die sie mittlerweile fast ohne dänischen Akzent aussprechen konnte, sehr häufig. Die italienische Mutter lächelte verständnisvoll und zeigte auf den Teddy, der heruntergefallen war und zwischen Sabrinas Füßen lag. Sie hatte das überhaupt nicht wahrgenommen. Sie hob ihn auf und reicht ihn dem Mädchen, das sie nun zutraulich anlächelte und seinen Teddy entgegennahm, den sie fest an sich drückte. Kurz darauf schlief sie bei ihrer Mutter ein, die in einem italienischen Buch las. Sie schloss die Augen und wollte auch versuchen, ein bisschen zu schlafen. Es dauerte noch fast eine Dreiviertelstunde, bis das Flugzeug in Mailand landete. Gerade war sie eingenickt, als eine Berührung sie die Augen öffnen ließ. Auf ihrem Arm lag die Hand des kleinen Mädchens, während es geborgen schlief. Die warme Kinderhand löste ein Gefühl in ihr aus, das sie noch nie zuvor gespürt hatte. Muttergefühle?, fragte sie sich selbst und lächelte.

Der Flughafen von Linate war wie immer sehr belebt. Geschäftsleute und Touristen liefen durcheinander, um zuerst zur Gepäckausgabe zu kommen. Sie dachte immer mit Grausen an das Unglück, wenn sie hier war. 118 Menschen wurden 2001 getötet, als ein Flugzeug der SAS abstürzte, kurz nachdem es mit Kurs auf Kopenhagen in dichtem Nebel abgehoben war. Aber solche Unglücke hinderten die Leute nicht daran zu fliegen, genau wie der 11. September und die Terrordrohungen sie nicht länger davon abhielten. *Life must go on* – und das tat es. Glücklicherweise.

Sie stellte sich in die Schlange am Gepäckband und spürte den gleichen panischen Eifer wie alle anderen, ihre Koffer zu erwischen. Sie schubsten und drängelten. Es erinnerte sehr an einen Ausverkauf in einem großen Kaufhaus. Nach einem halbstündigen Kampf gelang es ihr, beide Reisetaschen zu schnappen. Sie ging zu dem Schild Uscita – Exit. Mit einer Tasche in jeder Hand wartete sie vor dem Flughafen. Sie hatte mit Peter vereinbart, dass er sie dort abholen würde. Es regnete lautlos in Mailand, aber die Luft war warm. Sie entdeckte seinen gelben Fiat Punto und ging dorthin. Sobald er sie sah, sprang er raus und half ihr damit, die Taschen in den Kofferraum zu werfen, und gab ihr einen Kuss. »War es eine gute Reise?«, lächelte er.

»Tja, wenn man eine Beerdigung gut nennen kann?«

Peter startete den Motor und sah über die Schulter, bevor er rückwärts ausparkte. Sie betrachtete sein Profil und roch den vertrauten Aftershave-Duft. Er hatte angefangen, sich die Gewohnheiten italienischer Männer mit gutem Kleidergeschmack und Düften anzueignen, aber das machte ihr bestimmt nichts aus. Sein Lächeln war sowohl jungen-

haft als auch verlegen, als er sie wieder ansah. »Nein, klar, so war das nicht gemeint.«
Als sie in Mailands Stoßverkehr waren, legte er eine Hand auf ihr Knie und drückte es. »Gut, dass du zum Wochenende heimgekommen bist. Ich hab dich echt vermisst!«
»Hast du wirklich? Ehrlich?« Sie lächelte froh und verfolgte den Verkehr. Sollte sie es ihm jetzt erzählen?
»Ja, ehrlich! Du hättest beim Abendessen im Hotel Galles dabei sein sollen.«
»Bist du hingegangen – allein?«
»Natürlich. Es war Klasse, hinterher wurde getanzt. Wir sind bis in den hellen Morgen geblieben. Also abgesehen von den Armen mit Kindern, die nach dem Abendessen nach Hause mussten. So sind die Italiener halt, ihre Kinder kommen immer an erster Stelle.« Er sah in den Rückspiegel und zerzauste ihre dunklen Haare, die im Regen nass geworden waren.
Ihr Puls stieg.
»Und die Dänen sind nicht so?«
»Die Dänen sind einfach klüger. Die warten mit dem Kinderkriegen, bis sie dazu bereit sind und das erlebt haben, was sie wollen – ohne Kinder.« Er blinzelte ihr zu, führte ihre Hand an seine Lippen und küsste sie.
»Aber wir können trotzdem Sex haben«, flüsterte er und seine Zungenspitze kitzelte ihre Handfläche.
Mit einem Ruck zog sie die Hand zurück.
Er lachte und wechselte den Gang. »Sei doch jetzt nicht so zimperlich, Sabrina. Ich *hab* dich wirklich vermisst.«
»Nur deshalb? Das wurde bei dem Abendessen vielleicht nicht angeboten?« Sofort bereute sie ihre Worte. Peter sah verletzt aus, aber sie konnte nicht sehen, ob er nur schauspielerte.
»Du bist doch nicht sauer, dass ich ohne dich zu dem Abendessen gegangen bin, oder?«
»Natürlich nicht. Damit habe ich gerechnet. Es ist ja *nur* meine Oma, die tot ist!«
»Das klingt hart. Es lief wohl nicht so gut zu Hause. Hast du deinen Vater getroffen – und Carola?«

Sie nickte, hatte aber keine Lust, darüber zu sprechen. Sie hatte sich selbst überredet, die beiden kurz zu besuchen, bevor sie zurück nach Mailand reiste. Gustav war trotz allem ihr Vater, und eigentlich hatte sie die Absicht gehabt, ihm von Elinas Briefen zu erzählen, aber etwas hatte sie davon abgehalten. Carola war die ganze Zeit zur Stelle gewesen und hatte über alles Mögliche für sie Irrelevante geplappert und es war ihr aufgegangen, dass Peter und Carola einige vertrauliche Gespräche geführt hatten, von denen sie nichts wusste.

»Warum redest du mit ihr über unsere private Beziehung, Peter?«

»Mit Carola?« Wegen einer langen Schlange vor einer Ampel musste er plötzlich scharf bremsen. Er sah sie an, aber ihr fiel es schwer, dem Blick standzuhalten. Sie hatte oft darüber nachgedacht, ob ihr Kind seine kräftig blauen Augen haben würde – oder ihre braunen Augen.

»Verflixt noch mal, Carola ist meine Schwiegermutter, darf ich da nicht mit ihr reden?«

»Carola ist *nicht* meine Mutter.«

»Nein, ich weiß doch, dass deine Mutter tot ist. Aber Carola ist in Ordnung, Sabrina. Sie tut, was sie kann, um für dich eine Mutter zu sein.«

»Ach ja? Tut sie das?« Normalerweise war sie nicht so leicht auf die Palme zu bringen, das musste an den Hormonen liegen, jetzt zitterte sie innerlich vor Wut. »Du weißt überhaupt nicht, wie ich bei ihr aufgewachsen bin. Weil du dich nie dafür interessiert hast. Vielleicht hatte sie schon ein Verhältnis mit meinem Vater, als meine Mutter noch lebte.«

Die Autoschlange bewegte sich wieder, und Peter schaltete mit einem grimmigen Ruck. »Warum zur Hölle sollten wir uns jetzt darüber streiten? Das ist Vergangenheit. Du hast es damit, zu sehr in der Vergangenheit zu verweilen. Glaubst du nicht auch, dass Carola es schwer damit hatte, sich um das Kind einer anderen zu kümmern?«

»Nennst du mich das *Kind einer anderen*? Das klingt fast, als ob du genauso viel von Kindern hältst wie Carola.« Sie war kurz vorm Heulen und ihre Stimme zitterte.

Sie fuhren schweigend. Peter nahm wieder ihre Hand und hielt sie fest, als sie sie zurückziehen wollte. Er sah sie an, während er gleichzeitig auf den Verkehr achtete. »Sabrina, ich weiß, dass es schwer für dich war, zu Hause bei der Beerdigung deiner Oma zu sein. Aber wo kommt all diese Wut her? Ist etwas passiert, das du mir erzählen solltest?«

Sie konnte nicht antworten. Er ließ ihre Hand los, als er in den Kreisverkehr abbog und in Richtung Foro Buonaparte weiterfuhr. Sie waren zwanzig Minuten gefahren und bald zu Hause in der Wohnung im Corso Magenta. »Ich bin einfach müde«, wich sie aus und fühlte sich wirklich todmüde. Beschützend legte sie die Arme über ihren Bauch und sah hinaus in den Regen, der ein wahrer Segen nach der drückenden Hitze war, die geherrscht hatte, als sie vor drei Tagen nach Dänemark gereist war.

»Jetzt fahren wir nach Hause und gönnen uns ein gutes Mittagessen und ein Glas Rotwein. Dann kannst du mir von der Beerdigung erzählen. Und – kein Gerede mehr über Kinder, ja!«, meinte Peter aufmunternd.

17

Es war sein Geburtstag. Die Torte stand vor ihm, verziert mit sieben Kerzen und kleinen Schokoladenbrezeln, und duftete süß nach Himbeeren und Schlagsahne. Seine Mutter lächelte und sagte, er solle die Kerzen auspusten. Er holte tief Luft und pustete, aber nur die drei vordersten erloschen mit einem qualmenden Geruch nach Stearin.

»Waschlappen!«

Der »Afrikaner« saß ihm gegenüber, seinen tätowierten Arm um Mamas Nacken gelegt, die Hand in ihrer Bluse. Er erhob sich halb und pustete den Rest der Kerzen aus. Sein Atem stank nach Bier. Er grinste triumphierend und setzte sich wieder.

»Also Schatz! Das sollte doch das Geburtstagskind machen!«, schalt Mama ihn, aber sie grinste und sträubte sich nicht dagegen, als er sie wieder auf diese eklige Weise küsste. Seine Zunge glitt tief in ihren geöffneten Mund.

Das war ein Scheißgeburtstag. Die Torte wurde im Mund widerlich süß und klebrig. Die Schlagsahne schmeckte nach Zigarettenrauch, und das Ganze war schwer zu schlucken. Mit der roten Limo ging das ein bisschen besser.

»Willst du nicht mal gucken, was in den Päckchen ist, Basse?«, fragte seine Mutter und kämpfte sich frei von der Hand, die unter der Bluse nach ihrer Brust grapschte. Sie nannte ihn immer Basse. Das klang gut, wenn sie es sagte, aber wenn der Afrikaner es tat, klang es immer herabsetzend. Er fing an auszupacken. Es war ja *sein* Tag. Der Tag, den sie immer damit feierten, zusammenzusein, zu lachen und zu quatschen. Im Herbstwald und zum See runter spazierenzugehen. Jetzt hatte sie nur Augen für den Afrikaner, und sie machten Dinge vor ihm, die er nicht leiden konnte. Ein Teil von ihm wollte raus in den Garten laufen und sich in der geheimen Höhle aus Plastik verstecken, die er zwischen den Büschen gebaut hatte, der andere wollte seine Mutter nicht verletzen.

Im ersten Päckchen war ein Feuerwehrauto. Rot und funkelnd mit Kran und Blinker und allem. Er konnte seine Freude nicht verbergen und lächelte. Es war von Mama. Er nahm es mit auf den Teppich und begann zu spielen.

»He! Du, da sind noch mehr Geschenke!« Die Stimme klang betrunken und grob. Gehorsam setzte er sich wieder auf den Stuhl und nahm das nächste Päckchen. Es war groß, oval und schwer und in exotisches Papier eingepackt, das merkwürdig alt roch. Vorsichtig zog er das schwarze Band ab.

»Mach schon auf!«, forderte der Afrikaner ärgerlich und war wieder mit Mama beschäftigt. Er hatte die Hand unter dem Rock auf ihrem Oberschenkel. In dem Päckchen lag ein Gesicht. Es sah zumindest so aus, und er wich erschrocken ein Stück zurück.

»Was ist es denn, Schätzchen?«, wollte seine Mutter wissen, und machte sich los, um das Geschenk zu sehen.

»Ach, wie toll! Das ist ja eine Maske!« Überrascht sah sie zu dem Geschenkgeber, der einen Schluck aus der Bierflasche trank und nickte.

»Gut erkannt, Liebling! Aber was für eine Maske?«

Mama kicherte und schüttelte den Kopf. »Weiß ich doch nicht. Ist die von deiner letzten Reise?«

»Das ist eine handgeschnitzte Glücksmaske aus Ghana. Sie bringt dem, der sie trägt, Mut, Schutz und Glück. Man nennt sie auch Bundu-Maske.« Seine Augen waren halb geschlossen und rot, weil der Rauch von der Zigarette in seinem Mund störte. Die Glut wippte auf und nieder, während er sprach, sodass Asche auf Mamas weiße Tischdecke rieselte, die sie auf den Sofatisch gelegt hatte, um *seinen* Tag festlicher zu machen.

»Guck doch mal, wie toll die geschnitzt und dekoriert ist!« Er zeigte eifrig auf die Maske. Aber die war braun, hässlich und unheimlich, mit schiefen Löchern für die Augen und dicken, fast dreieckigen Lippen.

»Du wirst schon sehen. Komm mal her!« Er nahm die Maske und winkte ihn zu sich.
»Geh schon mit, Schätzchen. Geh mit in dein Zimmer«, flüsterte seine Mutter und begann, den Tisch abzuräumen. Widerwillig ging er mit, während er sehnsüchtig auf das rote Feuerwehrauto auf dem Boden schielte. Er hatte die Maske an der Wand über dem Bett aufgehängt.
»So, Junge. Du kannst ein bisschen Mut wohl gut gebrauchen, stimmt's?« Er lachte und hustete, bevor er wieder an der Zigarette zog. »Verdammt hübsch, nicht? Schau dir mal die feinen Muster an, die sie mit Gold auf das dunkle Holz gemalt haben. Das ist echte Kunst!«
»Benutzen sie die, wenn sie Kriegstänze tanzen?«, fragte er, um interessiert zu wirken.
»Nein, Teufel noch mal, das ist doch keine Kriegsmaske, Mann! Ich hab dir doch erzählt, dass die Mut und Glück bringt, oder?« Die Stimme war hart und tadelnd. Es wirkte auch nicht liebevoll, als er ihn in die Wange kniff, bevor er ging. Es tat weh und hinterließ einen roten Fleck. Er war allein in seinem Zimmer und starrte auf die hässliche afrikanische Maske, die nun über seinem Bett hing, wo er schlafen sollte. Die schiefen Löcher für die Augen starrten direkt aufs Kopfkissen. Er hörte sie aus dem Wohnzimmer rufen und ging rüber. Seine Mutter lag auf dem Sofa, den Kopf im Schoß des Afrikaners. Seine Hand lag auf ihrem Oberschenkel und hatte den Rock sehr weit hochgezogen, sodass der Rand der Unterhose zu sehen war. Er hatte ein neues Bier in der Hand, das er gegen sein Knie lehnte. Der Fuß stand auf der Kante des Sofatisches. Sonst schimpfte Mama darüber immer, aber jetzt sagte sie nichts. Sie lächelte nur. Sie hatten den Fernseher angemacht. Es lief Fußball. Er hasste Fußball.
»Komm her, Junge. Es ist dein Geburtstag, den feiern wir mit ein wenig Fußball.« Sie winkten ihn dorthin, seine Mutter lächelte und klopfte auf die Kissen neben ihnen, als ob er ein Hund wäre, der gehorchen sollte.
»Ich geh ein bisschen raus«, meinte er und zog seine Stiefel draußen im Flur an.
»Guckt nicht mal Fußball! Er ist doch echt kein normaler Junge!«, hörte er ihn sagen, aber nicht, was sie antwortete. Es hatte angefangen zu regnen. In der Höhle konnte er den Regen auf das Plastik trommeln hören. Bald würden die Blätter an den Büschen ganz weg sein, sodass man das

schwarze Plastik vom Haus aus sehen konnte. Dann wäre es keine geheime Höhle mehr. Aber noch war sie von den farbigen Herbstblättern verborgen. Aus einer schwarzen Mülltüte voller alter Zeitungen hatte er eine Art Sitzsack gemacht, damit er nicht die Feuchtigkeit der kalten Erde spürte. Er setzte sich und grub in der Erde, nahm eine Handvoll und ließ sie durch die Finger rinnen. Die Erde roch ein bisschen wie die im Wald, wo sie immer tobten, sich rauften und Fangen spielten. Seine Mutter war sein bester Freund. In der Schule gab es niemanden, mit dem er Lust hatte, Geburtstag zu feiern, keine Klassenkameraden oder Freunde. Nur seine Mutter. Ein vergammelter Apfel war vom Baum in der Mitte des Rasens in die Höhle gerollt. Er stach mit einem Stöckchen hinein und schielte böse zum Fenster, das er gerade so zwischen den Blättern erahnen konnte. Jetzt, da er gegangen war, vögelten sie bestimmt. Die großen Jungs in der Schule sagten, dass sie das tat. Er wusste genau, was das bedeutete, und ihm wurde schlecht. In den Büschen vor der Höhle übergab er sich. Da kam sein ganzer Geburtstag. Torte und rote Limo. Er fing an zu weinen. Es brannte in den Augen, als er sie mit den dreckigen Händen trocknete. »Ich hasse ihn, ich hasse ihn!«, zischte er zwischen den Zähnen hervor. Grimmig schleuderte er den Apfel aus der Höhle, sodass er auf der Erde zerschmetterte. Er schloss die Augen und stellte sich vor, dass ihm die Maske vielleicht wirklich Mut gab. Mut, wieder reinzugehen. Mut, das Tortenmesser zu nehmen und es in seine Brust zu rammen. Immer weiter zu machen, bis er sein Lachen und seine heiseren Atemzüge nicht mehr hören konnte. Die Erscheinung wurde so real, dass er sich auf einmal mitten in der Situation befand. Er sah das Gesicht seiner Mutter und hörte ihren Schrei, sie schrie so laut, dass er das blutige Messer mit einem Bums auf den Boden fallen ließ.

Erschrocken richtete er sich in dem Sessel auf. Das Handy, das er auf die Armlehne des Sessels gelegt hatte, war auf den Boden gefallen, und der Schrei war nicht der seiner Mutter, sondern sein eigener. Er musste kurz eingenickt sein. Die Sonne schien durchs Fenster herein und blendete ihn, als er rausschaute. Ja, es war sein Geburtstag. Er stand auf und warf den Mantel über die Schultern. Auf dem Weg nach draußen hielt er in der Türöffnung zum Schlafzimmer inne und schaute auf die Maske, die wie auch damals über seinem Bett hing, als er mit Albträumen davon aufgewacht war, aber das hatte sich mit der Zeit geändert. Vielleicht war das das einzig Gute, was der Mann jemals für ihn getan hatte. Er spürte, wie ihm die Maske Kraft und Mut gab. Heute Abend würde er ausgehen, essen und sich ein wenig amüsieren – in einen Nachtclub gehen. Er hatte keine Zweifel, welchen er wählen sollte.

18

»Prost! Und Glückwunsch zu unserem Einjährigen!«

Majken lächelte fröhlich und duftete wie blühender Flieder. Schwerer Goldschmuck hing in ihrem tiefen Ausschnitt. Im Schein des Kerzenlichts schimmerten ihre Haare rötlich.

»Prost! Und ebenfalls Glückwunsch!«, erwiderte er und probierte den Rotwein. »Aber es fühlt sich so an, als ob ich dich schon viel länger kenne«, fügte er mit einem Lächeln hinzu und stellte das Glas ab.

»Tust du doch auch. Wir kennen uns jetzt tatsächlich seit über zwei Jahren, oder?«

Eine Weile saßen sie schweigend da und stocherten in ihrem Essen herum.

»Hier am Fluss ist es gut geworden. Fast wie Nyhavn in Kopenhagen. Wir haben hier neulich ein paar Fotoaufnahmen gemacht, die fast so aussehen, als ob sie in einem Café weiter südlich gemacht worden wären«, sagte er, um das Gespräch in eine andere Richtung zu lenken.

Majken kaute zu Ende. »Ach ja, das war der Modekatalog, stimmt's?«

»Mmmm, der ist richtig gut geworden.« Er hatte den Mund voller Nudelsalat und lächelte verlegen.

»Ich bin wirklich beeindruckt davon, wie du deine Werbeagentur eingerichtet hast, Danny. Du hast den Platz fantastisch ausgenutzt. Das Einzige, was mich stört, ist, dass du dich in den Räumen obendrüber niedergelassen hast. Ich hab doch so viele Male gesagt, dass du bei mir wohnen kannst.«

Er wischte den Mund mit der Serviette ab und schüttelte den Kopf. »Es wird doch oft spät, bis wir fertig sind, daher ist es am praktischsten, einfach die Treppe hoch flitzen zu können und ins Bett zu plumpsen.«

»Och, wie lange dauert es, nach Risskov zu fahren? Nicht viel mehr als ungefähr zwanzig Minuten.«

»Auf dem Grenåweg eine ganze Stunde«, unterbrach er sie mit einem Funkeln im Auge.
»Naja, okay. Da ist der Verkehr schon heftig, aber trotzdem. Das *ist* eine schlechte Ausrede.« Sie sah ihn prüfend an und drehte ihr Glas. »Findest du immer noch, dass es zu früh ist, zusammenzuziehen, wenn wir uns jetzt schon so lange kennen?«
»Das ist es nicht.« Er lehnte sich zurück, verärgert, dass sie dieses Thema nun schon wieder diskutieren sollten. Er hatte bald keine Rechtfertigungen mehr, um eine noch festere Beziehung aufzuschieben. Und warum sollte er eigentlich? Die Entscheidung war getroffen. Er tastete unauffällig in der Tasche danach. Er hatte an die kleine Schachtel gedacht, die seinen Puls steigen und einen kleinen Zweifel nagen ließ. Er sah sie an und sah nur etwas, das er gerne mochte. Sie war eine Offenbarung, wie sie da in der orangefarbenen Bluse saß, die perfekt zu den rötlichen Haaren passte. Ihre Augen waren fröhlich und strahlten. Und dann hatte sie ihm verziehen. Ihm etwas verziehen, das er sich nicht einmal selbst verzeihen konnte.
»Hast du dich denn noch nicht in Aarhus eingelebt? Ich hoffe wirklich, du hast vor zu bleiben.«
»Ja, natürlich. Ich liebe Aarhus. Ich bleibe.« Aber er vermisste Seeland oft und ebenso seine Geburtsstadt Klampenborg. Es war ein Vergnügen, den Hauptsitz dort drüben zu besuchen, und er fühlte sich immer noch sehr geehrt, dass Tony Langdahl ihm angeboten hatte, ihre jütländische Abteilung in Aarhus zu leiten. ›Büro-Step2‹ wurde letzten Herbst in der Badstuestraße eingeweiht. Danny hatte einen kleinen Trupp Mitarbeiter eingestellt, die die Anforderungen für die Art Aufgaben erfüllten, um die sich das Büro in Jütland kümmerte.
»Wer hat fotografiert?«, fragte Majken, die sein nachdenkliches Gesicht studierte.
»Was?«
»Ich meine die Bilder im Katalog. Wer hat die gemacht?«
»Wir haben hier in Aarhus einen Fotografen gefunden, der Zeit für den Eilauftrag hatte. Unser Topmodel aus Schweden konnte nur an diesem einen Tag, deshalb mussten wir plötzlich die ohnehin schon knappe Deadline vorverlegen.«
»Du hast also nicht Kamilla gefragt?«

Er atmete tief ein. »Das bringt nichts. Sie würde nie mit mir zusammen arbeiten wollen.«
Majken konnte ihre Erleichterung nicht verbergen. Er sah sie in ihren Augen und an ihren Schulten, die sich plötzlich entspannten. Sie beugte sich über den Tisch, nahm sein Gesicht in ihre Hände und küsste ihn warm auf den Mund. »Sie wird dir wohl vergeben, Danny. *Uns* vergeben. Mit der Zeit. Aber nun hat sie sich ja um eine Menge anderer Dinge zu kümmern. Der Job in der Redaktion – und der neue alte Mord. Ist es nicht furchtbar, dass eine Leiche so lange in einem Moor liegen kann, ohne entdeckt zu werden?«
Er schmeckte ihren Lippenstift und versuchte, sich zusammenzureißen. Die Vergangenheit ließ sich nicht ändern, aber an der Zukunft war noch was zu machen. Er musste sich daran gewöhnen, dass sie bei Majken und nicht bei Kamilla lag. Es war unmöglich zu verlangen, dass sie ihm jemals vergeben konnte. »Ja, das ist das Schlimmste an Aarhus. All diese Morde«, erwiderte er und versuchte, munter zu klingen.
»Ach, so viele sind es dann auch nicht. Du hattest nur Pech in einen Schwarm zu geraten. Erst der Gitte-Mord – und jetzt die im Moor.«
»Ja, und heute Nacht dieser Arzt.«
»Wer? Davon hab ich ja gar nichts gehört.«
»Ich habe es heute Morgen kurz in den Nachrichten gehört. Die Ehefrau hat ihn erstochen auf dem Hof ihres Landhauses außerhalb von Skåde gefunden. Seine drei Jagdhunde wurden auch getötet.«
Majken schob den halbleeren Teller von sich. »Grauenvoll! Er war Arzt? Wie hieß er?«
»Das hab ich nicht mehr mitbekommen. Aber das wirst du bestimmt in allen Medien hören. Glaubst du denn, dass du ihn kennst?«
»Ich hoffe nicht. Wenn es bloß kein Psychopath ist, der alle Ärzte und Krankenschwestern in Aarhus tötet. War die, die sie im Moor gefunden haben, nicht Krankenschwester?« Majken biss sich nervös auf die Unterlippe.
»Sie war, soweit ich weiß, Krankenpflegerin – aber was ist eigentlich der Unterschied?«
»Endlich kann *ich dir* mal was beibringen«, grinste sie und setzte sich zurecht. »Krankenpfleger war eine Ausbildung, die man innerhalb eines Jahres absolvieren konnte. Sie wurde 1991 abgeschafft, stattdessen

wurden die Sozial- und Gesundheitsausbildungen eingeführt. Eine Krankenschwesterausbildung dauert in der Regel etwa dreieinhalb Jahre. Aber überleg mal, wenn das nun wirklich ein kranker Mann ist, der es auf Ärzte und Krankenschwestern abgesehen hat.«
Er nahm ihre Hand und lächelte. »Oder eine kranke Frau! Jetzt ist Schluss mit solchen Gedanken, ja? Die zwei Morde müssen ja nichts miteinander zu tun haben.«
»Nein, aber trotzdem. Die Leute sind verrückt geworden. Sie schlagen sich windelweich durch aggressive Fahrweise im Verkehr, schießen in Kopenhagen wild mit Automatikwaffen um sich, stechen sich auf offener Straße tot und quälen unschuldige Tiere zu Tode, also wer weiß?«
»Vergiss mal nicht, dass wir unser Einjähriges feiern. Willst du ein romantisches Dessert haben? Kaffee? Oder noch ein Glas Rotwein?«
»Ich muss noch fahren.«
»Du kannst bei mir übernachten. Es ist tatsächlich möglich, von hier aus mit einem ordentlichen Schwips in die Badstuestraße zu gehen, wollte ich nur mal gesagt haben. Ich kann mich leicht auf das Sofa retten«, neckte er.
Majken legte den Kopf auf die Seite und sah ihn an. »Wenn du wüsstest, wie viel es mir bedeutet, dass ich dich getroffen habe, Danny«, sagte sie ernst.
»Ich glaube, ich weiß es. Aber in dieser Beziehung gibt es etwas, das ich nicht ganz verstehe …«, er rief einen Kellner an ihren Tisch und bat um die Karte, um ein romantisches Dessert zu finden, »… ich habe deine Familie noch nicht getroffen«, fuhr er fort, als der Kellner gegangen war. Es war gewiss an der Zeit, dass er sich von der Vergangenheit losriss und weiterkam. Sie blätterten in der Karte. »Hast du Angst davor, dass deine vornehme Familie einen einfachen Werbemann wie mich nicht gutheißen würde?«
»Nein, das ist es nicht«, sagte sie schnell und machte eine Pause, als ob sie nicht wusste, ob sie mehr sagen sollte.
»Es ist meine Schwester.«
»Deine Schwester? Darf deine Schwester mich nicht treffen?« Er amüsierte sich, aber konnte Majken ansehen, dass es nicht lustig war.
»Ich habe Angst, dass du sie stattdessen wählst und mich fallen lässt.«

Ihm fiel beinah die Karte runter. »Was sagst du? Auf die Idee würde ich nie kommen. Ist deine Schwester denn hübsch?« Er versuchte, uninteressiert an der Antwort zu klingen, aber nach Majkens blitzenden Augen zu urteilen misslang ihm das.
»Da kannst du's sehen. Du bist schon interessiert!«
»Hör schon auf, Schatz. Das war doch nur Spaß.«
»Damit ist nicht zu spaßen. Ja, meine Schwester ist hübsch, und ...«, sie trank schnell aus dem Glas, »... und sie hat es schon mal gemacht.« Zögernd erzählte Majken von der Familientragödie, als sie ihre kleine Schwester mit ihrem Mann ihm Bett erwischte. Danny sah sie versteinert an.
»Heute sind sie verheiratet und haben zusammen eine kleine Tochter. Sie müsste jetzt ein paar Jahre alt sein.« Traurig schaute Majken auf den Tisch und zupfte nervös an ihrer Halskette.
»Müsste? Soll das heißen, du hast deine Nichte noch nie gesehen?« Er nahm ihre Hand, die ein wenig zitterte. »Das geht so nicht, Majken. Ich versteh dich, aber du musst ihnen vergeben – um deinetwillen.«
Majken sah ihn mit finsteren Augen an. »So was kann man nicht vergeben«, murmelte sie.
»Was für ein Quatsch! Das ist so viele Jahre her, und du bist in deinem Leben weitergekommen. Du hast jetzt mich. Mir konntest du doch auch vergeben.« Er sagte das Letzte sehr vorsichtig.
Majken schüttelte den Kopf. »Ich kann es einfach nicht. Dir zu vergeben ist leicht, weil ich dich liebe. Ich habe auch Kamillas Rasmus geliebt – aber dich liebe ich mehr.«
Er sah weg aus Angst, dass seine Augen ihn verraten würden. Wenn Kamilla so denken würde, wäre sein Leben perfekt, aber natürlich liebte sie ihren Sohn mehr. Ihn hasste sie, und das war eine Tatsache, die ihn genauso sehr quälte wie die Schuldgefühle. Er stand mit der Brieftasche in der Hand auf. »Ich bestelle jetzt zwei Desserts und Kaffee, die ich dir mit einer kleinen Überraschung serviere. Währenddessen kannst du hier sitzen und darüber nachdenken, wann wir nach Holbæk fahren und deine Familie besuchen.« Er küsste sie auf die Haare und ging zum Tresen. Majken sah ihm nach, als ob sie ihn bereits vermisste.

19

Auf der einen Seite des Weges waren die Straßenlaternen ausgegangen. Sie hielt sich auf der Seite mit Licht, während sie auf den hohen Absätzen fortstöckelte. Normalerweise hatte sie in dieser Jahreszeit Kleidung und Schuhe zum Wechseln mit und zog sich um, bevor sie heimging, oder nahm ein Taxi. Ein Auto konnte sie sich nicht mehr leisten. Aber heute Abend hatte sie beschlossen zu laufen. Es war in letzter Zeit so mild gewesen, und sie war nicht ganz sie selbst.

Die seltsame Lichtverteilung ließ ihren Schatten jedes Mal, wenn sie einen Laternenpfahl passierte, voranlaufen, und jedes Mal fuhr sie erschrocken zusammen, um danach heiser darüber zu lachen, dass sie immer wieder Angst vor ihrem eigenen Schatten hatte. Aber um diese Zeit der Nacht heimzulaufen war nicht schön. Man hörte so viel.

Unter der nächsten Straßenlaterne blieb sie stehen und zündete eine Zigarette an. »Ich bin verdammt noch mal zu alt für das hier«, sagte sie laut mit heiserer Stimme. All die Zigaretten, die sie in ihrem Leben eingeatmet hatte, hatten die Schleimhäute im Hals zerstört. Und natürlich auch alle, die sie selbst geraucht hatte. Gierig nahm sie einen langen Zug, sobald die Zigarette angezündet war. Es wurde zu kalt, nur mit einem dünnen Mantel, einem kurzen Rock und Nylonstrumpfhose bekleidet ruhig dazustehen, daher ging sie schnell mit der Zigarette in der Hand weiter. Ab und zu zog sie daran und blies den Rauch in die Dunkelheit.

Keine Menschenseele war auf der Straße. Die dunklen Fenster in den Häusern, an denen sie vorbeiging, zeigten, dass die meisten schliefen. Bald war es Sonntagmorgen, wo sie Brötchen holen würden. Sie beneidete sie. Aber sie hatte das Leben, das sie lebte, selbst gewählt. Hatte sie das wirklich? Der Lohn war so gesehen okay. Aber es war lustiger, als sie jung und leidlich hübsch gewesen war. Die Kunden pfiffen ihr nach und klatschten ihr auf den kleinen, straffen Po. Damals war er noch klein. Jetzt sah sie, wie die Jungen genauso behandelt wurden, doch ohne sich ganz damit abzufinden, dass es das Gleiche war, was sie in dem Alter gemacht hatte. Sie selbst fühlte sich oft überflüssig und ein bisschen lächerlich. Keiner pfiff, und Klapse auf den Po bekam sie auch nicht mehr, obwohl er mit den Jahren etwas einfacher zu treffen war. Im Großen und Ganzen war damals alles anders. Sie hatte sich nicht so allein und außen vor gefühlt. Das Ganze hatte sie an dem einen Tag verändert, als sich das schreckliche Geheimnis wie eine klamme Hand um sie gelegt hatte. Kits Unfall und alles, was seitdem folgte. Sie nahm einen heftigen Zug von der Zigarette und hustete. Aber heute war es anders gewesen. Sie lächelte bei dem Gedanken und schüttelte verständnislos den Kopf. Vielleicht war sie gar nicht so alt und hässlich, wie sie glaubte.

Sie erspähte ihn an der Bar. Er saß da mit einem Drink und sah hammermäßig gut aus. Er zwinkerte ihr charmant zu. Aber er war zu jung. Was sah er in einer Frau von zweiundfünfzig? Sie drehte sich sofort um, um zu sehen, welcher junge ›Hüpfer‹ hinter ihr stand, um eine peinliche Situation zu vermeiden. Aber da stand niemand. Er zwinkerte wieder und machte Zeichen, dass sie zu ihm kommen sollte. Sie nahm das Tablett mit benutzten Bier- und Drinkgläsern mit und ging hinüber. Er wollte bestimmt einfach einen weiteren Drink bestellen.

»Hallo, du Hübsche. Wann hast du frei?« Seine Stimme war weich und maskulin und sandte kleine angenehme Stöße durch sie. Es war ihr peinlich, so was zu fühlen. Sie fühlte sich hässlich und zu stark geschminkt, als er ihr Gesicht im Spotlight über der Bar näher betrachtete.

»Meinst du *mich*?« Obwohl sie versuchte, ihre Stimme jung und hell klingen zu lassen, klang sie immer noch heiser und rostig.

»Natürlich meine ich dich. Wie heißt du?«

»Annemette.«

»Wann hast du frei?«, fragte er erneut.

Sie war verdattert und verwirrt. Es war hundert Jahre her, seit jemand sie das gefragt hatte, aber jetzt sollte sie auch nicht zu leicht zu haben sein. »Warum willst du das wissen?«, fragte sie skeptisch und konnte nicht auf die Antwort warten, weil ein Kunde ihre Aufmerksamkeit erforderte. Im Suff hatte er sein Bier über einen anderen gekippt, der so wütend war, dass sie eine Prügelei anfingen. Mehrere Kellner kamen, um sie zu trennen.

Aber er saß den ganzen Abend an der Bar und lächelte ihr zu. Sie hatte ein Auge auf ihn, wenn die jungen, hübschen Mädchen vorbeigingen, aber er würdigte sie keines Blickes. Zwar hatte sie mal gelesen, dass

manche jungen Männer ältere und reifere Frauen bevorzugten, aber war sie wirklich in so ein Wunder geraten? Sie lächelte zurück, wenn sie seinen Blick zwischen den Gästen auffing. Seine Augen ruhten stetig auf ihr. Sie versuchte, ihn zu vermeiden, aus Angst, sie könnte seinen Anforderungen nicht genügen. Aus Angst, das wunderbare Gefühl von Selbstwert und Erregung würde verschwinden, wie wenn ein Zauberbann gebrochen wird. So musste sich Aschenputtel gefühlt haben.
Spät in der Nacht sortierte sie die Kassenbons an der Bar. Das war die letzte Verpflichtung, die sie hatte, bevor sie nach Hause ging, um zu schlafen. Sie spürte ihn hinter sich und ein wenig von seinem warmen Atem an ihrem Hals. Sie fröstelte angenehm, drehte sich halb um und sah ihm in die Augen. Irgendwas an diesen Augen gab ihr das Gefühl, ihn schon ihr ganzes Leben lang zu kennen. Ihr Herz hämmerte, und als er sich zu ihr beugte, um ihr etwas ins Ohr zu flüstern, spürte sie, dass sein Herz genauso heftig schlug. Er *war* wirklich eines der Wunder.
»Hast du jetzt frei? Soll ich dich nach Hause bringen?«, flüsterte er.
»Ich glaub, ich geh lieber allein nach Hause. Ich glaube auch, dass du jetzt gehen solltest«, flüsterte sie zurück, aber meinte es nicht so. Seine Haut duftete. Es war lange her, dass sie einen Mann gerochen hatte.
Dann war sie gegangen. Fürchtete, dass er sich über sie lustig machen und sie verhöhnen würde. Sie hatte das früher schon erlebt, sogar mit viel älteren Männern. Natürlich waren sie betrunken gewesen, aber deswegen waren ihre Worte nicht weniger verletzend. Nach diesen Vorfällen hatte sie sich zurückgehalten und einfach nur ihre Arbeit erledigt. Das gemacht, was sie am besten konnte. Aber er wirkte kein bisschen betrunken. In seinem Atem konnte sie nur einen schwachen Duft des Amarula-Likörs wahrnehmen, von dem sie sich gewundert hatte, dass er ihn bestellt hatte. Es geschah selten, dass Gäste um diesen Likör baten. Vielleicht reiste er viel. Er war sonnengebräunt. Wunderbar sonnengebräunt.

Erneut zog sie an der Zigarette und fühlte sich warm und lebendig. Obwohl nicht mehr passiert war, war es ein unbeschreibliches Gefühl. Lieber bewahrte sie es, als verhöhnt zu werden und vielleicht zu erfahren, dass sie den Ansprüchen eines so jungen Mannes nicht genügen konnte, und eine Niederlage zu erleiden. Herrgott, er könnte ihr Sohn sein. Der

Wind wurde stärker und es wurde kühl. Ein dünner, künstlicher Leopardenpelz war ihr einziger Mantel. Sie begann zu bereuen, kein Taxi genommen zu haben. Der Botanische Garten lag wie ein Hindernis vor ihr. Wegen der vielen Vergewaltigungen im Garten hatte sie einen anderen Weg genommen, auch wenn es eine Abkürzung gewesen wäre, ihn zu durchqueren. Und was konnte ihr schon passieren? Selbst zu alt, um vergewaltigt zu werden. Wer würde sie schon anrühren?
Trotzdem machten ihr die Schritte, die sie hinter sich hörte, Angst, und sie beschleunigte. Die Schritte hinter ihr taten es ihr gleich. Sie begann zu rennen und knickte mit den hohen Absätzen mehrmals um. Dann hörte sie ihn rufen und erkannte die Stimme wieder. Sie drehte sich um. Da stand er. Sie lachte nervös. Er ging ihr mit einem geschmeidigen Gang wie ein Panther entgegen und legte die Arme um ihren Rücken.
»Du frierst ja!« Er zog seinen Mantel aus und legte ihn um ihre Schultern. »Warum läufst du? Warum bist du einfach so verschwunden? Ich habe nach dir gesucht. Komm, lass mich dich heimfahren.«
Sie kroch unter dem Mantel an seine Brust und ging mit zum Auto. Sie hatte ihn überhaupt nicht kommen hören, so sehr war sie mit ihren Fantasien beschäftigt gewesen. Aber jetzt war er hier, er umarmte sie und sie fühlte sich geborgen.
»Wo wohnst du?« Galant öffnete er die Autotür für sie. Ihr Körper zitterte, als sie »Fuglebakkeweg« antwortete. Im Auto wurde ihr warm und sie richtete ihre Haare. Sie waren gelockt und schwarz gefärbt, aber sie hatte sie hübsch hochgesteckt, und als sie danach tastete, saß die Haarspange immer noch an der richtigen Stelle. Während er um das Auto herumging, zog sie ein paar Haarsträhnen in den Nacken. Das sah ein bisschen mehr sexy aus. Er setzte sich hinters Steuer und zwinkerte ihr wieder zu.
»Warum gerade ich?«, fragte sie, als sie losfuhren. Er legte eine Hand auf ihren Oberschenkel und lächelte warm.
»Weil ich Geburtstag habe«, antwortete er.

20

Die Obduktion zeigte wenig überraschend, dass die Todesursache ein Messerstich ins Herz war und der Täter auf den Arzt mehrere Male *post mortem* eingestochen hatte. Der Todeszeitpunkt war auf 22 bis

23 Uhr am Freitagabend festgesetzt, auf diesem Gebiet waren sie somit einen Schritt weiter als in dem ersten Mordfall. Leander hatte mit seiner langen Pinzette und den Worten, dass eine Leiche immer Beweismaterial als Geschenk für die Ermittlungen enthielt, wieder triumphierend einen Gegenstand aus der Leiche gezogen. Wieder war etwas von der Mordwaffe zurückgeblieben. Die gewaltsamen Hiebe mit dem Messer in Helge Vangbergs Brustkorb hatten die Spitze der Waffe am Brustbein abbrechen lassen. Eine circa zwei Zentimeter langes Bruchstück aus Stahl wurde in eine Tüte gelegt und zur Untersuchung ins Labor weitergegeben. Der Stahl sollte analysiert werden, sodass es vielleicht möglich war herauszufinden, welcher Messertyp verwendet worden war. Sonst war nichts anderes zu finden als der Hang des Arztes zu harten Alkoholika, den man an seiner Leber erkennen konnte.

Roland war zurück im Präsidium und hatte seinen Leuten ein Briefing gegeben, die sich sofort motiviert an ihre Aufgaben gemacht hatten. Kurt Olsen bekam am Ende des Tages die Erlaubnis, die exklusive Pressekonferenz, die er den Journalisten am Samstagvormittag versprochen hatte, selbst abzuhalten. Damit konnte er diesem hungrigen Geierschwarm so viel von seinem Wissen preisgeben, wie er wollte. Roland hatte sich um genug anderes zu kümmern. Er lächelte freundlich, als Isabella Munch an die offene Tür klopfte und vorsichtig sein Büro betrat.

»Komm rein und setz dich, Isabella. Mach die Tür zu.«

Heute hatte sie das blonde Haar mit einer Silberhaarspange locker auf dem Kopf befestigt. Sie hatte nur dezentes Make-up aufgelegt, ein bisschen Farbe auf die Wimpern und einen neutralen Lippenstift, der ihre Lippen im Licht des Fensters schimmern ließ, so als hätte sie das Rot gerade aufgefrischt. Ihre Haut war pfirsichfarben.

Er räusperte sich. »Sieht so aus, als hättest du etwas rausgefunden«, meinte er und nickte in Richtung der Akte in ihrem Arm.

»Ja, es geht um den ersten Mord, nicht um Helge Vangberg. Ich bin mit den Nachforschungen einen Schritt weitergekommen.«

Ihre Zähne waren strahlend weiß und regelmäßig. Sie zog einen Stuhl zurück und setzte sich ihm gegenüber. Zu seiner großen Verwunderung kannte er ihren Duft. Es war das gleiche Parfüm, das auch Irenes Favorit war – Estée Lauders Beyond Paradise. Er war kurz davor, das zu kommentieren, fand es aber unpassend.

Sie schlug die Akte auf und blätterte ein wenig nach vorn. »Ich habe mit einem Mitarbeiter des Krankenhauses in Silkeborg gesprochen, der den Mut hatte, den Fall zu untersuchen und in alten Papieren nachzuschauen. Sie haben nichts über sie. Sie hat nicht als Krankenpflegerin in Silkeborg gearbeitet. Ich habe weiter darin gegraben und noch etwas anderes herausgefunden. Sie wohnte überhaupt nicht in Silkeborg.«
Er zog eine Augenbraue hoch und sah Isabella verständnislos an, die sofort zu einer Erklärung ansetzte.
»Sie ist umgezogen. Aber keine Adresse. Sie ist nämlich bei ihrem Freund in Aarhus eingezogen, als sie zu studieren anfing. Sie hätte ihr erhöhtes Kindergeld als Alleinerziehende und die Mietbeihilfe von der Stadt Silkeborg verloren.«
»Sie war also eine Sozialbetrügerin?«
»Nicht weniger!« Isabella warf den Kopf leicht in den Nacken, was blonde Strähnen aus den hochgesteckten Haaren fallen und an ihren Wangen herunterhängen ließ.
»Aber das müsste man doch verflixt noch mal entdeckt haben, als sie verschwand!«
Isabella zuckte mit den Schultern. »So leicht war das ja nicht, wenn sie rein faktisch gesehen immer noch zur Miete in dem Haus in Silkeborg wohnte. Es dauerte wohl nicht lange, von Aarhus nach Silkeborg zu huschen, um ihre Post – und Schecks – zu holen. Bestimmt konnte sie sich wegen des Geldes das Auto leisten.«
Er nickte. Wieder mal weibliche Intuition. »Gute Arbeit, Isabella.« Er bemerkte, dass seine Hand ganz dicht an ihrer neben der Akte lag. Sein Puls stieg, als sie mit einer kleinen Bewegung, die unschuldig sein konnte, ihre Hand ein bisschen verschob, sodass sich ihre Haut berührte.
Sie sah ihn interessiert an. »Kommst du aus Süditalien?«
Er nickte und bekam einen Kloß im Hals. »Wie hast du das erraten?«
»Deine Haut ist so dunkel und deine Augen sind fast schwarz. Wir sind mit unserer Familie viel nach Italien gereist. Besonders nach Süditalien und Sizilien. Ich habe ein halbes Jahr lang Italienisch studiert. Das ist so eine schöne Sprache – aber schwer. Ich liebe Italien.«
Er war von ihren Worten geschmeichelt und versuchte, sich das blonde, hübsche Mädchen inmitten seiner Landsmänner vorzustellen, die blonden Haaren folgten wie ein Stier einem roten Tuch. Aus ihrem

Namen mit der Endung ›bella‹ würden sie garantiert auch eine Menge machen. Italien liebt dich sicher ebenfalls, meine Liebe.
»Warst du schon mal in Neapel?«, fragte er, und der Anblick vom Grab seines Vaters war das Erste, was er vor sich sah. Danach den Dreck und den Müll, der sich auf den Straßen anhäufte. Plötzlich hoffte er, sie würde antworten, dass sie noch nie dort gewesen wäre.
»Ein einziges Mal. Mir wurde von der Stadt übel. Sie ist so hübsch, aber so lange die Camorra dort sitzt, von dem Abfall profitiert und die Macht hat, kommt ihre Schönheit nicht zu ihrem Recht.«
Erleichtert atmete er auf. Offenbar hatte sie sich mit den Verhältnissen auseinandergesetzt und glaubte nicht wie viele andere, dass die Neapolitaner große Schweine waren.
»Du heißt überhaupt nicht Roland, stimmt's? Das ist kein ausgesprochen italienischer Name. Ich wette, du heißt Rolando!«
Überrascht nickte er.
»Darf ich dich so nennen?«
»Das würde vermutlich ein bisschen merkwürdig wirken. Alle hier nennen mich ja Roland.« Nur Irene und die Familie nannten ihn Rolando. Auch auf der Arbeit so zu heißen, würde zu familiär werden. Unerklärlicherweise teilte ihn das in die zwei Personen auf, die er war. Rolando in der Freizeit und eine zweite Person, Roland, auf der Arbeit.
Zu seiner Erleichterung nickte sie verständnisvoll.
»Okay.«
»Mein Vater war bei den Carabinieri«, sagte er und wunderte sich über seine Worte. Es gab nicht viele, denen er das erzählt hatte, nicht mal seine nächsten Kollegen waren in seine Vergangenheit eingeweiht.
»Du sagst *war*?«
»Ja, er ist tot.« Er räusperte sich und hoffte, er könnte das Gespräch vermeiden, aber er hatte schon zu viel gesagt.
»Hat die Camorra ihn getötet?«, fragte sie.
Er nickte und wollte die Hand zurückziehen, konnte es aber nicht. Ihre Haut strahlte eine magische Anziehungskraft aus.
»Bist du deswegen nach Dänemark gekommen?«
»Meine Mutter ist hierhin gezogen. Meine Tante war mit einem Dänen verheiratet und wohnte hier. Ich erinnere mich nicht daran, ich war noch ein kleiner Junge. Aber so bin ich also nach Dänemark gekommen.«

»Gott sei Dank!«
Er sah sie erstaunt an und fand, dass sie ein bisschen errötete.
»Ist deine Frau auch Italienerin?«, fragte sie schnell.
Er warf einen Blick auf seinen Ehering, der ihn sicher verraten hatte. Denn wenn sie mit italienischen Verhältnissen vertraut war, hatte sie bestimmt auch gehört, dass italienische Männer oft zu Hause bei ihrer Mutter wohnen blieben, bis sie im fortgeschrittenen Alter waren.
»Nein, Irene ist Dänin. Ich habe sie im Präsidium in Kopenhagen kennengelernt. Sie war damals Polizeisekretärin.«
Isabella klang nicht so, als ob sie Annäherungsversuche an ihn unternahm. Sie war sicher einfach ein liebevoller und mitfühlender Mensch, der Fürsorge für seinen Chef zeigen wollte. Trotzdem bemerkte er plötzlich, wie falsch das hier war. Er zog die Hand zurück und nahm sich ein Stückchen Kaugummi.
»Stopp das Rauchen – behalte dein Feuer«, meinte er munter und stopfte es in den Mund.
»Die Werbung«, erkannte sie und lachte.
Er nickte. »Gibt's noch was zu der Krankenpflegerin? Was ist mit dem Freund in Aarhus, haben wir was über ihn?«
»Nicht viel, er ist ins Ausland gezogen. Aber hier wird es interessant.« Sie machte Anne Larsens Kunststück nach, eine Pause einzulegen, bevor sie fortfuhr. »Er ist nach Afrika gezogen.«
Roland kaute. »Ja, Teufel auch. Warum hat uns Sebastian wohl nichts über seinen Stiefvater erzählt?«
»Ich tippe, er hat den Kontakt mit ihm abgebrochen, als seine Mutter verschwand – oder vielleicht ist der Stiefvater auch verschwunden.«
»Können wir das überprüfen?«
»Das habe ich schon getan. Sebastian wohnte seit Januar 1984 bei einer anderen Familie, bis er achtzehn wurde. Dann begann er seine Ausbildung zum Mechaniker und zog zu Hause aus. Daher deutet einiges darauf hin, dass sich sein Stiefvater nicht um ihn gekümmert hat. Seine Spur verschwindet hier. Wir wissen nicht, wohin er in Afrika gezogen ist. Das ist ja ein großer Kontinent.«
Er versuchte, seinen Blick abzuwenden, aber auch ihre Augen hatten eine magnetische Anziehungskraft. Diese Augenfarbe hatte er nie zuvor gesehen, und er fragte sich, ob es vielleicht farbige Kontakt-

linsen waren. So etwas wurde von den jungen Leuten heutzutage oft benutzt. Man wusste nie, was echt war. Aber er traute sich nicht, sie zu fragen.
»Vielleicht zu einer Stelle, wo man geschnitzte Souvenirs aus schwarzem Ebenholz kaufen kann«, murmelte er stattdessen.
»Du denkst an die Mordwaffe? Glaubst du, ihr Mann könnte der Täter sein?«
»Ich finde, hier zeichnet sich ein Muster ab. Vielleicht ist er auch ein Sozialbetrüger und wohnt in Wirklichkeit hier in Dänemark.«
Isabella stand schnell auf, und glühender Eifer war in ihren Augen entfacht. »Ich gehe zur Aufklärung nach Afrika!«, erklärte sie.
»Mit der Familie, bei der Sebastian gewohnt hat, sollten wir auch reden. Die könnte uns ein paar Informationen geben.«
Isabella nickte eifrig und ging zur Tür, die Akte im Arm.
»Hat der Stiefvater übrigens einen Namen?«, fragte er ihren Rücken.
»Natürlich. Er heißt Knud Engtoft.« Sie war auf dem Weg aus der Tür, und unwillkürlich betrachtete er ihren runden Hintern in den engen Jeans. Es war ein Glück, dass die Kriminalpolizei nicht in Polizeiuniformen mit schlotternden Hosenböden herumlief. Plötzlich drehte sie sich um und er wusste nicht, ob er es geschafft hatte, den Blick rechtzeitig abzuwenden.
Sie lächelte. »Das hätte ich übrigens beinahe vergessen. Die Krankenpflegerin verwendete mehrere Namen. Bevor sie heiratete, hieß sie Bente Louise Juhl. Nach der Hochzeit nannte sie sich anders …«
»Tja, dann hat sie sich bestimmt Bente Louise Engtoft genannt«, unterbrach er sie mit einem neckischen Lächeln.
»Nicht ganz. Sie ließ ihren Vornamen weg und benutzte nur ihren mittleren Namen, vielleicht hatte das auch etwas mit dem Betrug zu tun. Sie nannte sich Louise Engtoft.«

21

Dezember 1983

Liebe Elina,
ich weiß nicht, was ich tun soll. Gestern konnte ich nicht zu Josefine gehen, weil wir eingeschneit waren. Heute habe ich es dorthin geschafft

und sie sehr entkräftet vorgefunden. Josefine geht es nicht gut, seit der neue Arzt übernommen hat. Er findet, dass die Behandlung, die sie bekam, ihr nichts nützte. Zu viele Nebenwirkungen, sagt er. Ach, wenn sich die Ärzte doch nur über so etwas einigen könnten. Ich habe darüber nachgedacht, mich zur Ärztin ausbilden zu lassen, damit ich selbst auch eine Meinung haben kann. Gustav ist fast nie zu Hause, sonst hätte ich so gerne mit ihm darüber gesprochen. Josefine kann den neuen Arzt nicht leiden, sagt sie. Sie traut ihm nicht. Was soll ich machen? Heute Abend sollte Gustav zu Hause sein, meint Josefine, daher werde ich zu ihm fahren und mit ihm reden. Ich wünschte, du könntest kommen.
Liebe Grüße, Louise

P.S.: Wenn du ein Telefon hättest, würde ich dich anrufen. Ich verstehe immer noch nicht, wie du ohne auskommen kannst. Was, wenn du nun selbst krank würdest, und der Nachbar nicht zu Hause ist?

Sabrina faltete den Brief zusammen. Das war der letzte Brief. Im Dezember 1983 war ihre Mutter gestorben. Was war passiert? Sie wurde rastlos und sah auf die Uhr. Es dauerte lange, bis Peter nach Hause kam, wenn er denn überhaupt zum Essen heimkam. Das wusste man nie. Sie las den Brief noch einmal und wurde noch unruhiger. Normalerweise war ihr morgens übel, aber plötzlich musste sie zur Toilette laufen und sich über die Kloschüssel hängen. Sie legte eine Hand auf den Bauch, um das Kind vor den unfreiwilligen Krämpfen zu beschützen, die den Mageninhalt heraus und in die Toilette pressten, und hielt mit der anderen die Haare aus dem Gesicht.
Peter wusste immer noch nichts. Es hatte keine Gelegenheit gegeben, es ihm zu sagen. Und außerdem traute sie sich nicht. Vielleicht wäre es das Beste, wenn sie abtrieb und ihm nie etwas davon erzählte. Sofort bereute sie den Gedanken und spülte. Mit beiden Händen auf dem Bauch setzte sie sich auf den Boden.
»Entschuldigung, Kleines. Ich hab's nicht so gemeint«, flüsterte sie.
Unruhe im Wohnzimmer ließ sie aufstehen und in den Spiegel sehen. War Peter schon zu Hause? Sie putzte die Zähne, trug Lippenstift auf und machte sich ein wenig zurecht.

»Hallo Schatz! Ach, da versteckst du dich!« Peter zog die Jacke aus und gab ihr einen schnellen Kuss. »Ich habe auf dem Heimweg im ›langen S‹ eingekauft. Die Tüte steht auf dem Küchentisch.«

Der Esselunga Supermarkt war in ihrem Sprachgebrauch zu »Das lange S« geworden, wie Peter es übersetzt hatte, weil sie es nicht aussprechen konnte.

»Du bist ja heute früh zu Hause«, meinte sie, während sie die Waren auspackte. Man brauchte, verkehrsabhängig, circa zwanzig Minuten, um von Grundfos über die Via Gran Sasso nach Hause zu fahren.

»Ja, es war nicht so viel zu tun – und ich hab dich vermisst.« Er legte die Arme um ihren Bauch und drückte sie fest an sich, während sie die Einkäufe in den Kühlschrank legte. Sie konnte ihn spüren und wusste, dass er Lust hatte.

»Das darfst du nicht, Peter!«, sagte sie so scharf, dass er sie sofort losließ.

»Was ist denn los? Darf ich jetzt noch nicht mal mehr meine Frau auf den Nacken küssen?«, entgegnete er beleidigt und übernahm irritiert das Auspacken der Waren.

»Entschuldige, Peter. Mir geht es einfach nicht so gut, und wenn du meinen Bauch drückst, dann …«

»Ach, ist es wieder *die* Zeit? Könntest du die Pille nicht einfach durchgehend nehmen und diesen Scheiß so umgehen?« Er meinte es im Spaß, er lächelte. »Vielleicht sollte ich dann stattdessen vor dem Essen *kalt* duschen!«

Nur mit einem Handtuch um die Hüfte kam er aus dem Bad und half ihr, das Essen fertig zu machen. Er war ein guter Koch und oft war er es, der kochte – wenn er denn zu Hause war.

Sie schnitt Salat, während sie ihn betrachtete. Sein Training im Center konnte man an seinen Muskeln deutlich sehen. Aber es war nicht zu viel, sie konnte Männer mit aufgepumpten Muskeln wie ein zweiter Schwarzenegger nicht ausstehen. Er hatte dunkle Haare auf der Brust und war in ihren Augen ein *richtiger Mann*. Im Ganzen war er gerade passend und mehr als ausreichend an einer gewissen Stelle.

Nun roch er nach Shampoo und Giorgio Armani-Aftershave. Sie hatte Lust auf ihn, aber als sie an das Kind dachte, verschwand die Lust.

»Hast du dich gestoßen?«, fragte sie besorgt, als sie den Fleck auf seinem Nacken entdeckte.
»Wo?«, entgegnete er.
»Da!« Sie ging dichter heran und legte einen Finger auf den Fleck, aber nun konnte sie sehen, dass er nicht von einem Stoß stammte.
»Ich kann mich nicht daran erinnern, mich gestoßen zu haben.« Er fuhr suchend mit der Hand über den Rücken, um die Stelle zu finden. »Da tut nichts weh«, murmelte er.
Hinter ihm stiegen ihr die Tränen in die Augen, aber sie sagte nichts und stellte die Teller auf den Tisch.
Peter zog sich an und nahm den Braten aus dem Ofen. Sie setzten sich an den Tisch. Er war romantisch gedeckt mit Kerzen, einer Flasche Rotwein und leckerem Essen. Aber die Stimmung passte nicht dazu. Sie aßen schweigend. Der Verkehrslärm vom Corso Magenta mischte sich mit den Geräuschen von Messern und Gabeln auf dem Porzellan.
»Wer ist sie, Peter?«
»Wer?« Er sah vom Teller auf und sie konnte an seinen Augen sehen, dass er es genau wusste.
»Wer, verdammt noch mal?!«, fragte er erneut, als sie nicht antwortete. »Du kannst irgendwie auch nichts anderes mehr, als mich für alles Mögliche zu beschuldigen!«
»Wer ist sie?«, fragte sie noch mal ruhig und aß weiter. »Die, die dir diesen Knutschfleck verpasst hat.«
»Jetzt hör aber mal auf!« Bissig legte er Messer und Gabel weg.
»Ist es bei dem Abendessen passiert? Ihr habt bis in den hellen Morgen getanzt und was noch? Ist sie Italienerin?«
Peter war blass geworden und schenkte sich ein weiteres Glas Wein ein. »Ich kann mich jetzt gut daran erinnern, was passiert ist. Ich bin gegen ein Rohr gelaufen. Das tat scheißweh.«
»Hör auf damit, Peter. Ich erkenne einen Knutschfleck, wenn ich ihn sehe. Man kann ja in dem Fleck fast noch ihre Lippenform ausmachen. War das die Absicht, dass ich es auf diese kindische Tour hier herausfinden sollte?« Sie versuchte, ihre Stimme ruhig zu halten, obwohl in ihrem Inneren ein Orkan tobte.
»Sabrina. Ich liebe dich doch. Aber ein Mann hat seine Bedürfnisse und du warst in letzter Zeit so … es ist lang her, dass wir …«

Aber vor dreieinhalb Monaten haben wir es auf alle Fälle getan! war sie kurz davor zu rufen, aß aber stattdessen zu Ende und sagte nichts mehr. Er holte den Nachtisch, sie hatte aber keine Lust. Sie begnügte sich damit, aus ihrem Wasserglas zu trinken. Vom Wein hatte sie sich ferngehalten, ohne dass er es kommentiert hatte.

»Ich gehe zurück nach Dänemark, Peter.« Sie hatte plötzlich den Entschluss gefasst und fand den Mut, ihn auszusprechen.

»Ich wusste es! Ich wusste, dass du dich nie hier einleben würdest!« Er stocherte im Nachtisch und schob den Teller weg.

»Es ist nicht deswegen, Peter. Tatsächlich fangen Mailand und Italien an, mir zu gefallen. Das habe ich gemerkt, als wir gestern gelandet sind und ich die Stadt unter dem Flugzeug gesehen habe. Ich komme wieder zurück, aber es gibt etwas, das ich zu Hause regeln muss.«

Peter beäugte sie misstrauisch. »Hat das etwas mit der Beerdigung zu tun?«

»Jedenfalls hat es etwas mit meinem Vater zu tun«, räumte sie ein.

»Es ist also nicht meinetwegen?« Er klang erleichtert. »Das mit dieser anderen da hat überhaupt nichts bedeutet, Schatz. Ich hatte es einfach nur satt, dass du nach Dänemark gegangen bist. Ich war voller … du weißt schon.«

Ein näheres Geständnis hatte sie wohl nicht zu erwarten, und eigentlich hatte sie es auch gar nicht gewollt. Sie hätte lieber in dem Glauben an das Rohr gelebt.

Gemeinsam räumten sie die Spülmaschine ein. Mittendrin rief ein Kollege von Grundfos an – oder wer auch immer es nun war. Peter schloss sich eine halbe Stunde in seinem Arbeitszimmer ein, während sie in der Küche aufräumte und gegen die Versuchung ankämpfte, an der Tür zu lauschen. Er kam raus und grüßte von Normann, der Betriebstechniker bei Grundfos war. Sie bedankte sich und ging ins Bad, als er die Zähne geputzt hatte und ins Schlafzimmer gegangen war. Sobald sie allein war, kam die Reaktion. Sie beugte sich über das Waschbecken und weinte lautlos.

22

Anne goss Kaffee in Kamillas Becher ein. Mads Dam war in einen Artikel über die Niederlage des AGF vertieft. Sie waren in der Redaktion

nur zu viert. Britt hatte sich krank gemeldet und behauptete, Thygesen hätte sie wohl angesteckt. Sie klang allerdings nicht annähernd so krank wie er, als sie anrief, abgesehen von ein paar kleinen ungeschickten Hustern, die nicht besonders echt klangen.
»Ich kann nicht fassen, dass Thygesen wirklich immmer noch krank ist. Schon seit einer Woche. Wissen wir, was er hat?«, erkundigte sich Kamilla und schüttete Milch in den Kaffee. Das tat sie normalerweise nicht, aber er hatte seit mittags in der Kaffeemaschine gekocht.
»Ich habe heute Morgen mit ihm gesprochen. Er hatte ja natürlich von dem neuen Mord gehört. Ich weiß nicht, was er hat, aber er *muss* wirklich krank sein, sonst hätte ihn bei zwei Morden auf der Tagesordnung nichts davon abhalten können, hier zu sein.«
»Bestimmt eine Grippe«, teilte Mads Dam mit, ohne von der Tastatur aufzusehen.
Anne lächelte. Sie konnte sich Thygesen überhaupt nicht im Bett liegend mit einem Thermometer im Mund vorstellen – oder im anderen Ende –, aber sie hoffte, dass es nichts Ernstes war. Mit einer einfachen, gewöhnlichen Grippe wäre er gut dran.
»Naja, aber ich bin wie gesagt ziemlich sicher, dass sich die Krankenpflegerin und der Arzt kannten, und ich habe den starken Verdacht, dass es dabei um die Familie geht, die 1983 von Mundelstrup weggezogen ist.«
Sie saß auf der Kante von Kamillas Schreibtisch. Kamilla war dabei, ein paar Fotos von der Pressekonferenz auszuwählen, wo Roland Benito zu ihrer aller Ärger nicht aufgetaucht war, aber der Vizepolizeidirektor war wieder sehr großzügig mit Informationen in beiden Mordfällen gewesen.
»Wo ist Nicolaj *jetzt* hin?«, rief Anne aus.
»Ich habe ihn zum Bäcker an die Ecke geschickt, um Kuchen zu holen – Mutterkuchen«, grinste Mads.
Das erinnerte Anne an ihre eigene Zeit als Praktikantin in der Redaktion in Kopenhagen. Man musste von jedem ein bisschen dieser Art erwarten – und Schlimmeres. Als eine Art Aufnahmeritual in den Journalistenclan. Sie wurde zum Bäcker geschickt, um Kaiserschnitten zu holen, aber auf das mit dem Mutterkuchen war sie nie hereingefallen und sie zweifelte auch daran, dass Nicolaj es getan hatte.

»Wenn er richtig clever ist, holt er den von der Entbindungsstation im Krankenhaus in Skejby. Dann will ich höchstpersönlich sehen, wie du den verdrückst«, betonte sie und konnte ein schadenfrohes Lächeln nicht verbergen, als sie Mads Dams Gesichtsausdruck sah. Er sah ganz nervös aus, als Nicolaj plötzlich mit einer Bäckertüte durch die Tür kam, die er auf die Ecke des Druckers legte, während er seinen Mantel an die Garderobe hängte und das Regenwasser von ihm abschüttelte.

Anne nahm die nasse Tüte mit in die Küche und legte die Kuchen auf einen Pappteller. Es waren weder Mutterkuchen noch Kaiserschnitten, sondern Himbeerschnitten, sodass Mads erleichtert aufatmen konnte.

»Was für ein Wetter! Jetzt ist der Sommer schließlich doch sicher vorbei!«, rief Nicolaj aus und ging hinten um Mads Stuhl herum. »Die Mutterkuchen waren für heute leider schon ausverkauft, aber sie haben versprochen, morgen wieder welche in den Ofen zu schieben, und dann bist bestimmt du damit dran, Teilchen zum Kaffee zu holen«, erklärte er Mads Nacken und klopfte ihm kameradschaftlich auf die Schulter, bevor er sich auf seinen Platz setzte. Anne lächelte. Sie wurde immer dankbarer für diesen Kerl.

Mads wurde allein in der Redaktion zurückgelassen, mit einer Tasse Kaffee, einer Himbeerschnitte und dem Auftrag, das Telefon zu bewachen, während sie zusammen mit Nicolaj und Kamilla im Konferenzraum saß.

»Es war gar nicht mal so schwer, diese Familie zu finden. Sie waren nicht die Einzigen, die 1983 von Mundelstrup wegzogen, aber es gab nur eine Familie, in der die Frau des Hauses kurz zuvor verstorben war. Ihr Mann heißt Gustav. Er ist nun mit Carola Hjort verheiratet.« Sie brach die Himbeerschnitte in zwei Teile und nahm von einer der Hälften einen Bissen.

»Ach was, das sind doch die, die das Geschäft Maritime Merman mit exklusiven Jachten am Meer haben?«, meinte Nicolaj mit vollem Mund.

»Genau. Kennst du es?«

»Jep. Ich hab oft dagestanden und die Jachten bewundert, die im Hafen liegen. Aaaaaaber die liegen nicht gerade in meiner Preisklasse – bisher.«

»Wenn du so eine haben willst, fang an, dich nach einem anderen Job umzusehen«, kommentierte sie trocken.
»Hast du mit ihnen gesprochen? Waren es denn die, bei denen sie Krankenpflegerin war?« Kamilla trank einen Schluck Kaffee und schüttete mehr Milch hinein.
»Nein, ich habe nicht mit ihnen geredet, ich denk, wir tauchen einfach mal auf. Sie sind gerade bestimmt zu Hause in ihrer Villa am Strandweg.«
»Hast du mit der Polizei darüber gesprochen? Kennen sie die Familie Hjort auch? Sie wurde ja nicht in der Pressekonferenz erwähnt.« Nicolaj hatte Himbeermarmelade im Mundwinkel, bemerkte es aber selbst, leckte sie mit der Zunge weg und half ein bisschen mit dem Zeigefinger nach.
»Die Polizei kann die Familie doch genauso leicht wie wir aufspüren, wenn sie es nicht schon getan hat. Falls sie sich nicht nur auf den toten Arzt konzentrieren und den alten Mordfall ad acta legen. Aber das wäre ein Fehler«, überlegte sie laut.
»Du bist also davon überzeugt, dass es zwischen den beiden Morden eine Verbindung gibt?«, fragte Kamilla.
»Ganz sicher! Und Gustav Hjort kann uns wohl auf die richtige Spur bringen.«
»Du hast nichts mehr von dem anonymen Anrufer gehört, jetzt, wo eine weitere Leiche aufgetaucht ist. Hat er nicht angerufen und triumphiert oder so was?«, wollte Nicolaj wissen. Die grünen Augen leuchteten gut gelaunt, und sie dachte einen Augenblick, dass die bei der Polizei einen Mann wie ihn gut gebrauchen könnten. Nach der Polizeireform waren sie so träge geworden, dass die Leute begannen, private Wachdienste gegen Einbrecher und die Brandstifter einzurichten. Vielleicht sollte er Polizist statt Journalist werden. Obwohl es ja streng genommen fast auf das Gleiche hinauslief.
»Keinen Ton. Er ist wie vom Erdboden verschluckt – und kein Wort über diese Wortwahl.« Dann sah sie warnend zu Kamilla und Nicolaj, die das nicht kommentierten, aber wohl beide das Gleiche dachten. Vielleicht würden noch mehr Leichen auftauchen. Der Anonyme musste etwas wissen, das der Mörder nicht ans Licht gebracht haben wollte – falls der Anonyme nicht selbst der Mörder war. Sie stand auf und warf den leeren Plastikbecher in den Papierkorb.

»Seid ihr soweit?«

Die Villa stammte aus der neoklassizistischen Periode und lag direkt am Meer. Es gab keinen Zweifel, dass die Bewohner eine Menge Geld hatten. Der Garten war großzügig und gepflegt – sicher von einem Gärtner – und hatte mitten im Rasen einen Swimmingpool. Vom ersten Stock der Villa konnte man bestimmt den Marselisborger Gedächtnispark sehen. Die Fassade war in einer hellen pastellblauen Farbe gestrichen, und auf dem Balkon standen exotisch aussehende Pflanzen.

»Hier würde ich aber nie wohnen wollen«, flüsterte sie Kamilla zu, als sie aus dem Auto stiegen.

»Wieso denn nicht?« Kamillas Mund stand fast offen, als sie zu der Villa hochschaute.

»Um zum Meer zu kommen, muss man den verkehrsreichen Strandweg überqueren, um in den Wald zu kommen, den stark befahrenen Otterweg. Ich würde mich wie im Gefängnis fühlen.«

Kamilla lachte und hob die schwere Kameratasche vom Rücksitz.

Nicolaj knallte den Kofferraumdeckel zu und sah die Villa mit Ehrfurcht und dem unvermeidlichen »Geiiil« an.

Die Klingel läutete in einer großen Empfangsdiele. Anne fühlte sich nicht wohl dabei zu klingeln – ganz zu schweigen davon, ein so vornehmes Haus zu betreten. Kamilla zog nervös den Riemen der Kameratasche die Schulter hoch. Nach ein paar Minuten wurde die Tür von einer Frau geöffnet, die, wie sie selbst es wohl nannte, Freizeitkleidung trug, aber nicht die Sorte, die Anne normalerweise damit verband – Jogginghose und ein verwaschenes T-Shirt –, sondern marineblaue Slacks, die locker ihren schlanken Körper umschmeichelten, darüber eine maritime weiße Baumwollstrickjacke mit einem gestickten Emblem an der Seite und marineblauen Streifen an Ärmeln und Taille. Sie war sonnengebräunt, ihre altersgrauen Haare waren von der Sonne gebleicht. Überrascht sah sie sie an. Und sie waren ihrerseits überrascht, keinen Hausverwalter im Frack anzutreffen.

»Wir sind vom *Tageblatt*. Dürfen wir reinkommen? Es handelt sich nur um ein paar Fragen«, erklärte sie, so höflich sie konnte.

Carola Hjort richtete ihr Haar. »Haben Sie schon von der neuen Jacht gehört? Ich dachte, dass Gustav die Pressemitteilungen erst morgen rausschicken wollte. Aber kommen Sie doch rein.« Sie machte einladend die Tür auf und ließ sie in eine Halle mit königsblauen Wänden, weißen Rahmen und Paneelen eintreten. Die Treppe zum ersten Stock war mit einem gemusterten blauen Teppich ausgelegt, das Geländer war ebenfalls im neoklassizistischen Stil gehalten. Ein Mann mit einem hellen, gestrickten Freizeitpullover, weißer Hose und Segelschuhen kam geräuschlos die Treppe herunter.

»Gustav! Ich dachte, die Presse sollte vor morgen noch nichts erfahren«, sagte Carola vorwurfsvoll, als er zu ihnen ihn die Halle gekommen war.

»Wir sind nicht wegen der Jacht her«, beeilte Anne sich zu sagen, um den netten Herrn vor Unannehmlichkeiten zu retten. Carola Hjort sah aus, als ob sie sich darüber ärgerte, sie so voreilig hereingelassen zu haben.

»Gustav Hjort«, stellte sich der Mann vor und gestikulierte in Richtung einer doppelten Glastür am Ende des Flures. »Nun, wollen wir nicht reingehen und uns setzen?« Er bat seine Frau, Johanne im Wintergarten Kaffee servieren zu lassen. Sie zogen die Schuhe aus und folgten ihm in ein Esszimmer mit hellem Parkettboden und einer hübschen, mit schlichtem Stuck verzierten Decke. Er öffnete eine vierfache Glasfalttür, und sie kamen in einen nach Südwesten gewandten, hellen Wintergarten mit einem Kamin und Palmen in großen Töpfen. Sie hielt ein kleines Schnappen nach Luft zurück und wartete darauf, ein *Geiiil* von Nicolaj zu hören, aber er war zur Abwechslung mal redefaul. Sie setzten sich auf ein paar tiefe Wildledersofas neben einem Tisch, auf dem eine Vase mit einem frischen Blumenstrauß stand. Kurz darauf kam Johanne mit dem Kaffee. Sie trug weder eine weiße Schürze noch ein Häubchen auf dem Kopf und sah überhaupt nicht wie ein Dienstmädchen, sondern eher wie eine junge Tochter des Hauses aus.

»Danke, Johanne«, sagte Gustav und machte auf dem Sofa für Carola Platz, die dem Mädchen gefolgt war. Ohne ein Wort verschwand Johanne wieder.

»Dürfen wir dann erfahren, worum es sonst geht?«, meldete sich Carola mit einer etwas zickigen Stimme zu Wort, die klang, als ob sie nun übernehmen würde.

Auf dem Weg zum Auto hatte Anne berichtet, dass es Carola Hjort war, die auf dem Geld saß, weil die ganze Pracht ein Erbe ihrer Familie war. Die zum Familienbesitz gehörende Fabrik in Fåborg hatte sich auf die

Herstellung exklusiver und teurer Segelboote und Jachten spezialisiert, die hauptsächlich ins Ausland und insbesondere nach Südfrankreich verkauft wurden, wo die Familie auch eine Ferienwohnung in Cannes besaß. Nach dem Tod des Vaters hatte Carola als Einzelkind all die Herrlichkeiten geerbt. Gustav wurde schnell als geschäftsführender Direktor in der Fabrik angestellt, die sie später verkauften, um von dem Geld zu leben. Als sie begannen, sich zu langweilen, eröffneten sie das Geschäft Maritime Merman ApS am Hafen von Aarhus mit wenigen exklusiven Jachten, die sie mit großem Gewinn an wohlhabende Dänen verkauften, von denen es – nach ihrer Aussage – immer mehr gab. Bevor Gustav Hjort Carola getroffen hatte, war er ein gewöhnlicher, armer Büroangestellter gewesen, der bei Toyota in der Rechnungsabteilung gesessen und zu Hause eine todkranke Frau gehabt hatte. Das hatte Anne in einem Artikel im Internet gelesen. Aber selbst wenn sie ihn nicht gelesen hätte, bestand trotzdem kein Zweifel daran, wer hier das Sagen hatte.

»Sie haben sicher auch von der Frau gelesen und gehört, die im Moor bei Mundelstrup tot aufgefunden wurde?«, fragte Anne.

»Ja, das ist doch schrecklich. Aber was hat das mit uns zu tun?« Carola wirkte nicht nervös, als sie aus einer schimmernden Silberkaffeekanne einschenkte.

»Vielleicht wissen Sie nicht, dass die Ermordete identifiziert wurde?«

Keine Reaktion.

»Es ist Bente Louise Juhl.«

Alle drei beobachteten Gustav und Carola Hjorts Gesichtsausdruck, aber sie verzogen keine Miene.

»Ist das jemand, den du kennst?« Carola klang verwirrt.

»Nein.« Gustav trank von dem Kaffee und schaute Anne mit einem neutralen Blick an.

»Sie war 1983 während der Krankheit Ihrer Frau deren Krankenpflegerin. Ist das nicht korrekt?«, fragte sie.

»Das muss ein Missverständnis sein, so hieß die Krankenpflegerin nicht«, erwiderte Gustav mit einem leichten Lächeln.

»Nein, richtig, sie war damals ja verheiratet und benutzte sicher ihren anderen Namen. Nannte sie sich Louise Engtoft, klingt das bekannter?«

Anne probierte den Kaffee. Es war Kaffee aus einer Kolbendruckmaschine und das Aroma der Bohnen kam richtig zur Geltung. Es schien ihr der beste Kaffee zu sein, den sie je getrunken hatte. Selbst die neuen Kaffeebars in der Stadt mit ihren preisgekrönten Baristas konnten nicht mit diesem hier mithalten.
Carola und Gustav starrten sie an. Keiner der beiden sagte etwas.
»Die Erklärung ist die, dass Bente Louise Juhl – alias Louise Engtoft – eine Sozialbetrügerin war. Sie hatte eine Adresse in Silkeborg, wohnte aber bei ihrem Freund in Aarhus. Aber das wussten Sie natürlich nicht, oder?« Sie wandte sich nur an Gustav, der unter der sonnengebräunten Haut blass geworden war. Seine Hand zitterte, als er sein Handy, das plötzlich eine klassische Melodie spielte, aus der Hosentasche nahm. Er schaute aufs Display, sah sie an und dann schnell zu Carola rüber, bevor er verwirrt aufstand. »Das ist meine Tochter. Ich muss das entgegennehmen«, teilte er mit, und dem Ausdruck in seinen Augen nach zu urteilen war das kein Ereignis, an das er gewöhnt war. Er verließ den Wintergarten und schloss die vierteilige Tür hinter sich. Durch das Glas sah sie, dass er mit dem Rücken zur Tür stand, während er telefonierte.
»Natürlich wussten wir das nicht. Sonst wäre sie nie eingestellt worden.« Carola Hjort übernahm wieder die Führung.
»*Wir*? Soll das heißen, Sie kannten Gustav Hjort damals schon?« Sie starrte Carola aufrichtig überrascht an, die plötzlich sehr damit beschäftigt war, die Blumen in der Vase zu zurechtzurücken.
»Nein, natürlich nicht. Ich bin einfach nur so daran gewöhnt, wir zu sagen. Ich meine, dann hätte Gustav sie nie eingestellt.«
Nicolaj saß wie eine versteinerte Statue da, die zum Inventar des Wintergartens gehörte, und hatte nicht einmal seinen Kaffee angerührt. Sein Blick wanderte im Raum umher, als ob er alles abfotografierte und keine Energie mehr für etwas anderes hätte.
»Ist das Ihre Tochter, mit der Ihr Mann spricht?«, hatte Kamilla den Mut zu fragen.
Zum ersten Mal sah Carola Kamilla an. »Nein, sie ist nur Gustavs Tochter«, entgegnete sie, und es war, als ob ein *Gott sei Dank* in dem Satz mitschwang.
Er kam zurück in den Wintergarten, die Wangen nach dem Gespräch gerötet. »Sabrina ist wieder in Dänemark. Sie ist gerade in Kopenhagen

gelandet«, verkündete er fröhlich in Richtung Carola, die seine Begeisterung sehr deutlich nicht teilte.

»Was will sie jetzt wieder hier?«

Gustav sah die Anwesenden entschuldigend an und versuchte offenkundig, die feindliche Haltung seiner Frau seiner Tochter gegenüber zu erklären. »Sabrina wohnt mit ihrem Mann in Italien. Vor ein paar Tagen war sie gerade zu Hause zur Beerdigung ihrer Großmutter, deshalb wirkt es so seltsam, dass sie schon wieder zurückkommt.« Er sah wieder zu Carola. »Sie wollte mit mir über etwas Wichtiges sprechen, daher habe ich mit ihr ausgemacht, dass wir uns morgen Vormittag treffen. Sie kommt mit dem Nachtzug nach Aarhus.« Carola begnügte sich mit einem Nicken, aber in ihren Augen konnte man sehen, dass darüber ganz sicher noch mehr gesprochen werden würde, wenn sie gegangen waren.

»Aber was hat die Sache mit dieser Louise Engtoft denn mit uns zu tun?«, wollte Gustav wissen, als ihm einfiel, an welcher Stelle er das Gespräch unterbrochen hatte.

»Sie ist 1983 verschwunden und wurde erst letzte Woche gefunden – ermordet und ins Moor geworfen, nur etwa fünf Minuten mit dem Auto von der Stelle entfernt, wo Sie damals wohnten …«

Gustav sah sie mit festem Blick an. »Sie ist immer allein zum Alten Viborgweg gegangen und hat den Bus genommen oder wurde von ihrem Freund oder Mann oder was auch immer er nun war, eingesammelt. Jeder Psychopath, der rumläuft – auch damals – kann sie mit zum Moor genommen haben.«

Sie nickte.

»Wollte sie an dem Abend noch woanders hin?« Endlich ergriff Nicolaj das Wort, und Carola und Gustav sahen ihn verwundert an, als ob sie erst jetzt seine Anwesenheit bemerkten.

»Nein, über so etwas hat sie natürlich nicht gesprochen.«

»Sie haben doch sicher auch von dem ermordeten Arzt, Helge Vangberg, gehört. Das war nicht zufällig der Arzt Ihrer Frau?«

Gustav Hjort schüttelte ein wenig zu eifrig den Kopf. »Josefines Arzt hieß Dr. Winther«, stammelte er.

»Und mit Vornamen?«

»Wir nannten ihn nur Dr. Winther.«

Kamilla öffnete die Kameratasche, aber als Carola es sah, hielt sie beide Hände mit gespreizten Fingern vor sich hoch. »Hier wird nicht fotografiert!«, verkündete sie scharf, erhob sich und glättete ihre Hosenbeine. »Ich begleite Sie hinaus!«
Sie waren sich darüber im Klaren, dass die Audienz beendet war.

Draußen vor der Villa machte Kamilla trotzdem ein paar Fotos. Man wusste nie, ob es nicht irgendwann einmal nützlich wäre, sie für den einen oder anderen Promi-Skandal im Archiv zu haben. Anne zündete sich eine Zigarette an, während Kamilla die Fotos machte. So vornehme Menschen war sie nicht gewohnt. »Hier ist irgendetwas verdammt faul«, bemerkte sie an Nicolaj gerichtet, der sofort ihre Vertraulichkeit nutzte.
»Das Gefühl hab ich auch. Was machen wir jetzt?«
Sie streifte die Zigarettenasche am weißen Kies des Hofes ab und öffnete Kamilla die Autotür, damit sie die Kameratasche auf den Rücksitz legen konnte. »Es könnte spannend sein, diesen Dr. Winther zu finden. Ich dachte, die Krankenpflegerin hätte mit Dr. Vangberg zusammengearbeitet. Und ich glaube auch, dass es sich lohnen würde, den Freund oder Ehemann der Krankenpflegerin, der sie immer am Alten Viborgweg eingesammelt hat, mal näher unter die Lupe zu nehmen.«
»Was ist mit der Tochter, die plötzlich aus Italien zurückkehrt, um mit ihrem Vater etwas Wichtiges zu besprechen – was mag das wohl sein? Und dem Sohn der Krankenpflegerin?«
Sie schüttelte den Kopf. »Vielleicht, Nicolaj, aber was können sie wissen? Sie waren ja noch Kinder, als all das hier passierte«, erwiderte sie nachdenklich.

23

»War das nicht der von *Home*?«, fragte Niels Nyborg und zeigte auf den Flur, bevor er die Tür hinter sich schloss.
»Kennst du ihn?«
»Ja, er hat unsere Wohnung verkauft, als wir das Haus gekauft haben.«
Roland beeilte sich, ein Verkaufsexposé in die Schublade zu legen, aber Niels schaffte es, einen Blick darauf zu erhaschen.
»Was zum Teufel … ! Du verkaufst doch nicht etwa Irenes Elternhaus?«

Roland kratzte sich am Nacken, lächelte schief und fühlte sich wie jemand, der auf frischer Tat dabei ertappt wurde, ein Verbrechen zu begehen. »Nee, das ist eigentlich nur die Neugier zu erfahren, für wie viel man die Villa heutzutage verkaufen könnte«, wich er aus.
»Ihr seid aber nicht am Überlegen, von diesem schönen Ort wegzuziehen, oder?« Niels zog einen Stuhl vor seinen Schreibtisch.
»Nein, Quatsch. Das war jetzt nicht der Plan«, antwortete er immer noch ausweichend, aber in der Schublade lagen sowohl ein Verkaufsexposé für Helge Vangbergs Anwesen als auch für die Villa in Højbjerg, und es war zu seiner Überaschung kein unmöglicher Traum, sich dieses Anwesen leisten zu können, falls sie für ihre Villa so viel kriegen könnten, wie der Immobilienmakler veranschlagt hatte. Ein kleiner Kredit obendrauf würde für den Rest sorgen.
»Na, was hast du für mich?« Er wechselte bewusst das Thema.
Niels Nyborg lockerte den Hemdkragen und räusperte sich.
»Während du in der *wichtigen* Besprechung gesessen hast, habe ich Antworten der Kriminaltechnik entgegengenommen. Der Stahl der Messerspitze aus dem Brustbein des Arztes ist analysiert. Wir müssen zurück nach Afrika.« Niels setzte sich mit gespreizten Beinen auf den Stuhl gegenüber von Roland, die Ellbogen auf den Knien, und drehte an seinem Ehering. Er erinnerte an die alten Männer, die auf den Straßen von Neapel im Schatten saßen und den katholischen Rosenkranz beteten. Aber so alt war Niels Nyborg auch nicht. Sie waren gleichaltrig.
»Und wie genau sollen wir ›zurück nach Afrika‹? Das klingt irgendwie sehr nach einem Karen-Blixen-Titel.« Nach dem Treffen mit dem Immobilienmakler hatte er gute Laune. Einer seiner größten Träume war plötzlich in Reichweite.
»Gert Schmidt faxt uns noch einen Bericht, aber das, was er kurz sagte, war, dass es sich um eine bestimmte Art von Stahl handelt. Er nannte ihn Carbonstahl oder Kohlenstoffstahl.«
»Das ist jetzt nicht so neu. Viele Messerklingen werden heutzutage aus Kohlenstoffstahl gemacht. Meint er denn, dass es afrikanischer Stahl ist, wenn wir nach Afrika zurück sollen?«
»Er ist der Meinung, dass es sehr *alter* afrikanischer Stahl ist. Vielleicht sogar von einem Messer, das ein Museumsgegenstand sein könnte. Der

Stahl ist so hergestellt, wie es ein Stamm aus Tansania vor ungefähr zweitausend Jahren gemacht hat.«
Roland bekam plötzlich ein schlechtes Gewissen, weil er so viele Stunden des Nachmittags darauf verwendet hatte, mit dem Makler zu sprechen. Er sollte selbst dabei sein, diesen Knud Engtoft zu finden, auf den allmählich alle Spuren hinwiesen. Kim und Isabella suchten im Schweiße ihres Angesichts nach Spuren in Afrika und Dänemark.
»Haben irgendwelche Museen Diebstähle gemeldet?«
»In Dänemark jedenfalls nicht.«
»Aber wir wissen immer noch nicht genau, von welcher Art Messer die Rede ist«, stellte er ein bisschen gereizt fest.
»Nein, vielleicht nicht. Aber falls wir es finden, haben wir andererseits auch keinen Zweifel daran, die Mordwaffe gefunden zu haben. Es wäre ja schlimmer, wenn sich herausstellen würde, dass es eines der Messer ist, die heutzutage jeder Kerl mit sich herumträgt.«
»Sprich nicht darüber«, murmelte Roland. Es hatte in letzter Zeit zu viele Messerstechereien gegeben. Die Jugendlichen beteuerten, dass sie nur mit einem Messer in der Stadt herumliefen, um sich gegen die anderen Jugendlichen zu wehren, die ein Messer dabeihatten, aber das war ja genau das, was das Ganze eskalieren ließ. Wenn ein junger Kerl sein Messer zog, mussten es ihm die anderen gleichtun, und dann konnte alles aus dem Ruder laufen. Besonders unter Einfluss von Alkohol und diversen Drogen. Darüber hinaus hatten nun auch Mädchenbanden zu wüten angefangen, aber sie hatten bisher zumindest keine Messer dabeigehabt. Sie begnügten sich damit, einander zu demütigen, indem sie die Haare abschnitten und auf das Opfer pinkelten oder kotzten. Aber das war auch schlimm genug. Glücklicherweise war Aarhus bis jetzt von solchen Dingen verschont geblieben. Er erwischte sich selbst dabei, vom Thema abzuschweifen.
»Hat Gert irgendetwas über den Todeszeitpunkt gesagt – im Moorfall, meine ich? Sie haben vielleicht aufgegeben, es herausfinden zu wollen?«
»Es ist sicher hoffnungslos, nach so vielen Jahren den exakten Todeszeitpunkt zu bestimmen. Aber wir wissen ja auch, dass sie am 19. Dezember 1983 verschwunden ist und niemand sie seitdem gesehen hat. Näher kommen wir dem wohl nicht.«

Roland warf das Kaugummi in den Papierkorb und goss sich eine Tasse Kaffee ein. »Nimm dir einen Becher, Niels«, forderte er ihn auf und nickte in Richtung des Stapels weißer Plastikbecher neben dem Drucker.
»Ich sehe, du hast echte Porzellantassen von zu Hause mitbekommen«, zog Niels ihn auf und holte sich einen Becher.
Roland schenkte ihm ein. »Irene meint, das könnte dem Kaffee vielleicht einen besseren Geschmack geben, aber ...« Er warf Niels einen Blick zu, der besagte, dass sie nicht Recht hatte. »Unter allen Umständen wäre es jetzt nett, einen Todeszeitpunkt zu haben, um die Leute festhalten zu können. Kein Alibi? Okay, komm gleich mit aufs Revier. Was zum Teufel tut man, wenn das Ganze so viele Jahre her ist? Kannst du dich erinnern, was du vor fünfundzwanzig Jahren gemacht hast?« Er trank aus der Tasse und sah Niels Nyborg herausfordernd an.
»Da waren wir dreißig, Roland. Glaubst du nicht, wir haben etwas gemacht, was ein bisschen lustiger als das hier war?«
»Ich habe mit dreißig geheiratet«, erinnerte er sich und war für einen kurzen Augenblick in die Zeit zurückversetzt, kehrte aber schnell wieder in die Gegenwart zurück. »Mikkel ist zu Gustav Hjort gefahren, bei dem sie Krankenpflegerin war. Vielleicht wird er uns sagen können, wann sie an dem Abend sein Haus verlassen hat – so er sich denn erinnern kann. Er ist heute ein hohes Tier, nachdem er Carola Krondahl geheiratet hat. Du erinnerst dich bestimmt an die Krondahl-Dynastie in Fåborg, oder?«
»Ja, klar! Und *die* hat er erwischt?« Niels pfiff langsam.
»Mikkel ist gut darin, Dinge auf eigene Faust herauszukriegen. Er wollte ein bisschen schnüffeln und sehen, was sie wissen. Falls er etwas verdächtig findet, laden wir sie zu einem Gespräch ein.«
Niels nickte. »Ist Mikkel immer noch wild darauf, in der Hierachie aufzusteigen?«
Roland lächelte schelmisch. »Mikkel strebt direkt nach den hohen Posten. Sein Ziel ist bestimmt mindestens Gehaltsstufe 37!«
»Solltest du das nicht tun?«
»Ich? Nee, ich bin wirklich sehr zufrieden. Ich kann hier problemlos die nächsten zwölf Jahre bleiben. Was hat man davon, sich selbst mehr Verantwortung aufzubürden?« Er antwortete selbst auf die Frage. »Mehr Probleme, das hat man davon.«

»Na, denk noch mal darüber nach, Roland. Ich könnte mir dich besser als Führungskraft vorstellen als Mikkel Jensen. Außerdem schaffst du es schneller nach oben als er.« Er leerte den Becher in einem Zug und lächelte aufmunternd, bevor er sich zu seiner vollen Größe erhob, was nicht gerade wenig war. Er war zwei Köpfe größer als Roland.

»Der Tierarzt ist übrigens auch mit der Obduktion der Hunde fertig.« Niels zog einen Zettel aus der Tasche. »Das hier musste ich einfach aufschreiben«, meinte er und las von dem zerknitterten, handgeschriebenen Zettel ab. »Die Hunde wurden mit dem sogenannten M99 – Etorphin – betäubt.« Er konnte das Wort fast nicht aussprechen, sein Sprachgefühl war nie besonders ausgeprägt gewesen, und die Zunge verknotete sich. »Das ist ein Betäubungsmittel, das man für Elefanten verwendet. Der Tierarzt erklärte, dass es zur gleichen Familie wie Morphium gehört. Er hat in jedem Hund ein Milligramm gefunden. Das ist die Dosis, die man einem Elefanten pro Tonne verabreicht, also kannst du dir denken, dass die drei Wauwaus gegen den Saft nicht ankommen konnten.«

»Woher kriegt man das Zeug?« Roland knetete irritiert seinen Nacken.

»Der Einsatz von M99 ist gesetzlich nur registrierten Tierärzten unter strengen Auflagen erlaubt. Sie ersuchen um eine Genehmigung bei der Arzneimittelverwaltung, und die wird nur nach gebührendem Antrag erteilt. Der Täter müsste also Tierarzt sein. Es kann natürlich auch gestohlen worden sein ...«

»Wie ist es denn in drei kräftige Jagdhunde gekommen? Mit Futter?«

»Der Tierarzt meint Pfeile. Betäubungspfeile, mit großer Präzision aus einer Waffe geschossen. Aber die Pfeile steckten nicht in den Hunden, daher müssen sie irgendwo im Zwinger liegen.«

»Falls unser schlauer Mörder sie nicht selbst entfernt hat, bevor er verschwand. Er könnte ja Fingerabdrücke auf ihnen hinterlassen haben.«

»Soll ich zum Anwesen fahren und den Zwinger durchsuchen?«, fragte Niels Nyborg willig und öffnete die Tür.

»Nein!«, rief er ein bisschen zu bestimmt aus. »Darum werde ich mich kümmern.«

»Warum ein Messer verwenden, wenn man Betäubungspfeile hat, die einen Elefant betäuben können? Helge Vangberg hätte einen Schuss von einem Milligramm M99 auch nicht verkraftet.« Niels schüttelte verständnislos den Kopf.

»Mit einem Pfeil wäre er wohl zu glimpflich davongekommen. Der Arzt sollte leiden. Ich bin geneigt zu glauben, dass Julie Hermansen Recht damit hat, dass die Tat ein persönliches Motiv hat.«

Der Regen prasselte gegen die Seitenfenster, als er gegen Abend heimfuhr. Sie hatten eine kleine Sammelbesprechung abgehalten, um zu bewerten, was die Arbeit des Tages mit sich gebracht hatte, bevor sie beschlossen hatten, Feierabend zu machen. Es war leider nicht viel. Das Bild der Messerspitze war an die Tafel neben das Ebenholzstück gehängt worden. Die Fotos der blutigen Leiche des Arztes mit Fokus auf die vielen Stichwunden im Brustkorb hingen an der gleichen Tafel. Jetzt hatte keiner mehr Zweifel daran, dass die beiden Fälle zusammengehören mussten, und der Mörder hatte irgendeine Beziehung zu Afrika. Konnte er so schwer zu finden sein? Falls er ein dunkelhäutiger Afrikaner wäre, dann nicht. Aber viele Dänen reisten nach Afrika. Heute war es fast genauso teuer nach Südafrika zu reisen wie nach Südspanien. Sie hatten Knud Engtoft im Visier. Kim und Isabella machten Überstunden und suchten weiter. Sie hatten ihn bis 1983 zurückverfolgt, wo er sich dann in Luft aufgelöst hatte. Bestimmt mit einem Flugzeug nach Afrika, oder vielleicht fanden sie ihn auch irgendwo als Mumie. Gustav Hjort erinnerte sich nicht genau, wann die Krankenpflegerin an diesem Abend gegangen war. Verständlich nach so vielen Jahren. Mikkel meinte, das Ehepaar habe nichts mit ihrem Verschwinden zu tun, aber Roland fürchtete, dass die Umgebung seine Urteilskraft beeinflusst hatte. Er redete von der Villa, dass man fast glauben konnte, er hätte sich ins Schloss Marselisborg verirrt.
Seufzend hielt er an einer roten Ampel im Otterweg. Apropos Villa. Er war immer noch nicht darüber hinweg gekommen, dass sie nach der Schätzung des Maklers die Villa in Højbjerg für ungefähr fünf Millionen Kronen verkaufen konnten. Man würde sie jetzt wahrscheinlich einfacher loswerden als früher. Erst jetzt ging ihm auf, wie günstig sie die Villa von Irenes Eltern gekauft hatten, als Dagny und Carl Ernst als Rentner in eine Wohnung in Aarhus zogen. Aber das sollte er ihnen wohl besser nicht sagen, sonst würde seine Schwiegermutter schnell einen Weg der Wiedergutmachung finden. Der schwere Part war, Irene zum Verkauf zu überreden.

Die große Blutbuche in der Einfahrt, die mit dunklen, nassen Blättern im Regen stand, und der würzige Herbstduft des Gartens, der ihm entgegenkam, als er aus dem Auto stieg, ließen in ihm Zweifel an seinem Vorhaben aufkommen. Würde er selbst dieses schöne Fleckchen Erde hier entbehren können mit all den Erinnerungen? Er sah wieder Helge Vangbergs gepflegtes Anwesen vor seinem geistigen Auge, und der Anblick ließ sein Herz begehrlich klopfen. Hier war etwas, das er wirklich besitzen wollte – koste es, was es wolle. Niels Nyborgs Worte klangen auch attraktiv in seinen Ohren. Beförderung? Es war nie sein Ziel gewesen, einen höheren Grad zu erreichen, aber mit dem neuen Haus würde es finanziell eng werden. Mehr Gehalt wäre da nicht von Nachteil, zudem stieg er auf und tanzte mit den Großen. Kurt Olsen musste bald darüber nachdenken, in Rente zu gehen.
Im Flur roch es nicht nach Essen, und der Einzige, der ihm eifrig entgegenkam, als er die Tür öffnete, war der kleine schwarz- und cognacfarbige Schäferhundwelpe, für den sie noch keinen Namen gefunden hatten. Das war Irenes Idee. Sie hatte ihn vor Kurzem nach Hause geholt, als er alt genug war. Einen Wachhund im Haus zu haben würde ihr helfen, sich sicherer zu fühlen, und er konnte ihn zum Polizeihund ausbilden. Ihre Augen hatten gestrahlt, als sie das vorgeschlagen hatte, und wie immer fiel es ihm schwer, ihren impulsiven Ideen zu widerstehen. Er hängte den Mantel über den stummen Diener und ging vor dem Welpen in die Hocke, der sich sofort hingesetzt hatte und ihn anschaute, das eine Ohr aufmerksam aufgestellt, das andere mit einem charmanten Knick. »Hallo, kleiner Freund. Wie sollen wir dich denn nennen?« Er tätschelte ihm ungeschickt den Kopf. Er war nicht an Tiere gewöhnt und wusste nicht so recht, wie man es machte. Darin war Irene besser; sie war auf dem Land aufgewachsen. Der Welpe leckte ihm die Hand und wedelte eifrig mit dem Schwanz. Es dauerte wohl noch ein bisschen, bis aus ihm ein Wachhund werden würde. »Wo ist unsere Mami? Was wir wohl essen werden?« Der Hund folgte ihm in die Küche. War das einer dieser Abende, an denen sie wartete, bis er nach Hause kam, sodass sie zusammen kochen konnten? Manchmal tat sie das, wenn er an einem Fall arbeitete, damit sie nicht mit dem Essen warten musste. Aber jetzt rief er normalerweise an, wenn er Überstunden machte. So viel Rücksicht musste man schon nehmen. Oder

vielleicht war das Essen, das sie zubereitet hatte, kalt und geruchlos? Momentan hatte sie den Fimmel, dass sie eine Blutgruppendiät machen sollten. Sie hatten beide Blutgruppe o, sodass es in diesem Punkt nicht so umständlich war, aber es gab vieles, was man mit dieser Blutgruppe nicht essen durfte, und es fiel ihm schwer, sich zu erinnern, was das war, wenn er Irene nicht fragen konnte. Aber warum sollte es auch so kompliziert sein zu essen? Er hatte sie danach gefragt, als sie die neuen Essgewohnheiten vorgeschlagen hatte. »Was haben die Steinzeitmenschen gemacht?«, hatte er gefragt, um zu unterstreichen, dass die ja das aßen, was sie finden konnten, ohne an Kalorien, Krebs oder Blutgruppen zu denken. »Die sind gestorben«, war Irenes Antwort, und dem konnte er nicht widersprechen. Aber sie mussten doch ohnehin irgendwann sterben, unabhängig davon, was sie in den Magen bekamen. Die gute Nachricht war, dass Blutgruppe o viel Fleisch aß, und das passte ihm gut. Mit Hunden war das etwas anderes. Er schüttete Futter in den leeren Napf, aus dem der Welpe sofort zu fressen begann, sodass es knirschte.

Er fand Irene auf der Veranda. Sie stand auf einer Leiter und war dabei, die Holzrahmen über den Fenstern zu streichen, die es schon lange nötig hatten. Sie hatte eines von seinen ausrangierten karierten Holzfällerhemden an, das ihr viel zu groß war. Es war mit weißen Farbspritzern übersät. Ihre Haare waren mit einem bunten Tuch hochgebunden, um sie aus dem Gesicht zu halten. Man konnte nicht gerade von einer korrekten Farb- und Stilkombination sprechen, in der sie sonst sehr aufging. Er stand in der Tür und betrachtete sie mit einem warmen Gefühl im Bauch. Als sie ihn bemerke, fiel sie fast von der Leiter.

»Gott, Rolando, hast du mich erschreckt, ich habe dich gar nicht gehört, und Bend hat auch nicht gebellt. Wie spät ist es? Ich habe meine Uhr abgenommen, um keine Farbe darauf zu kleckern.«

Er hob sie von der Leiter herunter und gab ihr einen Kuss. »Bend? Hast du den Welpen so genannt?«

»Ja, so soll er heißen. Er hat diesen süßen Knick im Ohr. Deshalb!«

»Hmm, Bend … Ach so, biegen auf Englisch. Der Winkel in seinem Ohr. Gute Idee. Aber klingt das nicht wie dein Onkel – Bent?«

»Ähm ja, vielleicht. Daran hab ich gar nicht gedacht. Dann wird er sauer.« Sie zog die fleckigen Malerhandschuhe aus und pustete eine Haarsträhne, die sich aus dem Tuch gelöst hatte, aus dem Gesicht. »Was heißt Winkel auf Italienisch?«

»Angolo.«

»Gut, dann nennen wir ihn Angolo, oder?«

Roland nickte, ihm war das egal. »Warum bist du jetzt plötzlich am Streichen?«, wollte er stattdessen wissen und begutachtete ihre Arbeit. Sie war weit gekommen und hatte sicher den Großteil des Nachmittags mit Streichen verbracht.

»Ich hatte plötzlich Lust, als ich nach Hause gekommen bin. Hast du Hunger? Es ist noch ein bisschen Lasagne da, die wir in die Mikrowelle schieben können.«

Er nickte. Lasagne war ihm recht. Er zündete Kerzen an und deckte den Tisch, während sie sich um die Mikrowelle kümmerte. Normalerweise würde er sich jetzt eine Zigarette anzünden, aber er versuchte, den Drang zu unterbinden. Angolo lag im Hundekörbchen, den Kopf auf den Vorderpfoten, und beobachtete alle ihre Bewegungen.

»Wie wäre es mit Rotwein? Den könnten wir uns doch jetzt gönnen, oder?«, fragte er, bevor er zum Weinregal ging.

»Ja, gerne.«

Er lächelte. Die Blutgruppendiät war besser als gewisse andere Kuren, die Irene eingeführt hatte.

»War dein Tag sonst gut?«, fragte er, als sie sich an den Tisch gesetzt hatten.

»Das Übliche. Und auch wieder nicht. Birthe wurde von einem Klienten überfallen, der mit dem Eingriff der Regierung ins Arbeitslosengeld unzufrieden war.«

»Meine Güte! Da kann sie doch nichts für?!«

»Nee, aber irgendjemand muss es abkriegen, und das sind wir.«

Er kaute zu Ende und stieß mit ihr an. Sie hatte das Tuch nicht vom Kopf genommen, und es stand ihr, obwohl es ein Kleidungsstück war, das eine Debatte ausgelöst hatte. Aber Irene wurde ja weder unterdrückt noch eine Terroristin davon, es zu tragen.

»Versprich mir, Schatz, dass du mich anrufst, falls irgendjemand jemals einen Finger rührt, um dir etwas zuleide zu tun!«

Irene nickte, aber er wusste, dass sie es nie tun würde. Sie war nicht der Typ, der es ausnutzte, mit einem Polizisten verheiratet zu sein.

»Was ist mit euren Fällen? Seid ihr weitergekommen?«
»Wir haben ein bisschen was Neues zum Nachforschen bekommen. Jetzt müssen wir abwarten, was der morgige Tag bringt.« Er sah sie an, während sie aß, dann räusperte er sich. »Irene, ich habe mir gedacht, ich fang mal an, einer Beförderung nachzugehen. Es kann nicht mehr lange dauern, bis Kurt aufhört.«
Überrascht sah sie ihn an. »Das hast du ja vorher nie erwähnt.«
»Es ist auch neu. Niels hat mich heute Abend dazu aufgefordert. Es könnte ein besseres Gehalt geben, und ...«
»Und mehr Arbeit, Rolando. Wir kommen doch gut zurecht. Uns fehlt doch kein Geld.«
»Es gibt da was, das wir am Wochenende machen werden, Irene. Ich habe eine kleine Überraschung für dich.«
Sie lächelte unsicher. »Was machen wir?«
»Wir schauen uns ein Landhaus an, in das ich mich verliebt habe. Das wäre auch ein richtig guter Ort für – Angolo«, beeilte er sich hinzuzufügen, als sie die Augenbrauen runzelte. »Wenn du es siehst, wirst du das Gleiche wie ich fühlen, und – wir können es uns tatsächlich leisten. Ich habe dem Immobilienmakler von Home heute Vormittag einen Schlüssel geliehen. Er hat das Haus geschätzt.«
Er wusste immer, wenn Irene wütend wurde. In ihrer rechten Schläfe begann eine Ader zu pochen, und ihre Wangen wurden feuerrot.
»Du lässt einen Immobilienmakler unser Zuhause schätzen – mein Elternhaus –, ohne mich vorher zu fragen?!«
Die Tränen waren etwas Neues in ihrem Wutausdruck. Ihm rutschte das Herz in die Hose. Er hatte sie wirklich verletzt. Er hatte nicht nachgedacht. »Entschuldigung, Irene. Aber du sollst das Anwesen doch einfach nur angucken. Es ist das, wovon wir beide immer geträumt haben.«
»Sag mir nur gerade noch mal ...« Irene sah ihn scharf an. »Das ist doch wohl nicht das Haus, in dem der ermordete Arzt gewohnt hat? Des einen Tod ist des andern Brot.«
»Nein, nein«, wehrte er ab und drehte angewidert sein Gesicht von ihr weg, als es so direkt gesagt wurde. »Natürlich wird es nur verkauft, weil Helge Vangberg ermordet wurde, aber ...« Irene stand mit einem Schnauben vom Tisch auf, eine zerknüllte Serviette in der Hand, die

sie so fest zusammendrückte, dass die Knöchel weiß wurden. Sie hatte noch nicht fertig gegessen und erst die Hälfte des Weines in ihrem Glas getrunken. »Wenn du glaubst, ich verlasse mein Elternhaus, um in einem Haus zu wohnen, in dem ein Arzt brutal ermordet wurde, direkt am Wald, wo ich die meiste Zeit an den langen, dunklen Abenden allein sitzen soll, liegst du falsch! Wenn du dann befördert wirst, bist du noch weniger zu Hause als jetzt.«

»Ach, Irene. So spät bin ich jetzt auch nicht zu Hause. Und es dauert halt eine Weile, bis ich befördert werden kann – falls ich es überhaupt werde. Und jetzt hast du ja auch Angolo als Wachhund.«

Irenes Augen blitzten. »Du musst dich entscheiden – dieses Anwesen oder ich!«

Es war das erste Mal, dass er sie mit der Tür knallen hörte. Die zerknüllte Serviette, die sie auf dem Tisch liegen gelassen hatte, begann sich langsam zu entfalten, als ob sie lebendig wäre und sich auf ihn stürzen würde. Angolo schaute zu ihm hoch und drehte den Kopf weg. Er schenkte sich ein weiteres Glas Wein ein und schaute aus dem Küchenfenster nach draußen, wo der Regen in der Dunkelheit in Schneeregen übergegangen war. Kleine Eiskristalle trafen auf die Fensterscheibe und liefen an ihr herunter, während sie schmolzen. Bei dem Anblick versank er in Gedanken und zuckte zusammen, als sein Handy klingelte.

»Entschuldige die Störung«, ertönte Isabellas Stimme. »Ich finde nur, du solltest wissen, dass Knud Engtoft hier in Dänemark ist. Ich hatte die Idee, dass er es sein könnte, der die Journalistin letzten Mittwoch von einer Telefonzelle am Flughafen aus angerufen hat. Ich habe sowohl Abflüge als auch Ankünfte um den Zeitpunkt herum, zu dem sie kontaktiert wurde, überprüft. Man konnte ja nicht wissen, ob er das Land verlassen hatte oder ankam. Tatsächlich ist ungefähr zu der Zeit ein Flugzeug von British Airways am Flughafen von Kastrup gelandet. Es kam aus Abuja in Nigeria. Ich habe eine Kopie der Passagierliste bekommen, und wer war darunter …?«

Roland hasste diese Ratespielchen, die heutzutage alle benutzten, vermutlich aufgrund all der Quizsendungen, mit denen sie im Fernsehen bombardiert wurden; es gab bald keine andere Unterhaltung mehr. Aber das hier war nicht so schwer zu erraten. »Knud Engtoft«, stellte er mit Nachdruck fest.

»Genau. Aber hier verschwindet die Spur wieder. Er flog am selben Tag nicht weiter nach Jütland, ich habe alle Abflüge und Passagierlisten überprüft. Mit dem Zug ist er auch nicht gefahren. Aber ich suche weiter. Irgendwann hat er die Teufelsinsel verlassen, da bin ich mir sicher. Und es würde mich nicht wundern, wenn er an dem Freitagabend, an dem Helge Vangberg ermordet wurde, hier in Jütland war.«

24

Selbst bei Regen war Aarhus von hier oben gesehen ein atemberaubender Anblick mit Aussicht über die nassen Dächer. Von diesem Abstand guckte die Fassade der Bruuns Gallerie auf der gleichen Höhe wie der Rathausturm hervor, der fast im Regendunst verschwand. Das Fassadenschild der Arbeiterlandesbank stand spiegelverkehrt da. Sie saß da, die Ellbogen fest aufs Fensterbrett gepflanzt, das Kinn auf den verschränkten Händen ruhend, während sie den Anblick genoss. Ein Becher mit duftendem, frisch gebrühtem Kaffee stand neben ihr auf dem Fensterbrett. Sie fühlte sich plötzlich so entspannt wie schon lange nicht mehr.

»Du kannst dir einfach mehr Kaffee nehmen, wenn du willst.« Pernille kam aus dem Bad, während sie die kurzen, nassen Haare frottierte, sodass sie in alle Himmelsrichtungen abstanden. Sie hatte nur einen Tanga an. Ihre Brüste waren klein und spitz wie die eines Teenagers, obwohl sie genauso alt wie Sabrina war und ein Kind hatte. Sie waren auf dem Gymnasium in der gleichen Klasse gewesen und hatten als Jugendliche zusammen Sport getrieben, sodass es Pernille nichts ausmachte, halbnackt vor ihrer Freundin herumzulaufen. Sabrina hatte in einem Gästebett im Wohnzimmer geschlafen. Pernille und Tobias' Wohnung in der Jägerhofstraße war nicht besonders groß, aber Pernille hatte ihr von sich aus angeboten, hier wohnen zu können.

Sie waren spät ins Bett gekommen, weil sie grünen Tee getrunken und über die alten Zeiten gesprochen hatten. Sie hatten sich in dem halben Jahr, in dem sie in Italien gewohnt hatte, nicht gesehen oder gesprochen, daher gab es viel aufzuholen. Tobias war vor ihnen ins Bett gegangen. Er war IT-Administrator bei der technischen Schule in Aarhus und musste früh aufstehen. Außerdem hatte er bestimmt auch keine

Lust, sich ihre Mädchengespräche anzuhören. Adam war erst anderthalb, er war längst ins Bett gebracht worden.
»Mich nervt es echt, dass ich arbeiten gehen muss. Ich könnte natürlich auch schwänzen«, meinte Pernille mit der Zahnbürste im Mund. Sie arbeitete als Verkäuferin in der Parfümabteilung des Magasin.
»Nein, lass das lieber. Du musst dich um deine Arbeit kümmern«, erklärte Sabrina bestimmt und klang wie eine Mutter. Sie schaute auf ihren Bauch. Und sie war es ja auch. Sie hatte es Pernille und Tobias noch nicht erzählt, und sie hatten nicht gehört, wie sie früh morgens aufgestanden war und sich übergeben hatte. Pernille hatte nie viel von Peter gehalten, deswegen wäre es nicht positiv, ihr diese gute Neuigkeit zu erzählen.
»Okay. Aber es ist trotzdem gut, dass ich heute früh Schluss machen kann.« Pernille hatte sich angezogen und goss Kaffee in einen Becher. Sie setzte sich neben sie und stellte ihren Becher auch aufs Fensterbrett.
»Du hast echt eine schöne Aussicht«, sagte Sabrina hingerissen und hatte ihren Blick fast nicht davon abgewendet, seit sie sich gesetzt hatte.
»Tja, wenn man die jeden Tag hat, nimmt man sie tatsächlich nicht mehr wahr. Aber von eurer Wohnung in der Dalgas Avenue habt ihr doch auch eine tolle Aussicht.«
»Hmmm, aber es dauert ja noch ein halbes Jahr, bis ich sie wieder sehen kann.«
»Komm heim! Lass Peter in Italien bleiben. Soll er doch zusammen mit seiner italienischen Geliebten machen, was er will. Daran ist er selber schuld.«
»Ich weiß ja nicht, ob sie Italienerin ist. Und er hat gesagt, dass es nichts bedeutet hat.«
»Ja, das sagen die ja immer! Schmeiß ihn raus. Kann schon sein, dass er nicht hässlich ist, aber das ist ja nicht alles.«
Sie wollte ihr von dem Kind erzählen, hatte aber Angst, sie würde sie zu einer Abtreibung auffordern. Ihr war der Gedanke auch schon gekommen, aber Abtreibung war, jemand anderem das Leben zu nehmen, und konnte sie jemandem das Leben nehmen, das von ihr selbst – und Peter – geschaffen worden war? Konnte sie selbst einfach so über Leben und Tod bestimmen?

»Gerade ist es verlockend, aber ich liebe ihn ja, Pernille. Du weißt, das habe ich immer getan.«
Pernille nickte verständnislos und stand auf. Sie trank den letzten Schluck Kaffee und stellte den Becher in die Spüle.
»Ich muss jetzt los. Du machst dann den Abwasch, ne?«, neckte sie.
»Ja klar, das hat noch gefehlt.«
Pernille rumorte im Eingangsbereich.
»Ist doch okay, wenn mein Vater herkommt, oder?«, rief Sabrina.
Pernille steckte den Kopf zur Küchentür herein und sah sie an. Sie verlor fast das Gleichgewicht, weil sie gleichzeitig Stiefel anzog. »Ja, natürlich! Wenn er sich mit meiner bescheidenen Wohnung begnügen kann. Warum besuchst du ihn nicht einfach in seinem königlichen Schloss? Ist es wegen der bösen Stiefmutter?«
»Ja, das kann man wohl sagen.« Sie lächelte über den Vergleich. »Ich kann nicht gescheit mit meinem Vater reden, wenn Carola da ist.«
Das Unbehagen kam schleichend. Sie wusste noch nicht, wie sie das Gespräch mit ihrem Vater beginnen sollte.
»Falls du dich langweilst, auf der Küchenbank liegen ein paar alte Zeitungen, mit denen du dir die Zeit vertreiben und ein bisschen aufholen kannst, was hier in Aarhus passiert ist, während du weg warst. Hast du von den beiden unheimlichen Morden gehört?« Pernille knöpfte den letzten Knopf ihres Mantels zu und winkte ihr durch die Türöffnung. »Ich muss jetzt los. Grüß deinen lieben Vater«, rief sie, ohne eine Antwort auf ihre Frage abzuwarten. Die Tür fiel ins Schloss und in der Wohnung wurde es still.
Unheimliche Morde in Aarhus, das klang nach einer interessanten Lektüre. Sie hatte sich immer für alles interessiert, was mit Tod zu tun hatte. Die Zeitungen lagen in einem ordentlichen Stapel in der Ecke der Küchenbank. Die neuesten lagen oben, und sie las zuerst über den Mord an dem Arzt, der ermordet zusammen mit drei toten Jagdhunden auf dem Hof vor seinem Landhaus ein bisschen außerhalb von Skåde gefunden worden war. Sie nahm die nächste Zeitung. Das Foto eines Moores ließ sie näher hinsehen. Das war doch das Moor bei Mundelstrup. Die Stadt, in der sie die beste Zeit ihres Lebens verbracht hatte, obwohl sie sich nicht an viel davon erinnern konnte. Der Artikel berichtete von dem Fund zweier Jungen, die eine fünfundzwanzig Jahre

alte Leiche im Moor entdeckt hatten. Da stand etwas von einer Pressekonferenz im Polizeipräsidium. Sie hatten die Leiche identifiziert. Es hatte sich herausgestellt, dass es eine Krankenpflegerin war, die 1983 in Silkeborg verschwunden war. Es gab ein Bild der Fundstelle. Unheimlicher Gedanke, dass eine tote Frau fünfundzwanzig Jahre ausgerechnet in *diesem* Moor gelegen hatte. Außerdem gab es ein Interview mit einer älteren Frau, die Weihnachtskobolde machte und sich an eine Familie in Mundelstrup erinnern konnte, bei der die Krankenpflegerin gearbeitet hatte, als sie verschwand. Sie nahm die nächste Zeitung und entdeckte, dass sie neueren Datums war. Pernille hatte die Zeitungen offenbar doch nicht nach Datum sortiert. »*Mordopfer war Sozialbetrügerin*«, lautete die Überschrift der Titelstory dieses Tages. Sie war kurz davor, die Zeitung wieder wegzulegen. Das war so typisch, dass alle möglichen Schmutzgeschichten ausgegraben wurden, selbst wenn sie keinen Nutzen mehr hatten. Das waren die Sachen, in denen die Leute schwelgten. Aber dann weckte ein Name im Artikel ihre Aufmerksamkeit. *Louise Engtoft*. Sie sah die Puzzleteile an ihren Platz fallen. Eine Familie, die 1983 von Mundelstrup wegzog. Die Briefe an Elina von der Krankenpflegerin Louise Engtoft. Der letzte Brief war von Dezember 1983, dem Monat, in dem die Krankenpflegerin verschwand.
Sie ließ die Zeitung auf den Boden fallen, als es an der Tür klingelte. Es klang wie die Glocken von Westminster. Verwirrt sah sie auf die Uhr. Ihr Vater war zehn Minuten zu spät. Ihr war wieder übel und sie stand langsam auf, um die Tür zu öffnen.
Gustav Hjort trat in den schmalen Eingangsbereich, wo sie sich fast nicht zu zweit aufhalten konnten, und zog den nassen Wollmantel aus. »Man wird ja schon nass, wenn man nur vom Auto über die Straße geht.« Er nahm ihr Gesicht zwischen die kalten Hände und gab ihr einen Kuss auf die Stin. »Hallo, mein Schätzchen. Wie schön, dich wieder zu sehen – aber wie blass du doch bist. Scheint in Italien die Sonne nicht?« Er klang so, als ob er mächtig guter Laune war, aber sie war zu erschüttert, um sich davon anstecken zu lassen.
»Willst du Kaffee haben, Papa?«
Er nickte und rieb sich die Hände, um sie aufzuwärmen, während er die Aussicht über die nassen Dächer betrachtete. Aber er kommentierte sie nicht. Sie war ja nicht mit der Aussicht vom Strandweg zu vergleichen.

»Warum ziehst du bei deiner Freundin ein, statt bei deinem alten Vater zu wohnen? Wir haben jedenfalls keinen Platzmangel«, äußerte er ein bisschen beleidigt und setzte sich an den Tisch, auf den sie zwei Tassen Kaffee gestellt hatte.
»Das weißt du genau, Papa. Carola und ich …«
»Also, Süße, Carola ist harmlos, das musst du doch mittlerweile herausgefunden haben. Sie hat ja nie versucht, deine Mutter zu sein …«
»Nein, genau!«, rief sie aus und wollte nicht mehr über Carola sprechen. Es ging immer um sie, ob sie nun mit ihrem Vater redete oder mit Peter.
»Ja, aber das ist doch was Positives. Carola weiß doch, dass sie in diesem Punkt nicht mithalten kann. Josefine war deine Mutter, und das wird sie immer sein.«
»Genau über Mama will ich gerne mit dir sprechen – ohne dass sich Carola einmischt.«
Gustav zog resigniert die Ärmel seiner Baumwolljacke herunter und sah sie traurig an. »Ich denke, ich habe dir schon alles erzählt, was ich dir über deine Mutter sagen kann. Josefine war eine wunderbare Frau – und Mutter. Du bist ihr sehr ähnlich. Wir haben sie beide sehr geliebt. Aber manchmal ist das Schicksal grausam – das weißt du ja von deinem Job – manche werden so krank, dass man ihnen nicht zurück ins Leben helfen kann.« Seine Augen waren voller Sorge, und sie hatte überhaupt keinen Zweifel daran, dass er ihre Mutter wirklich geliebt hatte.
»Das ist nicht das, was ich wissen wollte, sondern etwas über Mamas Krankenpflegerin. Wer war sie?«
Er sah sie nicht an. »Warum in aller Welt willst du das wissen – jetzt?«
»Weil einige interessante alte Briefe in Omas Schublade lagen. Sie sind von der Krankenpflegerin.«
»Ja, aber dann weißt du doch, wer sie war«, wehrte Gustav ab. Er trank aus dem Kaffeebecher und legte sein Gesicht in undurchschaubare Falten. »Was stand sonst noch in den Briefen?«
»Wer war Mamas Arzt?« Sie kämpfte gleichzeitig mit Gefühlen von Wut und Mitleid. Er hatte zu viel zu lange vor ihr versteckt gehalten. War es nur, um sie zu schonen?
»Dr. Winther«, gab er wütend Auskunft, als ob es eine Frage wäre, die ihn nervte.

»Den Briefen zufolge hast du einen anderen Arzt gesucht, obwohl Mama bei Dr. Winther in guten Händen war und sich ihr Zustand durch seine Behandlung besserte. Warum?«
Gustav war im Stuhl geschrumpft. Der Rücken, sonst immer stolz und aufrecht, war zusammengesunken, und er saß halb über den Tisch gebeugt. Er ergriff ihre Hände und hielt sie fest, sodass sie vor Schmerzen die Zähne zusammenbiss.
»Du musst verstehen, Sabrina, dass man alles versucht, wenn man einem so kranken Menschen, wie deine Mutter es war, gegenübersteht. Ich habe einen anderen Arzt aufgesucht, um seine Meinung zu der Behandlung zu hören, die sie bekam. Second opinion, du weißt schon. Und obwohl die ihr half, hätte sie sie letztendlich zerstört. Der andere Arzt, den ich fragte, sagte, dass die Behandlung derart heftige Nebenwirkungen hätte, dass Josefine – so schwach wie sie war – sie nicht überleben würde.«
»Aber Papa. Sie hat doch trotzdem nicht überlebt. Wer war der andere Arzt?«
Er lockerte seine Hände und fuchtelte damit in der Luft. »Ich erinnere mich nicht. Ist das jetzt nicht auch egal, Sabrina?«, beschwor er sie und sah sie mit Augen an, die jeden dazu gebracht hätten, aus reinem Mitleid klein beizugeben.
»Nein, Papa. Das ist jetzt nicht egal. Besonders jetzt nicht. Die tote Frau, die sie im Moor gefunden haben, ist ja Mamas Krankenpflegerin, die 1983 verschwunden ist. Ich habe es gerade in der Zeitung gelesen. Es ist das gleiche Jahr und der gleiche Monat, in dem Mama gestorben ist. Ist sie verschwunden, nachdem sie bei uns in Mundelstrup gewesen ist?«
Gustav sah sie ratlos an:
»Ich weiß es nicht. Kurz darauf wurde nach ihr gesucht, aber mir war nicht klar, dass sie es war. Sie hatte ja auch einen anderen Namen benutzt, und Gott weiß, wie viele andere sie sonst noch verwendet hat.«
»Aber in den Briefen deutet alles darauf hin, dass sie eine richtig tüchtige Krankenpflegerin war, die sich sowohl um Mama als auch um mich gekümmert hat. Sie wollte sich zur Ärztin ausbilden lassen – falls sie eine Chance bekommen hätte –, wusstest du das?«
Es brannte Gustav in der Brust, als er sie ansah. Seine Unterlippe bebte wie bei einem kleinen, unglücklichen Jungen.

»Wir hatten mit dem Verschwinden dieser Frau nichts zu tun«, sagte er tränenerstickt.

»*Wir*?« Anklagend hob sie eine Augenbraue. Damit hatte er ihre nächste Frage nach Carola schon beantwortet.

»Ja. Wir zwei, meine ich«, wich er aus, aber in seinen Augen konnte sie etwas anderes sehen.

»War es Carola, die dich Abend für Abend von mir und Mama ferngehalten hat? Ich kann ja in den Briefen lesen, dass es sogar Nächte gab, in denen du nicht heimgekommen bist und Mama und mich uns selbst überlassen hast. Wie konntest du es wagen, wenn Mama so krank war? Ich war erst vier!«

Gustavs Gesichtsausdruck veränderte sich. Einen so wütenden und verzerrten Gesichtsausdruck, der ihn völlig entstellte, hatte sie bei ihm noch nie gesehen.

»Sie war eine verlogene Hexe! Ich hab euch nachts nie allein gelassen. Aber das ist natürlich das, was sie Elina eingeredet hat, um mich in ein schlechtes Licht zu rücken. Nun weißt du auch, warum deine Oma mich gehasst hat! War es nicht das, was du wissen wolltest?« Er schnaubte und trank hitzig aus der Tasse.

Sie traute sich nicht, mehr zu sagen. Hatte Respekt vor dem Zorn ihres Vaters, weil sie ihn selten so erlebt hatte und weil er immer nur aufbrauste, wenn es einen guten Grund dafür gab.

Sie saßen schweigend da. Sie schaute auf den Tisch und spürte seine Augen voller Schuldgefühle auf sich ruhen. Plötzlich nahm er wieder ihre Hände. Als sie zu ihm aufschaute, hatte er Tränen in den Augen. Auch das war eine Seltenheit.

»Ich habe nichts mit dem Mord an dieser Frau zu tun! Das musst du mir glauben. Das *sollst* du mir glauben! Aber sie war kein guter Mensch, das hast du wohl auch in der Zeitung gelesen. Sozialbetrügerin! Aber das war sicher ihr schrecklicher Mann, der sie dazu gebracht hat. Ich glaube nicht, dass sie klug genug war, sich selbst so eine Schwindelnummer mit den beiden Adressen – und den Namen – auszudenken.«

»Kennst du ihren Mann?«

»Nein – Gott sei Dank. Ich habe ihn nur einmal gesehen, aber das war auch genug. Großer Klotz mit Ohrring und Tattoos auf den Oberarmen. Ein richtiger Karl Smart!«

Sie musste trotz des Ernstes lächeln. Sie wusste, was er von diesen Typen hielt. Sie hatte in ihren Teenagerjahren mit der Idee gespielt, genau diesen Typ Mann zu bekommen, um sowohl ihn als auch Carola zu ärgern. Oder einen Mann einer anderen ethnischen Herkunft als dänisch zu finden – damit Carola einen Herzstillstand bekam.

»Was hat er gemacht?«

»Nichts, würde ich behaupten. Drogensüchtig war er wohl auch. Wie er sich all die Reisen nach Afrika leisten konnte, haben wir nicht begriffen, bevor …« Er stockte und leerte seine Tasse.

»Wovor, Papa?«

Er stand auf, sah auf seine Armbanduhr und nahm seinen Mantel, den er zum Trocknen über die Stuhllehne gehängt hatte.

»Carola wartet auf mich. Heute kommen ein paar von der Presse wegen der neuen Jacht, du weißt schon. Ich hoffe inständig, dass der Regen vorher aufhört.«

Das wohlbekannte jungenhafte Lächeln war zurück, während er den Mantel anzog. »Zieh doch zu uns, Sabrina. Du sollst doch nicht hier in diesen kümmerlichen Verhältnissen wohnen, wenn du eine Familie mit einem schönen, großen Haus hast!«, bemerkte er und sah sie an mit den Händen in der Tasche, als ob er darauf wartete, dass sie packen und mit ihm gehen würde.

Sie stand nicht auf, um ihn hinauszubegleiten. Als sie die Tür knallen hörte, blieb sie mit dem Gefühl zurück, dass es immer noch eine Menge gab, was er ihr nicht erzählt hatte. Sie nahm das Handy und rief die Auskunft an. Jetzt ging es darum, diesen Dr. Winther zu finden, falls er denn noch lebte.

25

Sebastian Juhl war überhaupt nicht so, wie sie ihn sich vorgestellt hatte. Ausdrucksstarke, unnatürlich blaue Augen musterten die Person, die ungeladen an seiner Tür geklingelt hatte. Als sie endlich sprach, klang sie verwirrt und verdattert und war sich sicher, dass sowohl Kamilla als auch Nicolaj es mitbekamen, was sie erröten ließ.

»Ähm …, wir kommen vom *Tageblatt*, weil wir über Ihre Mutter schreiben, die ja …« Sie räusperte sich. »Wir wissen, dass Sie damals noch ein kleiner Junge waren, aber vielleicht können Sie uns dabei helfen, ein etwas richtigeres Bild von Ihrer Mutter zu bekommen … als Mensch, meine ich.«

Er strich sein etwas zu langes Stirnhaar zurück und setzte sich. »Ach ja, die Presse. Ich habe mich schon gefragt, wo ihr bleibt«, sagte er mit leicht ironischem Unterton.

»Das mit Ihrer Mutter tut uns selbstverständlich leid … habe ich vergessen zu sagen«, fügte sie hinzu und fühlte sich dumm.

Sebastian begnügte sich mit einem Nicken.

Sie setzten sich an den Tisch und Nicolaj holte seinen Notizblock heraus. Er hatte die Fragen notiert, die sie stellen wollten, und da Anne auf einmal ein bisschen arbeitsunfähig wirkte, ergriff er die Chance, mit dem Interview anzufangen. »Sie waren acht Jahre alt, als Ihre Mutter verschwand, richtig?«

Sebastian nickte. »Ja. Und ich würde sehr gerne dabei behilflich sein, ein anderes Bild von ihr zu zeichnen. Ihr schreibt doch nur so schweinische Dinge, wie dass sie Sozialbetrügerin war und so was. So war sie nicht.«

»Wir schreiben ja nur das, was wir von der Polizei erfahren«, verteidigte sich Anne. »Sie konnten natürlich nicht wissen, was Ihre Mutter damals gemacht hat.«

Es sollte wie ein Trost klingen, aber Sebastian sah nicht so aus, als würde das bei ihm ankommen.

»So war sie nicht, sag ich doch!«, knurrte er und sah sie scharf an. Sie schluckte ein paar Mal. So markante und durchbohrende Augen hatte sie noch nie zuvor gesehen, sowohl fesselnd als auch einschüchternd.

»Falls es wirklich wahr ist, dass sie ein Doppelleben geführt hat, ist es *seine* Schuld!«, fuhr er beherrschter fort.

»Wessen? Die Ihres Stiefvaters?«

»Nennen Sie ihn nicht so!«

»Aber der Mann, über den Sie sprechen, ist der, mit dem Ihre Mutter verheiratet war, oder?«, machte sie weiter.

Er nickte.

»Sprach Ihre Mutter über die Familie, bei der sie arbeitete, bevor sie verschwand?«, fragte Nicolaj und erhielt wieder Sebastians Aufmerksamkeit.

»Nein, ich kann mich jedenfalls nicht daran erinnern, falls sie es getan hat. Wisst ihr denn, wer die Familie ist?« Seine Augen bekamen einen interessierten Ausdruck.
»Nicht mit Sicherheit«, log Anne schnell aus Angst, dass Nicolaj zu viel erzählen würde. Falls Sebastian glaubte, dass Familie Hjort hinter den Morden steckte, könnte es zu eigenmächtigen Handlungen führen, und das würde die Situation nur verschlimmern. Es ärgerte sie auch, dass Nicolaj das Wort führte und wie der Leitende auftrat.
»Erzählen Sie mir alles, an was Sie sich von dem Tag erinnern, an dem Ihre Mutter verschwand. Sie waren natürlich in der Schule, aber was passierte, als Sie nach Hause kamen?«
Sebastian kniff die Augen zusammen und bekam eine tiefe Falte in der Stirn.
»Ja, ich erinnere mich tatsächlich an diesen Tag. Natürlich erinnere ich mich an diesen Tag, es sind ja die tragischen Dinge in der Kindheit, an die man sich am besten erinnert, die, die sich wirklich im Unterbewusstsein festgesetzt haben, stimmt's?« Er sah sie direkt an, als ob sie diese Theorie bestätigen sollte, was sie ausgezeichnet konnte. Plötzlich schaute er weg und sah aus, als ob er in ein anderes Zeitalter verschwinden würde, aber schnell wieder gegenwärtig wurde. »Erst als drei Tage vergangen waren, begann die Polizei zu suchen, und nach ein paar Monaten gaben sie auf und meinten, sie wäre wohl einfach mit ihrem Mann durchgebrannt.« Er gestikulierte. »Das ist das Einzige, woran ich mich erinnere.«
»Die Polizei war also der Meinung, sie sei durchgebrannt?«
Er nickte. »Sie meinten, sie wäre mit ihm nach Afrika gegangen. Er lebte die meiste Zeit dort und kam mit den scheußlichsten Souvenirs nach Hause, von denen ich denke, dass meine Mutter sie nicht mal mochte. Sie verschenkte sie manchmal, sodass ich glaube, sie hat sie auch gehasst.« Er schauderte demonstrativ.
»Wo finden wir Ihren Stiefv…?«
»Ich weiß nur, dass er damals nach Afrika gereist ist, wie die Polizei gesagt hat. Ich wurde bei einer Familie untergebracht, die ich nicht kannte. Aber die war echt in Ordnung«, beeilte er sich hinzuzufügen.
»Er ist also jetzt in Afrika?«, forschte Nicolaj nach, der sicher eine Chance sah, auf diesen warmen Kontinent zu reisen.

Sebastian nickte, ohne ihn anzusehen.
»Sie halten viel von Ihrer Mutter, oder? Und es war also – *er*, der sie zu diesen Gesetzeswidrigkeiten trieb?«
»Sie war der liebste Mensch der Welt. Ich glaube, dass sie es selbst nicht weiß – wusste, falls sie eine Sozialbetrügerin war und etwas Ungesetzliches gemacht hat.« Nicolaj und Kamilla tauschten hinter seinem Rücken vielsagende Blicke aus. Anne ignorierte sie.
»Kennen Sie einen Arzt, mit dem Ihre Mutter zusammengearbeitet hat?«
»Nein. Oder doch, er kam manchmal zu uns, weil meine Mutter sich mit ihm anfreundete. Sie wollte selbst gerne Ärztin werden. Darüber haben sie viel geredet.« Bei der Erinnerung lächelte er plötzlich entfernt.
»Können Sie sich nach so langer Zeit an seinen Namen erinnern?«
Sebastian dachte wieder nach. »Ja, kann ich tatsächlich, weil es ein Name war, mit dem wir ihn aufgezogen haben – besonders im Sommer. Er hieß Winther, aber er schreibt sich mit th. Netter Kerl. Ich nannte ihn König Winter, weil er mit dem weißen Bart wie ein alter König aussah.«
»Können Sie sich auch an einen Vornamen erinnern?«
»Auch das. Es war der Gleiche wie Ole Lukøjes – er hieß Ole, das habe ich nie vergessen. Aber er muss heute ein sehr alter Mann sein. Das war er damals schon.« Er stand auf. »Aber wolltet ihr nicht etwas Schönes über meine Mutter schreiben? Wollt ihr sie sehen?« Er ging ins Schlafzimmer. Als er zurückkam, hatte er ein Foto einer hübschen, blonden Frau dabei, mit der er selbst gewisse Ähnlichkeiten aufwies. Das Foto steckte in einem großen roten Rahmen, der wie ein Herz geformt war.
»Darf ich Fotos machen?«, fragte Kamilla. Sie hatte keine gemacht, seit sie Helge Vangberg fotografiert hatte, der in einem Leichensack auf einer Bahre festgespannt war.
»Natürlich«, willigte Sebastian ein und setzte sich wieder an den Tisch, das Bild seiner Mutter neben sich, und sah direkt in die Kamera. Kamilla fotografierte aus mehreren Winkeln und dankte ihm hinterher.
»Okay, ihr dürft die Fotos aber nur unter einer Bedingung verwenden!« Er sagte das so drohend, dass Anne ihn sofort nervös ansah, aber dann lächelte er.
»Dass ihr etwas Schönes über meine Mutter schreibt!«

Sie entspannte sich erst, als sie wieder im Auto auf dem Rückweg zur Redaktion saßen.
»Mysteriöser Kerl«, meinte Nicolaj hinten vom Rücksitz.
»Spannender Mann«, korrigierte Anne.
»Naja, so einen Typen mögt ihr Mädels wohl.«
Nicolaj fing Kamillas Blick im Rückspiegel auf.
»Ich glaube jedenfalls, dass Anne ihn mochte«, sagte sie, und zwinkerte ihm zu.
»Ja. Ich würde nicht weglaufen, wenn er hinter mir her wäre.«
»Würdest du nicht?! Mit einem Mörder auf den Fersen!«
»Was meinst du damit? Ein Junge von acht Jahren kann doch kein Mörder sein!«, antwortete sie mit einem leichten Schnauben und drehte sich zu ihm um. Nicolaj zog sich ein bisschen zurück und legte den einen Arm auf Kamillas große Kameratasche.
»Man hat so was doch schon vorher gehört«, wich er aus.
»Dann erklär mir gerade mal, wie ein kleiner, schmächtiger Junge sie ins Moor bekommen hat!« Sie schlug sich gegen die Stirn, um zu verdeutlichen, wie lächerlich er war.
»Mithilfe des Stiefvaters oder König Winters«, entgegnete Nicolaj trotzig und bekam den Mittelfinger gezeigt, bevor sie sich umdrehte.
»Aber er kann doch den Arzt ermordet haben, als er erwachsen war. Du kannst nicht einfach ausschließen, dass er der Mörder ist.«
»Mit welcher Begründung – sag mir das mal! Aber apropos der andere Arzt. Mit dem würde ich gerne sprechen, falls er noch lebt.«
Sie rief von ihrem Handy aus an und gab Mads Dam eine Menge Anweisungen und Bescheid, einen Arzt namens Ole Winther zu finden. Er rief kurz darauf zurück, und Anne dirigierte Kamilla aus dem Zentrum von Aarhus.
»Wir können ihn uns genauso gut sofort vornehmen«, erklärte sie fröhlich.

26

Gustav Hjort konnte seine Freude über das Interesse und die Begeisterung der Presse für die neue Jacht nicht verbergen. TV2 Ostjütland hatte sich auch eingefunden, um eine Reportage zu machen. Aber es ließ sich auch nichts dagegen einwenden, dass sie begeistert waren. Man sah nicht oft eine Jacht mit über sechzig Knoten über das ruhige Meer schießen. Sie war das Ergebnis einer engen Zusammenarbeit mit einer von Italiens großen Bootswerften. Der Rumpf der Jacht bestand aus Kohlefaser und war mit Gasturbinen ausgestattet, wie man es von Kriegsschiffen kennt. Für den Auspuff war Titan verwendet worden, einerseits, weil es nicht so viel wiegt, andererseits, um den hohen Temperaturen von den Gasturbinen standhalten zu können. Sein Schwiegersohn hatte ihnen geholfen, den richtigen Lieferanten zu finden. Peter war dabei, sich mit dem Geschäftsleben in Italien vertraut zu machen, was Carola voll ausnutzte.

Er schenkte sich und ihr Champagner ein. Die Horde von Presseleuten hatte glücklicherweise nicht alles in sich hineingeschlürft. Das freute ihn, obwohl es nicht der teuerste Champagner war, den er zu dieser Gelegenheit gekauft hatte. Er hatte sehnsüchtig darauf gewartet, mit ihr allein zu sein, nach einem Tag, der so voll gepackt war, dass er nicht mit ihr hatte sprechen können. Sie stand draußen auf dem Deck und verabschiedete gerade den letzten Journalisten. Glücklicherweise hatte es über Mittag zu regnen aufgehört, und die Sonne war aus einem fast wolkenlosen Himmel hervorgebrochen. Gustav betrachtete sie. Nie hatte er eine Frau wie sie getroffen. Die Sonne ließ ihr Haar leuchten. Die Frisur war durch den Wind in Unordnung geraten, als sie in hohem Tempo mit der Presse probegesegelt waren. Vor der Pressekonferenz waren die Haare vom besten Friseur der Stadt hergerichtet worden. Sie war einfach richtig fotogen. Sie trug eine dunkle Sonnenbrille, die die schönen grünen Augen verbarg. Dem Anlass des Tages geschuldet trug sie eine weiße, maritime Bluse mit einem gestickten Anker und einem Ruder auf der Brust, eine weiße Piratenhose und Segelschuhe. Obwohl sie 65 war, drei Jahre jünger als er selbst, kleidete sie sich immer noch jugendlich und wegen ihrer schlanken, trainierten Figur konnte sie das tragen. Sie lächelte auf ihre betörendste Art dem Journalisten zu, der ihr die Hand zum Abschied reichte und die Jacht verließ. Er ging hinaus zu ihr und reichte ihr den Champagner. Sie schob die Sonnenbrille hoch in die Haare, lächelte und nahm das Glas entgegen. »Danke, Liebling. Das ist genau das, was ich brauche.« Begierig trank

sie einen großen Schluck, als ob es Wasser wäre, das er ihr gebracht hätte.
»Das lief ja gut! Wollen wir uns setzen und ein wenig entspannen?« Er zog einen Liegestuhl zu ihr und sie setzte sich mit einem dankbaren Seufzer.
»Danke, mein Lieber. Es lief toll, ja. Wir sollten lieber ›The Whirr of Wings‹ genießen, so lange wir sie haben. Ich bin mir sicher, dass sie bald verkauft ist.«
Sie war immer gut darin gewesen, Namen für die Jachten zu finden. ›Vingesus‹, Flügelschlag, war ein guter Name für diese. Wenn sie segelten, war es, als ob sie über die Wellen flogen. Aber dänische Namen gingen laut Carola nicht. Sie sollten ins Englische übersetzt werden, damit die meisten Nationalitäten sie verstanden. Ausländer waren die größten Kunden, obwohl die Dänen anfingen aufzuholen.
»Was für ein Tag! Und das ist nur der Prototyp. Überleg mal, wenn wir den in Serie bringen.« Sie lehnte sich zurück und schloss die Augen mit einem zufriedenen Lächeln. Der Lippenstift war im Laufe des stressigen Tages abgegangen. Sie hatte nicht die Möglichkeit gehabt, ihn in dem sonst so ausgezeichneten Bad der Jacht aufzufrischen. Aber er mochte sie, so wie sie jetzt war. Frisch und natürlich. Josefine hatte nie Make-up gebraucht. Sie hatte die natürliche Schönheit besessen, die Sabrina geerbt hatte. Er verscheuchte den Gedanken und ärgerte sich darüber, dass Josefine wieder so viel Raum in seinen Gedanken einnahm. Er lehnte sich auch im Stuhl zurück, lauschte dem ruhigen Schlag der Wellen gegen den Schiffsrumpf und fühlte sich von dem Geräusch und den schaukelnden Bewegungen des Meeres entspannt. Er hatte das Meer immer geliebt. Woher das Interesse gekommen war, wusste er eigentlich nicht. Aber es war dieses Interesse gewesen, das ihn mit Carola zusammengeführt hatte. Sein Vater hatte in der Fabrik gearbeitet, aber nicht auf einem so hohen Posten wie er selbst. Der Vater war immer nur der ›Mann auf dem Boden‹ gewesen, wie er sich selbst genannt hatte. Einer wie die Männer, die er und Carola viele Jahre lang bezahlt hatten, als sie die Bootsfabrik in Fåborg hatten. Er hatte damals oft an seinen Vater gedacht. Sich gewünscht, er hätte ihm zeigen können, wie weit er gekommen war. Ihm, der immer höhnisch prophezeit hatte, dass aus seinem einzigen Sohn nie etwas werden würde. Dass er

wie sein Vater enden würde, für andere für einen erbärmlichen Lohn zu schuften. Es hatte den Alten ein bisschen zum Schweigen gebracht, als er sein Examen bestanden und Buchhalter geworden war, aber dann fand er etwas anderes, das nicht recht war. Büroarbeit war was für Frauen. Er sollte seine Kräfte in eine richtige Männerarbeit stecken. Man sollte schuften und schwitzen, um seinen Lohn zu verdienen. Außerdem machte er ihm auch Josefines Krankheit zum Vorwurf. Er hatte Carola nie getroffen, obwohl er es hätte tun können, wenn er selbst einfach den Mut gehabt hätte einzuräumen, dass er eine Geliebte hatte, die kein kranker Schwächling von einer Frau war, wie der Vater Josefine nannte. Für seine Enkelin interessierte er sich nicht, obwohl Sabrina das Größte war, was Gustav in seinem Leben zustande gebracht hatte. Aber sie hätte natürlich ein Junge sein sollen. Seine Mutter hatte stillschweigend zugesehen. Sie widersprach ihrem Mann nie, aber er konnte in ihren Augen sehen, dass sie zu ihrem Sohn hielt und ihn gerne unterstützt hätte. Sie starb einfach zu früh. Sie erlebte es nicht einmal, dass er sein Examen machte. Die vielen Jahre allein mit seinem Vater hatten ihn in den Wahnsinn getrieben. Dann war er glücklicherweise an einem Herzinfarkt gestorben und konnte nicht länger sein Leben kritisieren. Dafür hatte er es auch nicht geschafft zu sehen, was sein Sohn erreichen konnte. Wie weit er es schaffen konnte.

Er schnappte nach Luft und bemerkte, dass Carola ihn ansah. Sie setzte sich auf, das Glas auf dem einen Knie ruhend.

»Ich habe es heute noch gar nicht geschafft, mit dir zu reden, Schatz. Wie lief das Gespräch mit Sabrina? Was wollte sie?«, fragte sie besorgt.

Er richtete sich ebenfalls auf, schaute auf das Wasser und heftete seinen Blick an ein Stück Eispapier, das dort draußen herumtrieb. »Tja, wie lief es? Sie hat ein paar alte Briefe in Elinas Schublade gefunden. Sie war voller Vorwürfe.«

»Welche Briefe? Vorwürfe worüber?«

»Das weiß ich nicht. Aber es war diese Krankenpflegerin, die die Briefe geschrieben hat – damals.« Er sah sie direkt an und registrierte die Veränderung in ihrem Gesicht.

»Die Krankenpflegerin. Die, die …?«

Er reichte hinüber und drückte ihren Arm. »Aber das ist so lange her. Das hat heute keine Bedeutung mehr. Diese Briefe sind 25 Jahre alt«,

beruhigte er sie. Der Schmerz in seiner Brust kehrte zurück. Die Erinnerung an die Vergangenheit und Josefine hatte ihn in den letzten Tagen mehr als sonst angeschlagen. Genau seit dem Fund der Leiche im Moor.
»Was stand in diesen Briefen, Gustav?«
Er gestikulierte und lächelte gütig.
»Sicher nichts von Bedeutung. Elina ging ja sehr auf in Josefines Krankheit. Die Krankenpflegerin hat sie sicher nur darüber informiert, wie es lief.«
»Aber was hat Sabrina gesagt? Was wollte sie von dir?«
Carolas Stimme klang beklemmt, und er bereute, dass er sie hineingezogen hatte. »Nichts, Schätzchen. Lass jetzt gut sein. Wie ich sagte, das hat heute keine Bedeutung.« Er stieß sein Glas an ihres und zwinkerte ihr zu. »Komm, wir freuen uns jetzt einfach über den Erfolg auf unsere alten Tage. Wir zwei waren heute ein Hit.«
Carola lächelte unsicher; er konnte sehen, dass etwas an ihr nagte. Josefines Name – und Sabrinas – hatte in ihr immer Unruhe hervorgerufen. Den beiden war es nie geglückt, ein gutes Verhältnis zu haben. Das quälte ihn. Für Sabrina war es schlimm. Sie hatte es schwer gehabt, sich so kurz nach Josefines Tod an eine neue Mutter zu gewöhnen, aber … die Magenkrämpfe kamen zurück. Er ließ das Glas fallen, als er sich vor Schmerzen zusammenkrümmte. Carola legte den Arm um seinen Rücken und beugte sich zu ihm. Sie küsste ihn auf die Wange.
»Ist es wieder der Magen, mein Lieber? Glaubst du nicht, du solltest zum Arzt gehen? In letzter Zeit hast du …«
Sie schwieg, als er ihr in die Augen sah. »Du hast Angst«, sagte sie dann. »Du fürchtest auch, was nun passieren wird.«

27

An diesem Tag änderte sich alles. An diesem Tag geriet die Welt unter ihm ins Wanken.
Sie hatten Sommerferien und er genoss einfach, nicht in die Schule zu müssen. Seine Mutter saß draußen in der Sonne und las in einer Frauenzeitschrift. Hier von seinem Zimmerfenster aus konnte er sie sehen und fand, dass sie mit der Sonne im Gesicht hübsch aussah. Ihre Haare schimmerten um den Kopf wie ein Heiligenschein. Sie sah aus wie

ein Engel, so wie die auf den Altarbildern in der Kirche. Es war fast Kaffeezeit, deswegen würde sie bald aufstehen und Kaffee für sich und Saft für ihn machen. Er kannte ihre Routinen, und es gab ihm Sicherheit, dass jeder Tag in dem gleichen, ruhigen und einförmigen Tempo verging. Als er sah, dass sie die Sonnenbrille auf den Gartentisch legte und in die Küche ging, stand er auch auf und ging nach draußen, um ihr beim Tischdecken im Garten zu helfen. Es war ein schöner, warmer Sommertag.

Als sie im Garten saßen, brachte sie es zur Sprache. Das Erste war nicht so schlimm. »Neulich ist nachts bei der Arbeit etwas Merkwürdiges passiert. Davon habe ich dir überhaupt nichts erzählt.«

»Mmmmm, was ist denn passiert, Mama?«, fragte er, den Mund voller Kuchen.

»Es war ein bisschen unheimlich. Ein Mann ist umgefallen. Er hat nicht geatmet. Wir dachten erst, er hätte zu viel getrunken, aber …«

»Ist er gestorben?«, fragte er neugierig und trank einen Schluck Saft.

»Nein, Schatz, ist er nicht. Weil deine Mutter ihn gerettet hat!« Ihre Augen strahlten vor Stolz, und er wusste instinktiv, dass er sie jetzt loben sollte.

»Is' nicht wahr, Mama! Was hast du gemacht?«

Unsicher wühlte sie in ihren sonnengebleichten Haaren und grinste verlegen. »Ich weiß es gar nicht. Ich habe ihn immer wieder geschüttelt, und plötzlich ist er aufgewacht und hat nach Luft geschnappt.« Sie zündete eine Zigarette an. Es war nicht länger ein Geheimnis, dass sie rauchte. Der Afrikaner rauchte auch viel, aber er war auf Reisen, und das war einer der Gründe, warum es schöne Sommerferien waren.

»Ist dann ein Krankenwagen gekommen?«, fragte er und wagte es, sich noch ein Stück Kuchen zu nehmen, jetzt da seine Mutter so beschäftigt war.

»Genau!« Sie blies den Zigarettenrauch als Ringe aus. Das sah cool aus, wie sie das machte, und er verfolgte die Ringe mit den Augen, bis sie sich in der warmen Sommerluft auflösten. Der Geruch zog zu ihm herüber und brannte in der Nase.

»Und die Sanitäter haben mich gelobt. Sie haben gesagt, ich hätte dem Mann das Leben gerettet. Dass ich ihm eine Herzmassage gegeben hätte, einfach, indem ich ihn fest geschüttelt habe. Das war ein ganz fantastisches Gefühl, das ich dir überhaupt nicht beschreiben kann.« Die Zigarette stand zwischen zwei schlanken Fingern ab, und sie beugte sich über den Tisch zu ihm, sodass ihre Augen einander direkt gegenüberstanden. »Jetzt habe ich beschlossen, Krankenpflegerin zu werden!«

Er sah sie an und lächelte fröhlich. »Dann musst du nicht mehr nachts in Aarhus arbeiten?«

Sie schüttelte den Kopf und lächelte.

»Nö!«

»Du kommst nicht mehr nach Hause und riechst nach alten Zigarren und Alkohol?«

»Nö!«

Die Freude seiner Mutter und die Aussicht auf ein neues Leben ließen ihn auf den Rasen laufen und eine Art Kriegstanz aufführen. Seine Mutter lachte von der Terrasse aus. »Komm her, kleiner Basse. Ich hab noch mehr gute Neuigkeiten.«

Gehorsam setzte er sich wieder an den Tisch und sah sie aufmerksam an.

»Ich fange nach den Sommerferien mit der Ausbildung an, aber dann wird es notwendig umzuziehen.«

Die Begeisterung sank. Er liebte diesen Ort hier, wo es nicht so weit zum See und zum Wald war, aber dann keimte eine neue Freude auf. »Soll das heißen, dass ich nicht mehr in die Schule muss?«

Seine Mutter lachte und wedelte eifrig mit der Zigarette. »Nicht in die Schule, in die du jetzt gehst. Aber in eine neue Schule mit anderen Klassenkameraden und Lehrern.«

»Yippie!« zu rufen, war das Einzige, was ihm einfiel. Diese Sommerferien waren die besten überhaupt! Er hatte wieder Lust auf einen Kriegstanz auf dem Rasen, hielt aber inne. »Wo sollen wir hinziehen?«

»Nach Aarhus. Wir werden in der Nähe von dem großen Haus wohnen, das sie gerade bauen und über das sie in der Zeitung berichten – das Musikhaus. Dann können wir zusammen in ganz viele Vorstellungen gehen. Es wird nächsten Sommer eröffnet.«

»Gehen wir da zusammen hin – nur wir zwei?«, fragte er erwartungsvoll.

Sie schickte neue Rauchringe in den blauen Himmel, bevor sie antwortete. »Vielleicht nicht ganz allein – nur wir zwei. Es gibt noch eine an-

dere Neuigkeit, die du hören sollst.« Sie machte eine Pause, während sie die Asche an der Kante des Aschenbechers abstreifte.
Sein Herz sprang vor lauter Spannung beinah aus dem Brustkorb. Es schien das beste Jahr seines Lebens zu werden.
»Du bekommst einen neuen Vater. Natürlich keinen richtigen Vater. Einen Stiefvater. Er hat mir einen Antrag gemacht und ich habe Ja gesagt!«
Das kalte Eis, das sein Inneres füllte, passte nicht zu dem heißen Sommertag, der ihn umgab. Er konnte keinen passenden Gesichtsausdruck finden. Er wollte seine Mutter, die so froh war, nicht kränken. Er versuchte zu lächeln. Sie streckte sich nach ihm aus, packte seinen Arm und zog ihn fest an sich. Das tat weh am Arm. Sie roch nach Sonnencreme und verschwitzter Haut, und als sie ihn küsste, nach einer Mischung aus Zigaretten- und Kaffeeatem.
»Ich weiß, dass du ihn nicht leiden kannst, Basse. Aber er liebt mich. Er liebt uns beide und will gut auf uns aufpassen. Wir können bei ihm in Aarhus wohnen. Er hat dort eine schöne Wohnung.«
Gelähmt stand er in ihren Armen. Gelähmt von ihrem Duft und dem Gedanken daran, dass sie mit dem Afrikaner zusammen wohnen sollten – für immer.

28

»Es müsste die Nächste links sein!« Anne hatte sie auf den Marselis Boulevard dirigiert, sie zog rüber auf die linke Spur und bog in die Kongsvang Allee ein. »Hier, Kamilla! Hier ist es!«, rief Anne eifrig deutend, als sie ein paar Minuten gefahren waren. Es war ein schickes Villenviertel. Kamilla parkte hinter einem anderen Auto vor der Villa, auf die Anne gezeigt hatte.
»Ich dachte echt, dass hier alle Mercedes fahren«, meinte Nicolaj und starrte auf das Auto vor ihnen, einen alten, rostigen Toyota Corolla mit einem längst veralteten *Nein zur EU*-Aufkleber auf der Heckscheibe. Er war am Rand schon ein bisschen ausgefranst. Sie schwiegen alle, als eine Frau Ende zwanzig aus der Villa kam und sich ins Auto setzte. Sie hatte halblange, dunkle Haare und trug einen pinkfarbenen Mantel.
»Sicher eine Tochter«, mutmaßte Anne, als der Toyota weggefahren war, und öffnete die Autotür.

Der Arzt wohnte, wie man es von Ärzten erwartet. Kamilla dachte an Majken, die eine Ausnahme war. Sie wohnte recht gut in Risskov in zweiter Reihe am Meer, aber ihr Zuhause war nicht von Luxus geprägt. Wenn sie noch befreundet gewesen wären, hätte sie sie um Rat fragen können. Vielleicht kannte sie den ermordeten Arzt und Dr. Winther – sie waren ja Kollegen. Dem Gedanken an Majken folgte gleichzeitig auch der Gedanke an Danny. Sie beeilte sich, ihre Aufmerksamheit auf die Frau zu richten, die öffnete, als Anne mit dem Türklopfer aus Gusseisen, der einen Löwenkopf darstellte, gegen das schwere Eichenholztor klopfte. Auf einem frisch polierten Messingschild waren die Namen *Oda & Ole Winther* eingraviert.

»Ja?«, empfing sie die Frau mit einer hochgezogenen Augenbraue, die im Verhältnis zu dem restlichen Gesicht sehr dunkel war. Beide Brauen waren mit einem viel zu dunklen Augenbrauenstift nachgezogen worden; es passte überhaupt nicht zu den grauen Haaren der Frau und ihrer hellen, runzeligen Haut.

»Wir kommen vom *Tageblatt.* Dürfen wir einen Moment reinkommen?«, fragte Anne.

»Von der Presse? Geht es auch um Ole?«, wollte die Frau wissen und ließ sie ein. Das Goldarmband rasselte, als sie die Tür öffnete, und ein kleiner Hund, dem nur ein Gewinde im Rücken fehlte, um wie ein Wischmopp auszusehen, sprang ihnen entgegen und fing an zu bellen.

»Na, na, Pusselchen«, beruhigte die Frau den Hund und nahm ihn auf den Arm. Er hechelte schnaufend und versuchte, seiner Besitzerin das Gesicht abzulecken.

Kamilla lächelte. Unglaublich, wie manche ihre Haustiere nannten. Sie hatte ihren Kater Tarzan genannt, war das etwa besser?

»Ja, wir würden tatsächlich gerne mit Ole Winther sprechen. War das Ihre Tochter, die wir gerade getroffen haben?«, fragte Anne.

»Nee, nein. Wir haben keine Kinder. Das war eine junge Frau, die gerne etwas über meinen Mann erfahren wollte. Sehr mysteriös. Jetzt ist es bald ein Jahr her, dass er gestorben ist. Wollen Sie eine Tasse Kaffee haben? Es ist bestimmt noch ein bisschen in der Kanne.«

»Ihr Mann ist tot? Aber wir haben ihn bei Yelp gefunden«, wunderte sich Anne und nahm den Kaffee dankend an.

Kamilla sah auf die Uhr. Auf den Kaffee hätte sie gerne verzichtet, aber jetzt war sie nicht länger Freelancer, sodass Anne das Tempo vorgab.

Morgen hatte sie sich wegen der Beerdigung freigenommen, daher wagte sie es nicht, Anne zu widersprechen, obwohl sie das Gefühl hatte, dass man sie und ihre Kamera dieses Mal nicht brauchen würde.
»Ja, das sagte die junge Dame, die vorhin hier war, auch. Sie hatte uns auch über die Auskunft gefunden. Aber das ist nur, weil ich mich noch nicht zusammengerissen und gemeldet habe, dass Ole tot ist. Für mich ist er ja immer noch lebendig.« Oda Winther stellte Tassen auf den Sofatisch und holte die Kanne aus der Küche. »Ich dachte eigentlich, dass sie die Leute automatisch löschen würden, wenn sie sterben, aber das tun sie offenbar nicht«, sagte sie, und setzte sich in einen Sessel. Pusselchen hüpfte sofort mit wedelndem Schwanz zu ihr hoch.
Innen war das Haus nicht so imposant wie von außen. Es war sparsam möbliert, und die Möbel waren alt und abgenutzt. Sie setzten sich alle drei auf das Sofa gegenüber von Oda Winther, die, als ob sie ihre Gedanken gelesen hätte, zu erklären anfing, dass sie eine Menge Möbel verkauft hatte, als ihr Mann starb, und dass sie es sich nur leisten konnte, in der Villa zu wohnen, weil sie nach all den Jahren, die sie hier gewohnt hatten, fast abbezahlt war. Sie hatte zum Leben nur ihre Rente und das Geld, das ihr Mann hinterlassen hatte, was auch nicht gerade wenig war, sodass sie wohl zurechtkam, versicherte sie.
»Ole wurde fünfundachtzig, und ich werde bestimmt auch bald von hier gehen«, schloss sie und klang bei dem Gedanken ganz erleichtert.
»Hat Ihr Mann Ihnen etwas über seine Arbeit erzählt? 1983 verschwand eine Krankenpflegerin, mit der er zusammenarbeitete. Können Sie sich daran erinnern?«, fragte Anne. Nicolaj hielt Notizbuch und Stift einsatzbereit.
»Ja, ich erinnere mich an die Sache mit der Frau, die verschwand. Sie sprachen damals jeden Tag im Radio darüber. Das ging Ole sehr nahe. Und nun haben sie sie also nach so vielen Jahren im Moor gefunden. Das ist doch schrecklich!« Oda Winther führte mit leicht zitternder Hand die Tasse zum runzeligen Mund, den sie spitzte, lange bevor der Rand die Lippen erreichte, und trank mit einem lauten Schlürfen.
Sie saßen alle drei grinsend da und schielten einander zu, aber es gelang ihnen, sich das Lachen zu verkneifen.
»Hat Ihr Mann an dem Abend, an dem sie verschwand, mit ihr zusammengearbeitet? Wissen Sie das?« Nicolajs Stimme klang ein bisschen

erheitert, als er fragte, aber Oda Winther schien es nicht zu bemerken. Sie stellte die Tasse genauso langsam wieder hin und sah ihn an. »Nein, das hat er bestimmt nicht. Er wurde doch angewiesen, die Behandlung einzustellen«, erwiderte sie entrüstet.
»Von wem?«
Oda Winther sah wieder zu Anna. »Der Mann der Kranken. Ich erinnere mich nicht, wie er hieß. Sie wohnten in Mundelstrup.«
»Warum hat er das gemacht?«
Oda zuckte mit den Schultern und kraulte den Hund hinter den Ohren. »Es war irgendwas mit Nebenwirkungen der Behandlung, über die sie sich uneinig waren, glaube ich. Ein neuer Arzt hat übernommen. Ich erinnere mich nicht, wer.«
»Haben Sie den Namen Helge Vangberg schon mal gehört? Er war wie Ihr Mann Arzt. Vielleicht kannten Sie ihn?«
»Nein, ich kenne ihn nicht.« Oda Winther zeigte keine Anzeichen eines Wiedererkennens, daher hatte sie offenbar auch nicht von dem Mord gehört oder gelesen.
»Das ist auch in Ordnung«, sagte Anne aufmunternd und lächelte. »Sie haben nicht zufällig etwas von der Arbeit ihres Mannes von damals herumliegen? Briefe? Krankengeschichten?«
Kamilla sah sie mit gerunzelter Stirn an. Es war gut, dass Roland Benito das nicht gehört hatte, über solche Dinge musste die Polizei informiert werden, falls es sie gab. Anne hatte schon früher die Grenze zwischen Journalisten- und Polizeiarbeit überschritten, und sie hatte keine Lust, wieder mit reingezogen zu werden.
»Das Gleiche fragte die junge Dame, die hier war, auch. Ich habe ihr das mitgegeben, was ich hier hatte. Ich brauche es ja nicht.«
»Sie haben das einfach einer Fremden gegeben, die zufällig vorbeikam?«, ärgerte sich Anne.
Oda Winther schüttelte den Kopf. »Vielleicht solltet ihr mit ihr sprechen …« Sie erhob sich langsam vom Sofa und ging in die Küche. Als sie zurückkam, hatte sie einen Zettel in der Hand. »Sie hat mir diese Nummer hier gegeben, falls mir noch mehr einfallen sollte.« Sie reichte Anne den Zettel. »Ole war der Arzt ihrer Mutter, also muss es ihr Vater gewesen sein, der darum bat, die Behandlung zu stoppen. Sie war damals natürlich noch recht jung, aber sie sprach von irgendwelchen

Briefen, die sie bei ihrer verstorbenen Großmutter gefunden hatte. In den Briefen wurde mein Mann erwähnt, deswegen war sie hier.«
Sie bedankten sich für den Kaffee und brachen schnell auf. Oda Winther begleitete sie mit dem Hund im Arm zur Tür.
»Dann war das also Gustav Hjorts Tochter. Sie soll ja auch von Italien nach Hause gekommen sein, um mit ihrem Vater zu sprechen. Was zum Teufel geht hier vor?«, wunderte sich Nicolaj, der wieder zusammen mit der Kameratasche, die bald Staub ansetzen würde, auf dem Rücksitz Platz genommen hatte.
Kamilla sah auf die Uhr im Auto. Es war weit nach dem normalen Feierabend. »Sollen wir heute noch mehr schaffen?«, fragte sie vorsichtig.
»Ich muss mich morgen um eine Beerdigung kümmern, daher …«
»Ach ja, morgen wird ja deine Mutter beerdigt. Entschuldige, Kamilla, warum hast du das nicht gesagt?«
»Naja, ich werde es schon schaffen.« Sie lächelte schwach. »Es kommt bestimmt keiner«, fügte sie traurig hinzu. Und es war wirklich traurig, an das Leben ihrer Mutter zu denken, das nun so jäh geendet hatte. Heute Morgen, als sie frische Blumen auf Rasmus' Grab gebracht hatte, war die Furcht vor der neuen Beerdigung in ihr aufgestiegen. Obwohl es nicht annähernd die gleichen Gefühle waren, die sie für ihren Sohn gehabt hatte, war es tragisch, auf diese Weise auseinanderzugehen. Es war so vieles, was sie sie nicht mehr fragen und ihr nicht mehr sagen konnte.
»Sollen wir kommen, damit jemand bei dir ist?«, fragte Nicolaj, der einen Arm über dem Beifahrersitz hängen hatte, den anderen auf dem Fahrersitz, sodass sein Kopf zwischen ihnen war.
Sie sah ihn schnell an. So nah waren seine Sommersprossen deutlich zu sehen. Sie konnte sein Deo riechen und lächelte. Für sein jugendliches Alter war er sehr aufmerksam, aber sie hatte keine Lust, die anderen in ihr erbärmliches Familienleben hineinzuziehen.
»Nein, ist schon okay, Nicolaj. Aber danke für das Angebot.«
Sie legten den Rest des Weges schweigend zurück. Anne und Nicolaj wurden bei der Redaktion abgesetzt, wo sie ihre Fahrräder abgestellt hatten. Annes Auto war immer noch in der Werkstatt, aber sie und Nicolaj konnten mit dem Fahrrad fahren, sie hatten es nicht weit. Sie dagegen musste auf den stark befahrenen Grenåweg und fuhr tief in Gedanken versunken heim nach Egå.

29

Er hatte in der Nacht nicht geschlafen. Oder vielleicht hatte er es doch, weil ihn das nervige Gebimmel der Uhr geweckt hatte.

Irene schlief, als er ins Bett gegangen war, nachdem er im dunklen Wohnzimmer gesessen und mit Kopfhörern laute Musik des verstorbenen Luciano Pavarotti gehört hatte.

Er hatte die Flagge auf halbmast gehisst, als er an jenem Septembermorgen in den Nachrichten von dem Todesfall erfahren hatte, und die Tränen liefen seine Wangen herunter, als er die Reportage im Fernsehen sah. Es war wie ein Familienmitglied zu verlieren. Er hatte seinen Landsmann und dessen Musik immer sehr geliebt, jetzt wurde er wehmütig, wenn er ›Nessun dorma‹ – ›Keiner schlafe‹ – hörte, weil Schlafen genau das war, was er, sein großes Idol, gerade tat. Er schlief für immer.

Irene hatte die ganze Nacht unbeweglich mit dem Rücken zu ihm gelegen und das auch getan, als er aufgestanden war. Sie stand nicht mit ihm zusammen auf. Das war nicht besonders verwunderlich, weil sie das dienstags selten machte, wo sie selbst später anfing. Aber normalerweise drehte sie sich um und gab ihm einen Gutenmorgenkuss. Diesen Morgen hatte er das Gefühl, dass sie sich schlafend stellte. Angolo dagegen schlief nicht. Roland schrak zusammen, als er sich herunterbeugte, um seine Strümpfe anzuziehen, und sein Gesicht plötzlich von einer nassen Hundezunge abgeschleckt wurde. Er musste sich noch an das Tier gewöhnen. Er tätschelte Angolo den Kopf, und er folgte ihm auf den Fersen in die Küche.

Der Hund war es auch, der den Brief auf dem Boden unter dem Briefschlitz entdeckte, als er auf dem Weg nach draußen war, nachdem er sich mit einem Espresso gestärkt hatte. Er wartete mit dem Frühstück; es gab Brötchen aus der Kantine zur täglichen Dienstbesprechung. Der Umschlag wurde gründlich beschnüffelt, bis Roland ihn hochnahm und Zia Giovannas verschnörkelte Handschrift und die italienische Briefmarke erkannte. Tante Giovanna rief normalerweise an. Unruhe drückte im Zwerchfell. Es war keine Zeit, ihn jetzt zu lesen; er legte ihn in die Kommodenschublade, schubste den Welpen, der mit ihm raus wollte, sanft zurück auf die Matte und schloss die Tür. Als er ihn jämmerlich winseln hörte, kam ihm der Gedanke, dass es vielleicht nur deswegen war, weil er mal musste. Er konnte natürlich einfach Irene aufwischen lassen, aber ... Er warf einen Blick auf die Uhr, seufzte, und ging wieder rein. Es wurde eine kurze Tour durch den Garten, für etwas anderes war keine Zeit.

Nach der morgendlichen Dienstbesprechung waren die meisten von Rolands Leuten mit Aufträgen unterwegs. Mit zwei Morden in der Aufklärung hätte er gut ein paar Männer mehr gebrauchen können. Mehrfach hatte er überlegt, ob es nicht hoffnungslos war, weiter zu versuchen, den Mord im Moor von vor fünfundzwanzig Jahren aufzuklären, und ob es nicht besser wäre, alle Energie darauf zu richten, den Mord an dem Arzt vom Freitagabend aufzuklären, von dem sie noch frische Spuren hatten. Wenn es nicht genug Personal gab, musste er Prioritäten setzen. Würden sie den Mörder der Krankenpflegerin bei der Aufklärung des Mordes an dem Arzt finden? Das war die Frage, denn dann müssten sie sich ja darauf am stärksten konzentrieren. Jedenfalls hatte er Kim und Mikkel beide auf den Vangberg-Mord angesetzt, und das war auch das, worauf er sich selbst heute konzentrieren wollte. Victoria Vangberg lag immer noch im Krankenhaus. Er hatte mir ihr gesprochen, aber sie konnte nicht mehr dazu beitragen, als sie schon Kurt Olsen erzählt hatte. Sie wurde morgen Nachmittag entlassen und wollte bei einem ihrer Söhne und ihrer Schwiegertochter in Skanderborg einziehen, bis das Landhaus verkauft war. Dahin konnte sie nie mehr zurückkehren, hatte sie mit Entsetzen in der Stimme beteuert. Manche kamen nie über einen Schock wie den, dem sie ausgesetzt gewesen war, hinweg.
Isabella unterbrach seine Spekulationen, als sie an den Türrahmen klopfte. Kim hatte beim Verlassen des Büros vor einer halben Stunde die Tür aufgelassen, und er hatte keine Zeit gehabt, aufzustehen und sie wieder zu schließen. »Komm rein, Isabella. Hast du was Neues über Knud Engtoft?«
»Du kannst ja meine Gedanken lesen«, lächelte sie, und er dachte kurz, dass er genau das gerne tun würde. Sie sah ihn auf eine Weise an, die ihm schmeichelte.
»Knud Engtoft flog am Freitagnachmittag von Kastrup zum Flughafen in Aarhus. Er war also hier in Jütland, als Helge Vangberg ermordet wurde.«

Isabella lehnte sich gegen den Türrahmen. Das Licht vom Fenster fiel schräg auf ihr Gesicht und ließ das blonde Haar in vielen Nuancen schillern.

»Klasse, Isabella! Dann fehlt uns nur eine Adresse …«

»Ja, ich bin dabei, aber er hat in keinem Hotel eingecheckt. Falls er bei Freunden wohnt, kann es eine ganze Weile dauern, ihn zu finden, es sei denn, wir schicken eine Fahndung raus. Er hat weder seine Kreditkarte noch sein Handy benutzt«, seufzte sie.

Gott sei Dank gab es das Anti-Terror-Paket, das auch dem dänischen Parlament einen Anlass gegeben hatte, die Prozessordnung zu ändern, sodass ihnen jetzt neue Mittel zur Überwachung zur Verfügung standen. Er betrachtete die junge Beamtin und hatte plötzlich eine Idee.

»Es wäre das Beste, wenn wir noch mehr Beweise hätten, bevor wir Knud Engtoft zur Fahndung ausschreiben. Falls er schuldig ist und hört, dass wir hinter ihm her sind, dann verschwindet er wie Schnee in der Sonne – der afrikanischen Sonne. Aber vielleicht schaffen wir es, die entscheidenden Beweise zu finden und ihn hier zu behalten. Ich war gerade auf dem Weg zum Landhaus des Arztes, um im Hundezwinger nach den fehlenden Betäubungspfeilen zu suchen. Wenn wir seine Fingerabdrücke darauf finden, dann haben wir ihn.« Er machte eine kurze Pause, in der er seine Idee überdachte, traf dann aber eine Entscheidung. »Willst du mit?«

Isabella sah ihn überrascht an. »Willst du mich bei so einer wichtigen Mission dabei haben?«

»Natürlich, wir fahren in zehn Minuten.«

Nach dem nächtlichen Regen und Schneeregen sahen die Äcker mit dem fast schwarzen Humus noch herbstlicher aus. Die Bäume hatten nasse Blätter in warmen Farben, und sie konnten den Wald riechen, als sie auf dem Hof aus dem Auto stiegen. Isabella atmete geräuschvoll ein und sah sich hingerissen um. »Meine Güte!«, rief sie aus.

»Gefällt es dir?« Zärtlich betrachtete er das Wohnhaus. Das Strohdach wirkte dunkler, wenn es nass war.

»Das Haus? Ja, und ob! Wie schön es hier ist!« Sie ging ans Ende des Hofes, von wo aus man die Felder und den Wald sehen konnte. Er hörte ihre Stimme durch den Wind, dem sie den Rücken zuwandte und der ihre Haarpracht wie ein goldenes Kornfeld um sie wogen ließ. Heute hatte sie die Haare nicht hochgesteckt, wie er es sonst bei ihr kannte. Er musste sich selbst zügeln, nicht in das Landhaus zu gehen und sich umzusehen, aber deswegen war er nicht hier, und es war noch kein *Zu verkaufen*-Schild aufgestellt. Das freute ihn, da er so vielleicht als Einziger wusste, dass das Landhaus erworben werden konnte. Aber der Gedanke an Irene dämpfte seine Freude. Wie in aller Welt sollte er sie überreden? Sie musste den Ort einfach sehen, überzeugte er sich selbst, dann wäre sie bestimmt genauso begeistert wie Isabella.

»Wurde der Arzt hier ermordet?«

Er wandte den Blick vom Wohnhaus ab und sah zu ihr hinüber. Sie stand genau an der Stelle, an der Victoria Vangberg die Leiche ihres Mannes gefunden hatte. Der Grund, warum sie hier waren, schlich sich in ihn wie eine unangenehme Kälte. »Ja, hier hat seine Frau ihn gefunden. Und das ist der Zwinger«, ergänzte er unnötigerweise. Sie gingen hinein und fingen an, den Boden zu untersuchen, um die Betäubungspfeile zu finden. Im Grunde wussten sie nicht, wonach sie suchten, aber er hatte das Gefühl, sie würden es wissen, wenn sie es fanden. Der Zwinger war nicht groß, sodass es nicht lange dauern konnte, ihn zu durchsuchen, wenn sie zu zweit waren.

»Hier sieht es aus, als hätte es einen Kampf gegeben. Die armen Hunde«, sagte Isabella leise.

»Ja, das ist ganz bestimmt ein Todeskampf gewesen, vielleicht ist das Beweismaterial also zugedeckt. Wir müssen uns wohl die Hände schmutzig machen.« Er reichte ihr ein Paar Latexhandschuhe.

»Kannst du dich erinnern, wo die Hunde lagen?«, fragte sie, während sie die Handschuhe anzog und aussah, als würde sie kapitulieren.

»Der eine lag ungefähr da, der zweite dort und der dritte etwa hier.« Er zeigte auf die Stellen, von denen er sich erinnerte, dass die Hunde dort gelegen hatten.

Wenn sie eine Stelle fanden, die verdächtig aussah, untersuchten sie die Erde sehr vorsichtig. Sie wollten gerade aufgeben, als Isabella einen großen, leeren Wasser- und Futternapf beim Tor entdeckte. Sie ging dorthin und hockte sich davor. »Ich habe etwas gefunden!«, rief sie, nachdem sie den Wassernapf weggeschoben hatte.

Er ging zu ihr.

»Wie weit kann ein Betäubungspfeil wohl in der Hitze des Gefechts durch die Luft fliegen?«, fragte sie mit einem Blinzeln und hob eine kleine Kanüle vom Boden zwischen Daumen und Zeigefinger auf.
»Pass damit auf! Nur wenige Milligramm können einen ganzen Elefanten betäuben und zehn Milligramm töten hundert Menschen.« Er hatte die Möglichkeit gehabt, den Bericht des Tierarztes zu lesen und sich über die enorme Wirkung von M99 gewundert. Es war ein unheimlicher Gedanke, dass ein Mensch wie Knud Engtoft – vielleicht – im Besitz davon war.
Sie stand auf und zeigte ihm die Kanüle aus der Nähe.
»Ach, so sehen die aus«, lächelte er.
»Aber wo sind die anderen beiden? Sie sind nicht besonders groß, also vielleicht haben wir sie übersehen.«
Isabella gab den Betäubungspfeil mit spitzen Fingern in eine kleine Tüte, die der Kommissar ihr hinhielt.
»Knud Engtoft scheint ein gerissener Kerl zu sein. Er hat sich natürlich Zeit gelassen, die Pfeile zu suchen und sie mitzunehmen. Er hat den hier wohl einfach nicht gefunden, weil er hinter den Futternäpfen gelandet ist, als einer der Hunde ihn abschüttelte. Oder er wurde vielleicht gestört. Aber einer reicht auch. Finden wir seine Fingerabdrücke darauf, dann brauchen wir die anderen nicht.«
Isabella nickte. »Aber warum haben die Techniker nicht danach gesucht?«, fragte sie, als sie den Zwinger verließen. Er hielt ihr das Tor auf.
»Die hatten genug mit dem Arzt zu tun. Bei den Hunden war ein Tierarzt, aber wir haben ja nicht geahnt, dass sie mit Pfeilen getötet worden waren. Die erste Vermutung war, dass ihr Futter vergiftet wurde.«
Isabella nickte wieder und ging in die Stallungen. Die Tür stand auf. Er ging mit und genoss den Anblick des gepflegten Gebäudes; selbst hier im Stall war alles frisch renoviert.
»Hier riecht es nach Pferd. Und das sieht aus, als ob hier eins gestanden hätte«, stellte sie fest und guckte in eine Pferdebox mit schwedenrotem Holz und frisch gestrichenen schwarzen Riegeln.
»Ja, die Frau des Arztes hat eins. Das hat sie heute Vormittag erzählt, als ich mit ihr gesprochen habe. Eine ihrer Schwiegertöchter, die auch auf dem Land wohnt, kümmert sich jetzt darum.«

»Ich liebe Pferde! Sie kann es sich bestimmt nicht leisten, allein hier zu wohnen?«
»Nein, das Landhaus steht zum Verkauf«, offenbarte er mit einer verräterischen und egoistischen Freude über diese Tatsache.
»Wooow! Wie ärgerlich, dass man kein Millionär ist!«, rief Isabella aus und lief zum Wohnhaus. Sie schaute durch ein Fenster nach drinnen und schirmte die Augen mit beiden Händen ab, um besser hineinsehen zu können.
»Würdest du hier wohnen wollen?«, fragte er vorsichtig hinter ihr.
»Und *ob* ich das will!« Sie drehte sich plötzlich zu ihm um. Er stand so dicht hinter ihr, dass sie sich direkt in seine Arme drehte. Erschrocken wich er einen Schritt zurück.
»Stört es dich überhaupt nicht, dass auf diesem Hof ein Mann brutal ermordet wurde?«, fragte er schnell und bemerkte, dass er Irenes Worte benutzte.
»Nein, das macht es nur noch spannender«, fand sie und gab seiner Brust mit lockerer Hand einen leichten Klaps. »Wir sind doch Polizisten, oder?«
Sie ging zurück zum Auto, er hinterher. Vielleicht war es deswegen. Sie waren Polizisten, Irene nicht.
Sie sprachen im Auto nicht miteinander, bis sie den Stoßverkehr im Zentrum von Aarhus erreichten. Es hatte angefangen zu regnen.
»Ich bin sehr gespannt, ob sie Knud Engtofts Fingerabdrücke auf dem Betäubungspfeil finden. Ich sollte auch damit anfangen herauszufinden, wo er sich aufhält, damit wir ihn sofort holen können, falls es …«
Er nickte und achtete auf den Verkehr. »Ich bin mir sicher, wir haben ihn. Die Aufklärung beider Morde auf einen Schlag.«
Isabella lächelte stolz. »Rolando …« begann sie, schwieg aber jäh, als er sie vorwurfsvoll ansah.
»Nenn mich nicht so!«, insistierte er und fand selbst, dass es ein bisschen zu hart klang, als die Worte herauskamen.
»Warum darf ich dich nicht so nennen, wie du in Wirklichkeit heißt?«, erwiderte sie trotzig.
Er schüttelte den Kopf und beobachtete das Auto vor ihnen, das an der roten Ampel hielt. »Weil … weil es unpassend ist.«

»Aber wenn ich jetzt so gerne Italienisch sprechen will«, fuhr sie hartnäckig fort.
»Ma, non mi piace, signorina«, konterte er und schielte zu ihr, um zu sehen, ob sie überhaupt verstanden hatte, was er gesagt hatte. Aber sie lächelte und nickte.
»Ich weiß, dass du das nicht magst, signor Kriminalkommissar«, meinte sie, und ihm wurde klar, dass sie mehr Italienisch konnte, als er gedacht hatte. Er lachte und parkte das Auto auf dem Parkplatz des Präsidiums.
»Schwirr jetzt ab und find Knud Engtoft – und danke für deine Hilfe«, beeilte er sich hinzuzufügen und schlug die Autotür zu.
Sie sah ihn über das Autodach schelmisch an.
»Danke auch – Roland.«

30

Der Regen ging in Schneeregen über, und die Flocken klebten an den Wischern, die die Scheibe überhaupt nicht mehr freihalten konnten. Er bog bei der Nørrestraße ab und fuhr die überfüllte Straße hinunter, auf der Stadtbusse mit Autos, Taxis und Lastern um den Platz kämpften. Fahrradfahrer schlängelten sich durch den Verkehr, Fußgänger überquerten unerwartet die Fahrbahn, auch dort, wo es keine Zebrastreifen gab. Aber er hatte kein Problem damit, in Aarhus Autofahrer zu sein. Das Straßennetz war sehr übersichtlich, sodass alles irgendwie miteinander verbunden war. Nur die bescheuerten Einbahnstraßen machten es kompliziert, sich zurechtzufinden.
Das Auto rumpelte über die Pflastersteine, als er durch das Tor und auf den Hof vor der Werbeagentur in der Badstuestraße fuhr, ein kleines, gemütliches, lachsfarbenes Gebäude mit schwarzem Fachwerk, das wie ein Ausschnitt aus der Altstadt wirkte.
Es war Spätnachmittag, trotzdem saßen wie gewöhnlich ein paar Kollegen da und arbeiteten. Nicht so verwunderlich, dass es so viele Scheidungen in der Grafikbranche gab. Für die Partner war es schwer zu verstehen, dass man nicht einfach heimgehen konnte, wenn eine Zeitung oder eine Druckerei auf Material wartete und die Deadline wegen technischer Probleme oder zu später Korrektur von Kunden schon längst überschritten war.

Er dachte an Majken und wie er sie immer wieder zugunsten des Jobs vernachlässigte. Er hängte den nassen Mantel an die Garderobe und öffnete die Tür zum Zeichenraum, wie das Büro der Grafiker immer noch genannt wurde, obwohl genau genommen nicht mehr viel gezeichnet wurde. Der Geruch des neuen Holzfußbodens, der IT-Ausstattung und Kaffeeduft schlugen ihm entgegen – und die Wärme. Jetzt, da das Wetter jäh umgeschlagen war, hatte man die Heizkörper in dem alten, undichten Gebäude aufgedreht. Auf den neuen, höhenverstellbaren Computertischen zeigten einige der Flachbildschirme rotierende Bildschirmschonersymbole, andere waren ausgeschaltet. Er sah deutlich, wer Ordnung hielt. Torbens Tisch war übersät mit Manuskripten, Drucken von Anzeigen, einer zurückgelassenen Banane, einer Gajol-Schachtel und diversen DVDs. Tines war ordentlich aufgeräumt und die Aufträge lagen in ihren Fächern. Nur ihr abgespülter Kaffeebecher stand noch auf dem Tisch und zeugte davon, dass sie bei der Arbeit gewesen war. Er fühlte sich wohl in dem Job und in Aarhus, obwohl nicht alles so geworden war, wir er gehofft hatte, als er hierhergezogen war. Jetzt hatte er eigene Mitarbeiter, die seine Vergangenheit nicht kannten und ihn deswegen nicht vorwurfsvoll ansahen, wie es die alten Kollegen getan hatten, obwohl sie an diesem Märzabend, an dem sich sein Leben verändert hatte, auch betrunken von dem Empfang nach Hause gefahren waren.
Er hielt hinter Martin an, der ihn sicher hatte kommen hören, aber seinen Blick deswegen nicht vom Bildschirm abwandte. Er sah zu, wie der Grafiker routiniert ein Bild in einem Dokument platzierte und den Text verschob, sodass er passte.
»Immer noch der Wohnungskatalog?«
»Jep. Das sind gerade die letzten Korrekturen, bevor ich ihn für die Druckerei fertig mache.«
»Die müssen das ja morgen früh haben«, erinnerte Danny. Er hatte sonst selten mit Deadlines genervt, er vertraute seinen Mitarbeitern und wusste, dass sie so lange blieben, bis der Auftrag erledigt war.
»Ja, der letzten Meldung zufolge um acht. Aber ich muss mich auch gleich um die Broschüre für den neuen Kunden kümmern, und dann hat es wieder Ärger mit dem Drucker gegeben.« Zum ersten Mal sah Martin zu seinem Chef hoch, der auch die Verantwortung für das Technische trug.

»Dieser verdammte Drucker, ich werde ihn mir wohl noch mal ansehen. Aber hätte Sara sich nicht um die Broschüre kümmern können?«
»Ja, wenn ich nicht mit der Schuhanzeige zu spät dran wäre. Ich habe auf ein Bild gewartet, das per Mail von einem Lieferanten kommen sollte, aber es kam nicht, bis ich es zum hundertsten Mal angemahnt habe«, verteidigte sich Sara hinter ihrem Bildschirm. Sie arbeitete auch noch.
»Du hättest eine Stunde darauf verwenden können, statt zu versuchen, diesen Papierstau allein in Ordnung zu bringen, du weißt doch, dass man dafür einen Mann braucht, stimmt's?«, neckte Martin.
Saras sonnengebräuntes Gesicht mit den schwarz gelockten Haaren und den dunklen Augen tauchte über dem Bildschirmrand auf und Martin bekam ein Stück zusammengeknülltes Papier in den Nacken.
»Na, na, ihr zwei!«, lächelte Danny nachsichtig, hob die Papierkugel vom Boden auf und schmiss sie in Martins Papierkorb zu duftenden Orangenschalen. Es war gut, dass sie zusammen Spaß hatten. Freude, Freiheit und Selbstbestimmtheit führte zu mehr Kreativität, hatte er gelesen.
»Kann ich bei irgendetwas helfen?«, fragte er und hatte ein schlechtes Gewissen dabei, dass die beiden noch arbeiteten, während er die meiste Zeit des Tages nur in Besprechungen gesessen, literweise Kaffee getrunken und über Marktführung und Ökonomie geredet hatte. Ohne die Grafiker hinter den Bildschirmen wäre seine Arbeit nichts mehr wert.
»Nur mit diesem Drucker – der hat die ganze Zeit Papierstau.« Martin nickte zu dem Drucker, ohne vom Bildschirm wegzusehen.
»Kann sein, dass das professionelle Hilfe erfordert. Wir können morgen einen Techniker von Canon anrufen.« Er schaute zu der Uhr hoch, die genau über dem Drucker hing. »Seht auch mal zu, dass ihr heimkommt … Können wir den Rest nicht morgen früh schaffen?«
»Ich bleibe noch eine Stunde«, murmelte Martin. Sara öffnete eine Tüte vom Bäcker und holte ein Karottenbrötchen heraus. »Me too«, teilte sie mit.
»Okay. Wollt ihr was haben? Soll ich mit einer Kleinigkeit zu essen runterkommen?«

Beunruhigt schaute er auf Saras Karottenbrötchen und Martins Apfel, der auf dem Tisch lag. Auf dem Weg nach draußen schnappte er sich den Proof einer Anzeige von Torbens Tisch. Dass es eine ausreichend große Wohnung gab über den Räumen, in denen die Werbeagentur eingerichtet worden war, war ideal gewesen, obwohl Majken ihn bedrängt hatte, dass er bei ihr in Risskov einziehen sollte. Es hatte seine Vorteile, so nah an seinem Arbeitsplatz zu wohnen, aber natürlich auch seine Nachteile. Er schaute sich den Proof auf dem Weg nach oben an. Es musste nicht viel geändert werden. Keine Rechtschreibfehler und gut gesetzt. Aber der Kunde würde zweifelsohne trotzdem irgendetwas zum Korrigieren finden. Wenn sie die Korrekturen bekamen, glaubten sie immer, dass sie unbedingt Fehler finden mussten, sonst glaubten sie wohl, es nicht gut genug zu machen. Korrektur bedeutete – finde den Fehler. Er warf sich aufs Sofa und stellte den Fernseher an. Majken hatte den ganzen Weg nach Holbæk über diesen ermordeten Arzt geredet. Sie wusste nicht viel über ihn. Er war Chirurg im Reichskrankenhaus gewesen, aber in Ärztekreisen hatten die Gerüchte geschwirrt. Sie hatte gehört, dass er in dem Job in irgendetwas mit Morphium verwickelt gewesen war. Das war ein großes Problem in der Branche – Ärzte, die davon drogensüchtig wurden, dass sie so einen leichten Zugang zu den Stoffen hatten, gepaart mit einem stressigen Alltag. Er kam in Behandlung gegen seinen Missbrauch, verschwand aber danach ein paar Jahre, in denen niemand etwas von ihm hörte. Dann tauchte er in Jütland auf, heiratete und wurde praktizierender Arzt, bis er pensioniert wurde.
In den Nachrichten kam nichts mehr über den Mord. Er schaltete wieder aus. Majken hatte ihn gebeten zu kommen, aber er hatte keine Lust. Er hatte ihre Streiterei noch nicht abgeschüttelt. Wusste, dass er bestimmt verständnislos war, aber ihre Bitterkeit gegen ihre Familie und ihre übertriebene Eifersucht konnte er nur schwer akzeptieren. Sie war ansonsten fröhlich gewesen, als er sie morgens abgeholt hatte, hatte sich auf die Tour gefreut und darauf, ihren Eltern die große Neuigkeit zu verkünden. Sie hatte ihm von ihrem schönen Zuhause mit Aussicht auf den Holbæk Fjord erzählt. Aber je näher sie kamen, desto schweigsamer wurde sie, und als sie das Auto ihrer Schwester vor der Villa der Eltern sah und einen Kinderwagen auf der Gartenterrasse, bat sie ihn umzudrehen. Sie war wütend und außer sich, und zu diesem Zeitpunkt fing

die Streiterei an. Beschuldigungen waren hin und her geflogen, und er zweifelte daran, ob er mit einer Frau leben konnte, die so viel Eifersucht und Hass in sich trug. Er hatte das ja vorher schon mit Sanne versucht. Es war nicht die Zeit, die er gebraucht hatte, um nach Seeland zu fahren oder das verbrauchte Benzin, was ihn wütend gemacht hatte. Es war Majkens Hass und am meisten ihre Zweifel an ihm. Sie steigerte sich da rein, dass er sich bestimmt irgendwann für ihre Schwester entscheiden würde – oder eine andere Frau – oder für Kamilla, die er ja auch nicht vergessen hatte, und sie selbst dann fallen lassen würde – irgendetwas würde doch garantiert schiefgehen. Er hatte getan, was er konnte, um zu zeigen, dass *sie* es war, die er haben wollte. Hatte ihr sogar einen Antrag gemacht. Das war die Überraschung bei dem romantischen Dessert gewesen, als sie ihr Einjähriges gefeiert hatten. Majken war ihm vor Freude um den Hals gefallen und hatte so laut Ja, ja, ja! gerufen, dass sich alle im Restaurant zu ihnen umgedreht und gelächelt hatten. Was konnte er denn mehr tun, um zu zeigen, dass er sich für sie und keine andere entschieden hatte? Vielleicht spürte sie trotzdem, dass die tiefen Gefühle fehlten. Wenn er sich selbst nicht belügen konnte, wie dann sie?

Auf dem Heimweg nach der letzten Besprechung in Hornslet hatte er wieder an der Kirche in Egå gehalten und ein Bukett auf Rasmus' Grab gelegt. Das war die einzige Weise, auf die er mit Kamilla kommunizieren konnte. Mehr konnte er nicht tun. Die juristische Strafe war schlimm gewesen, aber ihre überschattete alles andere. Wenn er einfach ehrlich gewesen wäre, sodass sie es von ihm gehört hätte, wären die Dinge vielleicht anders. Er konnte sich entscheiden, allein zu leben, aber es sollte jemanden geben, mit dem er das Leben teilen konnte. Einsamkeit hatte er schon genug gesehen. Seine Mutter war mittlerweile so senil, dass sie sich nicht mehr an ihn erinnerte. Wie eine Märtyrerin hatte sie beschlossen, allein zu leben, als sein Vater starb, trotz der vielen, die sie damals hätten haben wollen. So sollte sein Leben nicht enden.

31

Kent las die Beschreibung der Stelle auf www.geocaching.dk erneut und gab die angegebenen Koordinaten in sein GPS ein. Jetzt war er bereit, sich nach draußen ins Abenteuer zu stürzen. Ein neuer Schatz –

oder ›cache‹ – wie es in der Fachsprache hieß – sollte gefunden werden. Lange hatte er darauf gewartet, dass etwas Spannendes auftauchte. Die ›Geocoin‹, die zu finden er beim letzten Geocaching in Hobro Østerskov so glücklich war, lag auf dem Tisch bereit. Es war an der Zeit, dass er sie zurück in einen anderen Cache brachte. Er hatte gejubelt, als er sie gefunden hatte, und sich sofort, als er zu Hause war, im Internet mit der Trackingnummer der Münze eingeloggt und gesehen, dass sie auf einer langen Reise gewesen war, auf der er sie nun weiterbringen sollte. Sie war toll geformt, mit einem eingravierten, kompassartigen Ding in der Mitte, und sah einer alten Goldmünze zum Verwechseln ähnlich. Sie kam aus Schweden und war nach Skagen und durch Nordjütland von Cache zu Cache gewandert. Man durfte sie nur eine bestimmte Zeit lang behalten. Manche benutzten die Münzen als Sammelobjekte, obwohl das nicht erlaubt war. Nach den Regeln sollte man eine gefundene Geocoin immer in einen neuen Cache legen, um ihre Reise nicht zu unterbrechen, und sie im Internet einloggen, damit andere ihr folgen konnten. Einige Geocoins hatten es geschafft, um die Erde zu reisen. Auf dem Tisch lag auch sein eigenes Signature Item bereit, das er immer als Tauschgegenstand in den Caches, die er fand, hinterließ. Es war ein weißer Golfball, auf dem mit wasserfestem rotem Filzstift seine Unterschrift KGB stand. Er hatte seine Initialen immer geliebt. Bevor er sein Interesse am Geocachen entdeckte, hatte er Graffiti auf langweilige Hauswände und Eisenbahnwaggons gesprayt – etwas Spannung sollte es in seinem Leben geben. Die Unterschrift, die er jetzt auf seinen Golfbällen benutzte, war die gleiche, die er für seine Graffitikunst verwendet hatte. Dass es ein Golfball wurde, war kein Zufall. Durch seinen Vater, der es liebte, sie mit den Jungs vom Job auf dem Golfplatz aufzutreiben, kam er leicht an sie heran. Nicht, dass irgendeiner von ihnen besonders wohlhabend war, aber so fühlten sie sich wohl, wenn sie in ihren feinen Golfschuhen über den Rasen gingen – so lange, bis sie den Clubmitgliedsbeitrag oder neue Golfschläger bezahlen sollten; bei dem Gedanken lächelte er.

Erwartungsvolle Spannung und Abenteuerlust kribbelten in seinem Bauch, als er den Regenmantel anzog. Jetzt war es dunkel und kalt und regnete. Es war ungefähr Mitternacht. Ein Gewitter wäre optimal gewesen, aber diese Jahreszeit war leider vorbei. Es war wichtig, dass es dunkel war. Nacht-Geocachen intensivierte die Spannung. Außerdem gab es auch eine größere Chance, ein FFC, ›First Finder Certificate‹, zu finden, was der größte Triumph war. Der Erste zu sein, der einen Cache fand, war eine große Sache, besonders wenn er wie der neue hier als ein ›Mystery Cache‹ angegeben war. Dann würde es auch Aufgaben geben, die unterwegs gelöst werden sollten, und das war eine noch größere Herausforderung. Solange es nicht die dummen Sudokus oder andere mathematische Berechnungen waren, denn dann würde er aussteigen. Aber dieser Cache-Eigentümer war sicher einer von der erfinderischen Sorte, das mochte er. Es war allmählich zu leicht und trivial geworden, bloß simplen Koordinaten in seinem GPS zu folgen und eine Tupperbox oder eine Dose mit allen möglichen Tauschgegenständen zu finden, in der Regel eine Menge unbrauchbare Plastikdinger. Ideal für Familien mit Kindern, aber er verlangte jetzt mehr. Deswegen war diese Geocoin auch ein Knüller. Aber das hier wurde größer. Viel größer. Der Cache sollte im Marselisborg-Wald zu finden sein. Das war eine kleine Fahrradtour von ungefähr drei Kilometern, die zu unternehmen es auch wert war. Er druckte die Wegbeschreibung von der Homepage aus. Kreativerweise wurde es ›Marselisborg Murder Mystery‹ genannt, das klang vielversprechend. Der Schlusscache war der Tatort, aber den musste man erst mal finden. Die Aufgaben bestanden darin, an verschiedenen Stellen Beweise zu sammeln. Es waren fünf Locations mit Koordinaten angegeben. Bei jeder Location würde eine Spur in einem eigenständigen Cache versteckt sein. Wenn er die Beweise alle gesammelt hatte, konnte er, indem er sie kombinierte, die Endkoordinaten herauskriegen, die enthüllten, wo sich der Tatort befand. Mit anderen Worten: Er sollte Detektiv spielen, und das lag ihm. Er lächelte. Auf das hier hatte er lange gewartet. Hier konnte er seinen Wert als Geocacher unter Beweis stellen. Er zog den Rucksack und eine Stirnlampe auf, die, wie er herausgefunden hatte, sehr nützlich war, wenn er seinen Sport im Dunkeln ausübte.

In dieser Nacht war der Wald wirklich dunkel und nass. Schwere Tropfen fielen um ihn herum, und er hörte nur die Wassertropfen, die die welken Blätter trafen, seinen Atem und das Geräusch der Wanderstiefel, die kleine Zweige auf dem Waldboden knackend zerbrachen. Es roch nass und muffig. Er liebte den Wald in der Nacht, inhalierte den Duft von Herbst und füllte die Lungen. Es war kühl, daher schloss er den Regenmantel bis oben zum Hals und zog den Hut tief in die Stirn, sodass nur die Lampe und die Augen frei waren. Viele Blätter waren schon von den Bäumen gefallen, sodass es nicht viel Schutz vor dem Regen gab.

Den ersten ›Waypoint‹ fand er schnell und konnte mit der Suche weiterkommen. Die Geocoin wurde in den ersten gefundenen Cache gelegt. Der Nächste, der sie fand, würde sie weiter auf ihre Reise bringen, falls sie nicht in den Klauen von einem der Sammler enden würde.

Vier Caches mit Beweismaterial und Koordinaten waren nach einer guten Stunde des Herumwanderns in dem feuchten Wald gefunden. Es freute ihn, dass sie unberührt aussahen. Das deutete auf einen FFC hin. Jetzt war er bereit für die fünfte Location, die ihm die Möglichkeit geben würde, die Schlusskoordinaten für das Endziel zu ermitteln. Das würde er, und wenn er bis zum hellen Morgen brauchte. Aufgeben wollte er nicht. Das hatte er auf einer Geocache-Tour noch nie getan, nur wenn er auf eine Sudoku-Aufgabe gestoßen war. Glücklicherweise war noch kein Cache ›gemuggelt‹ worden, wie sie es nannten, wenn ein Cache zerstört oder gestohlen wurde. So etwas konnte jede Suche stoppen, weil dann Hinweise fehlten, die man brauchte, um weiterzukommen. Das Wort Muggel war den Harry-Potter-Büchern entlehnt, in denen es für gewöhnliche Menschen ohne magische Fähigkeiten verwendet wurde. Gerade jetzt fühlte er, dass er selbst magische Fähigkeiten und Kontrolle über das Leben hatte. Deswegen war dieser Sport zu seinem geworden. Hier war er in seinem Element, draußen in der Natur und auf eigene Faust. Hier konnte er denken, ohne gestört zu werden.

Die Gedanken stoppten abrupt, als er die fünfte Location fand. Die Spannung stieg und er atmete geräuschvoll – auch deshalb, weil er in unebenem und schlammigem Terrain wanderte. Seine Kondition war nicht ganz top. Er wühlte in den Blättern, wo sich der nächste Cache befinden sollte. Jetzt musste er bald den Tatort finden können. Ein Regentropfen traf ihn im Nacken, das Gummi des Regenmantels verstärkte das Geräusch in der Kapuze, sodass es wie ein Pistolenschuss klang. Schnell drehte er sich um und grinste nervös, als er bemerkte, dass ihn nur ein Regentropfen getroffen hatte. Die Nerven lagen ein bisschen blank. Es war etwas anderes, in einer dunklen Nacht ein Mordmysterium aufzuklären, als einfach nach einem zufälligen Cache mit Plastiktieren zu suchen. Es dauerte ein bisschen, bis er es im Licht der Stirnlampe entdeckte. Ein Tier flüchtete und raschelte in den welken Blättern. Es war ein Igel, der vor dem Licht floh. Jetzt zog er den fünften und entscheidenden Hinweis aus einem Gebüsch mit stechenden Dornen. Er fluchte leise darüber, dass er vergessen hatte, Handschuhe mitzunehmen, und las den Zettel in der Plastikbox. Stolz lächelte er, während er sich ins Logbuch eintrug und einen Tauschgegenstand mit dem gleichen Wert wie sein Golfball aus dem Cache nahm, obwohl er der Meinung war, dass seine KGB-Unterschrift viel mehr wert war als all der Plunder, der hier lag. Jetzt wusste er, wo der Tatort sein musste. Er checkte die Koordinaten im ›Geochecker‹ und war kurz davor, einen ›Georgasmus‹ zu kriegen, wie er das Gefühl nannte, als sie sich als richtig erwiesen.

Langsam ging er vorwärts, den ausgerechneten Koordinaten nach. Das GPS zeigte den Weg zu einem großen, alten Baum, der bestimmt bei dem Sturm im Januar 2005 umgestürzt war. Die Wurzeln ragten im Dunkeln wie lange Fangarme hoch. Jetzt war er fast verrottet. Hier stank es auch fürchterlich. Kent legte sich auf die Knie und tastete mit der Hand unter den Baumstamm. Die Feuchtigkeit des Waldbodens drang durch die Hose und machte seine Knie nass und kalt, aber nun war er zu begierig, seinen Cache zu finden, um es zu bemerken. Er hoffte, er wäre der Erste und könnte seinen wohlverdienten FFC mitnehmen. Aber die Hand stieß weder auf die Box oder Dose, nach der sie suchte, sondern auf verrottete Blätter und nasse Erde. Nachdem er mehrere eklige, weiche Pilze, harte, zappelnde Käfer und Regenwürmer, die sich in seinen Fingern wanden, zu fassen bekommen hatte, und der unerträgliche Geruch ihn fast sich übergeben ließ, richtete er sich genervt auf und klopfte die Erde von den Knien. »Son of a bitch«, knurrte er zwischen den Zähnen. Falls das Ganze ein großer Joke und hier nichts zu finden war, würde er verrückt werden. Jetzt hatte er die ganze Nacht darauf verwendet. Er beugte sich über den Baum, um zu schauen, ob er ihn wegschieben konnte, falls der Cache nun weit darunter gerutscht war, aber die Stirnlampe erfasste etwas, das unter dem Baumstamm hervorguckte. Ein Nachtfalter wurde von dem Licht der

Lampe angezogen und klatschte gegen sein Gesicht. Er richtete sich auf und wedelte das Viech mit einem verbissenen »Was zum Teufel ... ?!« weg. War der Cache-Eigentümer so erfinderisch, eine Schaufensterpuppe unter dem Baumstamm zu platzieren, um die Spannung zu erhöhen? Er hockte sich hin und betrachtete die Hand genauer. Die war nicht aus Plastik. Einer der langen roten Nägel war abgebrochen und von den beiden Fingern, die im Licht hervorlugten, war der Nagellack abgeblättert. Die Erde drumherum war lebendig von aktiven Ameisen und Käfern. Die Haut hatte eine sonderbar grünliche Farbe, und plötzlich war der Gestank so deutlich, dass in der Nähe zweifelsohne etwas verrottete. Ein Mensch!

Schnell stand er auf und schwankte rückwärts, während er sich im Wald umsah, der plötzlich noch dunkler wirkte, als ob die Baumstämme um ihn herum näher zusammengerückt wären. Es hatte aufgehört zu regnen, und der Mond sandte sein besonderes weißes Licht durch die Baumstämme. Wind kam auf, die welken Blätter raschelten in den Baumkronen und auf dem Waldboden tanzten die Schatten. Er rannte los, ohne jede Ahnung, in welche Richtung er laufen sollte. Das Licht der Stirnlampe flackerte im Laub vor ihm. Ein paar Mal stolperte er über Äste und Löcher im Waldboden. Jemand war hinter ihm her. Der Geruch setzte sich im Gaumen fest. Er versuchte, sich zu übergeben, ohne anzuhalten. Und ohne Erfolg. Er hörte sein eigenes panisches Weinen zwischen dem Geräusch der welken Blätter und Zweige, die unter ihm knackten. Seine Nase lief, und er schluchzte laut, als ihm klar wurde, dass er sich verirrt hatte und nicht nur Handschuhe, sondern auch Ersatzbatterien für das GPS vergessen hatte. Verzweifelt versuchte er, vom Handy aus anzurufen, aber hier, mitten im Marselisborg-Wald, hatte er keinen Empfang.

32

Mit dem Auto brauchte er nicht lange, um zum Wald zu gelangen. Es begann ihn zu beunruhigen, dass so viele Tote nicht weit von seinem Wohnort gefunden wurden. Er betete, dass dieses Mal die Rede von einem tragischen Unfall war; ein verunglückter Mountainbiker oder ein Jogger, der unglücklich gestürzt war. Trotzdem hatte er wegen der Umstände entschieden herauszufahren, als er den Anruf erhalten hatte.

Gestern Abend war es spät geworden und Irene war schon im Bett gewesen, als er nach Hause kam. Sie hatte ihm immerhin Essen hingestellt, das er einfach in der Mikrowelle aufwärmen sollte. Also wurde er nicht völlig links liegen gelassen. Während des Essens hatte er Giovannas Brief gelesen. Es war kalt geworden, weil er ganz vergessen hatte zu essen, und weil er so lange brauchte, um ihn zu lesen. Zum einen wegen der unleserlichen Handschrift seiner Tante, zum anderen wegen der Sprache. »Meine Güte, jetzt bin ich schon dabei, meine Muttersprache zu vergessen«, murmelte er. Noch ein schweres Gewicht auf seinem drückenden Gewissen. Es fiel ihm schwer, nicht in Gedanken zu dem Inhalt des Briefes zurückzukehren, während er fuhr.
Zia Giovanna war eine Dame mittleren Alters und war ein Jahr vor dem Tod ihres Bruders auf die Welt gekommen. Kinderreichtum war in Neapel damals keine Seltenheit, und es hatte neun Geschwister gegeben. Giovanna war die Jüngste. Sie hatte ein kleines Antiquitätengeschäft in einer Seitenstraße der Via Chiaia in Neapel. Aber weder die Seitenstraße noch das Geschäft wurde von der Camorra übersehen. Sie kämpfte immer noch rechtschaffen im Sinne ihres Bruders, der in der Familie auf Märtyrer-Art am Leben gehalten wurde. Rolands hatte das Gefühl, dass die Familie auf seine Mutter herabgesehen hatte, weil sie einfach mit ihm selbst als Gepäck geflohen war. Der Rest der Familie hatte weiter den hoffnungslosen Kampf gekämpft. Den Kampf gegen die Mafia. Giovanna weigerte sich, ihnen Schutzgeld zu zahlen. War sogar in einer Gruppe, die eine Homepage gegen die Mafia eingerichtet hatte, auf der sie Unterschriften zum Protest sammelten. Sie unterstützten sich gegenseitig darin, dem Wesen der Mafia – dem System – Widerstand zu leisten, obwohl es sie das Leben kosten konnte. Roland schüttelte den Kopf und schaltete. Er sorgte sich um ihre Sicherheit, aber das war nicht einmal das Schlimmste. Was konnte *er* verdammt noch mal tun? Warum zog sie ihn da jetzt rein? Er schaffte es nicht, den Gedanken zu bereuen, denn er hatte den Wald erreicht.
Henry Leander und ein Haufen Techniker, die in der Dämmerung in den weißen Anzügen wie Gespenster aussahen, warteten auf ihn, zusammen mit dem erschöpften und immer noch geschockten Sportler, der 112 gewählt hatte, sobald er aus dem Wald herausgefunden und wieder Empfang hatte. Er hieß Kent Gert Berggren. Er gab einem Tech-

niker die Koordinaten der Fundstelle, damit auch sie mithilfe von GPS dorthin finden konnten. Danach wurde er zum Krisenpsychologen geschickt. Er sah aus, als ob er gleich das Bewusstsein verlieren würde. Es war sicher eine harte Nacht gewesen.

Roland blieb zurück, es war eine lange und unwegsame Wanderung, aber er konnte die ganze Zeit die weißen Anzüge der Techniker vor sich erkennen und erreichte die Fundstelle als Letzter. Er schlüpfte unter dem Absperrband durch und stapfte durch eine Mischung aus welken und verrotteten Blättern und braunen Tannennadeln.

Henry Leander arbeitete schon. Roland konnte die Spitze seiner weißen Kapuze hinter einem umgestürzten Baumstamm mit langen dicken Wurzeln hochragen sehen. Die Natur war erstaunlich. Sie übertraf völlig die Fähigkeiten und den Verstand des Menschen. Wie konnte ein Sturm einen so riesengroßen Baum umwerfen?

»Jetzt ist er hier«, hörte er einen der Techniker zu Leander sagen, der offenbar eine bessere Kondition als er hatte und mit den jungen Kriminaltechnikern Schritt halten konnte. Roland hatte befürchtet, sich in dem großen Gebiet zu verlaufen, das der Marselisborg-Wald war, wenn man die fünf Kleinwälder dazuzählte, die ursprünglich zum Gut Marselisborg gehört hatten. Er versuchte zu verbergen, wie atemlos er war. Es war ein kühler Morgen, und der Dunst, der nach dem nächtlichen Regen zwischen den Baumstämmen lag, machte die Luft noch klammer. Und der Geruch, der nun seine Nasenlöcher erreichte, ließ ihn ein paar Mal schlucken.

Ein Techniker schüttelte eine Tupper-ähnliche Plastikbox, sodass sie rasselte. »Ich habe den Cache gefunden«, rief er und konnte grinsen, obwohl Roland nicht fand, dass es an diesem Morgen viel zu lachen gab.

»Was für einen?«, murmelte er müde und ging ein bisschen näher ran, bis er demonstrativ abbremste.

»Der glückliche Finder ist Geocacher. Er fand nur nicht den richtigen Schatz und, wie ärgerlich für ihn, es liegt ein FFC drin.«

»Ein was?«

»Das ist ein Zertifikat, das derjenige bekommt, der den Schatz als Erster findet. Für einen Geocacher bedeutet es Prestige, es zu finden.«

»Aber bestimmt nicht, eine Leiche zu finden«, murmelte Roland unhörbar.

»Mein Sohn ist in dem Sport aktiv, und ich war ein paar Mal mit ihm mit. Ich kann echt gut verstehen, dass es ein Schock war, mitten in der Nacht in einem dunklen Wald auf das da zu stoßen«, fuhr der redselige Techniker fort. Roland nickte nur düster.
»Tut mir leid, Benito«, rief Leander und streckte den Kopf hinter dem Baumstamm hervor.
Mit Entsetzen wurde Roland klar, dass sie mit einem neuen Mordopfer dastanden. Den Baumstamm hatten sie weggewälzt, sodass die Frau nun frei lag. Sie lag zusammengekrümmt in der Vertiefung, die die Wurzeln hinterlassen hatten, als sie von dem Sturm aus der Erde gebrochen worden waren.
Rolands erster impulsiver Gedanke war, dass sie in diesen dünnen schwarzen Nylonstrümpfen und dem kurzen Rock doch frieren musste. Er bemerkte, dass sie keine Schuhe trug. Keiner konnte diesen großen Baumstamm allein zur Seite wälzen, um sie dort unterzubringen. Sie hatten vier starke Männer gebraucht, um ihn zu entfernen. Der Mörder musste sie darunter gestopft haben, wohl in dem Glauben, dass sie so nie gefunden werden würde. Oder vielleicht waren es mehrere Täter.
Vielleicht war es ein gigantischer Riese. Roland vermied es, die Frau in näheren Augenschein zu nehmen. Er hatte in letzter Zeit genug von Leichen bekommen, daher begnügte er sich mit dem Geruch und damit, Leander zu lauschen, der den Zustand der Leiche beschrieb. Als er fertig war, stand er auf und ließ die Techniker herankommen. Der Bereich war von starken Scheinwerfern erleuchtet, obwohl die Dämmerung vom Morgenlicht abgelöst wurde.
Henry Leander trat zu Roland, der immer noch gehörigen Abstand hielt. »Die Leiche befindet sich im Verwesungsprozess«, teilte er mit. Diese Tatsache überraschte ihn nicht.
»Die grünliche Hautfarbe deutet darauf hin, dass es vor einigen Tagen passiert ist. Drei oder vier vielleicht. Sie wurde auf die gleiche brutale Weise wie der Arzt erstochen. Aber nicht hier. Dann gäbe es viel mehr Blut. Die Leiche wurde hierher gebracht.«
»Verdammt, noch ein Tatort, der ausgegraben werden muss«, schnaufte Roland. Die kalte Luft ließ seine Nase laufen, aber beim Einatmen kam auch der Gestank mit, den er sonst versuchte zu vermeiden, in-

dem er nicht im gleichen Tempo wie normal Luft holte. Er holte sein Taschentuch heraus.

Leander stopfte eine kleine Plastikbox in seine Tasche.

»Hast du auch einen – hm, Schatz – gefunden?«, fragte Roland sarkastisch.

Leanders Lächeln wurde von der Nasenmaske verborgen, aber Roland sah die letzte Kräuselung davon unter dem zerzausten, weißen Schnurrbart, als er die Maske unters Kinn zog. Er nahm die kleine Plastikbox wieder aus der Tasche und hielt sie ins Scheinwerferlicht, sodass Roland das wimmelnde Leben am Boden der Box sehen konnte, die Leander mit Blättern ausgelegt hatte, damit die Insekten etwas zum Verstecken hatten und sich heimisch fühlen konnten. Einige große Maden lagen darin und wanden sich wie bleiche Bauchtänzerinnen.

»Nein, ich hab ein paar kleine Helfer eingesammelt. Ameisen, Käfer und Larven. Die vielen Maden und Eier in diesem Stadium ziehen Insekten an, die von anderen Insekten leben. Das sind unter anderem Käfer, Ameisen und Wespen. Aber Wespen sehen wir ja nicht mehr viele. In der Leiche sind so viele Maden, dass die Temperatur um knapp fünfzehn Grad gestiegen ist«, erläuterte Leander im gleichen Tonfall, wie wenn er erzählen würde, dass er ein weich gekochtes Ei zum Frühstück gegessen hatte.

»Erst wenn ich weiß, welche Fliegenart die Eier gelegt hat, kann ich anhand des Larvenstadiums sehen, wie lange die Leiche hier gelegen hat. Nach so vielen Tagen sind es nämlich nicht nur Schmeißfliegen, die Eier in Kadaver legen. Die gewöhnliche Stubenfliege macht das auch, also denk daran beim nächsten Mal, wenn eine Fliege auf deinem Leberwurstbrot sitzt.«

Er machte eine Pause und sah Roland vielsagend an. »Von den sieben Stadien der Fliege sieht das hier unmittelbar nach dem dritten Larvenstadium aus, daher wurden diese Eier vor gut und gerne achtundvierzig Stunden gelegt.«

»Hast du das bei deinem Aufenthalt auf ›The Body Farm‹ gelernt?«, erkundigte sich Roland und schauderte übertrieben. Es fiel ihm immer noch schwer, sich vorzustellen, dass es so einen Ort gab, aber es gab ihn wirklich, in einem abgelegenen Waldgebiet in Knoxville, Tennessee am Fuße der Smoky Mountains, wo Dr. William Bass einen Hektar Land

zur Verfügung gestellt bekommen hatte, damit er und seine Assistenten unter freiem Himmel die Verwesung toter Menschenkörper erforschen konnten. Leander hatte sich dort ein paar Monate aufgehalten, um sein forensisches Wissen zu verbessern.
Zärtlich betrachtete er die Insekten in der Plastikbox. »Alles können wir von der Natur lernen, Roland. Sie war vor uns hier, und wenn wir nicht von ihr lernen, werden wir nie klüger. Wir sollten dankbar sein, dass es Forscher wie Bass gibt und dass Menschen ihre toten Körper der Forschung stiften, damit die Bedeutung der Insekten für jedes einzelne Stadium des Prozesses festgestellt werden kann.«
Roland trippelte hin und her und steckte die Hände in die Taschen. »Aber wer sind die eigentlich? Die Verstorbenen. Die den Körper zur Verfügung stellen?«
Leander sah ihn an. Das Licht war dabei, sie dort unten zu erreichen, und Leander hatte von Enthusiasmus gerötete Wangen. Normalerweise hatte nur Julie Lust, etwas über seine Insekten zu hören.
»Einige sind tote Obdachlose, andere sind Menschen, die ihren Körper der Wissenschaft gespendet haben – also Organspender. Wieder andere sind Menschen, die sich freiwillig angemeldet haben und gerne in The Body Farm begraben werden wollen und die froh sind, der Polizei dabei helfen zu können, Verbrecher zu fangen. Und dann natürlich die, die einfach die Begräbniskosten sparen wollen.«
»Komm mal!«, rief ein Techniker und unterbrach sehr passend das Gespräch. Nicht, weil ihn der Todeszeitpunkt nicht interessierte, aber auf all das andere Gerede konnte er gerne verzichten, besonders gerade jetzt, wo das Frühstück hinter seinem Zäpfchen drückte.
Leander trottete zurück und verschwand hinter dem Baumstamm. Widerwillig ging Roland mit und versuchte, einen Schimmer des Morgenhimmels mitzubekommen. Die Sonne sah aus, als ob sie heute hervorgucken wollte. Er hielt sein Taschentuch vor die Nase.
Die Frau war auf die Bahre gelegt worden. Roland konnte den Blick nicht von dem Grab unter den Wurzeln abwenden, wo Ameisen und Käfer verstört im Licht der Scheinwerfer herumkrabbelten, verwirrt darüber, dass ihnen ihr Lebensunterhalt genommen worden war.
»Hast du die merkwürdigen Fasern in ihrem Mund bemerkt? Sie hat sie auch am Hals«, wollte der Techniker von Leander wissen und wischte

sich mit der Rückseite der weiß behandschuhten Hand über die Stirn, als ob er schwitzte, aber bei dieser Kälte konnte es kein Schweiß sein, und besonders gepolstert war er auch nicht. Ein paar Kollegen nannten ihn ›Stöckchen‹. Leander beugte sich vor und beobachtete das Phänomen, das Roland nicht ansehen wollte. Er hielt den Blick auf den Boden gerichtet. Die Insekten waren weg – wie von Zauberhand – auf Jagd nach einer neuen Mahlzeit im Waldboden.

»Das könnten Haare sein, aber wie verflixt hat sie die in den Mund bekommen? Wir gucken sie uns im Institut näher an, sie könnten von großer Bedeutung sein«, kommentierte Leander.

Stöckchen machte eine Serie Bilder, bevor er einige Fasern mit einer Pinzette aus dem Mund der Frau zupfte und sie in eine Tüte legte.

»Habt ihr ihre Schuhe gesehen?«, fragte Roland. Er hatte selbst den ganzen erleuchteten Bereich mit aufmerksamen Augen abgesucht.

»Nein, hier gibt's nicht mehr viel zu finden. Aber jetzt erweitern wir den Bereich und fangen an, uns außerhalb zu bewegen, vielleicht bringt das was«, antwortete ein Techniker, der den Reißverschluss des Leichensacks zuzog.

Roland winkte den Redseligen, der die Plastikbox gefunden hatte, zu sich. »Diese Geo-, äh, Schatzsuche – wäre es denkbar, dass der Mörder diesen Schatz hier arrangiert hat, weil die Leiche gefunden werden sollte?«

Der Kriminaltechniker war ein kleiner Schwächling mit schiefen Zähnen, blonden Locken und einer großen Brille und ähnelte überhaupt nicht den hübschen Exemplaren seiner Art aus der CSI-Serie, auf die Roland gestern Abend zufällig gestoßen war, als er durch die Programme gezappt hatte, um etwas Interessantes zum Entspannen zu finden, bevor er ins Bett ging. Angolo hatte mit dem Kopf in seinem Schoß gelegen und mitgeguckt. Selbst die Toten in dieser Serie sahen aus wie Supermodels, aber so war das vielleicht in Miami. Er hatte gehört, dass einige Jugendliche durch diese Serie, die nur eine sonderbar verkorkste Vorstellung von einer Branche vermittelte, in der Tod und Elend der raue Alltag waren, und in der nur die Derben mit den Strapazen klarkamen, Interesse an dem Beruf entwickelt hatten. Ein toter Mensch war nicht immer hübsch. Die Stelle hier mitten im Wald, wo das Tageslicht nun begonnen hatte, alle Details zu enthüllen, war ein deutlicher Beweis dafür.

»Das bezweifle ich stark«, erwiderte der Techniker auf seine Frage, immer noch mit einem Lächeln auf den Lippen. »Cache-Eigentümer sind normalerweise rechtschaffene Menschen. Ich glaube eher, es ist reiner Zufall, dass die Leiche an der gleichen Stelle wie der Cache gelandet ist, der hier vielleicht schon länger gelegen hat. Aber man kann natürlich nie wissen. Wir nehmen den Cache mit zur technischen Untersuchung«, fügte er hinzu und ging zurück zu den anderen, um dabei zu helfen, die Leiche zum Transport bereit zu machen. Roland war erleichtert, dass nicht er sie den ganzen Weg zurück zu dem wartenden Leichenwagen tragen musste.

Henry Leander und Roland gingen mit zurück zu ihren Autos, die am Rand von Storskov beim Skovmølleweg geparkt waren, unweit der Stelle, wo Helge Vangbergs Leiche auf dem Hof gefunden worden war. Ob die Leichen wohl bewusst platziert wurden?

Es dauerte ein wenig, bis sie auf einem der vielen Pfade, die von Waldwanderern, Joggern und Mountainbikern getrampelt worden waren, hinausfanden.

Roland fluchte, wenn sich sein Hosenbein in Zweigen verfing oder die Schuhe in einem Ameisenhaufen versanken. Beide waren jedoch so vernünftig gewesen, geeignetes Schuhwerk anzuziehen. Unter anderen Umständen wäre es eine schöne Wanderung gewesen. Im Augenblick liefen sie in der Nähe des Giber-Bachs und konnten das Wasser plätschern hören, als ob nichts jemals den Frieden in dieser herrlichen Natur gestört hätte.

Roland klopfte seine Kleidung ab, als sie wieder ins Licht traten. Die Sonne war aufgegangen und schien auf die nassen Blätter und die Tautropfen im Gras. Schweigend standen sie da und atmeten tief ein – frische Luft in den Lungen brauchten sie jetzt am allernötigsten.

»Hast du daran gedacht, wie nah wir an dem Landhaus des Arztes sind?«, fragte Henry Leander fast wie eine Antwort auf Rolands düstere Gedanken, die sowohl um die nahe Platzierung der Toten kreisten als auch um sein Traumhaus, das nicht so weit weg lag. Jedenfalls nicht physisch, aber sein Traum, es zu besitzen, begann am Horizont zu verschwinden. Irene blieb bei ihrer Weigerung, aus Højbjerg wegzuziehen. Wenn sie nun von dem neuen Mord erfuhr – noch dazu an einer Frau –, so dicht dran, war das Projekt todgeweiht. Es würde nicht lange dauern, bis die Presse Bescheid wusste, obwohl sie gerade merkwürdigerweise durch Abwesenheit glänzte. Nicht einmal Anne Larsen vom *Tageblatt* hatte bisher von dem Fund Wind bekommen. Das wunderte ihn, normalerweise war sie immer als Erste zur Stelle, so als ob sie den Polizeifunk abhörte.

»Ja, der Gedanke kam mir«, murmelte er und öffnete die Autotür, während er den Rechtsmediziner beobachtete, der behutsam die Plastikbox mit den Insekten auf dem Beifahrersitz unterbrachte. Beinahe erwartete er, dass er sie anschnallte, und lächelte grimmig bei dem Gedanken.

»Ist Julie Hermansen zur Teufelsinsel zurückgefahren?«, fragte er, als ihn die Insekten daran erinnerten, dass auch sie eine Vorliebe für Tierchen hatte, die bestimmt eines der Dinge waren, die die beiden zusammengebracht hatten. Es war sicher nicht so einfach, eine Gefährtin mit diesem Interesse zu finden.

»Nein, tatsächlich ist sie noch hier«, räumte Leander ein und sah ihn kritisch an. »Hast du nicht gehört, dass Kurt Olsen um ihre Hilfe in diesen Fällen hier gebeten hat?«

Roland fühlte sich außen vor, ließ es sich aber nicht anmerken. »Darüber haben wir noch nicht gesprochen, aber das war echt eine gute Idee. Die Leichen tauchen ja in Mooren und Wäldern auf, sodass es gewiss keinen Zweifel daran gibt, dass wir ein recht psychopathisches Serienmörderprofil erwischt haben – falls es denn eine Verbindung zwischen den Morden gibt.«

»Sobald ich die Tote vom Wald auf dem Tisch liegen habe, fange ich mit der Obduktion an. Dann bekommen wir vielleicht Gewissheit, ob auch hier ein antikes afrikanisches Messer die Mordwaffe war.«

Roland nickte und kaute Kaugummi. Er sehnte sich nach einer Zigarette, die den hässlichen Geschmack im Mund hätte nehmen können, und wie die Dinge allmählich standen, zweifelte er daran, dass er so standhaft bleiben könnte und nicht einknicken und ein Päckchen Cecil kaufen würde. Bei dem Gedanken fing er an zu schwitzen.

»Na, dann mal bis bald. Grüß Julie«, meinte er und setzte sich hinters Steuer. Henry Leanders kurzes, kommentarloses Nicken verstärkte seinen Verdacht, dass sie dieses Mal bei ihm und nicht im Hotel wohnte.

33

Die Orgel spielte ein bisschen falsch, und die Frau neben ihr auf der Bank sang nicht gerade schön. Der Sarg war mit weißen Rosen und Lilien geschmückt, die sie persönlich rein und hübsch fand. Den Geschmack ihrer Mutter kannte sie nicht. Sie hatte gerade den wenigen Worten des Pfarrers über sie gelauscht. Was konnte er sagen, wenn die einzige Tochter nichts dazu beitragen konnte? Sie hatte ein drückendes Gefühl in der Brust, aber es war keine Trauer, das Gefühl kannte sie nur zu gut. Es erinnerte mehr an ein schlechtes Gewissen, Scham oder etwas anderes Undefinierbares. Während die Gemeinde sang und der Pfarrer oben beim Altar mit dem Rücken zu ihnen stand, ließ sie den Blick über die wenigen Trauergäste schweifen. Es waren sicher nicht mehr als normalerweise an einem gewöhnlichen Vormittag in der Erlöserkirche. Die Beerdigung einer Unbekannten war wohl nicht das Attraktivste. Sie richtete ihre Aufmerksamkeit wieder auf das Lied 729 im Gesangbuch. Es war unmöglich, mit der hohen Stimmlage mitzusingen, die der Kantor vorgab, daher begnügte sie sich damit, den Text zu lesen und über die Worte nachzudenken.

Sind einst auf unsres Herrn Gebot
Die Stunden all verronnen,
Hat ew'ger Sommer ohne Not
Im Paradies begonnen.

Sie hatte das Lied ›Nun verblüht der Wald‹ gewählt, weil sie es selbst immer geliebt hatte und es außerdem zur Jahreszeit passte. Sie warf einen Blick auf den Sarg und hoffte, dass ihre Mutter das Paradies finden würde, von dem der Vers handelte, obwohl sie selbst der Meinung war, dass der Fluch, den sie über die Familie gebracht hatte, ihr das Recht auf einen Platz unter Gottes Auserwählten genommen hatte. Kamilla war nicht mehr bei einer Beerdigung – oder in der Kirche – gewesen, seit Rasmus beigesetzt worden war. Die Trauer darüber, ihn verloren zu haben, wurde verstärkt. Sie kämpfte gegen die Tränen, aber sie brachen trotzdem durch und kullerten die Wangen herunter. Das schlechte Gewissen wuchs. Jetzt saß sie hier bei der Beerdigung ihrer Mutter und weinte – um ihren Sohn.

Das Brausen der Orgel bereitete dem Lied ein Ende, als der letzte Vers gesungen war. Sie atmete tief ein, um wieder Kontrolle über sich zu bekommen. Langsam begannen die Leute, die Kirche zu verlassen.

Als der Sarg von vier fremden Männern, die zu finden ihr der Pfarrer hatte helfen müssen, weil es sonst niemanden zum Tragen gab, in die Erde gelassen wurde, standen nur sie, ein Ehepaar, das die Nachbarn ihrer Mutter sein konnten und das sich wohl verpflichtet fühlte zu erscheinen, sowie eine Frau, die sie nicht kannte, am Grab. Das Ganze wirkte so schrecklich traurig, und ihre Mutter tat ihr so leid, dass es auch körperlich wehtat. Begraben zu werden ohne jemanden, der einem folgte und einen vermisste. Gleichzeitig erkannte sie, dass sie bald ihr eigenes Leben ändern musste, um nicht genauso wie sie zu enden.
Als die Zeremonie vorbei war, blieb sie mit leerem Kopf am Grab stehen. Plötzlich bemerkte sie, dass die unbekannte Frau auch geblieben war. Ihre Blicke trafen sich und sie erkannte in ihren Zügen etwas Vertrautes. Konnte das wirklich jemand von ihrer Familie sein, der den Weg von der jütländischen Westküste bis nach Horsens auf sich genommen hatte? Sie bekam es bestätigt, als die Frau, die einen abgenutzten grauen Mantel und ein blaues Tuch trug, das um die Haare geschlungen und unten in den Kragen gesteckt war, zu ihr herüberkam und sie mit matten, grauen Augen ansah.
»Bist du Glorias Tochter?«, fragte sie mit einem Dialekt, den Kamilla sofort als westjütländisch wiedererkannte.
Sie nickte. Der Klang des Namens ihrer Mutter, Gloria, wie sie selbst sie nie genannt hatte, ließ alte Erinnerungen auftauchen; ihr Vater, der schwach »Gloria« aus dem Schlafzimmer gerufen hatte, als er krank gewesen war, und sie hatte scharf von der Küche aus geantwortet, ohne zu ihm zu gehen. Oder wenn er versuchte, sie zu besänftigen, und »Gloria, süße Gloria« so oft wiederholte, dass es peinlich wurde und sie ihn nicht einmal ansah. Wie konnte ein so kalter Mensch einen so schönen Namen haben?
Die Frau reichte ihr die Hand, die trocken und von harter Arbeit rissig war. »Dann musst du meine Nichte sein«, sagte sie, und Kamilla ging davon aus, dass das, was sie auf den farblosen Lippen sah, ein Lächeln war. Zögernd erwiderte sie den Händedruck. Ein bisschen Ähnlichkeit

mit ihrer Mutter konnte sie nun sehen. Die gleichen blassen Augen, in denen ein verborgener Ausdruck von Furcht lag. Vielleicht war sie auch aus der Inneren Mission ausgebrochen und hatte Angst vor der Strafe Gottes.

»Danke, dass du gekommen bist. Es ist ja eine lange Reise«, antwortete Kamilla und wünschte, das könnte genug sein, aber die Frau blieb stehen, als ob sie mehr wollte.

»Ich musste mich vergewissern, dass Gloria richtig zu Grabe getragen und beerdigt wurde«, entgegnete die Frau, die sich nicht vorgestellt hatte. Sicher ging sie davon aus, dass Glorias Tochter sehr genau wusste, wer sie war. Auf diesen Kommentar antwortete sie nicht, war aber dennoch froh, dass sie sich nicht für die Einäscherung entschieden hatte, was sie zuerst erwogen hatte. Als die Frau ihr aus dem Friedhof folgte, fand sie es trotzdem zu kaltherzig, sich nicht ein bisschen um sie zu kümmern. Ihr Alter war schwer zu beurteilen, weil sie so grau und zusammengefallen war, aber sie schätzte sie auf Anfang fünfzig, sie musste also Astrid, die kleine Schwester ihrer Mutter, sein.

»Hast du Lust auf einen Kaffee?«, hörte sie sich selbst fragen und bereute es sofort, als die Frau einfach ohne ein Lächeln oder ein höfliches »Danke« nickte. Sie erinnerte sich, dass es in der Nørrestraße ein paar Cafés gab. Sie gingen schweigend, und sie begann ihr Angebot zu bereuen. Sie wählte das erste Café, auf das sie stießen, und öffnete ihrer Tante die Tür. Es waren nicht viele Gäste da, und das passte ihr gut. Sie bestellte zwei Kaffee. Sie setzten sich an einen Tisch mit Fenster zur Straße.

»Wie bist du hierher gekommen?«, war die einzige Frage, die ihr einfiel, während sie auf den Kaffee warteten. Vielleicht deswegen, weil sie fürchtete, dass sie ihr eine Übernachtungsmöglichkeit anbieten musste.

»Ich habe ein kleines Auto, deswegen war es keine Aktion. Von Agger, wo wir immer noch wohnen, braucht man nur ungefähr drei Stunden hierher. Es war eine schöne Tour hierunter, den Nissum Fjord entlang.« Zum ersten Mal lächelte die Frau, und es stand ihr. Sie löste das Tuch und ließ es locker um den Hals hängen. Ihre Haare waren grau, aber mit einer Nuance, die enthüllte, dass sie mal wie ihre Schwester – und wie sie selbst – eine Blondine gewesen war.

»Bist du denn nach der Fahrt nicht hungrig?«

Ihre Tante schüttelte den Kopf. Ihre Wangen waren von feinen geplatzten Äderchen durchzogen. Sie sah genauso aus wie das, was sie war – eine Fischersfrau aus dem windigen Westjütland.

»Ja, du bist also Glorias Tochter«, sagte sie leise und sah sie prüfend an. »Wie alt bist du heute wohl? Sechsunddreißig?«, riet sie.

»Siebenunddreißig«, berichtigte Kamilla. Sie war gerade im Juli ein Jahr älter geworden.

»Ich weiß ja nicht so viel über dich. Aber ich gehe davon aus, dass dir deine Mutter von deiner Tante Astrid erzählt hat?«

Sie schüttelte bedauernd den Kopf und musste zugeben, dass sie ihre Mutter in den letzten Jahren nicht besonders viel gesehen hatte.

»Nein, wir haben auch nicht mit ihr geredet, nachdem sie den Kontakt abgebrochen hatte«, gab Astrid leise zu und nippte wieder an ihrem Kaffee.

»Den Kontakt abgebrochen? Ich hatte den Eindruck, dass *ihr* ihn abgebrochen habt, weil Mama nicht nach euren – Normen gelebt hat«, unterbrach sie. Durch das Koffein fühlte sie sich auch ein bisschen belebter.

Astrid sah ein wenig beleidigt aus, aber dann rückte sie die Kaffeetasse zurecht und sah Kamilla direkt an. »Ja, Mutti und Vati – deine Oma und dein Opa – waren sehr religiös. Sie wollten Gloria *danach* nicht mehr akzeptieren. Aber Orla und ich –« Astrid hob den Ringfinger mit ihrem Ehering, sodass Kamilla daraus schloss, dass Orla Astrids Mann und ihr Onkel sein musste, »– wir wollten immer noch gerne Kontakt mit ihr haben, aber sie wollte es nicht. Wenn man die Brücken hinter sich abreißt, müssen es alle sein, hat sie einmal zu mir gesagt«, fuhr Astrid mit einem Seufzer fort und sah sie mit blanken Augen an.

Kamilla wurde neugierig. Irgendwas passte nicht zusammen.

Konnte sich eine ganze Familie wirklich auflösen, nur weil eine Tochter eine andere Lebensweise wählte als die, die in der Familie die Norm war? Wo waren die Liebe und die Familienbande hin? Es war wohl nicht so schrecklich, in einem christlichen Zuhause aufzuwachsen. Im Gegenteil. Drehte sich das Christentum nicht gerade um Liebe und Toleranz?

»Was ist eigentlich passiert? Warum ist meine Mutter plötzlich nach Horsens gezogen?«, fragte sie vorsichtig.

Astrid wand sich nervös auf dem Stuhl, als ob das ein Thema war, über das sie nicht sprechen wollte. »Hat Gloria es dir nie erzählt?«

Kamilla schüttelte den Kopf.

»Jetzt sind sie ja alle miteinander weg. Dein Opa und deine Oma sind vor langer Zeit gestorben, und jetzt ist Gloria auch fort, also passiert wohl nichts, wenn ich es dir erzähle.« Sie zögerte, dann fuhr sie mit einem Theaterflüstern fort, als ob sie befürchtete, dass andere lauschen könnten. »Als Kind und Jugendliche war deine Mutter sehr ...« – sie dachte lange über das Wort nach – »rebellisch. Unsere Mutter war in ihrer Kindererziehung, mit der sie selbst aufgezogen worden war, sehr streng. Wie ihre Mutter – deine Uroma – war sie orthodox und las in der Bibel. Es gab Verbote über Verbote. Wir durften nicht tanzen, Alkohol trinken, Karten spielen, uns zu Fastnacht verkleiden oder die Musik hören, die unsere Altersgenossen damals hörten. Und Umgang mit Jungen und später jungen Männern war unerhört. Gloria konnte sich nicht anpassen. Sie machte, was sie wollte – mit fatalen Folgen.« Astrid legte ihre Stirn in Sorgenfalten.

»Was ist mit dir, Astrid? Hast du dich einfach damit abgefunden?«

Langsam schüttelte sie den Kopf. »Ich hatte das Glück, Orla zu treffen. Er ist auch von der Inneren Mission, sodass Mutti und Vati ihn sofort als einen anständigen Menschen guthießen. Aber er ist nicht so orthodox, wie es deine Großeltern waren. Du musst verstehen, Kamilla, dass es bei uns verschiedene Grade des Glaubens gibt, nicht alle sind gleich so – nennen wir es für den Moment mal fundamentalistisch, um ein modernes Wort zu gebrauchen – wie andere. Orla und ich sind gläubig, aber unsere Kinder sind wie normale Christen erzogen, wo Liebe und Vergebung höher als Verdammnis und Strafe stehen.«

Eben diese Worte, Verdammnis und Strafe, hatten die meiste Zeit von Kamillas Kindheit geprägt. Aber wie passte das zusammen, wenn sich nun zeigte, dass ihre Mutter genau vor diesem Glauben geflüchtet war? Sie schenkte Astrid und sich selbst Kaffee nach. Astrid schaute lange aus dem Fenster, mit ihren Gedanken weit weg.

»Ich habe also Cousins und Cousinen, wenn ich das richtig sehe«, stellte Kamilla fest, um sie zum Weiterreden zu bewegen.

Astrid kehrte wieder in die Gegenwart zurück und lächelte schwach. »Ja, tatsächlich. Aber sie sind längst erwachsen. Kristina wohnt in London und Matthias in Kopenhagen, um Priester zu werden. Er ist ein guter Junge«, fügte sie stolz hinzu.

Kamilla lächelte. Es war merkwürdig, bestätigt zu bekommen, dass es dort draußen nahe Verwandtschaft *gab*, obwohl sie es im Gefühl gehabt hatte. Ihre Mutter war kein Einzelkind gewesen, so viel wusste sie.

»Aber warum wollte Mama euch nicht mehr sehen? Das verstehe ich nicht.«

Astrids Blick wurde wieder abwesend. »Es ist etwas passiert, was uns getrennt hat. Das war tatsächlich genauso meine eigene Schuld, weil ich viele Jahre die Version der Ereignisse geglaubt habe, die meine Mutter erzählt hat, und nicht Glorias. Das bereue ich nun, aber jetzt ist es zu spät. Vielleicht hatte ich deswegen das Bedürfnis, heute hier zu sein.«

Kamilla sah den Schmerz in ihren Augen. Diesen Schmerz, der daher rührte, eine Schuld mit sich herumzutragen, von der man wusste, dass man dafür nie Vergebung erfahren konnte. Sie hatte ihn schon einmal irgendwo gesehen.

»Bist du dir ganz sicher, dass du gerne wissen willst, was passiert ist?«, vergewisserte sich Astrid eindringlich. Kamilla spürte, wie es in der Luft um die kleine, graue Frau herum fast zitterte. Für sie war es wichtig, das, was sie wusste, ans Licht zu bringen, sodass sie vielleicht die Vergebung erfahren könnte, die sie offenbar von ihrem Gott nicht bekommen hatte.

»Manchmal ist Ungewissheit besser als die Wahrheit«, warnte ihre Tante.

Das wusste Kamilla nur zu gut. Wenn sie nie die Wahrheit über Danny erfahren hätte, wäre *sie* jetzt mit ihm zusammen und nicht Majken. Sie begnügte sich mit einem Nicken.

»Unser Bruder war damals knapp sieben Jahre alt. Ein richtiger kleiner Nachzügler und Muttis und Vatis Goldkind. Gloria muss um die achtzehn gewesen sein …«

»Euer Bruder? Habe ich auch einen Onkel?«, unterbrach sie und bereute es sofort, als Astrid ihr einen scharfen Blick zuwarf, als ob sie ein ungehorsames Kind wäre, das die Erwachsenen unterbrach.

»Bist du ganz sicher, dass ich das hier erzählen soll?«, fragte sie noch mal. »Du musst wissen, dass die Wahrheit dein Leben verändern wird.« In der Stimme lag nun ein drohender Ton.

Sie war zu neugierig, um Astrid zu bitten, mit dem Erzählen aufzuhören. Sie wünschte sich ja gerade eine Veränderung in ihrem Leben, obwohl sie Angst hatte, dass die Veränderung, die Astrid angedeutet hatte, nicht die sein könnte, die sie sich wünschte.
Wieder nickte sie vorsichtig.

34

»Brauchst du das Auto heute auch?«, fragte Pernille und schmierte Butter auf eine Scheibe Weißbrot und danach eine dicke Schicht Erdbeermarmelade.
»Nein, aber danke. Ich lese in den Unterlagen weiter, die ich gestern von der Frau des Arztes bekommen habe, also bleibe ich hier. Brauchst du das Auto nicht auch heute tagsüber und abends?« Sie begann, sich bei ihrer Freundin heimisch zu fühlen. Den Rücken an die Wand gelehnt saß sie auf der Küchenbank, die Beine hochgezogen, und wärmte die Finger an einem Becher Kaffee, den sie auf ein Knie stützte. Sie war immer noch im Schlafanzug, obwohl es mitten am Vormittag war. Pernille musste heute erst später los, sodass sie lange beim Frühstück gesessen hatten, das Sabrina zubereitet hatte, als sie wegen der Morgenübelkeit ohnehin aufstehen musste. Tobias hatte sie zum Dank umarmt und war mit Adam zur Krabbelstube verschwunden, bevor Pernille aufgestanden war.
Adam war ein goldiger kleiner Junge, und Sabrina hatte überhaupt nicht die Augen von ihm lassen können, während er Haferbrei aß. Sie freute sich sehr darauf, bald selbst damit dran zu sein, den Löffel zu führen und wie ein Traktor zu brummen. Aber sie konnte Peter nicht in dieser Rolle sehen.
»Doch, aber falls du es brauchst, kriegen wir das schon hin«, lächelte Pernille. »Was bringt es dir eigentlich, diese Papiere zu lesen?«, wunderte sie sich. »Das ändert doch nichts daran, dass deine Mutter tot ist.«
Sabrina wusste, dass Pernille das hier nicht verstand. Manchmal tat sie es nicht mal selbst, aber es war zu einer Besessenheit geworden, herauszufinden, was damals passiert war. Sie hatte sich gefragt, ob sie es vielleicht tat, weil sie einen Vorwand brauchte, nach Dänemark heimzukommen und weg von Peter, aber sie war sich nicht sicher. Nachdem sie über den Mord an der Krankenpflegerin gelesen hatte, hatten ihre

Nachforschungen eine völlig andere Bedeutung bekommen, und falls sie herausfand, dass das Ganze nicht einfach ein Zufall war, dann würde sie mit ihrem Wissen zur Polizei gehen. Deswegen hatte sie Pernille auch nicht alles erzählt. »Ich lerne meine Mutter auf eine ganz neue Weise kennen. Ich war erst vier, als sie starb, daher habe ich sie nie richtig gekannt. Verstehst du das?«
Pernille nickte, den Mund voller Weißbrot, und kaute fertig, bevor sie antwortete: »Doch, aber macht das das Ganze nicht noch schlimmer – sie kennenzulernen, meine ich?«
»Find ich nicht. Ich habe bis jetzt herausgefunden, dass ich damals ein geliebtes Kind war, und dass es *Carola* und nicht meine Mutter war, die mich zu einem unglücklichen und dicken kleinen Mädchen gemacht hat.« Sie versuchte zu lächeln, wusste aber genau, dass die durchtrainierte und schlanke Pernille der Meinung war, dass man selbst Herr über seinen Körper war – auch als Kind. Darüber hatten sie oft diskutiert. Aber hier gab sie ihr nicht Recht. Kinder können nicht selbst dafür die Verantwortung übernehmen, ob sie zu dick werden. Die Eltern müssen sie zu gesundem Essen und Bewegung anleiten und dafür sorgen, dass ihre Kinder nicht so unglücklich sind, dass sie durch Frustessen dick werden, wie es ihr selbst passiert war. Vielleicht sagte sich das so leicht. Sie schaute runter auf ihren Bauch. Aber jetzt würde sie bald die Chance haben, einem Kind all das zu geben, was sie selbst nicht bekommen hatte.
»Okay, okay. Was weiß ich schon darüber? Ich habe meine Eltern ja glücklicherweise noch. Vielleicht würde ich das Gleiche machen, wenn ich du wäre«, gab Pernille auf und räumte den Tisch ab.
»Ich mach' den Abwasch, zisch ruhig ab«, bot sie an und streckte die Beine unter der Bank aus.
Pernille warf ihr vom Eingangsbereich aus eine Kusshand zu. »Pass nur auf, dass wir nicht von dir abhängig werden«, drohte sie mit einem Lächeln und zog die Tür hinter sich zu.
Sie war wieder allein. Genauso allein, wie sie es in der Wohnung in Mailand gewesen war, sobald Peter zur Arbeit gegangen war. Hier fühlte sie sich nicht annähernd so einsam, weil die, die sie draußen auf der Treppe und unten auf der Straße vorbeigehen hörte, eine Sprache sprachen, die sie verstand und sie wusste, dass sie mit ihnen kommuni-

zieren könnte, wenn es nötig wäre. Sie nahm ein Bad und zog sich an. Dann machte sie den Abwasch und holte die Unterlagen, die sie am Tag zuvor von Oda Winther bekommen hatte. Gestern hatte sie das meiste davon gelesen, bis ihr die Augenlider schwer wurden, aber es waren immer noch ein paar Seiten übrig. Wie die Briefe, die Louise Engtoft geschrieben hatte, berichteten auch Ole Winthers Notizen über eine deutliche Besserung von Josefines Gesundheitszustand. Wegen der lateinischen Namen und Bezeichnungen, die sie nicht kannte, verstand sie nicht alles, was dort stand. Außerdem war die Handschrift des Arztes nicht immer gleich gut lesbar. Mit einer neuen Tasse Kaffee setzte sie sich auf die Bank. Sie hoffte, dass sich aufklärte, warum ihr Vater Dr. Winther gebeten hatte, die Behandlung einzustellen, aber darüber ging der Arzt leicht hinweg. Das Letzte, was er geschrieben hatte, war eine kurze Notiz darüber, dass er die Behandlung aufgegeben hätte und ein anderer Arzt übernehmen würde. Danach gab es nichts mehr. Sie lehnte sich mit einem Gefühl tiefer Enttäuschung zurück.
Das Einzige, was sie den Papieren hatte entnehmen können, war, dass Louise Engtoft die Wahrheit gesagt hatte. Ole Winther hatte sie mehrfach als tüchtige und kompetente Krankenpflegerin erwähnt. Wer hatte sie ermorden wollen und wie weit war die Polizei mit ihren Ermittlungen?
Sie wusste, dass sie mit Gustav und Carola gesprochen hatten, und natürlich konnten sie sie selbst zu nichts gebrauchen, wenn sie damals erst vier Jahre alt gewesen war. Oder doch? Könnte sie der Polizei wirklich helfen, wenn sie ihnen erzählte, was sie wusste?
Sie zuckte zusammen, als das Handy klingelte.
»Sabrina«, meldete sie sich kurz, ohne auf die Nummer zu achten, da sie damit rechnete, dass es jemand war, den sie kannte. Vielleicht Peter, dem sie nach mehreren vergeblichen Anrufen Nachrichten auf dem Anrufbeantworter hinterlassen hatte.
»Ist da Sabrina Dahl?«
Sie bejahte und hörte zu, ohne besonders erstaunt über die Anfrage zu sein. Es war einer dieser Journalisten, von denen sie lange damit gerechnet hatte, dass sie sie kontaktieren würden. Es war nur eine Frage der Zeit gewesen, bis sie herausfanden, dass sie zu der Familie gehörte, für die die Krankenpflegerin bis kurz vor ihrem Tod gearbeitet hatte. Den

Journalisten war wohl noch nicht aufgegangen, dass sie nichts wusste. Sie waren nur auf eine aufsehenerregende Story aus. Trotzdem willigte sie darin ein, dass die Journalistin herkommen und mit ihr sprechen durfte. Vielleicht konnte sie ihr mehr Informationen geben und sie beraten, was sie machen sollte. Denn sie wusste bald nicht mehr, wo ihr der Kopf stand und was sie tun sollte.
»Anne Larsen«, stellte sich die Journalistin vor, als sie kurz darauf in den Eingangsbereich trat, in dem Schuhe und Mäntel so viel Platz einnahmen, dass sie kaum die Tür öffnen konnte. Es hatte nicht lang gedauert, von der Redaktion hierher zu kommen.
Sie setzten sich an den Küchentisch und die Journalistin nahm dankend eine Tasse Kaffee an. »Wir sind ja bei Oda und Ole Winther – dem Arzt – fast zusammengestoßen«, eröffnete sie das Gespräch.
»Wirklich? Hab ich gar nicht mitgekriegt.« Sabrina fragte sich, was die Presse dort gewollt hatte.
»Sie fuhren gerade weg, als wir kamen. Tolles Auto übrigens mit *Nein zur EU* an der Heckscheibe und so. Dafür habe ich mich damals auch eingesetzt.«
Anne Larsen trank aus der Tasse und warf ihr einen verschwörerischen Blick zu, der Sabrina ein bisschen beklommen fühlen ließ. Sie hatte nie eine Meinung zu Politik gehabt. Es langweilte sie, also kümmerte sich Peter um so was. Er war, soviel sie wusste, sehr für die EU. Ihrer Meinung nach könnte es egal sein, wer an der Macht war und ob Dänemark in der EU war oder nicht; es beeinflusste ihren Alltag nicht, nur wenn sie anfingen, an etwas herumzufummeln, das die Bedingungen für die Kranken und Sterbenden verschlechterte.
»Das ist das Auto meiner Freundin, das ich mir ausgeliehen habe«, wich sie aus.
»Ach ja, Sie wohnen ja sonst in Italien, stimmt's?«, fragte die Journalistin, obwohl sie es logischerweise schon wusste.
»Ja. Mein Mann arbeitet in Italien. Ich hatte mich entschieden, Urlaub zu nehmen und mit ihm zu gehen. In einem halben Jahr ziehen wir wieder heim nach Dänemark.«
»Finden Sie es ansonsten nicht schön in Italien?«, machte die Journalistin mit der Konversation weiter.
»Doch, besonders in Süditalien«, erwiderte sie.

»Der Kriminalkommissar, der in den Mordfällen ermittelt, kommt ja aus Süditalien. Haben Sie mit ihm gesprochen?«
Ihr wurde klar, dass das eine clevere Taktik war, sie dazu zu bringen, etwas zu verraten, aber sie konnte ehrlich antworten, dass sie nicht mit der Polizei gesprochen hatte. Das schien die Journalistin zu freuen, sie war als Erste an der Quelle.
»Sie haben einige Unterlagen mitbekommen, die der Arzt geschrieben hatte, meinte Oda Winther. Haben Sie die noch?« Anne Larsen lächelte freundlich, aber ihre Augen leuchteten vor Gier.
»Diese Papiere betreffen die Krankheit meiner Mutter und gehen die Polizei nichts an – und die Presse erst recht nicht«, gab sie zu verstehen und konnte hören, dass sie direkt unfreundlich klang. Die Journalistin reagierte auch mit einem beleidigten Gesichtsausdruck, aber dann setzte sie stattdessen eine sehr ernste Miene auf.
»Alles, was diese ermordete Krankenpflegerin betrifft, geht in allerhöchstem Maße sowohl die Polizei als auch die Presse etwas an. Wir, die Presse, wollen Sie gerne dafür bezahlen, um diese Unterlagen zu sehen«, betonte sie und sah sie direkt an. »Und war da nicht auch was mit ein paar Briefen, die die Krankenpflegerin an Ihre Großmutter geschrieben hat?«
»Diese Briefe handeln auch nur von der Krankheit meiner Mutter und sind privat«, insistierte sie in der gleichen ernsthaften Stimmlage wie die Journalistin und versuchte, ihre Entrüstung zu mäßigen.
Anne Larsen lehnte sich irritiert auf ihrem Stuhl zurück und sah aus, als ob sie genau überlegte, wie sie den Ernst der Lage erklären sollte. Dann beugte sie sich über den Tisch zu ihr rüber. »Die Polizei ermittelt hier in zwei Mordfällen – oder besser gesagt drei. Heute Morgen wurde im Marselisborg-Wald eine Frauenleiche gefunden. Sie haben bestimmt keine Nachrichten im Radio gehört«, schlussfolgerte sie. »Genau in diesem Moment arbeiten sie wohl an der Obduktion, und falls es sich zeigt, dass es der gleiche Mörder ist, dann reden wir hier von einem Serienmörder. Kein Wort, das wir hier in Dänemark besonders gerne mögen, oder?«
Sabrina rutschte unruhig auf der Küchenbank hin und her und senkte den Blick. Noch ein Mord? Was ging hier vor, und konnte es wirklich mit dem Mord an der Krankenpflegerin ihrer Mutter zusammenhän-

gen? Der Glaube, sie könnte mit dem hier allein fertig werden, begann zu wanken, aber dennoch antwortete sie so gefasst sie konnte. »Ich kann immer noch nicht erkennen, was die Krankheit meiner Mutter mit dem Ganzen zu tun hat. Das ist doch Zufall, dass die Krankenpflegerin bei uns war, kurz bevor sie verschwand. Keiner weiß, ob sie danach noch woanders hin musste, und solche Tragödien passieren doch da, wo man es am wenigsten erwartet. Zur falschen Zeit am falschen Ort.« Sie wusste genau, dass es banal klang, aber wünschte sich mehr als alles andere, dass die Journalistin wieder gehen würde. Was bildete die sich ein, hierherzukommen, in der Krankheit ihrer Mutter herumzuschnüffeln und sie auch noch bestechen zu wollen?
Anne Larsen stand erhitzt auf. »Ich kann Sie natürlich nicht zwingen, diese Papiere herauszugeben, aber die Polizei kann es, wenn sie das hier erfährt. Die kommen mit einem Durchsuchungsbefehl, und dann können Sie nichts machen.«
Sie fasste das als Drohung auf, auch wenn in den Augen der Journalistin nur Sorge lag. Sie sah traurig aus, weil die eine Augenbraue ein wenig herunterhing. Das sah wie eine Narbe aus. Einen kurzen Augenblick bereute sie, so abweisend gewesen zu sein. Es war nicht ihre Absicht gewesen, ihren Widerwillen so deutlich zu zeigen. Die Journalistin machte ja nur ihre Arbeit. Aber jetzt war es zu spät, das auszubügeln. Zu ihrer Erleichterung klingelte das Handy im Rucksack der Journalistin. Mit einem genervten Gesichtsausdruck nahm sie den Anruf entgegen. Sie hörte zu und hielt währenddessen mit ihr Augenkontakt.
»Ich komme sofort«, sagte sie kurz angebunden ins Telefon und legte auf. »Ich muss leider gehen. Pressekonferenz im Polizeipräsidium wegen des neuen Mordes. Jetzt haben sie die Frau sicher identifiziert und herausgefunden, dass die Morde zusammenhängen.« Plötzlich beugte sie sich zu ihr, beide Hände auf die Tischkante gestützt. Ihre Gesichter waren sich sehr nah. Sie spürte den Atem der Journalistin in ihrem Gesicht, und die Stimme hatte einen leicht drohenden Unterton. »Ich bin mir sicher, dass die Morde etwas mit Ihrer Mutter zu tun haben. Ihre Krankenpflegerin wurde ermordet und ein Arzt, den die Polizei natürlich noch nicht in Verbindung mit der Krankenpflegerin bringen konnte, ebenfalls – und jetzt eine Frau.« Sie richtete sich wieder auf und schulterte den Rucksack. »Falls die Polizei herausfindet, dass der

ermordete Arzt, Helge Vangberg, und der neue Mord auch eine Verbindung zu Ihrer Familie haben, kann ich Ihnen versprechen, dass Sie diese Unterlagen aushändigen müssen.«

Schweigend folgte sie Anne Larsen hinaus in den Eingangsbereich. In der Tür drehte sie sich um und sah sie eindringlich an. »Ich finde, Sie sollten kooperieren, Sabrina. Haben Sie daran gedacht, dass Sie mit Ihrem Wissen selbst in Gefahr sein könnten?«

Sabrina knallte die Tür hinter ihr zu. Lange stand sie mit dem Rücken gegen die geschlossene Tür gelehnt und hörte die Schritte schnell die Treppe hinunter verschwinden. Als alles wieder still war, fing sie an zu zittern. Helge Vangberg, hatte die Journalistin gesagt. Sie ging zur Küchenbank und begann in den Zeitungen zu wühlen. Sie fand die wieder, in der der Name des Arztes erwähnt war. Als sie den Artikel das erste Mal gelesen hatte, hatte sie nicht darauf geachtet. Sie holte Ole Winthers Notizen und las die letzten Zeilen erneut.

Auf Wunsch der Angehörigen habe ich die Behandlung eingestellt. Sie wird per 1. Dezember 1983 an Dr. Helge Vangberg übertragen.

35

Isabellas Gesicht war vor lauter Eifer ganz erhitzt, als sie in sein Büro kam und erzählte, dass sie Knud Engtoft gefunden hatten. Er hatte seine Kreditkarte im Minisupermarkt auf dem Campingplatz Blommehaven benutzt – nicht gerade ein cleverer Schachzug, wenn man nicht gefunden werden wollte.

»Nicht weit von der Mord- und Fundstelle«, konstatierte Roland düster. Er war erleichtert über noch eine gut überstandene Pressekonferenz. Kurt Olsen hatte darauf bestanden, dass er nach der Obduktion daran teilnahm. Die war schlimmer als die anderen gewesen. Die Lüftung kam überhaupt nicht hinterher. Jetzt war Roland schlecht. Wenn man erst mal Bekanntschaft mit diesem Geruch gemacht hatte, vergaß man ihn nie. Er war süßlich, durch und durch faul und setzte sich in der Kleidung, den Haaren – überall – fest. Wenn man dachte, dass es nun überstanden wäre, stieg er unverhofft wieder in die Nase. Die Frau wurde als Annemette Knudsen identifiziert, zweiundfünfzig Jahre alt und Kellnerin im Nachtclub NightCap, einem der schickeren Nachtclubs in der Thorvaldsenstraße. Unmittelbar gab es keine Verbindung zu dem Arzt und der Krankenpflegerin. Abgesehen davon, dass die Mordwaffe die gleiche sein konnte, mit der Helge Vangberg getötet wurde. Der Zustand der Leiche machte es Henry Leander schwer, es präzise auszumachen, aber die Vorgehensweise schien die gleiche zu sein. Viele aggressive Hiebe in den Brustkorb mit einem Messer. Es hatte eine Rippe getroffen, und der Abdruck, den es hinterlassen hatte, zeigte, dass es ein Messer sein konnte, von dem die Spitze abgebrochen war.

Aber es konnte natürlich auch einfach ein ganz anderer Typ Messer sein. Es gab keine Spermaspuren oder Zeichen einer Vergewaltigung. »Aber«, hatte Leander geseufzt, »es gibt auch vieles, was wir bei einer fast vier Tage alten Leiche nicht entdecken. Diese merkwürdigen Fasern in ihrem Mund waren auch in der Lunge. Sieht so aus, als ob es Haare sind. Tierhaare. Ich habe sie zur Analyse geschickt, damit wir erfahren, um welches Tier es sich handelt. Vielleicht sind die einfach von ihrem eigenen Hund oder ihrer Katze. Also, falls sie Haustiere hatte.« Als Todeszeitpunkt wurde die Nacht zwischen Samstag und Sonntag festgesetzt, und sich genauer festzulegen traute Leander sich nicht. Niels Nyborg war zu dem Nachtclubbesitzer gefahren, der das Personal zusammentrommeln wollte, damit sie dahinter kommen konnten, wann genau die Kellnerin von der Arbeit nach Hause gegangen war und ob sie allein gewesen war.

»Ich spüre, dass wir dem Mörder jetzt auf den Fersen sind. Er wohnt anscheinend in einem Wohnwagen, wenn er nicht in Afrika ist. Komisch, dass er ihn nicht einfach in einen Wald oder so stellt, wo er anonymer ist«, meinte Isabella.

Er sah sie milde an. »Es ist verboten, auf Rastplätzen, Straßen, im Wald oder am Strand zu campen. Die Stellen, an denen er nicht entdeckt werden würde, sind so weit in einem dichten Wald drin, dass er auch den Wohnwagen nicht mit dorthin bekommen würde. Wenn er sich wirklich verstecken will, ist ein voller Campingplatz tatsächlich nicht der schlechteste Ort.«

Isabella nickte verständnisvoll. »Wurden auf der Kanüle Fingerabdrücke gefunden?«

»Wir haben noch nichts gehört. Es sind auch keine weiteren Kanülen gefunden worden. Kurt hat ein paar Techniker losgeschickt, um das

Gelände weiter zu durchsuchen. Es ist ja nicht ungefährlich, wenn die herumliegen und auslaufen.«
»Vertraut er uns nicht?« Isabella spielte die Gekränkte.
»Offenbar nicht. Aber dann wurde ja befunden, dass sie entfernt wurden. Vielleicht von Knud Engtoft. Jetzt unterhalten wir uns gleich mal mit ihm.«
Sie sah so aus, als ob sie bereit wäre, sofort auszurücken, um ihn zu holen, aber er wollte sie nicht dabeihaben. Man wusste nie, was sie in dem Wohnwagen erwartete, und mit so etwas wollte er sie gerne noch ein bisschen verschonen. Er musste ihr eine andere Aufgabe geben und Mikkel Jensen erreichen.
»Ich hätte gerne, dass du – zusammen mit Kim – Helge Vangbergs, Bente Louise Engtofts und …« er schaute in dem Obduktionsbericht nach, um sich den letzten Namen wieder ins Gedächtnis zu rufen, »Annemette Knudsens Vergangenheit untersuchst, damit wir alle Verbindungen mitbekommen. Sie können zum Beispiel beide Patienten bei dem Arzt gewesen sein, oder was ihr halt aufstöbern könnt. Alles ist von Interesse. Und würdest du Mikkel Jensen zu mir schicken?« Er sah sie nicht an, um ihre Enttäuschung nicht sehen zu müssen, aber er hörte sie trotzdem in ihrer Stimme, als sie »okay« antwortete und hinausging, ohne die Tür zu schließen.

Wenn man campen wollte, war Blommehaven nicht die schlechteste Wahl, musste er einräumen, als er sich dem Campingplatz näherte, der hübsch im Herbstwald auf beiden Seiten des Ørneredewegs lag. Die eine Hälfte direkt am Meer mit eigenem Badestrand und -steg. Nur fünf Kilometer vom Aarhuser Zentrum entfernt in Dänemarks schönstem Wald- und Naturgebiet, wie die Aarhuser selbst sagen würden – und jede Menge Service-Einrichtungen. Rolands Schwiegereltern campten hier jeden Sommer, was ihnen eine gute Entschuldigung gab, ihre Tochter und ihre alte Villa in Højbjerg zu passenden und unpassenden Zeitpunkten zu besuchen. Wenn sie kamen, führten sie sich immer so auf, als ob sie noch dort wohnten. Seine Gedanken nahmen wieder eine Abkürzung zu dem Landhaus bei Skåde. Auch die nervigen Szenen wäre er los, wenn sie etwas ganz Eigenes hätten. Er konnte einen tiefen Seufzer nicht zurückhalten.

»Ja, hier ist es wirklich schön, nicht?«, fand Mikkel Jensen, der den Laut missverstand. Er sah ganz entzückt aus, während er aus dem Seitenfenster schaute. Roland nickte. Er hoffte, dass er nicht auf Dagny und Carl Ernst stieß, aber ihre Campingsaison war jetzt, Anfang Oktober, glücklicherweise bestimmt schon vorbei, obwohl der Sommer lange geblieben war. Als sie ausstiegen, wurden sie sofort von dem Geruch des Meeres, des Waldes und des Campingplatzes getroffen, auf dem jemand anscheinend grillte. Ein Mitarbeiter an der Information empfing sie freundlich und teilte ihnen mit, dass Knud Engtofts fester Platz die Nummer 300 A sei. Er zeigte in die Richtung zum Meer.
Es dauerte ein wenig, bis sie den Platz fanden, wo ein älterer Wohnwagen vom Typ Wilk mit blauen Streifen geparkt war. Das Logo stand hinten auf dem Wagen neben dem Namen des Händlers. Auf dem Dach war eine schiefe TV-Antenne befestigt. Die Gardinen waren zugezogen und er sah unbewohnt aus. Er klopfte an der Tür und lauschte; es war lange still, aber dann hörten sie drinnen Unruhe und kurz darauf eine heisere, verschlafene Stimme, die wissen wollte, wer sie waren.
»Kriminalpolizei«, antwortete er und lauschte wieder. Mikkel Jensen stand hinter ihm und sondierte das Terrain. Die Tür wurde langsam geöffnet, und ein Typ, der wie ein Wilder aussah, steckte den Kopf heraus, ohne die Tür ganz zu öffnen.
»Habt ihr Dienstmarken?«, fragte er und schaute sich nervös um. Bei Mikkel stoppte er jäh. Roland stellte sie beide höflich vor und grübelte, wovor ein so trainierter Mann hier draußen Angst haben konnte. Sie zeigten ihre Dienstmarken. Knud Engtoft ließ sie ein.
Hier war es noch enger und stickiger als in Rolands Büro. Bei jedem Atemzug kam schlechte Luft mit. Sie setzten sich auf eine Art knallbuntes Plüsch-Ecksofa mit verschnörkelten Blumen- und Blättermustern in braunen Nuancen. In der Ecke lag ein Kissen, das nicht ganz zu den anderen passte. Er musste den Bauch ziemlich einziehen, um zwischen Klapptisch und Sofalehne zu passen. Auf dem Tisch auf einer fleckigen Wachsdecke, ebenfalls in braunen Nuancen, lag ein Päckchen Dunhill Lights Zigaretten in einer metallicblauen und silberfarbenen Schachtel, die ganz sicher in Afrika gekauft worden war. Roland schaute sehnsüchtig auf ein paar Zigaretten, die herausguckten, und kaute energischer auf seinem Kaugummi. Knud Engtoft lachte, und seine blauen Augen

schillerten, wie es nur die eines richtigen Abenteurers taten. »Hier hat wohl jemand mit Rauchen aufgehört«, kommentierte er lachend und nahm eine Zigarette aus dem Päckchen. Er zündete sie provokant mit übertriebenen Bewegungen an und nahm einen tiefen Zug. Dann bot er das Päckchen lockend Roland und Mikkel an, die beide dankend ablehnten. Hemmungslos pustete er den Rauch langsam über ihre Köpfe, während er sich auf einen kleinen Klapphocker setzte, der aussah, als ob er gleich unter ihm zusammenbrechen würde. Tattoos wanden sich über seine Oberarme. Die Motive waren schwer zu deuten und sahen mehr wie blaue Flecken auf der sehr sonnengebräunten Haut aus. Roland schätzte, dass sie auf dem Rücken weitergingen. Die dünnen, grauen Haare waren im Nacken zu einem kurzen Pferdeschwanz gebunden. Aber abgesehen davon hatte er nette Züge, und als junge Leute mussten sie ein hübsches Paar abgegeben haben, er und Bente Louise.

»Wusstet ihr«, begann Knud und klopfte auf das Päckchen, sodass eine Zigarette auf den Tisch kullerte, »dass die Zigarettenindustrie jetzt angefangen hat, auf die Dritte Welt zu setzen, weil hier im Westen alle mit dem Rauchen aufhören?« Er sah sie anklagend an. »Sie suchen die Gebiete auf, wo sich Kinder aufhalten, und verteilen Gratiszigaretten an sie, um sie abhängig zu machen. Die suchen sich bewusst Länder mit 'ner schwachen Gesetzgebung aus.« Er schnaubte, sodass der Rauch zu den Nasenlöchern herauskam. »Die großen Tabakfirmen haben auf diese Weise ihren Reingewinn faktisch verdoppelt, statt – wie man glauben sollte – Umsatzeinbußen hinnehmen zu müssen. Das kommt davon, wenn ihr aufhört zu rauchen.« Er nahm einen neuen Zug von der Zigarette und sah Roland direkt in die Augen, als er den Rauch zwischen den Lippen raussickern ließ.

Diese Augen waren voller Lebenserfahrung. Es gab keinen Zweifel daran, dass sie schon ziemlich viel gesehen hatten. Aber hatten sie auch vor fünfundzwanzig Jahren Bente Louise sterben und ihren Körper im Moor versinken sehen?

»Na, aber was will die Kriminalpolizei von mir? Hat es was mit Louise zu tun?«, fragte er unverhofft.

Roland saß angespannt auf dem schmalen Sofa. Er hatte Krämpfe in den Beinen und fast ein schlechtes Gewissen, weil er schuld daran war, dass die Tabakindustrie jetzt Zigaretten an Kinder in der Dritten Welt verkaufte. Gleichzeitig fiel ihm wieder ein, warum er Campingurlaub hasste. Aber Knuds direkte Frage beeinflusste ihn auch. Entweder war er ein völlig skrupelloser Mann oder ein gewissenloser Psychopath.

»Ja, wir würden tatsächlich gerne mit Ihnen über Ihre Ehefrau sprechen«, antwortete er ruhig und bemerkte flüchtig, dass Knud Engtoft nicht länger seinen Ehering trug. Bente Louise hatte das auch nicht getan, aber ihrer war vermutlich im Moorschlamm verschwunden.

Knud stand auf, um einen Aschenbecher zu holen, während Roland sich im Wohnwagen umsah, was Mikkel bereits getan hatte und blass geworden war. An dem einen Ende standen Regale voller afrikanischer Souvenirs. Masken, aus Holz geschnitzte wilde Tiere, Schmuck, Geweihe von Antilopen und anderen afrikanischen Böcken. Mikkel stieß ihm unauffällig den Ellbogen in die Seite und nickte in Richtung einer Ecke rechts neben Knud, der einen vollen Aschenbecher in den Mülleimer leerte. Jetzt entdeckte auch Roland das schwarze Nashorn aus Ebenholz, das auf dem Regal stand.

»Wenn ihr wissen wollt, wer sie in diesem Moor zurückgelassen hat, dürft ihr nicht mich fragen. Ich weiß es nicht.« Er setzte sich wieder auf den kleinen Hocker und stellte den Aschenbecher mitten auf den Tisch, sodass der Geruch Rolands Nase erreichte. »Aber ich habe versucht, euch durch die Presse zu warnen. Jetzt seht ihr wohl, dass ich die Wahrheit gesagt habe?« Er sah nicht schuldbewusst aus, sondern wie ein Mann ohne Leichen im Keller, aber das bezweifelte Roland.

»Sie haben also beim *Tageblatt* angerufen?«, fragte Mikkel.

»Ja, verdammt. Ich wollte euch doch warnen und bitten, auf der Hut zu sein.«

Hätte er dabei nicht triumphierend gelächelt, hätte es wie eine freundliche Geste klingen können, aber jetzt setzte Roland eine schroffe Miene auf. »Wenn Sie uns warnen und bitten wollten, auf der Hut zu sein, sind das dann die gleichen *Gefahren*, die sie selbst fürchten?«

Knuds Augen flackerten einen kurzen Augenblick, aber dann lächelte er wieder. »Ich?! Ich fürchte mich echt nicht vor vielen Dingen – doch, vor einem Löwen im Gestrüpp oder dem jähzornigen Trompeten eines Elefanten«, gab er selbstsicher zurück.

»Und vor wem haben Sie uns dann gewarnt? Eine nähere Beschreibung wäre angebracht.« Mikkels Stimme hatte den erhitzten Unterton angenommen, bei dem Roland immer wachsam wurde.
»Ich dachte, das würde die Polizei herausfinden. Louise wurde ermordet, daran gibt es ja keinen Zweifel. Ich konnte mir ausrechnen, dass der Mörder nicht wollte, dass das Verborgene ans Licht kommt. Er denkt sicher, dass nun nach so vielen Jahren alles in Ordnung und vergessen ist – the perfect crime. Und jetzt muss er plötzlich wieder auf der Hut sein. Es muss welche geben, die was wissen, und jetzt will er auch denen ans Leben, bevor sie zu viel ausplaudern.« Danach schüttelte Knud den Kopf, als wollte er »was weiß ich davon« sagen. Er lehnte den Rücken gegen den Kühlschrank und sah sie an. »Manchmal ist es besser, die Vergangenheit und die Toten in Frieden ruhen zu lassen«, sagte er.
»Sind Sie selbst einer von denen, die etwas wissen? Ist es der Mörder, vor dem sie Angst haben?«, provozierte Roland.
Knud stand wieder auf und öffnete den kleinen Minikühlschrank. Er wirkte rastlos. Es lag nur Dosenbier darin. »Wollt ihr eins haben?«, fragte er und knallte die Tür fest zu, als die beiden dankend ablehnten. Er öffnete das Dosenbier, sodass es spritzte, antwortete aber nicht auf Rolands Frage.
»Warum sind Sie nach Dänemark zurückgekommen? Nur, um uns zu warnen?«, erkundigte sich Mikkel sarkastisch.
»Auch hier in Dänemark gibt es Dinge, um die man sich kümmern muss. Ich bin ja kein afrikanischer Staatsbürger, und Dänemark ist mein Heimatland, auch wenn ich Afrika genauso sehr liebe. Es gibt so viele da unten auf dem vergessenen Kontinent, die Hilfe brauchen.« Er trank einen Schluck aus der Dose und wischte sich über den Mund.
»Womit genau beschäftigen Sie sich in Afrika?«
»Hach, ein bisschen von allem. Hauptsächlich Safari. Ich führe abenteuerlustige Touristen, die das Bedürfnis nach Nervenkitzel haben und nah an die wilden Tiere kommen wollen.«
»Lohnt sich das?«
»Tjaaa, ich komm schon klar.«
»Gehen Sie auf Großwildjagd? Betäuben Sie wilde Tiere?«, fragte Mikkel.
»Ich war auf ein paar Großwildjagden, ja. Aber Tiere betäuben? Nee, das machen wir echt nicht. Wie erschießen die. Regulieren den Be-

stand.« Er drückte die Zigarette im Aschenbecher fester als nötig aus. »Worauf wollt ihr mit diesen Fragen eigentlich hinaus? Ich hab euch geholfen, so gut ich konnte. Jetzt liegt's an euch.«

Roland betrachtete die vielen afrikanischen Gegenstände mit einer Mischung aus Bewunderung und Abscheu. Einige davon waren wirklich tolle Kunstwerke, während andere direkt unheimlich waren. Die Masken zum Beispiel.

»Haben Sie auch Messer in Ihrer Sammlung?«, fragte er.

Knud nickte eifrig. »Massig! Jagdmesser, Dolche, Macheten – whatever. Warum wollen Sie das wissen?«

Roland war verwirrt. Entweder war Knud Engtoft ein gerissener Kerl, der selbst einen Lügendetektor belügen konnte, oder strohdumm, oder er verarschte sie gerade nach Strich und Faden.

»Das Nashorn da oben. Haben Sie noch mehr davon?« Er nickte in die Richtung.

»Ich verkaufe meine Sachen leider nicht«, entgegnete Knud, als ob er die Frage missverstünde.

»Die sehen sehr robust aus. Die brechen bestimmt nicht so leicht, da braucht man schon echt Kraft für, oder?« Mikkel wurde ungeduldig und wollte ein paar Antworten bekommen.

»Ebenholz ist eine starke Holzsorte, wenn das Holz kein ›brittleheart‹ bekommen hat, dann kann es brechen.«

Knud Engtoft hatte anscheinend keine Ahnung, warum diese Frage gestellt wurde, oder er tat einfach so.

»Was ist brittleheart?«, fragte Mikkel, bevor Roland den Mund öffnen konnte, um das Gleiche zu fragen. Es schlichen sich so viele Fremdworte in die dänische Sprache.

»Ihr kennt das bestimmt eher als brüchiges Kernholz. Das liegt an einem Pilzbefall im Baum.«

Roland schüttelte den Kopf. Mit Baumkrankheiten – überhaupt mit Bäumen – kannte er sich nicht aus. Für Gartenarbeit war Irene zuständig, und der Blutbuche in der Einfahrt hatte nie etwas gefehlt.

»Aber ungünstige Verläufe der Maserung im Baum können ihn auch weniger robust machen, die Stärke hängt von der Faserrichtung ab. Ich habe ein paar Holzfiguren gekauft, die diesen Defekt hatten, aber wenn die einfach als Deko rumstehen, passiert ja nichts. Ein alter Handwer-

ker in einem kleinen, armen Dorf in den Bergen macht die. Er weiß eine Menge über Bäume. Er war derjenige, der mir das erzählt hat. Ich kaufe in der Regel immer mal welche, damit die Familie wieder ein bisschen Geld für Essen hat«, fuhr Knud fort und sah fromm aus.
»Wie ich sehe, haben Sie nur ein Exemplar. Wo sind die anderen?«
»Ich verschenke einen Teil. Louise hat ein paar bekommen.« Er sah auf den Tisch und zupfte an einer Erhebung in der Wachsdecke.
»Können Sie sich erinnern, was an dem Abend passierte, als ihre Frau verschwand?« Roland stieß sich auf der Bank zurück, um den Krampf in dem einen Bein zum Verschwinden zu bringen.
»Das ist echt viele Jahre her. Aber ich sollte sie abholen.« Die Stimme war undeutlich und heiser. »Ich hab sie immer abgeholt, wenn sie abends auf Krankenbesuch war. Ich hab sie nie mehr gesehen.« Er schniefte und wischte sich die Nase mit der Handfläche ab. Die Augen waren rot geworden.
»Haben Sie ein Alibi für Freitagabend und übrigens auch für Samstag?«, wollte Roland wissen.
»Das sind doch die Tage, an denen die neuen Morde begangen wurden. Ich hab davon in der Zeitung gelesen.« Das Verschreckte in seinen Augen kehrte zurück. »Ich hab nichts gemacht. Am Freitagabend bin ich mit dem Flugzeug in Tirstrup angekommen und bin mit dem Flughafenbus zum Bahnhof gefahren. Von da aus habe ich ein Taxi hierher genommen. Das können sowohl der Taxifahrer als auch die Auskunft bestätigen.« Er dachte nach. »Am Samstag hab ich geschlafen, weil ich nach der Reise echt ein bisschen müde war. Und am Abend bin ich in eine Kneipe gegangen.«
»Kneipe? Sie meinen nicht zufällig einen Nachtclub?«
»Nein, ich geh hier in Dänemark nicht in Nachtclubs, die sind mir zu langweilig. Es war eine Kneipe – in der Nørrestraße. Weiß gerade nicht, welche.«
Roland nickte. »Wir überprüfen diese Informationen natürlich, aber wenn die nicht wasserdicht sind, hoffe ich, Sie hier anzutreffen!« Das war ein Befehl und das hörte man seiner Stimme an.

Sobald sie den Wohnwagen verlassen hatten, hörten sie, wie Knud Engtoft die Tür abschloss.

»Hätten wir ihn nicht mitnehmen sollen?«, fragte Mikkel.
»Mit welcher Begründung? Weil er ein Nashorn aus schwarzem Ebenholz besitzt?«
»Weil er afrikanische Messer hat und außerdem ein Sozialbetrüger ist«, sagte Mikkel zurechtweisend. Der Tonfall passte Roland nicht. Mikkel glaubte offensichtlich, er wäre schon befördert worden.
»Seine Frau war die Sozialbetrügerin. Und es ist nicht gesetzeswidrig, afrikanische Souvenirs und Messer zu sammeln, wenn er nicht damit herumläuft.«
»Aber das hat er vielleicht am Freitag und Samstag getan«, gab Mikkel zurück.
Sie setzten sich ins Auto. Roland schnallte sich an.
»Safari? Bringt es wirklich so viel ein, Safaritouristen zu führen, dass er sich all die Reisen nach Afrika und zurück mehrmals im Jahr leisten kann? Wenn die Dänen nah heran an wilde Tiere wollen, warum in aller Welt fahren sich dann nicht einfach zum Ree Park – Ebeltoft Safari?«
Die Frage hing in der Luft und wurde nicht beantwortet.
»Ich wette um ein Bier, dass wir weder einen Taxifahrer noch einen Mitarbeiter der Auskunft finden, der seine Geschichte bestätigen kann!« Mikkel schnallte sich mit einem hitzigen Ruck ebenfalls an.
»Dann buchten wir ihn ein«, stellte Roland fest und parkte rückwärts von Platz 300 A aus.
Im Wohnwagen wurden die Gardinen ein bisschen angehoben. Knuds Augen spähten zum Wald herüber.
»Er hat vor irgendetwas Angst«, murmelte Roland. »Wovor zum Teufel hat er Angst?«
»Bestimmt vor Löwen im Gestrüpp und dem jähzornigen Trompeten eines Elefanten«, antwortete Mikkel säuerlich und schaute mürrisch aus dem Seitenfenster.

36

Glücklicherweise waren nicht alle toten Körper, die auf seinem Tisch landeten, einem Verbrechen ausgesetzt gewesen. Es kamen auch tot Aufgefundene ins Rechtsmedizinische Institut, deren Todesursache er finden sollte. Meistens war es eine Person, die plötzlich tot umgefallen

war, und in vielen Fällen handelte es sich um einen Herzstillstand. Die allermeisten Obduktionen zeigten einen natürlichen Tod. Letztes Jahr hatten nur fünfundzwanzig von vierhundertachtundsiebzig Obduktionen Mord und Gewalt als Todesursache ergeben. Aber jedes Mal schoss ihm der gleiche Gedanke durch den Kopf – *Bereit zum Tod sei jederzeit, der nah ist, glaubst du ihn noch weit.*
Er steckte die Nadel in die zähe Haut und zog einen Faden durch. Es konnte wie eine unnötige Arbeit wirken, den Toten zusammenzunähen, wenn der Körper ohnehin entweder in die Erde oder eingeäschert werden sollte, aber sowohl aus ethischen als auch aus christlichen Gründen musste die Arbeit gemacht werden. Alle hatten das Recht, so würdig wie möglich von hier zu gehen.
Gerade hatte er die Routine einer Obduktion abgeschlossen. Eine Routine, die er ausführte, ohne an viel anderes zu denken als daran, seine Arbeit so korrekt wie möglich zu machen. Zuerst hatte er den Körper in dem sogenannten Y-Schnitt aufgeschnitten. Er hatte die Rippen auf Schäden untersucht und das Brustbein weggeschnitten, damit er Herz und Lunge untersuchen konnte. Vom Herzen hatte er eine Blutprobe genommen, die auf Alkohol, Drogen und andere Giftstoffe untersucht werden würde. In diesem Fall hier war der Mann kein Unbekannter, und es handelte sich nicht um ein Verbrechen, sodass das Blut nicht für eine DNA-Analyse als Identifikation oder Beweismaterial gebraucht wurde, wie es bei einem Mord der Fall gewesen wäre. Er hatte alle Organe entnommen, gewogen und genau untersucht. Den Kopf des Mannes hatte er auch untersucht. Die Ohren auf Blutungen. Die Zähne auf Schläge. Die Augen auf punktförmige Blutungen, die ein Zeichen für Ersticken sein konnten. Die Kopfhaut war er Haar für Haar durchgegangen, danach hatte er die Haut vom Schädel abgezogen und ihn mit einer Säge geöffnet, um das Gehirn zu untersuchen. Als er nun den Mann auf dem Stahltisch betrachtete, war es schwer zu erkennen, dass er vom Äußersten bis ins Innerste untersucht worden war. Kopf und Gesicht waren ohne Nähte; die waren in der Nackenregion vorgenommen worden. Nur die Y-Stiche, die sich über den toten Körper vom Schritt bis fast hoch zum Schlüsselbein erstreckten, zeigten, dass Leander bei ihm das Messer angesetzt hatte. Eine weitere Zahl in der Statistik über die ungesunde Lebensweise der Dänen, obwohl der Verstor-

bene nicht bemerkenswert übergewichtig gewesen war. Aber innerlich sah er nicht gerade gesund aus.
Entlang der weiß gefliesten Wand stand ein langer Stahltisch mit einem Metallwaschbecken mit kaltem und warmem Wasser. Die Hähne waren lange, durchsichtige Schläuche, die man lang ausziehen konnte, wenn der Rechtsmediziner spülen wollte. Der Stahltisch befand sich unter einer Reihe von Fenstern, durch die Licht in den Raum fiel. Es war nicht schwer gewesen, sich in den neuen Räumen im Gebäude 18 B der Uniklinik von Skejby einzugewöhnen, obwohl die erste Zeit chaotisch gewesen war, bis die Umzugskisten ausgepackt und die letzten Handwerker mit ihrer Arbeit fertig gewesen waren. Das war etwas ganz anderes als das alte, enge Institut, in dem sie aufgrund von Platzmangel die beiden ›Bauwagen‹ des Instituts hatten benutzen müssen, wenn sie Büroarbeit zu erledigen hatten, Besprechungen abhielten oder aßen. Die Forensische Chemie war auch mit aufs Land gezogen; sonst hatte sie sich viele Jahre lang ganze drei Kilometer entfernt in einem Laborgebäude der Psychiatrischen Klinik in Risskov befunden, was die Zusammenarbeit teilweise erschwerte. Jetzt waren sie in zwei Abteilungen aufgeteilt – Forensische Chemie im ersten Stock, die Gerichtspathologie und Klinische Rechtsmedizin im Erdgeschoss und Keller, mit Zugang für Krankenwagen und zu den Sektionsräumen. Die nähere Zusammenarbeit bot bessere Möglichkeiten, auch innerhalb der Forschung.
Er spülte die Instrumente, zog danach die Handschuhe aus und streckte den Rücken. Über den Stahltisch gebeugt zu stehen war keine Position, für die sein Körper noch besonders dankbar war. Wenn er nicht wegen der Jagd die langen Touren im Wald gehen und nicht mit der gleichen Routine wie die Zähne zu putzen jeden Morgen ›Die Fünf Tibeter‹ machen würde, wäre er zweifelsohne schon der Gicht erlegen. Der Gedanke an die Jagd erinnerte ihn wieder an den Arzt, Helge Vangberg, mit dem sie letzten Samstag hätten zusammen sein sollen. Etwas hatte sein Interesse geweckt, als er das Ergebnis der Gewebeproben, die zur näheren Untersuchung eingeschickt worden waren, entgegengenommen hatte. Er hatte es Julie gegenüber erwähnt, als sie frühstückten, und sie war sich mit ihm darin einig, dass es für den Fall wichtig sein könnte. Bei dem Gedanken an Julie lächelte er und sah auf die Uhr. Sie waren zum Mittagessen verabredet, und er freute sich schon. Sie

war ein Lichtblick in seinem Leben geworden, obwohl er sich nie hätte träumen lassen, dass eine Frau Mary ersetzen könnte. Untreue war ihm sehr zuwider. Roland Benito hatte einen Verdacht, das spürte er. Natürlich wusste er über Julies Ehe Bescheid. Aber sie hatte die ganze Zeit gesagt, sie würde die Scheidung einreichen, dass ihre Ehe schon seit vielen Jahren beendet sei. Der Ehemann sei ohnehin nie zu Hause, daher würde es keinen großen Unterschied machen, ihn zu verlassen. Ich will *dich* haben, Henry, hatte sie gesagt. Ich muss bald mal mit Asger reden. Aber das geschah nie. Nun kannten sie sich so lange, dass er, wenn nicht bald etwas passierte, die Sache selbst in die Hand nehmen musste. Sein Leben und seine gemeinsamen Interessen mit Julie zu teilen – Jagd, Insekten, Aufklärung von Mordrätseln und vieles mehr – war das Ziel für seine Zukunft geworden. Sobald sie geschieden war, würde er ihr einen Antrag machen. Er freute sich darauf, sie als seine Ehefrau vorstellen zu können. Sie Frau Leander nennen zu können. Ein Name, von dem er einst dachte, dass er ihn nie wieder sagen würde. Er machte Pläne, was er sich ausdenken könnte, um sie bestmöglich zu überraschen. Da er nicht besonders romantisch veranlagt war, war das eine große Herausforderung. Es wäre schön gewesen, Roland um Rat fragen zu können. Italiener waren doch so romantisch, daher hätte er bestimmt eine Idee, wie man sie von den Socken hauen konnte. Aber er sollte nicht involviert werden. Noch nicht. Er war ein Mann von Ehre und Moral, und die Ehe war ihm heilig. Das war einer der Gründe, warum er seinem alten Freund nicht von der Affäre mit Julie erzählt hatte. Bis die Scheidung geregelt war, sollte er nicht Bescheid wissen.
Bevor er ganz fertig damit war, hinter sich aufzuräumen, klopfte Julie an die Tür und steckte den Kopf hinein. Sie durfte nicht reinkommen; das erforderte eine andere Bekleidung als ihren beigefarbenen Herbstmantel und schwarze, modische Stiefel.
»Ich bin gleich fertig, Schatz. Zwei Minuten!«, rief er ihr zu.
Sie lächelte und nickte, bevor sie die Tür schloss. Er schaffte es gerade zu bemerken, dass sie gut aussah.
Eigentlich hatte er die Absicht gehabt, Benito wegen des Ergebnisses der Gewebeprobe zu kontaktieren. Er war sich sicher, dass es eine Bedeutung für die Beziehung des Mörders zu seinem Opfer hatte. Julies Theorie, dass die Tat einen persönlichen Hintergrund hatte, konnte

ganz und gar nicht ausgeschlossen werden, aber nun wollte er erst mal ein bisschen zusammen mit ihr zu Mittag essen.

37

»War sie wirklich so eine richtige Bitch?«, fragte Nicolaj nicht ohne Vergnügen in den grünen Augen und biss ein großes Stück Pizza ab.
Anne schüttelte leicht den Kopf. Sie hatte sich noch nicht ganz von dem Treffen mit Sabrina Dahl und ihrer feindlichen Haltung erholt.
»Ich glaube einfach, dass ihr der Ernst der Lage nicht klar geworden ist – bisher. Ich hatte gehofft, die Pressekonferenz würde enthüllen, dass es eine Verbindung zwischen dem Arzt, der Krankenpflegerin und der Kellnerin gibt. Das hätte sie bestimmt erschüttert, aber diese Verbindung hat die Polizei leider noch nicht gefunden«, seufzte sie und wischte sich den Mund mit einer Serviette ab.
Sie hatten Pizza bei Just-Eat.dk bestellt. Keiner von ihnen hatte Zeit, sie abzuholen. Thygesens Krankheit war besorgniserregend geworden. Sie hatten ihm einen ›Gute-Besserung‹-Strauß geschickt, für den sie zusammengelegt hatten. Weil sie nicht so viele waren, war der Strauß nicht besonders groß geworden, aber es war ja auch der Gedanke, der zählte. Kamilla war schweigsam, aber das konnte nicht nur an der Krankheit des Chefs liegen. Seit der Beerdigung hatte sie nicht viel gesagt und wirkte, als ob sie sich in einer anderen Welt befand. Offenbar war es traumatisch gewesen, an der Beerdigung ihrer Mutter teilzunehmen. Kurz dachte Anne an ihre eigene Mutter, die sie seit vielen Jahren nicht gesehen hatte. Sie wusste nicht einmal, ob sie noch lebte, aber es war ihr auch egal. Sie begann, die leeren Pizzaschachteln einzusammeln. Mads war draußen, daher mussten sie sich auch ums Telefon kümmern. Auch dieses Mal wusste niemand, wo er war. Die Tür zur Redaktion stand offen, aber es riefen nicht viele an. Es herrschte eine Art Weltuntergangsstimmung, als ob Thygesens Krankheit alles ins Stocken brachte.
»Ich weiß nicht, was zum Teufel hier vorgeht. Erst eine fünfundzwanzig Jahre alte Leiche in einem Moor, die sich als eine ermordete Krankenpflegerin entpuppt. Dann ein brutal ermordeter Arzt und jetzt eine Kellnerin, die das gleiche Schicksal wie der Arzt erlitten zu haben scheint. Die Polizei hat angedeutet, dass bei den letzten beiden

Morden das gleiche Messer verwendet worden sein könnte. Was ist das Motiv? *Ist* es wirklich ein Serienmörder?« Grimmig schmiss sie die Pizzaschachteln, die sie zu fast nichts zerknüllt hatte, in den Müllsack. So war das, in einer Wohnung mit Müllschlucker zu leben. Man lernte, den Müll zusammenzufalten, um nur ein Minimum zu füllen.

»Serienmörder?« Endlich wachte Kamilla mit einem erschreckten Ausdruck in den Augen auf.

»Glaubst du, es ist ein Serienmörder?« Nicolaj sah sie mit einem eher erfreuten Gesichtsausdruck an. Er hatte sich genau den richtigen Zeitpunkt ausgesucht, um Praktikant beim *Tageblatt* zu werden.

»Es deutet einiges darauf hin. Wir wurden ja – glücklicherweise – bisher hier in Dänemark von ihnen verschont.« Anne nahm seinen Pappbecher mit Cola, obwohl noch ein Schluck darin war.

»Hatten wir überhaupt schon mal einen?«, überlegte Kamilla und beeilte sich, das letzte Stück Pizza zu retten, bevor Anne die Serviette wegnahm, auf die sie es gelegt hatte.

»Wir hatten auf jeden Fall zwei Beispiele. Dagmar Overbye, die Anfang des zwanzigsten Jahrhunderts für neun Kindermorde verurteilt wurde, und 1994 dieser iranische Flüchtling, der immer noch auf unbestimmte Zeit in Nykøbing Sjælland in Sicherheitsverwahrung sitzt. Vielleicht haben wir dieses Jahr einen neuen Fall dazubekommen – oder ob wir vielleicht ganz zurück ins Jahr 1983 müssen?« Anne setzte sich resignierend auf einen Stuhl.

»Wie kommen wir weiter?«, fragte Nicolaj vorsichtig.

»Ich weiß es nicht. Wäre doch Thygesen hier!«

Nicolaj und Kamilla sahen sie überrascht an. Anne wusste selbst nur zu gut, dass es unglaubliche Worte aus ihrem Mund waren, aber sie hatte keine Ahnung, wie sie über diese Sache hier berichten sollte. Hatte sie Thygesen in anderen Fällen doch mehr um Rat gefragt, als sie sich selbst im Klaren gewesen war?

»Ob wohl Medizin oder Krankheit der gemeinsame Nenner ist? Eine Krankenpflegerin und ein Arzt«, schlug Nicolaj vor.

»Was zum Teufel hat eine Kellnerin mit Medizin oder Krankheit zu tun?«, fragte sie irritiert.

»Vielleicht verbindet Afrika sie«, sagte Kamilla, wohl um nicht völlig desinteressiert zu wirken.

»Da sagst du was. Lasst uns versuchen herauszufinden, ob die Kellnerin etwas mit Afrika zu tun hat. Die Verbindung der Krankenpflegerin besteht ja durch ihren Mann. Den habe ich erfolglos zu erwischen versucht. Ob der Arzt in Afrika gewesen ist, wissen wir nicht, vielleicht hat er da gearbeitet. Das sollten wir überprüfen.«
»Darum kümmere ich mich«, bot Nicolaj bereitwillig an.
»Okay, dann fahren wir beide zu einer der Kolleginnen der Kellnerin«, meinte Anne und sah Kamilla an. »Ich habe den Namen von einer bekommen, die wohl ein bisschen was über Annemette Knudsen weiß.«
Sie fühlte sich plötzlich ganz belebt. Nur Kamillas bekümmertes Gesicht dämpfte ihre Begeisterung ein wenig.

»Hat es was mit der Sache hier zu tun, dass du so – fremd wirkst? Oder mit der Beerdigung?«, fragte Anne, als sie im Suzuki saßen. Es war lange her, dass sie ohne Nicolaj, der Anne wie ein Schatten folgte, zusammen gewesen waren. Kamilla sah sie nicht an. Aber sie hatte den Nagel auf den Kopf getroffen. Sie fühlte sich fremd. Wie eine ganz andere Person, was sie eigentlich nach Tante Astrids überraschendem Bericht über ihre Mutter auch war. Aber sie hatte beschlossen, dass es ihr Leben nicht beeinflussen durfte, und glaubte, dass nur in ihrem Inneren völliges Chaos herrschte. Aber offensichtlich konnte man es auch sehen.
»Es war eine schreckliche Beerdigung. Erst jetzt denke ich darüber nach, wie einsam meine Mutter eigentlich war.«
»Das tut mir leid«, antwortete Anne beklommen. Lange fuhren sie schweigend, und die Gedanken kreisten in Kamillas Kopf. Es war eine Erleichterung, als Anne das Autoradio anstellte und das Lied ›My secret lover‹ die Stille übertönte.
Als sie bei der Adresse in der Søndervangs Allee angekommen waren, bog sie auf den Parkplatz vor dem Wohnblock ein und parkte so dicht wie möglich am Eingang.
Niemand öffnete, als Anne klingelte. Sie klopfte mit der geballten Faust, aber immer noch, ohne dass die Bewohner reagierten. ›*Ditte und Anders*‹ stand auf dem Namensschild. Sie wollten gerade wieder gehen, als sie ein Rascheln an der Tür hörten.
»Wer ist da?«, fragte eine verschlafene Stimme.

Kamilla schaute auf ihre Armbanduhr. Nur Leute, die Nachtschicht hatten, schliefen um diese Tageszeit.
»Wir kommen vom *Tageblatt.* Haben Sie Zeit, mit uns zu sprechen?«, fragte Anne durch den Briefschlitz. Die Tür wurde von Ditte geöffnet, die einen lilafarbenen Morgenmantel um sich gewickelt hatte. Abgesehen davon trug sie nur ein paar Herrensocken, die sicher Anders gehörten.
»Geht es um das mit Annemette?«, fragte sie und blinzelte gegen das Licht von den Dachfenstern des Treppenhauses. Anne nickte. Sie wurden in einen dunklen Flur und eine unaufgeräumte Küche gebeten, in der das benutzte Geschirr von mehreren Tagen herumstand. Ditte setzte sich müde auf einen Stuhl und strich sich die Haare aus dem Gesicht. Die roten Locken um ihren runden Kopf sahen echt aus. Sie war kräftig gebaut mit einem großen Busen und tat nichts, um ihn zu verbergen, als der Morgenmantel ein bisschen zur Seite glitt, während sie sich eine Zigarette anzündete.
»Wollt ihr eine haben?« Sie hielt ihnen die Prince-Schachtel hin, und Anne beeilte sich, eine Zigarette herauszunehmen. Ditte zündete sie mit ihrem Feuerzeug an. Kamilla wunderte sich über die scheinbare Gleichgültigkeit über den Tod einer Kollegin, aber die Erklärung kam schnell.
»Ich kannte Annemette nicht besonders gut. Eigentlich keiner von uns. Sie war ja viel älter als wir anderen. Tatsächlich über dreißig Jahre älter. Ich versteh auch nicht, warum sie den Scheißjob weiter machen wollte.«
»Als Kellnerin, meinen Sie?«
»Ja. Es war völlig lächerlich, dass sie in ihrem Alter in einem schenkelkurzen Rock rumgelaufen ist. Aber das ist ja im NightCap erforderlich.«
»Haben Sie am Samstagabend auch gearbeitet?«
»Ja, aber ich bin vor Annemette gegangen. Sie musste letzten Samstag die Kassenbons zählen.« Ditte schaute auf die Glut der Zigarette und dann plötzlich zu ihnen mit einem Ausdruck von Entsetzen in den Augen. »Gott sei Dank!«, rief sie aus. »Das hätte ja auch ich sein können!« Es sah aus, als ob ihr diese Tatsache gerade erst bewusst geworden war.
»Haben Sie mit ihr geredet, bevor Sie gingen?«
»Nein. Die Polizei hat mit uns allen gesprochen, aber wie gesagt gab es nicht besonders viele, die sie kannten. Ich weiß nur, dass sie allein in

einer Wohnung in der Nähe vom Botanischen Garten gewohnt hat. Sie war, glaub' ich, geschieden, oder was weiß ich. Jedenfalls hat sie wohl eine Tochter, hab ich gehört.« Sie streifte die Zigarettenasche in eine benutzte Kaffeetasse ab.
»Wie alt ist die Tochter?«, wollte Anne wissen.
Ditte zuckte mit den Schultern. »Ich hab gehört, sie ist in einem Heim für Behinderte.«
»Wissen Sie wo?«
Sie schüttelte gleichgültig den Kopf.
»Haben Sie gesehen, ob sie Samstagnacht allein nach Hause gegangen ist?«
»Ist sie wohl. In ihrem Alter, meine ich.« Ihre Augen blitzten einen Augenblick, darüber triumphierend, selbst noch jung zu sein. Sie war etwa Anfang zwanzig.
»Sie haben also nichts Ungewöhnliches bemerkt?«
Ditte saß lange da und drehte die Zigarette, während sie sie betrachtete, als ob sie sich darüber wunderte. »Es gab eine Schlägerei zwischen ein paar Gästen. Das passiert nicht so häufig. Es ist eigentlich ein ganz netter Ort. Annemette hat übrigens geholfen, sie zu trennen.« Sie lächelte, als ob es ein lustiges Erlebnis gewesen wäre.
»Hatte Annemette irgendwelche Bekannte aus Afrika?« Anne spreizte die Zigarette mit langer Asche ab, um zu zeigen, dass ihr ein Aschenbecher fehlte. Ditte verstand das Signal und holte einen. Er gehörte dem Nachtclub, das NightCap-Logo war mit Goldbuchstaben auf den Boden gedruckt.
»Nee, nicht, dass ich wüsste.« Sie dachte nach. »Übrigens war ein ungewöhnlicher Gast da«, fiel ihr ein. Sie hatte ein Auge auf Kamilla, die dabei war, die Kamera aus der Tasche zu holen. »Nee, du!« Sie wedelte mit der Zigarette in der Luft. »Ihr sollt keine Fotos von mir machen mit Morgenhaaren und im Morgenmantel! Nix da. Schluss mit lustig.« Kamilla packte die Kamera wieder ein. Sie fühlte sich allmählich überflüssig und der Job begann sie zu nerven. War überhaupt im Augenblick mit ihrem Leben unzufrieden. Sie hatte das Bedürfnis, allein zu sein und zu versuchen, sich selbst zu finden. Astrids Worte klangen immer noch in ihrem Kopf und lähmten das Gehirn. Sie waren das Einzige, worauf sie sich konzentrieren konnte.

Ditte sah wieder Anne an und wippte auf und ab, die Zigarette zwischen zwei dicken Fingern mit rot lackierten, künstlichen Nägeln.
»Der ungewöhnliche Gast war ein Mann. Er trank nur afrikanischen Likör. Er war übrigens an Annemette interessiert. Wir anderen Mädels haben uns darüber ein bisschen amüsiert. Sie war völlig verdattert und ihre Wangen waren rot. Das war auch total seltsam, weil er eigentlich echt gut aussah, obwohl er alt war.«
»Wie alt? Vater- oder großvateralt?«, fragte Anne.
»Äh, vateralt.« Ditte lächelte über das Wort.
»Wie alt ist Ihr Vater circa?«
Sie zuckte mit den Schultern und der Morgenmantel glitt noch weiter zur Seite, als sie sich streckte, um die Asche im Aschenbecher neben Anne abzustreifen. Kamilla konnte nicht aufhören zu starren. Mit diesem Busen musste Ditte beliebt sein.
»Kennen Sie seinen Namen?«
»Nee. Wir laufen ja nicht rum und fragen, wie die Kunden heißen. Ich hab mir einfach gedacht, das wäre ein Bekannter von ihrer alten Freundin. Die war mit einem halben ›Afrikaner‹ verheiratet, hab ich gehört. Er hat sicher meistens unten bei den Schwarzen gewohnt.«
»Wissen Sie, wie diese Freundin heißt?«
Ditte schüttelte wieder den Kopf und pustete Rauch aus dem Mundwinkel. »Nein. Ich weiß nur von Annemette, dass sie auch mal im NightCap gearbeitet hat, bevor der Nachtclub umgebaut und modernisiert wurde. Aber das ist echt ewig her. Das war lange, bevor ich geboren wurde.«
»Hat Annemette noch etwas anderes über sie erzählt? Zum Beispiel, wo sie wohnt?« Annes Stimme zitterte. Sie drückte die Zigarette im Aschenbecher aus, obwohl sie nicht ganz bis zum Filter geraucht war.
»Nein. Ich erinnere mich nur daran, dass Annemette mal gesagt hat, dass der Mann viel in Afrika rumgereist ist und richtig abscheuliche Souvenirs mit nach Hause geschleppt und verteilt hat. Annemette hatte garantiert einige davon rumstehen, einfach um nett zu sein. Wollt ihr übrigens einen Kaffee haben? Anders hat bestimmt nicht den ganzen getrunken.«
Sie schien wach zu werden und stellte eine Thermoskanne auf den Küchentisch. Der Kaffee konnte nicht mehr ganz frisch sein, wenn er am Morgen gemacht worden war. Warm war er auch nicht.

»Aber ich erinnere mich an eine fantastische Geschichte, die Annemette über diese Freundin erzählt hat«, verkündete Ditte, als sie sich wieder gesetzt hatte. »Während einer Nachtschicht hat sie einen Mann umfallen sehen und dachte erst, er wäre stockbesoffen. Sie hat ihn heftig geschüttelt und so wieder zum Leben erweckt. Als der Krankenwagen kam, hat sich herausgestellt, dass der Mann einen Herzstillstand gehabt hatte und sie ihm tatsächlich das Leben gerettet hat!« Ditte amüsierte sich und schüttelte den Kopf, sodass die roten Locken um sie tanzten. »Wisst ihr, was sie dann gemacht hat?«
Sie wartete ihre logische Antwort ab, bevor sie nach einer Kunstpause und einem Schluck Kaffee weitererzählte.
»Sie hat echt eine Ausbildung zur Krankenpflegerin angefangen.«

38

Dan Vang war der Einzige, auf den sie warteten. Roland trommelte ungeduldig mit den Fingern auf dem Tisch.
Die Tafel im Besprechungsraum war allmählich eine bunte Bildergalerie von mehr oder weniger unappetitlichen Fotos geworden, von einer braunen Mumie bis zu einer verwesten Leiche. Vielleicht hatte sich deshalb niemand aus dem Korb mit Brötchen und Teilchen bedient.
»Habt ihr einen Namen für den Welpen gefunden?«, erkundigte sich Niels Nyborg, um die Wartezeit zu überbrücken.
»Ja, wir haben ihn Angolo genannt«, gab Roland ein bisschen zurückhaltend Auskunft; er wollte sein Privatleben nicht mit der Arbeit vermischen. Die zwei Dinge sollten sauber getrennt bleiben. Rolando und Roland.
»Wie Winkel auf Italienisch. Heißt es das nicht?«, warf Isabella lebhaft ein und nahm sich als Erste aus der Thermoskanne.
»Genau, das heißt es. Er hat in dem einen Ohr einen Knick, das andere steht ganz gerade.«
»Oooooch«, ertönte es rund um den Tisch, wie wenn Frauen ein bezauberndes Baby sehen. Roland sah den kleinen Hundekopf vor sich und musste ihnen Recht geben. Er war wirklich ein bezaubernder Welpe.
»Ich habe mit Bjarne Lund von der Hundestreife gesprochen. Er will ihn sich sehr gerne mal anschauen, bevor er zwölf Monate alt wird. Vielleicht eignet er sich als Polizeihund. Willst du zum Hundeführer

avancieren, Roland?«, neckte Kurt Olsen ihn lächelnd. »Du kannst die Kosten für die Hundehaltung von der Steuer absetzen«, fügte er hinzu.

»Ja, ja. Das ist gut. Hat Irene auch schon erwähnt.« Er sah auf die Uhr und beschloss, ohne Dan mit der morgendlichen Dienstbesprechung zu beginnen. Es machte eigentlich keinen großen Unterschied, ob er teilnahm, obwohl er ein paar kleine, machbare Aufgaben für ihn hatte. »Wir sollten lieber mal sehen, dass wir in die Gänge kommen. Die positive Entwick...« fing er an und wurde unterbrochen, als Dan schnell hereinkam und sich zu einem Stuhl so nah wie möglich an der Tür schlich. Seine Wangen waren gerötet. Roland hoffte, vor Scham. Er murmelte eine fast unhörbare Entschuldigung und sah Roland aufmerksam an, der ihm einen vorwurfsvollen Blick zuwarf, aber nichts sagte. Es war schon so viel zu Dan Vang gesagt worden, ohne Wirkung.

»Die positive Entwicklung im Fall der Kellnerin ist, dass wir einen Tatort haben«, fuhr er fort. »Gestern am Spätnachmittag haben die Techniker einen Bereich am Waldboden gefunden, wo es Zeichen eines Kampfes gab. Die Blätter waren auffällig durchwühlt. Es hätte ein Tier sein können, zum Beispiel ein Fuchs, der seine Beute überfallen hat, aber die Analyse des Blutes zwischen den Blättern hat gezeigt, dass es ihres ist. Es hat ja in den Tagen, die vergangen sind, seit Annemette Knudsen getötet wurde, ziemlich viel geregnet, daher sind sie sich sicher, dass es viel mehr Blut gegeben hat als das, was sie gefunden haben. Es wurde ganz einfach weggespült. Aber sie haben keinen Zweifel daran, dass sie dort erstochen wurde. Als sie das Gebiet weiter ausdehnten, fanden sie ein paar Hundert Meter vom Tatort entfernt einen ihrer Schuhe, einen halben Kilometer weiter weg den anderen. Es deutet einiges darauf hin, dass sie vor dem Mörder geflohen ist, er sie aber im Wald eingeholt hat.«

Am Tisch war es sehr still. Roland sah ihre Augen vor Entsetzen schimmern, während sich die Szene in ihren Köpfen abspielte. Er beeilte sich weiterzumachen. »Leider müssen wir der Tatsache ins Auge sehen, dass der Täter gerissen und damit gefährlicher ist, als wir zunächst angenommen haben. Selbst wenn wir die Mordwaffe finden, sollten wir uns wohl keine Hoffnungen machen, Fingerabdrücke zu finden.«

»Wurden wirklich überhaupt keine gefunden? Also auch auf der Kanüle aus dem Hundezwinger nicht?«, hakte Mikkel nach.
»Niemand, der noch alle Tassen im Schrank hat, fasst M99 ohne Handschuhe an. Deswegen hat man auf der Kanüle keine Abdrücke entdeckt. Weder an den Fundstellen noch an den Tatorten wurde etwas von Bedeutung gefunden.«
»Was hast du von den Kolleginnen der Kellnerin erfahren, Niels?«
»Nicht viel. Keine kannte sie privat, und sie war offenbar nicht die Gesprächigste. Aber es sieht so aus, als ob sie den Nachtclub allein verlassen hat. Es haben jedoch einige bemerkt, dass ein Mann an der Bar mit ihr geflirtet hat, was wohl eine Seltenheit war.«
»Und wir kennen natürlich den Namen des Mannes?«
»Leider nein. Niemand hatte ihn zuvor gesehen und er hat bar bezahlt. Ich habe eine Beschreibung bekommen, die eigentlich auf jeden passt. Das Einzige, worin sich die Mädchen einig waren, war, dass er wie ein Gentleman wirkte. Er war nicht betrunken und trank nur ein paar Gläschen Likör.«
»Keine Videoüberwachung im Nachtclub?«
»Das Straßenstück beim Eingang wird überwacht. Ich habe das Band bekommen und werde es zusammen mit den Mädchen, die ihn gesehen haben, durchgehen. Aber der Nachtclub war letzten Samstag gut besucht, daher ist es reines Glück, falls jemand ihn eine ganze Woche später wiedererkennt.«
»Versuch's trotzdem«, ermutigte Roland ihn. »Will heute überhaupt niemand Brötchen haben?«
Die meisten nahmen ein halbes, und Niels reichte den Korb weiter an ihn. Er nahm ihn entgegen, während er Kaffee einschenkte.
»Eine der Kellnerinnen hatte gehört, dass Annemette Knudsen eine behinderte Tochter hat. Sie wohnt im Haslevænget – einem Behindertenheim, habe ich herausgefunden«, berichtete Niels.
»Wie alt ist sie?«
»Letzte Woche gerade zwanzig geworden.«
»Wurde sie behindert geboren?«
»Die, mit der ich im Heim gesprochen habe, wollte nicht so viel mitteilen, daher hat sie an eine Großmutter verwiesen. Also Annemettes Mutter.«

»Hat das Mädchen keinen Vater?«
»Ihr Vater soll Spanier sein, aber ob er hier in Dänemark wohnt, konnte ich nicht herauskriegen.«
Roland seufzte und biss ein Stück vom Brötchen ab. Es war still am Tisch, während alle kauten und ihn aufmerksam anschauten. »Mein Gefühl ist, dass wir die drei Morde als ein und denselben Fall betrachten können. Die Morde an Helge Vangberg und Annemette Knudsen können eine Kettenreaktion darauf sein, dass Bente Louise Engtofts Leiche im Moor gefunden wurde.«
»Du meinst also, dass derjenige, der vor fünfundzwanzig Jahren die Krankenpflegerin ermordet hat, so lange Ruhe gehalten hat, aber jetzt wieder anfängt, loszumorden?«, brummte Kurt Olsen skeptisch.
»So was in der Art. Solange die Leiche im Moor verborgen war, fühlte sich der Täter sicher und glaubte, er wäre mit dem Verbrechen gut davongekommen. Aber jetzt will er vielleicht diejenigen mundtot machen, die entweder etwas wissen oder gesehen haben, was ihn entlarven kann.« Roland schauderte bei dem Gedanken daran, wie leicht dieser Mord eine der gefürchteten Dunkelziffern in der Statistik hätte werden können. Wenn nicht diese zwei Jungs …
»Was habt ihr in dem alten Fall von 1983 herausgefunden?«, fragte Kurt.
»Da kriegen wir nicht mehr heraus. Arne Svendsen hat uns alles ausgehändigt. Wir sind die Unterlagen und diverses Beweismaterial von damals durchgegangen, aber obwohl die Technik heutzutage deutlich fortschrittlicher ist, ist da nichts mehr zu holen. Keine brauchbare DNA – und alte Schuhabdrücke sind ja nicht relevant. Die meisten haben ihre Schuhe nach so vielen Jahren wohl ausgewechselt. Wir haben die Zeugen, die noch leben, erneut verhört, aber keiner konnte mehr etwas beitragen. Die meisten hatten den Fall fast vergessen.«
Roland sah den Missmut in den Augen seiner Mitarbeiter und spürte seinen eigenen. »Der nächste Durchbruch wäre, wenn es eine Verbindung zwischen dem Arzt Helge Vangberg und seinem Mörder geben würde.« Er nickte zu Henry Leander, der zusammen mit Julie am Kopfende saß. Er hatte die beiden gebeten, an der Besprechung teilzunehmen.
»Wie wir uns wohl alle aus dem Obduktionsbericht erinnern«, begann Leander, »hatte Helge Vangberg eine Schrumpfleber.« Er machte Platz,

als Julie ihm Kaffee einschenkte, und reichte die Kanne weiter. »Eine Schrumpfleber kann auf viele Umstände zurückzuführen sein, wie Alkohol – der Arzt war dem ja nicht abgeneigt –, eine Erkrankung des Immunsystems, der Gallengänge, des Stoffwechsels oder zu viel Fett in der Leber, chemische Stoffe, einige Arten von Medikamenten und so weiter. Aber das Ergebnis der Gewebeprobe zeigte eine Leberentzündung vom Virustyp Hepatitis. Er hatte chronische Hepatitis B. Das wird aus dem abschließenden Obduktionsbericht hervorgehen. Im Durchschnitt vergehen circa fünfzehn Jahre von der Ansteckung bis zur Entwicklung einer Schrumpfleber.«

»Ist der Mann dann nicht todkrank gewesen?«, schlussfolgerte Isabella und sah sehr ernst aus.

»Nicht zwangsläufig. Chronische Hepatitis kann ganz ohne Symptome verlaufen.«

»Warum ist das eigentlich relevant?«, wollte Niels Nyborg wissen, der schwarze Mohnkörner von seinem Brötchen zwischen den Schneidezähnen hatte.

»Weil es ein Beweis dafür ist, dass Helge Vangberg sich in einem Gebiet aufgehalten hat, in dem Hepatitis B verbreitet ist – zum Beispiel in Afrika«, erläuterte Roland.

»Man kann Leberentzündung aber doch auch auf andere Weise kriegen«, protestierte Mikkel Jensen und nahm sich ein Plunderteilchen.

»Natürlich. Die Krankheit kann über das Blut eines Infizierten oder durch sexuellen Kontakt übertragen werden. In Dänemark kommt die Krankheit meistens bei Drogensüchtigen oder Homosexuellen vor.«

»Aber Helge Vangberg war vor vielen Jahren tatsächlich in Afrika, für ›Ärzte ohne Grenzen‹«, unterbrach Roland.

»Ich habe noch mal mit Victoria Vangberg gesprochen, aber sie weiß nichts davon, dass ihr Mann für diese Organisation gearbeitet hat, daher war das wahrscheinlich, bevor er sie getroffen hat. Hast du mit denen geredet, Kim?« Roland sah ihn abwartend an. Er hatte gerade von seinem Käsebrötchen abgebissen und kaute schnell fertig, bevor er antwortete.

»Ja. Ich habe mit einem Verantwortlichen gesprochen, aber nicht viele Informationen bekommen. Mir wurde jedoch anvertraut, dass Vangberg entlassen wurde.«

»Wissen wir, warum?«
»Kein Grund, aus dem ich schlau geworden bin. Das war nach Punkt drei der ›Chantilly-Erklärung‹. Mehr wollten die nicht sagen«, seufzte Kim.
»Die Erklärung wurde 1995 in der Stadt Chantilly in der Nähe von Paris vereinbart. Diese Erklärung enthält insgesamt vierzehn Prinzipien für die Arbeit der Organisation. Zehn Regeln für Nothilfe und vier dafür, wie die Organisation geführt werden soll. 2006 wurde sie durch das ›La-Mancha-Abkommen‹ erweitert«, erklärte Leander.
»Kennst du denn diesen Punkt drei?«, unterbrach Kim.
»Soweit ich weiß, geht es um Respekt für ärztliche Ethik und hat etwas mit dem Ärztegelöbnis zu tun«, meinte Leander.
Julie Hermansen sah ihn bewundernd an, während er sprach, konzentrierte sich aber schnell auf ihren Kaffeebecher, als Roland sich ihr zuwandte.
»Wie weit bis du mit dem Profil, Julie?«
Sie räusperte sich. »Es sieht ja nach einem Serienmörder aus, aber seine Opfer scheinen nicht zufällig ausgewählt worden zu sein. Am Tatort hinterlässt er nicht viele Spuren, was darauf hindeutet, dass er ein ordnungsliebender Mensch ist. Jedenfalls sagt es etwas über seine Persönlichkeit aus. Serienverbrechern ist gemeinsam, dass sie von ihrer Fantasie getrieben werden, die sich oft in einem bestimmten Muster – einer Signatur – widerspiegelt, die sich jedes Mal wiederholt. Eben diese Signatur kann uns ein Bild des Täters vermitteln. Deswegen ist es für uns wichtig zu wissen, was in seinem Kopf vorgeht, um ihn finden oder seinen nächsten Zug vorhersehen zu können.«
Jetzt war es Henry Leander, der Julie bewundernd ansah. Roland unterdrückte ein kleines Lächeln.
»Aber was geht denn in seinem Kopf vor? Mir fällt es ein bisschen schwer, diese Signatur zu sehen«, räumte er ein.
»Sein aggressives Verhalten gegenüber seinen Opfern sagt etwas über ihn aus. Ich bin mir immer noch sicher, dass es persönliche Auseinandersetzungen sind, und sie werden im Zorn ausgeführt. Vielleicht lange unterdrückter Zorn. Die Opfer sollen leiden. Es hat sich ja gezeigt, dass der erste Messerstich nicht der tödliche war«, sie sah zu Leander, der das mit einem kurzen Nicken bestätigte, »was mir sagt, der Täter

will die Opfer sehen lassen, dass er derjenige ist, der ihnen das Leben nimmt. Die Opfer wissen sicher genau warum, wenn sie ihn sehen.«
»Aber die Signatur?«, hakte Mikkel ungeduldig nach.
»Die Signatur ist seine Brutalität, die Gewalttätigkeit, mit der er seinen Opfern mehrfach in die Brust sticht, selbst nachdem der Tod schon eingetreten ist. Deswegen glaube ich auch nicht, dass es der gleiche Täter ist, der den Mord vor fünfundzwanzig Jahren begangen hat. Stumpfe Gewalt und Erstechen sind nicht das gleiche Muster. Falls wir es wirklich mit einem Serienmörder zu tun haben, ist es auch ungewöhnlich, dass er so lange Ruhe gegeben hat und dann plötzlich mit einer völlig anderen Methode zurückkehrt.«
»Was ist mit diesen afrikanischen Mordwaffen, sind die nicht auch eine Art Signatur?«, fragte Isabella.
Julie zögerte einen Moment. »Doch, das ist auch etwas, das mich verwirrt. Anscheinend sind die Mordwaffen bei allen drei Morden afrikanischer Herkunft. Irgendein Zusammenhang besteht da vielleicht, aber ich bezweifle trotzdem, dass es derselbe Täter ist.«
»Über die Verbindung zu Afrika können wir nicht hinwegsehen. Ich habe gerade noch, bevor ich gefahren bin, eine Rückmeldung zu der Analyse der Tierhaare bekommen, die wir in Mund, Hals und Lunge der Ermordeten gefunden haben. Sie stammen von einem Leoparden. Einem echten«, mischte Leander sich ein und entfernte ein paar Brötchenkrümel von seinem weißen Fahrradlenker-Schnurrbart. Julie hatte ihn diskret darauf aufmerksam gemacht.
»Leopardenhaare! Was zum Teufel geht hier vor? Die können nicht von ihrem Pelz sein, weil der aus Kunstfaser war, also müssen wir irgendwo einen Leoparden ausfindig machen. Da es ja kaum Leute gibt, die sich Leoparden als Haustiere halten – was ohnehin auf jeden Fall gesetzeswidrig ist –, müssen wir davon ausgehen, dass es um das Fell eines Leoparden geht.«
Roland trank von seinem Kaffee und fuhr fort. »Das kann ein ausgestopftes Tier oder vielleicht eine Decke sein.« Er schwieg, als er sich vage an etwas erinnerte, auf das er gerade nicht kam. Er konnte nicht in Ruhe nachdenken, weil Dan, der ansonsten sehr schweigsam gewesen war, seine Idee wegen des Leoparden äußerte.
»Was ist mit dem Zoo?«

»Ausgezeichnete Idee, wenn wir einen Zoo in Aarhus hätten, aber das haben wir ja nicht, Dan«, erwiderte Roland geduldig.
»Ebeltoft Safari?«, versuchte Dan es noch mal.
»Die haben keine Leoparden, sondern Geparden«, klärte ihn Mikkel gereizt auf. »Übrigens schafft man es in der Zeit von Annemette Knudsens Weggang aus dem Nachtclub bis zu dem mutmaßlichen Zeitpunkt ihrer Ermordung nicht nach Ebeltoft und zurück. Und erst recht nicht nach Aalborg oder Kopenhagen!« Der Blick, den Mikkel Dan zuwarf, sagte ›Idiot‹. Dan schwieg und sah auf den Tisch.
»Hast du etwas über diesen … ›Schatzmann‹, Mikkel?«, fragte Roland, um die Aufmerksamkeit von Dan abzulenken. Manchmal tat er ihm leid. Er war doch so jung.
»Der Cache-Eigentümer ist ein junger Mann aus Skovby. Der Cache wurde vor neun Tagen unter den Baum gelegt, sodass es nach einem Zufall aussieht, dass die Kellnerin dort zurückgelassen wurde. Am Telefon klang er nicht wie ein psychopathischer Mörder, aber wir schauen ihn uns doch bestimmt trotzdem lieber noch mal näher an?«
»Natürlich, du kannst Dan mit nach Skovby nehmen.«
Mikkel wirkte über diesen Partner nicht gerade begeistert, und es würde ganz sicher auch schiefgehen.
»Vor allen Dingen soll untersucht werden, ob der Schatzeigentümer eine Verbindung nach Afrika hat.«
»Habt ihr den Arikel über den Sohn in der Zeitung gesehen? Habt ihr den völlig ausgeschlossen?«, erkundigte sich Leander.
»Bezüglich Sebastian Juhl haben wir nicht viel investiert, er war ja noch so klein, dass ihn der Fall kaum betreffen kann«, entgegnete Roland und sah Isabella und Mikkel an, die nebeneinander saßen. »Habt ihr seine Pflegefamilie gefunden?«
Sie nickten beide, und Isabella antwortete. »Sebastian wurde bei einer Familie in Sabro untergebracht, als seine Mutter verschwand und Knud Engtoft nach Afrika flüchtete. Sie wollen gerne mit uns sprechen.«
Roland nickte. »Das werden wir, darum kümmere ich mich.« Er überlegte, ob er Mikkel verschonen und ihn mitnehmen sollte, überlegte es sich aber anders, als Isabella ihn anlächelte. Es war ganz sicher besser, ihre Intuition dabeizuhaben als Mikkels. »Gibt es etwas Neues wegen des Betäubungsmittels, das die drei Jagdhunde getötet hat?«, fragte er in die Runde.

»Ich habe die Arzneimittelverwaltung kontaktiert und bin die Liste mit den wenigen Tierärzten durchgegangen, die die Erlaubnis haben, M99 anzuwenden. Keiner konnte einen Diebstahl melden, alle hatten ein Alibi für Freitagabend und außerdem nichts mit dem Arzt zu tun. Ich habe erfahren, dass es in Afrika eingesetzt wird, um die ganz großen Tiere wie Nashörner und Elefanten zu betäuben. Wir müssen davon ausgehen, dass es hierher geschmuggelt wurde – vielleicht von dem Täter«, schlussfolgerte Kim.

»Aus Afrika – mit dem Flugzeug – in unseren Zeiten von Terror und mehr als gründlichen Kontrollen? Das hat bestimmt toll geklappt!« Kurt Olsen klang ein bisschen hämisch.

Roland räusperte sich kräftig. Er spürte, dass sich ein Streit anbahnte, als Kim Ansagers Gesicht rot anlief vor Aufregung darüber, dass seine Einschätzung so angezweifelt wurde.

»Wir haben also Afrika als gemeinsamen Nenner. Uns fehlt noch die afrikanische Verbindung zu der Kellnerin. Die Techniker haben ein paar afrikanische Souvenirs in ihrer Wohnung gefunden – unter anderem ein Nashorn aus schwarzem Ebenholz. Sie haben es zur näheren technischen Untersuchung mitgenommen, um herauszufinden, ob das Holzstück von der Mordwaffe von so einem stammen kann. Das könnte eines der Hörner gewesen sein, das bei den Schlägen abgebrochen ist. Wir hören von ihnen, sobald sie mehr wissen. Es sah aus wie das in Knud Engtofts Wohnwagen, also haben wir hier vielleicht die Verbindung.«

Niels Nyborg streckte wie ein Zweitklässler seinen Stift in die Luft. »Der unbekannte Mann in der Bar hat übrigens afrikanischen Likör getrunken«, er schaute in seinen Notizen nach, »Amarula.«

»Das muss ja nichts heißen. Aber es kann natürlich sein, dass er den Likör von seinen Afrikareisen kennt. Vielleicht hat er ihr diese Souvenirs geschenkt.«

Kim suchte ein paar Unterlagen in einem kleinen Stapel vor sich heraus. »In Hinblick auf Knud Engtofts Finanzen ist auch etwas faul«, sagte er. »Ich habe sein Konto überprüft. Sein gesamtes Einkommen steckt er in Reisen und Ausgaben für den Wohnwagen in Blommehaven. Durch die Safaris gibt es zwar einen kleinen Ertrag, aber er kann das Geld nicht nur daher haben. Jedes Quartal gibt es eine regelmäßige

Überweisung.« Er reichte Roland die Papiere; es waren Kontoauszüge. Kim hatte einen roten Punkt neben einen festen Betrag gemacht, der jedes Quartal am Ersten des Monats einging. »Das Geld kommt von einem geheimen Konto in der Schweiz.«
Roland überflog schnell die vielen Zahlen. Die letzte Überweisung war vor einer Woche erfolgt. Der Betrag war auf das Doppelte erhöht worden. Die erste Einzahlung hatte Anfang 1984 stattgefunden.

39

Der Tod ist immer schwer zu verstehen, besonders für ein Kind. Das sah sie auch in seinen Augen, obwohl er schon lange kein Kind mehr war. Es war, als ob es in seinem Blick lag und den Augen einen unergründlichen Ausdruck gab. Es war schwer zu lesen, was sich in der Tiefe verbarg, aber man konnte seine Wut nicht gegen einen Begriff wie ›Tod‹ richten. Dafür brauchte man etwas Greifbareres. Sabrina legte die Zeitung weg. Diese Anne Larsen hatte den Artikel geschrieben. Ihr Name und ihre E-Mail-Adresse standen unter der Überschrift, *Sebastian vermisst seine Mutter*. Das tat sie selbst auch. Ihre Mutter und ihren Vater; der Tod hatte *sie* genommen, und Carola hatte *ihn* genommen. Sebastian Juhl war also Louise Engtofts Sohn. Seinem Alter nach zu urteilen musste er damals ungefähr acht gewesen sein. Er erinnerte sich besser an seine Mutter als sie. Aber war das ein Vorteil? Ob er sich wohl auch an ihre erinnerte? Louise hatte in ihren Briefen an Elina einen Sohn erwähnt; ob er wohl bei ihnen zu Hause gewesen war? Wusste er vielleicht, was passiert war?
Die Unruhe begann in ihr zu prickeln. Sie wurde rastlos und stand aus dem Sessel auf, in dem sie, die Beine auf dem Sofatisch, Zeitung gelesen hatte. Das könnte unhöflich wirken, wenn die Bewohner nicht zu Hause waren, aber Tobias und Pernille machten es beide selbst. Es war gewissermaßen eine Norm bei ihnen, dass man das machte, was man am gemütlichsten fand. Und Sabrina genoss es. Es stand so im Gegensatz zu dem steifen Benehmen, das sie bei ihrem Vater und Carola in ihrem stilvollen Heim an den Tag legen musste.
Sie setzte sich ans Fenster. Die Sonne sandte ihr scharfes Licht in die Küche, aber am Horizont zogen dunkle Wolken auf. An den Bäumen

im Garten konnte sie sehen, dass es windig wurde. Wie wohl das Wetter in Italien gerade war? Ein weiteres Mal versuchte sie, Peter zu erreichen; sie hatte das Bedürfnis, seine Stimme und seine Meinung zu all dem hier hören. Er würde sie sicher bitten, das Ganze zu vergessen und heimzukommen. Heim nach Italien. Vielleicht wäre das auch das Beste für alle. Wieder landete sie auf dem Anrufbeantworter; ihre eigene Stimme teilte mit, sie könnten nicht ans Telefon gehen, aber man könne eine Nachricht nach dem Piepton hinterlassen. Sie versuchte es erneut und danach auf seinem Handy. Was machte er? Hörte er die Nachrichten nicht ab? Es war doch wohl nichts passiert? Nein, dann wäre sie natürlich informiert worden. War er mit *ihr* zusammen? Der Gedanke hing unvermeidbar mit einer nagenden Eifersucht zusammen. Ob er ihr wohl untreu gewesen wäre, wenn er von ihrem Kind gewusst hätte? Sie legte beide Hände auf den Bauch. Sie konnte eine kleine Rundung spüren, und das zauberte ein Lächeln in ihr Gesicht. Peter musste es bald erfahren. Er wäre ganz sicher glücklich. Wenn er sie liebte, wäre er es.

Die Sonne schien auf die nassen Dächer. Auf einer Dachrinne putzte eine Taube ihre Federn, während eine andere Wache hielt. Ein Fenster wurde aufgerissen, und eine Frau schüttelte einen Teppich aus, sodass der Staub sie umgab. Weiter weg hing eine andere Frau bedrohlich weit aus einem Giebelfenster, um die Scheibe zu putzen. In der Stadt passierte viel, von dem die Leute auf der Straße nichts wussten, weil sie in ihrer eigenen kleinen Welt herumliefen und nicht nach oben oder vorwärts schauten. Wie viel war ganz in *ihrer* Nähe passiert, von dem sie nichts wusste?

Der Artikel über den Mord an der Kellnerin sagte nichts darüber, dass sie eine Verbindung zu Louise oder dem Arzt hatte. Vielleicht hatte die Journalistin nur versucht, sie einzuschüchtern. Und das war ihr gelungen. Wenn es da draußen einen Mörder gab, könnte ihr Wissen vielleicht wirklich eine Belastung sein, aber wie viele wussten davon? Niemand. Sie versuchte, die Unsicherheit abzuschütteln. Niemand wusste etwas von diesen Briefen. Nur Oda Winther, die Journalistin und ihr Vater. Er hatte es ganz sicher auch Carola erzählt. Von einem großen Foto in der Zeitung, das auf ihrer neuen Jacht aufgenommen worden war, hatte sie sie überlegen mit Sonne und Wind im Haar angelächelt. Sabrina hatte schnell den Artikel gelesen, einfach um nicht ganz unwis-

send zu sein, falls jemand anfangen sollte, mit ihr über die fantastische Neuigkeit in der Familie zu reden.
Sie sah sich wieder das Foto von Sebastian an. Hatten sie eine gemeinsame Vergangenheit, über die sie, jeder für sich, etwas wussten? Der Zweifel tobte in ihr und machte die innere Unruhe unerträglich. Sie musste irgendetwas richtig machen, aber war das, die Polizei anzurufen, noch mal mit ihrem Vater zu sprechen, mit der Journalistin – oder mit Sebastian Juhl?
Pernilles Laptop stand eingeschaltet auf dem Schreibtisch. Das tat er immer, und zwischendurch ging mit einem gedämpften Klingelgeräusch eine Mail ein. Sie setzte sich an den Laptop und öffnete den Internet Explorer. Kurz darauf ging sie auf Yelp und gab seinen Namen ein. Sebastian Juhl, Aarhus. Sofort erschienen die Informationen: Er wohnte in der Klosterstraße. Es war nur eine Handynummer angegeben. Wusste er etwas, und wollte sie das, was er vielleicht wusste, überhaupt wissen? Nach vielen Überlegungen nahm sie ihr Handy und tippte seine Nummer ein. Es konnte ja nichts schaden, mit ihm zu sprechen.
Er war an irgendeinem sehr windigen Ort. Es rauschte, die Verbindung verschwand ein paar Mal, bevor der Ton zurückkam, als ob er sich umdrehte und das Telefon vor dem Wind schützte. Die Stimme war angenehm und genauso tief und unergründlich wie die Augen auf dem Foto in der Zeitung.
»Sebastian.«
»Sebastian Juhl?«
»Ja«, antwortete er abwartend.
»Hier ist Sabrina Dahl. Ich würde gerne mit dir über deine Mutter reden. Es tut mir leid, dass …«
»Eine neue Journalistin?« In seiner Stimme lag Feindseligkeit.
»Nein! Ich bin Josefine Hjorts Tochter. Sie ist jetzt tot. Deine Mutter war viele Jahre ihre Krankenpflegerin.«
Es gab ein langes, tiefes Schweigen. Sie hörte nur den Wind und ein anderes Geräusch, das sie als Wellen wiedererkannte. Ihr wurde klar, dass er am Meer war. Als er antwortete, hatte die Stimme einen neuen Klang angenommen. »Ah, das kleine Mädchen. Was willst du?«
»Ich glaube, wir haben viel zu besprechen, daher …«

»Nicht am Telefon!« Die Stimme verschwand wieder und kehrte kurz darauf zurück. Jetzt klang es, als ob er im Windschatten war. »Ich bin in einem Sommerhaus, wir treffen uns besser hier.« Er gab ihr die Adresse. Sie nahm einen Kugelschreiber aus Pernilles Bleistifthalter und schrieb sie auf die Zeitung neben sein Foto.

40

Dieser Morgen war anders. Sie begriff es, als sie in die Redaktion kam. Es roch schon nach Kaffee und nach einem anderen Duft, den sie sofort wiedererkannte. Thygesens Rasierwasser. Brötchen und Becher standen auf dem Konferenztisch und erwarteten sie ungeduldig. Er saß in seinem Büro hinter der Glasscheibe und las Zeitung, als ob er nie weg gewesen wäre. Aber er sah sich selbst nicht ähnlich. Er war dünner geworden. Es stand ihm. Die Augen waren matt, als er bei dem Geräusch von Anne und Mads, die in einem kleinen Streit ankamen, hochschaute. Kurz darauf kam Nicolaj, der ziemlich verschlafen aussah. Sie waren alle fast eine Viertelstunde zu spät. Anne und Mads schwiegen sofort, als sie Ivan Thygesen bemerkten. Anne lächelte und streifte den Rucksack ab. »Willkommen zurück. Du bist wieder gesund?«
Thygesen stand auf und wirkte ganz verlegen. »Ja, danke – das sagt mein Arzt zumindest. Und danke für die Blumen. Wie gut, dass sie nicht zu Friedhofsblumen geworden sind.« Er war immer gut darin gewesen, schwarzen Humor in den meisten passenden und unpassenden Situationen zu verwenden.
»Aber du hast ganz schön abgenommen«, stellte Kamilla besorgt fest. Nicht, dass es etwas ausgemacht hätte, dass er ein paar Kilo verloren hatte, aber es zeigte, wie krank er gewesen war.
Er sah an sich herunter und zog die Tweedjacke fester um sich; sie war mindestens drei Nummern zu groß und die Schultern hingen herab.
»Die Kleidung ist auf jeden Fall größer geworden. Na, aber es gibt für alle Kaffee und Brötchen. Sieht aus, als ob wir viel zu tun hätten.« Er schaute sich um. »Wo zur Hölle steckt Britt? Sie ist doch sonst immer die Erste.«
»Britt ist krank. Du hast sie wohl angesteckt«, meinte Nicolaj.
Thygesen sah ihn erst wütend an, dann lächelte er. »Du musst Nicolaj sein, der neue Praktikant. Willkommen. War sie nett zu dir?« Er nickte

zu Anne und Nicolaj wurde rot, als er stammelnd log, das sei sie gewesen. Anne warf ihm ein schiefes Lächeln und einen pseudo-drohenden Blick zu.

»Was hat Britt denn? Ich hoffe, ich habe sie nicht angesteckt, denn sie wird das, was ich gerade durchgemacht habe, echt nicht überleben.« Er grinste munter und musste husten. Es dauerte ein wenig, bis der Hustenanfall vorbei war. Er wurde tomatenrot im Gesicht, nahm eine Serviette und putzte sich geräuschvoll die Nase. Sie setzten sich und bedienten sich schweigend aus der Schüssel, die er herumreichte – zweifelsohne übersät mit seinen Bazillen.

»Hast *du* Kaffee gemacht?« Anne klang ein bisschen zu überrascht, und Thygesen sah beleidigt aus, als er antwortete.

»Das verdient ihr – alle zusammen.« Er sah den kleinen Haufen leicht errötender Mitarbeiter an. »Ich bin von eurem Einsatz während meiner Abwesenheit beeindruckt. Ich habe ja das *Tageblatt* aufmerksam verfolgt.«

Kamilla fragte sich, ob er schon ganz gesund war. Vielleicht hatte er immer noch ein bisschen Fieber. Es war äußerst selten, dass er lobende Worte verteilte.

»Aber ich vermisse weitere Blickwinkel.« Er schmierte sich eine dicke Schicht Butter auf ein Mohnbrötchen. Es würde wohl nicht lange dauern, bis er wieder die gewohnte runde Form hatte.

»Welche Blickwinkel?« Anne war sofort in der Offensive.

»Was meint der Mann der Krankenpflegerin zu all dem hier? Warum habt ihr ihn nicht in Afrika gefunden? Er sieht für mich wie ein Hauptverdächtiger aus.«

»Bei der Pressekonferenz haben wir erfahren, dass ihn die Polizei verhört hat. Er wohnt zur Zeit in seinem Wohnwagen in Blommehaven. Sie können ihn nicht mit dem Mord an seiner Frau von vor fünfundzwanzig Jahren in Verbindung bringen – mit den anderen Morden übrigens auch nicht.«

Sie biss in ihr Brötchen.

»Verdammt noch mal, Anne, du weißt doch, wie die Polizei arbeitet. Dass sie das der Presse zuspielen, kann doch bedeuten, dass sie ihn *gerade* verdächtigen. Die haben bestimmt nur Angst, dass er es erfährt und wieder abhaut.«

Anne schluckte schnell und sah ihn wütend an. »Genau betrachtet erzählt die Polizei in diesen Fällen hier alles. Eine neue Taktik. Vielleicht gehört die mit zur Polizeireform«, sagte sie mit einem kleinen Lächeln, das schnell verschwand.

»Das ist ganz und gar keine neue Taktik! Die ist uralt! Die heißt, die Presse übers Ohr hauen. Und du bist darauf hereingefallen. Du hast dich verdammt noch mal verarschen lassen!«

Thygesen trank erhitzt von seinem Kaffee und sah so aus, als ob er sich verbrannte oder als ob er bemerkte, dass der Kaffee stark wie Teer war. Kamilla fiel es schwer, ihn herunterzubekommen, obwohl sie viel Milch hineingeschüttet hatte. Aber keiner sagte etwas. Es war schon eine Leistung, dass er den Filter in den Trichter bekommen und Bohnen dort reingeschüttet hatte, aber sie war sich sicher, alle dachten das Gleiche wie sie – es war gut, dass sich normalerweise Britt um den Kaffee kümmerte.

»Na, aber mit dem reden wir dann heute also. Und der Frau des verstorbenen Arztes.«

»Sie wurde mit einem Schock ins Krankenhaus gebracht, und die Presse darf nicht mit ihr sprechen.« Annes Stimme war schüchtern. Thygesen schüttelte nur genervt den Kopf.

»Die Frau des anderen Arztes – der, den die Familie vor die Tür gesetzt hat. Was mag der Grund dafür gewesen sein?«

»Auch nichts.« Jetzt antwortete Nicolaj. »Ich habe sie gestern noch mal besucht. Sie weiß nicht mehr, als sie schon erzählt hat, und sie weiß nicht, warum Gustav Hjort ihren Mann gebeten hat, die Behandlung einzustellen. Ole Winther hat übrigens auch nichts mit Afrika zu tun. Aber dafür Helge Vangberg. Er hat da gearbeitet.«

»Wann?«, fragte Anne grimmig. Das war natürlich eine Information, die sie gerne vor der Besprechung gehabt hätte.

»Keine Ahnung. Das kann ja auch einfach ein Gerücht sein. ›Ärzte ohne Grenzen‹ wollte das jedenfalls nicht bestätigen.«

»Was ist mit den Hjorts – dem reichen Paar im Strandweg?«

Alle senkten den Blick und schauten auf den Tisch. Nur Mads Dam sah fromm aus. Er hatte die Zeit für ein paar Fußballspiele genutzt und ansonsten in der Kneipe gesessen, um den Effekt des Rauchverbots zu prüfen – was auch immer das mit dem Sportteil zu tun hatte.

»Der Sohn der Krankenpflegerin?«, machte Thygesen weiter. Der gewöhnliche barsche Gesichtsausdruck war zurückgekehrt. Die Augen waren schmal und stechend.

»Er war erst acht, in der Schule und erinnert sich nur daran, dass seine Mutter verschwand. Hast du den Artikel nicht gelesen?«

»Doch, ich habe deinen Artikel gelesen. *Sebastian vermisst seine Mutter*«, höhnte er. »Rührselig!«

Anne wollte etwas erwidern, aber verstand offenbar, dass es im Moment besser war, die Klappe zu halten.

»Vielleicht war euer Einsatz doch nicht ganz so beeindruckend«, zog Thygesen sie wieder runter. »Wir müssen heute viel erreichen. Du startest mit Knud Engtoft.« Er sah Anne barsch an. »Und du gehst mit, Kamilla. Wir müssen ein paar brauchbare Bilder haben, bevor sie ihn einsperren.«

»So 'ne Scheiße!«, schnaubte Anne, als sie die Treppe hinunterliefen. Es regnete, und der erste Herbststurm wirbelte verwelkte Blätter über den Bürgersteig, zusammen mit leeren McDonald's-Pappbechern, Werbeprospekten, zerknüllten Zeitungen und anderem Straßenabfall, der Aarhus den vornehmen Titel als eine der dreckigsten Städte Skandinaviens eingebracht hatte. Sie gingen an einem der wenigen Mülleimer vorbei, der schon längst voll war, und durch das Tor in den Hinterhof, wo die Autos geparkt waren.

»Du hast dein Auto zurückbekommen«, rief Kamilla aus, als sie Annes gelben Lada erspähte. Sie freute sich auf normalere Zustände, wo sie nicht Annes Chauffeur sein musste, sondern – falls nötig – hinzugerufen wurde, wenn die Journalisten mit ihren Interviews fertig waren. In den Tagen ohne Thygesen und Annes Auto hatte sie viel zu viel Leerlauf gehabt, wo man sie und ihre Kamera gar nicht gebraucht hatte, und hatte Britt mit den Lokalthemen und Mads Dam mit dem Sport nicht so effektiv helfen können wie sonst.

»Jep, deswegen bin ich heute zu spät gekommen. Ich sollte es diesen Morgen beim Mechaniker abholen. Und du?«

»Ich habe keine wirklich triftige Entschuldigung. Keine andere als die, dass ich letzte Nacht mies geschlafen habe.« Sie hatte sich mit einem Albtraum nach dem anderen im Bett hin- und hergewälzt, Albträume

von kenternden Booten. Ertrinkenden Kindern. Rufen und Schreien und Hass. Ungewollten Kindern.
»Diese Nächte kenne ich gut«, seufzte Anne und zündete sich eine Zigarette an. »Lass uns mit deinem Auto fahren.«
»Kannst du wegen der Beerdigung deiner Mutter nicht schlafen?«, fragte sie, als sie eine Weile gefahren waren, ohne miteinander zu reden. »Wird doch ein bedeutungsvolles Band gekappt, wenn die eigene Mutter stirbt?« Der letzte Teil des Satzes wurde von dem Verkehrslärm und dem Wasser auf der Straße übertönt, als sie das Seitenfenster etwas herunterfuhr, um den Zigarettenrauch hinauszubekommen. Die kurzen, schwarzen Haare flogen um ihr Gesicht. Der Wind ließ auch Kamillas Haare wild umher fliegen, und sie bat Anne, das Fenster wieder zu schließen. Sie gehorchte und drückte die Zigarette im Aschenbecher des Autos aus.
Kamilla nickte als Antwort auf die Frage und schaute raus in den Regen und auf den Verkehr. Die Rücklichter der Autos vor ihr sahen wie ein flammendes, rotes Lichtermeer aus, das im Regen flimmerte. Nasse Blätter klatschten gegen die Frontscheibe, wo die Scheibenwischer sie wegschlugen. Ein Blatt setzte sich fest und wurde vor- und zurückgezogen, bis es schließlich seinen Griff lockerte und in einem kräftigen Windstoß verschwand. Mehr als das, dachte sie. Viel mehr als das. Aber sie wollte nicht von Astrids Enthüllung darüber, was wirklich in der Jugend ihrer Mutter passiert war, erzählen und davon, dass es ihr eigenes Leben auf den Kopf gestellt und eine Menge Fragen zurückgelassen hatte, auf die sie jetzt nie mehr eine Antwort bekommen würde.

Der Wohnwagen auf dem Stellplatz 300 A sah verlassen aus. Das taten alle Wagen. Viele Plätze waren leer. Die Leute hatten endlich eingesehen, dass der Sommer vorbei war. Anne klopfte fest gegen die Tür und die Fenster und versuchte hineinzuschauen, aber die Gardinen waren vorgezogen, und es kam kein Laut aus dem Wagen, der auf Leben dort drinnen hingedeutet hätte.
»Er wurde geholt«, informierte sie eine Frau mit einer halb gerauchten Kippe zwischen schmalen, farblosen Lippen. Sie trat aus einem Wohnwagen in der Nähe und goss einen Eimer Seifenwasser aus.

»Von der Polizei«, fügte sie hinzu und sah sie neugierig an. »Wisst ihr, was er gemacht hat? Jetzt waren wir hier Nachbarn Sommer für Sommer, ich hoffe echt, dass er sich nicht als Serienmörder entpuppt!« Sie lachte laut über ihren Witz.

»Sind Sie sich sicher, dass es die Polizei war, die ihn geholt hat?«

Die Frau nickte und streifte die Zigarettenasche auf der Holztreppe des Wohnwagens ab. »Das war auf alle Fälle ein Polizeiauto, aber die hatten diese blauen Blinker nicht an, also war's wohl nicht so ernst. Bestimmt nur ein Strafzettel, den er nicht bezahlt hat. Er fährt wie ein Bekloppter.« Sie lachte wieder.

»Kennen Sie ihn gut, wenn Sie doch jedes Jahr so dicht nebeneinander gecampt haben?«

Sie trug viel zu enge Jeans und etwas, das wie das Oberteil eines blauen Trainingsanzugs aussah, mit Reißverschluss, Kapuze und Streifen auf den Ärmeln.

»Er ist oft auf Reisen, dann wohnen so lange andere in dem Wohnwagen. Aber er ist ein netter Kerl. Teilt sich ab und zu mal einen Kasten Bier mit uns und erzählt von seinen dramatischen Abenteuern. Er hat mal einen Löwen erschossen! Er oder die Katze, meinte er. Und außerdem hat er viele spannende Getränke da drin.« Sie warf den Kopf zurück, in Richtung des verlassenen Wagens. »Das zieht Henrik, meinen Mann, gewiss am meisten an. Likör und Bier aus Afrika zum Beispiel. Mongozo nennt er das Bier. Es schmeckt nach Kokosnuss. Henrik findet es widerlich süß, aber ich mag's gerne. Gehört ihr vielleicht zur Familie?«

Anne schüttelte den Kopf. »Ich bin Journalistin, Anne Larsen. Das ist meine Fotografin, Kamilla Holm.«

Kamilla nickte grüßend. Die Frau riss die Augen auf.

»Von der Presse. Goooott! Schreibt ihr das jetzt auf, was ich gerade gesagt habe?« Sie richtete ihre zerzausten, leberwurstfarbenen Haare, als ob sie damit rechnete, dass Fotos gemacht werden würden.

»Wir wollten eigentlich mit Knud Engtoft sprechen. Wissen Sie, wer seinen Wohnwagen mietet, wenn er selbst nicht hier ist?«

»Tja, meistens Leute, die mit ihm auf Safari gewesen sind und sich einige Tage hier im Norden aufhalten wollen. Man muss auch Gefallen an Afrika haben, um es auszuhalten, in diesem Wagen zu wohnen.« Sie gestikulierte, sodass die Asche von der Zigarette rieselte, die sich bald

selbst geraucht hatte. Sie warf sie in den Eimer. Es schäumte, bis die Glut in dem restlichen Seifenwasser erlosch.
»Der ist mit unheimlichem Zeugs vollgestopft, das er da unten gekauft hat«, fuhr sie fort und wurde von einem klingelnden Handy unterbrochen. »Das ist bestimmt Henrik, der in der Stadt abgeholt werden will. Wir wollen heute Abend heim. Ich hoffe also, die haben Knud nicht ins Gefängnis gesteckt.« Sie grinste wieder und verschwand im Wohnwagen. Sie hörten sie lautstark telefonieren.
Anne knallte die Tür zu, als sie sich ins Auto setzte. »Verdammt! Dann hatte Thygesen also doch Recht. Die haben uns die ganz Zeit verarscht!«
»Es gibt bestimmt bald eine Pressekonferenz«, besänftigte sie Kamilla, die, außer in ihrem eigenen Leben, nirgendwo Probleme sah.
»Das bezweifle ich. Ich hatte schon geplant, Benito von der Bekanntschaft der Kellnerin mit der Krankenpflegerin zu erzählen, aber wenn das so läuft …!«
»Ob sie das nicht auch selbst herausgefunden haben?«
»Das würde mich echt nicht wundern. Die haben uns am Anfang so viel zugespielt, um uns glauben zu lassen, dass sie informativ seien, aber das war nur, um uns auszutricksen und ihr Wissen für sich zu behalten.« Sie spuckte die Worte aus.
Kamilla schnallte sich an. Der Tag war bestimmt nicht wie jeder andere.

41

Rolands Tag gehörte auch nicht zu den gewöhnlichen. Er betrachtete Isabellas Profil, passte aber auf, nicht zu sehr zu starren. Der Verkehr war um diese Zeit des Morgens dicht, und der Sturm zerrte am Auto, wenn sie in offenem Gelände fuhren.
Sie trug einen hellen Mantel, der zu ihrer Haarfarbe passte, und das Tuch um ihren Hals war so blau wie ihre Augen, die dem Verkehr folgten, als ob sie selbst hinterm Steuer säße. Er lächelte und spürte eine Chemie, die er nicht mehr erlebt hatte, seit er Irene traf. Er hatte alte Männer immer für naiv gehalten, wenn sie glaubten, sie würden eine junge Frau in den Zwanzigern interessieren. Vielleicht war das gar nicht so naiv? Vielleicht konnte das wirklich passieren? Er warf im Rückspiegel einen kurzen Blick auf sich selbst. Er sah jetzt nicht so schlecht

aus. Die süditalienische Sonne hatte die Farbe aufgefrischt, er hatte sich heute Morgen rasiert und einen Hauch dieses teuren Aftershaves benutzt – gerade so viel, dass Irene nicht misstrauisch wurde. Und dann war er im Übrigen gerade beim Friseur gewesen und hatte sich bei der Gelegenheit auch unauffällig ein bisschen Farbe in die grauen Schläfen machen lassen. Der Salon lag direkt um die Ecke vom Präsidium, sodass er in seiner Mittagspause immer schnell hinüberhuschen konnte. Normalerweise dauerte das nicht lange, aber heute schon. Wenn sie die natürliche Haarfarbe verwenden würde, hatte die Friseurin gesagt, würde niemand merken, dass die Haare gefärbt wären. Bei der morgendlichen Dienstbesprechung hatte auch niemand etwas gesagt. Vielleicht hatten sie auch nie die grauen Haare bemerkt, sodass das Geld zum Fenster rausgeworfen war. Naja, vielleicht nicht ganz. Irene hatte jedenfalls gesagt, dass er gut aussah, als sie seinen Schlips zurechtrückte, bevor er ging. Sie war dabei aufzutauen und hatte »okay« dazu gesagt, mit nach Skåde zu fahren und sich das Landhaus anzusehen. Er wusste genau, sie hatte das um des lieben Friedens willen geäußert und sicher würde sie nur versuchen, Fehler und Mängel zu finden. Aber in dem Punkt war er gelassen. Es gab keine, und wenn sie es sah, dann … Er hatte ihr noch nicht von Giovannas Brief erzählt. Es gab keinen Grund, sie zu beunruhigen.

Als Isabella ihre Hand auf seine legte, während er schaltete, war es wie ein Stromstoß. »Ich glaube, hier müssen wir rechts abbiegen«, sagte sie, ohne ihn anzusehen. Aber die Berührung war auch genug.

Sie fuhren an der Sabro-Kirche vorbei, und er erzählte ihr, dass dort seine Enkelin, Marianna, getauft worden war. Ein Versuch, sie – oder sich selbst – daran zu erinnern, dass er ein alter, verheirateter Mann war und weit dänischer als italienisch; ihn umgab keine südländische Romantik. Selbst seinen katholischen Glauben hatte er verraten. Er hatte Neapel verraten, wo man als Polizist weit schlimmere Kriminalität zu bekämpfen hatte als in Aarhus. Er hatte seine italienische Familie verraten, Italien und jetzt war er auch noch auf dem Weg, es Irene anzutun. Er spürte immer noch die Wärme von Isabellas Hand, obwohl sie sie wieder weggenommen hatte und nun aus dem Fenster zeigte. »Bieg da ab«, kommandierte sie. Kurz darauf fuhren sie in den Ristrupweg und suchten nach der Hausnummer.

»Hast du darüber nachgedacht, wie nah wir gerade am Moor sind?«, fragte sie und sah ihn das erste Mal während der ganzen Fahrt nach Sabro an. Er nickte. Er hatte schon darüber nachgedacht, als sie die Adresse von Sebastians Pflegeeltern bekommen hatten.
Es war eine charmante, alte Villa in ländlicher Umgebung. Roland schätzte, sie war von ungefähr 1900, aber sehr gut erhalten. Das Ziegeldach sah neu aus, und die geschlämmte Mauer war weiß gestrichen. Es gab auch einen Carport, der nur aus sechs Holzpfosten, einem schräg geneigten Dach und einer Rückwand aus Holz bestand. Er sah ein bisschen selbstgemacht, aber schön gearbeitet aus. In der Garage war ein alter, gelber Morris Mascot geparkt. Dieses Modell sah man nicht so oft. Roland lächelte ein wenig, als es ihn an den Mini von Mr. Bean erinnerte. Sebastians Pflegeeltern waren mittlerweile Rentner. Anton Kjærsgaard öffnete. Ellen, seine Frau, polterte in der Küche mit Tassen. Sie begrüßte sie mit einem Tablett in den Händen auf dem Weg ins Wohnzimmer. »Ich hoffe, Sie trinken Kaffee«, meinte sie und stellte das Tablett auf den Esstisch, bevor sie ihnen die Hand gab.
Das Wohnzimmer war auch weiß. Die Holzdecke war wohl einmal aus dunklem Holz gewesen, aber jetzt war sie weiß gestrichen und gab dem Wohnzimmer ein helles Aussehen. Auch die Gardinen waren weiß, aber dafür waren die Möbel dunkel, und die hochlehnigen Sessel und ein Dreiersofa aus schwarzem Leder sahen neu oder einfach gut gepflegt aus.
Ellen und Anton setzten sich erst an den Tisch, als er sich gesetzt hatte. Sie sahen beide aus, als ob sie vor nicht allzu langer Zeit aufgestanden waren. Er sah ein ungemachtes Doppelbett im Schlafzimmer ein Stückchen den Flur herunter. Als Rentner schlief man wohl ein bisschen länger als bis neun, aber Roland fand es nützlich, mit ihnen zu sprechen, bevor sie noch mal mit Knud Engtoft plauderten, der zu einem Verhör geholt worden war, an dem er selbst teilnehmen wollte, wenn sie zum Präsidium zurückgekehrt waren.
»Entschuldigung, dass wir so früh kommen«, begann er.
Isabella setzte sich neben ihn und schaute sich ein Foto von Sebastian als Teenager an, das auf einer Anrichte mit vielen Fotos in hübschen Rahmen stand. Roland hatte auch kurz darauf geschaut. Diese Augen

hatte er nicht vergessen. Ellen Kjærsgaard musste ihr Interesse für das Foto bemerkt haben.
»Er ist immer ein guter Junge gewesen«, sagte sie liebevoll.
»… trotz seines harten Schicksals«, ergänzte Anton.
»… ja, und jetzt obendrein der neue Schlag – dass seine Mutter damals ermordet wurde«, fuhr Ellen fort.
Roland trank einen Schluck Kaffee, den sie eingeschenkt hatte. »Wir wollen gerne so viel wie möglich über Sebastian wissen. Sie kennen ihn ja am besten.«
Stolz sahen sie ihn an. Es schien deutlich durch, dass sie große Stücke auf ihren Pflegesohn hielten, und Roland war sich sicher, dass sie gute Eltern gewesen waren. Sie trugen beide Brillen mit dem gleichen Gestell. Überhaupt ähnelten sich die beiden so sehr, dass es richtig komisch war. So wie Mr. Beans Auto in der Garage. Ellen hatte kurze, graue Haare wie ihr Mann, dessen Haare zur Kopfmitte hin etwas dünner wurden. Beide trugen fast die gleichen T-Shirts. Anton hatte mal bei der Eisenbahn gearbeitet und war damals sicher muskulös gewesen. Jetzt hingen die Muskeln an den dünnen Unterarmen. Ellen hatte ihr ganzes Leben in einem Laden gestanden und gehörte auch nicht gerade zu den Übergewichtigen.
»Haben Sie nicht mit Sebastian gesprochen?«, fragte sie und musterte Isabella, als ob sie nicht wüsste, dass es Beamtinnen gab.
»Doch, wir haben mit ihm gesprochen. Aber er erinnert sich nicht an viel von damals. Wir hoffen, da können Sie uns weiterhelfen.«
Ellen sah Anton an und beide lächelten bei der Erinnerung.
»Sebastian war acht, als er herkam. Das war nach dem Schneesturm, weißt du noch, Anton?«
Er nickte. »Wir hatten zwei andere Jungs in Pflege, die etwas älter als Sebastian waren, daher sind sie ein paar Jahre danach ausgezogen …«
»… und Sebastian wurde ein Einzelkind«, beendete Ellen.
»Hat er jemals über seine Mutter und seinen Stiefvater gesprochen?«
»Über den Stiefvater wollte er nicht reden, er sagte, er würde ihn hassen. Aber Kinder sagen ja so viel, was sie gar nicht so meinen. Besonders, wenn sie sich im Stich gelassen fühlen.«
»Glauben Sie denn nicht, dass er es so meinte?«, fragte Isabella und überzeugte Roland davon, dass es die richtige Entscheidung gewesen

war, sie mitzunehmen. Es war immer eine gute Taktik, einen Kommentar in eine Gegenfrage zu verwandeln.

»Er teilte jedenfalls die große Leidenschaft seines Stiefvaters. Hätte er das gemacht, wenn er ihn gehasst hätte?« Anton Kjærsgaard kannte die Taktik offenbar auch.

»Meinen Sie sein Interesse an Afrika?«

Beide nickten. »Er war gerade zwanzig geworden, als er anfing, dorthin zu reisen. Er hat Suaheli gelernt – wofür auch immer er das benutzen will«, fügte Ellen mit einem verständnislosen Kopfschütteln hinzu und strich mit beiden Händen die Decke um die Untertasse herum glatt.

»Hat er sich auf seinen Reisen mit seinem Stiefvater getroffen?«

Sie zuckten mit den Schultern und sahen wie Zwillinge mit identischen Bewegungen aus. Wurde man nach vielen Jahren Ehe so? Er sah sich selbst und Irene im Landhaus in Skåde mit gleichen Haaren, Brillengestellen und Bewegungen sitzen. Der Gedanke ließ ihn erschaudern.

»Ich bin mir ziemlich sicher, dass sie sich nicht getroffen haben«, erwiderte Anton bestimmt. »Der Stiefvater ist meistens nach Südafrika gereist, Sebastian nach Ostafrika. Sein Favorit ist Tansania. Und er bringt immer diese scheußlichen Souvenirs mit nach Hause.« Er runzelte die Stirn.

»Ach, manche davon sind doch sehr schön«, tadelte Ellen, und sie folgten ihrem Blick zu einer großen, dunklen Holzfigur, die einen Krieger mit Speer und Schild darstellte, der im Wohnzimmer halb hinter einer Zimmerpalme verborgen stand, die ihn gewissermaßen in die richtige Umgebung versetzte.

»Findest du den schön?«, protestierte Anton. »Und dann diese hässliche Maske, die immer direkt über seinem Bett hängen sollte. Ich verstehe nicht, dass er davon keine Albträume bekommen hat. Die hatte ihm der Stiefvater ja zum Geburtstag geschenkt. Was für ein Geschenk für einen kleinen Kerl.« Er schnaubte und wischte sich die Nase, als etwas mit herausgekommen war. Nach dem plötzlichen Wetterumschwung waren alle mehr oder weniger erkältet.

»Die hat ihm Mut gegeben, das weißt du doch genau! Viele Kinder haben solche Vorstellungen oder unsichtbare Freunde. Das hattest du sicher auch mal!« Ellen reichte ihm eine Papierserviette.

Isabella sah Roland an und lächelte. Sie bekamen nicht so wirklich die Chance, eine Vernehmung durchzuführen, aber es kam trotzdem etwas Brauchbares dabei heraus, ihrer lustigen Streiterei zu lauschen.

»Wie konnte sich Sebastian die Reisen leisten? Hat er Geld von seinem Stiefvater bekommen?«

»Nicht mal Kleingeld, soweit wir wissen. Sobald die Frau verschwand, flüchtete er nach Afrika. Er wohnt wohl immer noch da.« Anton sagte das wie eine Frage, aber Roland antwortete nicht darauf. Wieder war er froh, dass Isabella dabei war. Hier hätte Mikkel ganz sicher seinen Mund nicht halten können. Isabella trank stattdessen von ihrem Kaffee und lächelte ihm über den Tassenrand mit den Augen zu.

»Aber Sebastian hat sein Geld selbst verdient. Er ist immer ein Arbeitstier gewesen. Wir hatten nie genug Geld, um große Sprünge zu machen.«

»Womit hat er Geld verdient?«

»Als Junge hat er jeden Morgen Zeitungen ausgetragen, egal bei welchem Wetter. Später auch Werbeprospekte am Nachmittag. Aber trotzdem hat er die Schule nicht vernachlässigt und immer einigermaßen gute Noten bekommen. Als er älter wurde, hat er auch manchmal in Restaurants in Aarhus gekellnert.«

»Wo zum Beispiel?«

Wieder führten sie die symmetrische Bewegung aus, als sie mit den Schultern zuckten. »Aber dann hat er einen Ausbildungsplatz als Mechaniker in Hasselager bekommen und ist in die Klosterstraße gezogen. Was ist mit der Maske, hat er die eigentlich mitgenommen oder hast du die rausgeworfen?«, fragte Anton Ellen.

»Nein, verflixt. Die durfte ich nicht anrühren. Nicht mal abstauben. Ich erinnere mich an ein Mal, als ich …« Sie ließ den Satz unvollendet in der Luft hängen. »Die hängt bestimmt immer noch über seinem Bett«, schloss sie mit einem Schaudern in der Stimme.

»Die armen Mädchen, die er garantiert mit nach Hause in die Kiste nimmt«, grinste Anton und bekam von Ellen den Ellbogen in die Seite.

»Vielleicht *hat* er ja eine Freundin. Wir sehen ihn nicht mehr so oft, jetzt kommt er ja allein zurecht. Aber er reist noch nach Afrika und erinnert sich immer daran, uns Alten eine Postkarte zu schicken.« Sie lächelten sich an. »Naja, und dann hat er übrigens auch noch als Entwicklungshelfer für das Rote Kreuz gearbeitet. Da waren seine Suaheli-Kenntnisse bestimmt eine große Hilfe.« Ellen trank aus ihrer Tasse.

»Aber er hat Ihnen also nie von dem Tag erzählt, an dem seine Mutter verschwand?«, hakte Isabella nach, die so aussah, als ob sie bald zurück ins Präsidium und mit den Ermittlungen weiterkommen wollte. Roland hatte den gleichen Wunsch. Und jetzt begannen ihre Diskussionen untereinander wieder.

»Nein, darüber hat er nie gesprochen. Er hat ein halbes Jahr lang tatsächlich überhaupt nicht gesprochen. Sagte keinen Mucks. Ein Psychologe erklärte, das sei eine natürliche Reaktion, wenn ein Kind etwas Traumatisches erlebt habe. Sie kapseln das in Schweigen ein. Das sieht man auch bei Flüchtlingskindern.«

Anton unterbrach sofort. »Falls er was gesehen hat, hat er das halt verdrängt. Aber wer weiß, ob das eines Tages plötzlich auftaucht?«

»Das hoffe ich nicht für ihn, den Ärmsten.«

»Vielleicht könnte das der Polizei helfen.« Anton sah Roland an, um es bestätigt zu bekommen. Der stand auf und bedankte sich für den Kaffee. Isabella folgte seinem Beispiel. Knud Engtoft war sicher jetzt zum Verhör eingetroffen, und das wollte er nicht verpassen. Ellen Kjærsgaard war ebenfalls aufgestanden und begann die Tassen aufs Tablett zu stellen, während sie das Gespräch mit ihrem Mann fortführte.

»Aber man bedenke trotzdem, dass die ihn allein und verlassen im Auto seiner Mutter auf einer dunklen Landstraße in dieser kalten Winternacht gefunden haben. Was er nicht alles erlebt – und verdrängt – haben kann …«

42

Hier wohnte er fast mehr als in der Wohnung in der Klosterstraße. Vom Wohnzimmerfenster aus konnte er das Meer sehen, das in immer größeren Aufruhr kam. Der Wind nahm zu, bald ging er in Orkanstärke über. Die meisten würden sagen, dass das kein Wetter war, um sich im Sommerhaus aufzuhalten, aber er genoss es. Das Besondere an Dänemark im Verhältnis zu Afrika war genau dieses wechselhafte Wetter, das ihn so sehr an sein eigenes Gemüt erinnerte. In einem Augenblick konnte es hell und freundlich sein, im nächsten dunkel und bedrohlich.

Es war kein prunkvolles Sommerhaus wie viele der anderen am Skæring Strand. Die sahen mehr wie Luxusvillen aus. Es war vor allem ein Holzschuppen mit einem kleinen Wohnzimmer, einer Küche und einem Schlafzimmer. Aber die Lage war perfekt. Ein bisschen zurückgezogen und trotzdem nah am Strand. Keiner wusste, dass er es von seinem aufgesparten Lohn als Mechaniker-Lehrling gekauft hatte, als er noch kostenlos bei Ellen und Anton wohnte.
Er lauschte dem Sturm, der mit einem heulenden Laut um die Ecke beim Fenster bog und der ihn an damals erinnerte, als die Stimmen in dem gleichen Geräusch des Schneesturms untergegangen waren, der in jenem Dezember das Land verwüstet hatte.

Aber er hatte trotzdem die meisten Worte mitbekommen, auf der obersten Treppenstufe zu seinem Zimmer, an das er sich nie richtig gewöhnt hatte. Genauso wenig wie an das Haus, die Schule, die neuen Klassenkameraden, den Stiefvater und alles andere, in das er mit hineingezogen worden war. Aber sie wirkte fröhlich. Das war das Einzige, was zählte. An ihre Stimme konnte er sich am besten erinnern. Mamas weiche Stimme. Die andere Frauenstimme war heiser. Das war ihre Freundin von der alten Arbeit im Nachtclub. Sie kam oft zu Besuch, daher kannte er sie gut. Er hatte dagesessen und sowohl dem Schneesturm als auch den Stimmen gelauscht, nur mit einem Schlafanzug bekleidet, und fror an den nackten Füßen auf der kalten Treppenstufe.
»Ja, aber du musst das melden, Louise. Das ist doch Mord!«, beharrte die heisere Stimme erhitzt.
Das meiste von dem Gespräch hatte er nicht verstanden, bis er älter geworden war, denn er hatte es nie vergessen und es war in seinem Kopf immer wieder abgespielt worden, Mal für Mal, während er heranwuchs und langsam zu verstehen begann.
»Das ist in diesem Sinne kein Mord, Annemette. Man nennt es aktive Sterbehilfe. Aber ich wollte damit nichts zu tun haben; Josefine ging es durch Dr. Winthers Behandlung besser. Sie hätte überleben können, da bin ich mir sicher. Ich war einfach wie gelähmt, ich …« Seine Mutter fing an zu weinen. Er stand halb auf, bereit, nach unten zu laufen und sie zu trösten, setzte sich aber schnell wieder hin.

»Die Nazis in Deutschland haben das 1939 ›Euthanasie‹ genannt. Das gab ihnen die Gelegenheit, Tausende körperlich und geistig Behinderte zu töten, die eine Belastung für die Gesellschaft waren.« Das war die Stimme des Afrikaners, der sich einmischte. Er zuckte zusammen, sodass er fast die Treppe herunterfiel. Dass der auch im Haus war, hatte er nicht gewusst. Er musste wohl von seiner langen Reise zurückgekommen sein, obwohl der Schneesturm das Land eingeschlossen hatte. Im Radio hatten sie gesagt, dass keiner rausfahren durfte, wenn es nicht lebensnotwendig war. Deswegen war Mamas Freundin auch noch da. Sie konnte nicht heimfahren und musste übernachten.
»Diese reichen Schweine! Ich bin mir sicher, die haben es wie die Nazis gemacht und sich einer Belastung entledigt. Die haben den Arzt wohl bestochen, es zu tun. Kann das der Grund sein, warum dieser Dr. Winther weggeschickt wurde? Er wollte wohl auch nicht beteiligt sein. Du hättest dich weigern sollen, da mitzumachen, Louise!« Seine Stimme hörte man auch deutlich durch die oberste Treppenstufe, weil er sich so aufregte und brüllte.
»Das wollte … ich doch auch … aber ich konnte mir doch … nicht vorstellen, … dass die das wirklich machen … und ich hab mich nicht … getraut …« Die Stimme seiner Mutter bebte vom Weinen und brach.
»Warum sollten die das denn machen, wenn sie nicht im Sterben lag?«, fragte die heisere Stimme.
»Sonst kriegt er ja das Weib und den ganzen Reichtum nicht. War das nicht das, was du gesagt hast, Schatz? Dass er die kranke Frau nur verlassen kann, wenn sie stirbt, und dass er dann Eigentümer eines riesigen Unternehmens mit einem Milliardenumsatz wird, wenn er diese Reiche da heiratet?«
Er hörte, dass der Afrikaner auf und ab ging. Mama antwortete nicht, oder sie nickte nur. Vielleicht hörte er die Antwort auch einfach nicht, weil gerade eine Schneewehe lärmend vom Dach glitt. Er schlich lautlos die Stufen herunter und stellte sich hinter die halb geschlossene Tür. Er traute sich nicht, hineinzusehen. Seine Mutter und ihre Freundin saßen bestimmt am Esstisch und dann würden sie ihn leicht sehen. Die Schritte des Afrikaners stoppten abrupt. Er schnalzte mit den Fingern, wie er es immer tat, wenn er der Meinung war, eine geniale Idee zu haben.

»Ich hab's«, sagte er so gedämpft, dass er es nicht gehört hätte, wenn er nicht runtergegangen wäre.
»Was meinst du?«
»Die sind reich, Schatz. Die würden echt was auch immer bezahlen, damit das hier nicht rauskommt. Aktive Sterbehilfe ist in Dänemark verboten.«
»Meinst du Erpressung?« Die heisere Stimme klang schockiert.
»Zur Hölle, Mann! Die können sich das leisten. Wir werden Millionäre!«
»Also da will ich nicht mitmachen. Ich finde, wir sollten zur Polizei gehen.« Die Stimme war noch heiserer als gewöhnlich geworden.
»Und was sollte das bringen? Louise ist doch eigentlich mitschuldig, weil sie an der Sitzung teilgenommen hat. Wie viel willst du haben, um deine verfluchte Klappe zu halten?« Seine Stimme hatte den Klang angenommen, der alle zum Schweigen und Gehorchen brachte. »Würde eine halbe Million helfen? Du kannst deinen erbärmlichen Job in diesem Nachtclub hinschmeißen.«
Bestimmt nickte Mamas Freundin widerwillig, aber er wusste es nicht. Er traute sich immer noch nicht zu gucken.
»Ich kontaktiere die heute Abend und stelle unsere Forderungen. Morgen holst du das Geld. Ich fahr dich sogar hin, Schatz.«
»Was, wenn *die* dann die Polizei rufen?« Die Freundin seiner Mutter klang eingeschüchtert.
»Das wagen die nicht! Damit zeigen sie sich ja selbst an. *Die* haben etwas Ungesetzliches gemacht!«, höhnte der Afrikaner.
»Still, Basse kann uns hören.« Hier hinter der Tür war die Stimme seiner Mutter deutlicher zu hören, aber er versteifte sich, als er hörte, wie sie den Stuhl auf dem Holzboden zurückschob. »Ich geh gerade mal hoch und sehe nach ihm.«
»Mann, er schläft doch.« Es wurde ein Streichholz angezündet, und kurz darauf kam der Rauchgeruch, der nur dann das Haus erfüllte, wenn er zu Hause war. Der schwere, süßliche Geruch dieser afrikanischen Zigaretten. Mama hatte mit dem Rauchen aufgehört, als sie zur Krankenpflegerin ausgebildet war, und versucht, auch den Afrikaner zum Aufhören zu überreden.
Sein erster Gedanke war, hoch in sein Zimmer zu laufen, aber er sah schnell ein, dass es unmöglich war, es die Treppe hoch zu schaffen.

Stattdessen erreichte er die vorletzte Stufe und drehte sich genau in dem Moment zur Tür, als sie sie aufmachte.
»Basse! Wie lange bist du hier gewesen, Schätzchen?« Ihre Stimme zitterte ein bisschen. Sie strich ihm übers Haar. Er konnte sehen, dass sie geweint hatte.
»Ich … ich hab Durst.«
»Hast du wieder Albträume gehabt?« Sie nahm seine Hand und er ging mit ihr in die Küche, wo sie ein Glas mit kaltem Leitungswasser füllte und ihm die Treppe hoch folgte. Sie drückte seine Hand ein bisschen zu fest. Auf dem halben Weg nach oben verschüttete sie etwas von dem Wasser. Ihre Hand zitterte. Sie steckte ihn unter die Deckte und küsste ihn auf die Stirn. Das war das letzte Mal, dass er das erlebte. Der nächste Tag war der 19. Dezember.

Er schmeckte etwas Salz auf seinen Lippen. Das Geräusch eines Automotors, das den Wind übertönte, ließ ihn aus dem Fenster schauen, während er sich die Augen trocken wischte. Jetzt war sie hier.

43

Wie würden die Menschen wohl leben, wenn sie wüssten, dass es eine Chance gäbe, in einem anderen Leben alles noch mal zu machen? Aber leben wir nicht ohnehin schon so?
Kamilla hatte diesen Gedanken, während sie auf das Meer schaute, das immer unruhiger wurde, als ob es eine sich nähernde Gefahr spürte. Die verlassenen Segelboote folgten dem hitzigen Tempo der Wellen. Einige wurden von einer heftigen Welle aus dem Takt geworfen und bekamen Wasser aufs Deck. Sie erblickte eine Frau, die den Regenhut tief ins Gesicht gezogen hatte und ihn mit nassen Händen krampfhaft festhielt, als der Wind versuchte, ihn mit tückischen Stößen herunterzureißen. Die Frau stand dicht am Hafenbecken und starrte auf das aufgewühlte Meer, wo sich der Horizont in eine graue Masse verwandelt hatte, die gewissermaßen versuchte, eine Mauer zwischen der Gefahr, die dort draußen lauerte, und den verwundbaren Menschen auf dem Festland zu bilden. Die Frau versuchte, in den heftigen Windböen das Gleichgewicht zu halten. So klein und schmächtig wie sie war, konnte sie leicht in das

Hafenbecken geworfen werden. Kamilla sah einen Segler, der plötzlich die graue Mauer durchbrach und bemerkte, dass sich die Körperhaltung der Frau in der Regenjacke veränderte. Sie ließ den Hut los, der sofort zurückgeblasen wurde, sodass blonde Haare um ihr Gesicht wirbelten. Sie winkte und rief irgendetwas, das im Tosen des Meeres unterging. Sie lief zum Hafensteg, wo das Segelboot versuchte, in den entgegenkommenden Wellen anzulegen. Trotzte dem Wind und dem schäumenden Wasser, das bis zum Steg hochreichte und drohte, ihre Beine zu erfassen und sie mitzuzerren. Ihr Mann oder ihr Freund? Jedenfalls jemand, der ihr nahe stand. Sie umarmten sich in einem Regen aus Meerwasser.

Das war eines der Dinge, die man nie ungeschehen machen könnte, wenn er herausgesegelt und nie wieder zurückgekehrt wäre. Wie Rasmus, der zur Sporthalle geradelt war, um Fußball zu spielen, und nie mehr nach Hause gekommen war. Wie ihre Mutter, die … So war das auch damals vor vielen Jahren passiert. Das Boot war zum Agger Strand zurückgefahren, aber einer hatte gefehlt. Das konnte man nicht ändern, sie waren rausgesegelt, ihre Mutter, der verbotene Freund und der kleine Junge, Johannes, der ihr Onkel hätte werden können. Er wurde nie gefunden, die starke Strömung in der Nordsee hatte ihn mitgerissen. Als Tante Astrid das sagte, hatte sie Tränen in den Augen gehabt. Augen, die die Verachtung für das verantwortungslose Handeln der Schwester nicht verbergen konnten. Aber Kamilla verstand auch, wie sich ihre Mutter gefühlt haben musste. Sie war für ihren kleinen Bruder verantwortlich gewesen, wie sie selbst für ihren Sohn. Sie hatten beide versagt. Warum hatte sie ihr davon und von den Folgen, die es hatte, nie erzählt? Folgen, die dermaßen ihr eigenes Leben betrafen.

Der Kellner war wieder da und schaute sie interessiert an.

»Ich warte noch.« Sie sah demonstrativ auf die Uhr. »Er muss gleich hier sein.«

Der Kellner lächelte und ging wieder.

Tat sie jetzt das Richtige? Als sie sich dafür entschieden hatte, war es das gewesen, aber jetzt bekam sie Zweifel. Sie hörte sich selbst wieder das sagen, was sie zu diesem Entschluss gebracht hatte. »Aber das, was passiert ist, war ja nicht Mamas Schuld. Es war ein Unfall. Sie war einen Augenblick unaufmerksam. Glaubst du nicht, es war Strafe genug für sie, ihren Bruder verloren zu haben und zu spüren, dass es ihre Schuld

war? Wie konntet ihr ihr Vorwürfe machen und ihr den Rücken kehren?« Aber sie verstand ja genau, was da passiert war. Sie hatte genauso reagiert, aber es war noch nicht zu spät, es zu ändern.
Astrids Stimme ertönte wieder, zusammen mit einem Windstoß, der verwelkte Blätter und Salzwasser gegen das Fenster klatschte und sie instinktiv ein bisschen wegrücken ließ. »Ihr wurde tatsächlich vergeben. Gott hatte Johannes vor seiner Zeit zu sich gerufen, war Muttis Trost für Gloria. Nein, das war es nicht.«
Sie hörte ihn nicht kommen. Es war die Kälte, die er mit sich brachte, die sie aufsehen ließ. Er lächelte, aber es war ein unsicheres Lächeln. Vorsichtig setzte er sich, als ob er sich nicht sicher wäre, ob er sollte. Kaum hatte er sich gesetzt, stand der Kellner wieder da und erläuterte, woraus das Mittagsmenü des Tages bestand.
»Dürfen wir warten? Könnten wir ein bisschen Wasser bekommen?«, fragte sie. Der Kellner nickte mit einem irritierten Gesichtsausdruck.
»Kamilla. Ich bin froh darüber, dass du mit mir sprechen willst. Aber ich gebe zu, dass ich von deiner Nachricht etwas überrascht war. Und dann ausgerechnet hier im Restaurant Egå Marina, ich …«
»Wir müssen das tun, Danny. Es ist so viel passiert, dass …« Sie bemerkte den Ring an seinem Finger. Der Kellner kam zurück und stellte eine Karaffe mit Wasser auf den Tisch, sodass sie seine Hände nicht mehr sehen konnte und daran zweifelte, ob sie richtig gesehen hatte. Sie schaute wieder aus dem Fenster, um ihm nicht in die Augen zu sehen. Das Meer war nun menschenleer. Nur noch die Boote lagen da und rissen rastlos an der Vertäuung, um zu entkommen. Wie sie selbst.
»Was willst du von mir, Kamilla?«
Sie sah ihn an und wünschte, sie hätte ihn nie kontaktiert.
»Ich kann dir niemals verzeihen, aber …«
»Das verstehe ich. Deswegen muss ich auch weiterkommen«, unterbrach er. Es lag Ungeduld in seiner Stimme, als ob er dieses Gespräch auch nicht wünschte.
»Mit Majken, meinst du?«
Er nickte. »Majken trägt auch eine Menge mit sich herum, Kamilla. Vielleicht solltest du mit ihr reden.«
»Ich war nicht diejenige, die mit ihr gebrochen hat.«

»Nein, ich weiß, dass es meinetwegen ist und wegen der kurzen Beziehung, die wir hatten. Aber die ist ja jetzt vorbei.« So wie er es sagte, war damit irgendwie ein *oder?* verbunden. Er schenkte ihr und sich Wasser ein. »Majken braucht jemanden zum Reden, sie …« Er stellte die Karaffe hin, sodass sie seine Hand wieder sehen konnte – und den Ring.

»Ich wollte nicht mit deiner Verlobten sprechen«, unterbrach sie. Die Worte bekamen einen bösen Ton, der nicht beabsichtigt war.

»Was willst du eigentlich, Kamilla? Ich sage eine Besprechung ab und fahre bei dem schlimmsten Unwetter lange hier raus, um dich zu treffen, in dem Glauben, dass …«

»Was hast du geglaubt, Danny? Du hast gedacht, ich würde dir verzeihen, was? Aber du hast dich ja schon entschieden!« Als sie ihren Mantel unter den Arm nahm und zur Tür lief, sah sie ein, wie ungerecht sie war. Was hatte sie sich eigentlich selbst erhofft?

Der Wind zerrte an der Kleidung und nahm ihr die Luft zum Atmen. Die Kälte des Meeres ging ihr durch Mark und Bein. Sie eilte zu ihrem Auto, während sie den Mantel anzog und so sehr zitterte, dass sie den Schlüssel nicht in das Zündschloss bekam. Die Wellen warfen sich schäumend im Hafenbecken auf, als ob sie versuchten, sie zu erreichen und mit in die Tiefe zu ziehen. Aber da befand sie sich schon. Sie sank immer tiefer in einen Abgrund, in dem sie nicht wusste, wer sie war. Dass es so wichtig war zu wissen, wo man seine Wurzeln hatte, hätte sie früher nicht gedacht. Aber die Wahrheit über ihre Mutter hatte alles verändert und sie einige Dinge verstehen lassen. Jetzt sah sie klar, warum sie von ihren Eltern nie geliebt worden war. Das war nicht nur Einbildung gewesen. Beide hatten sie ohne Erklärungen oder Antworten verlassen. »Zum Teufel mit dir!«, sagte sie laut und meinte ihre Mutter. Es war, als ob der Hass wie ein großer Pilz gewachsen war, der sie ganz ausfüllte und alles andere aufsaugte. Warum hatte sie mit ihr nie über das, was passiert war, gesprochen? Sie war ihre Tochter und hatte ein Recht darauf, es zu wissen.

Danny kam aus dem Restaurant gelaufen. Er zog den Mantel fester um sich und drängte sich durch den Wind zu seinem Auto in der Nähe. Sein Gesicht war verbissen und grimmig. Eine kalte Hand umklammerte ihr Herz und drückte zu. Er sah sie nicht. Es war nicht das gleiche Auto, mit dem er gefahren war, als er Rasmus getötet hatte. Der

marineblaue Opel war durch einen silbergrauen Saab ersetzt worden. Allzu schnell verschwand er in Richtung Grenåweg. Sie konnte sich nicht dazu durchringen, das Auto zu starten und ihm zu folgen.
Die Stimme ihrer Tante tauchte immer wieder in ihrem Kopf auf, wie eine nervige Melodie, die man nicht loswird. »Es waren die Folgen, die Mutti und Vati dazu brachten, ihre Hände von Gloria abzuziehen, sodass sie aus Agger geflüchtet ist – sie wurde von dem Mann schwanger, mit dem sie rausgesegelt war. Als sie ihre Koffer packte und verschwand, war sie mit dir schwanger. Wir – ihre Geschwister – bekamen erzählt, dass unsere Schwester durch ihre Begierde unseren kleinen Bruder getötet hat, und wir daran sehen könnten, wozu Unzucht führt.«
Kamilla riss sich zusammen und drehte den Schlüssel. Obwohl es ein schwerer Geländewagen war, versuchte der Sturm trotzdem, ihn von der Straße zu schieben. Sie hätte nicht wegfahren sollen. Im Radio rieten sie von allen Fahrten ab und warnten vor umgestürzten Bäumen und herabfallenden Dachziegeln. Es waren auch nicht viele Autos auf der Straße. Glücklicherweise war es zum Mejlbyweg nicht weit. Die Musik erfüllte das Auto mit beruhigenden klassischen Tönen, aber die düstere Melodie mit Astrids leicht schleppender Stimme verschwand nicht. »Es wurde Glorias Rettung, dass sie den Fischereiarbeiter getroffen hat, der sie so sehr liebte, dass er dich wie seine eigene Tochter angenommen hat.« Erst als Astrid zurück nach Agger gefahren und sie selbst an diesem Tag im Auto auf dem Weg nach Egå war, hatte sie begriffen, was die Wahrheit bedeutete. Irgendwo hatte sie einen biologischen Vater. Einen Mann, der daran schuld gewesen war, dass ihre Mutter nicht auf ihren Bruder aufgepasst hatte, sodass er im Meer verschwunden war. Ob sie wohl damals empfangen worden war? Als sie auf den Hof mit wirbelnden welken Blättern und heruntergefallenen Ästen eingebogen war, wusste sie, was sie tun musste. Sie musste ihn finden.

44

Es war nicht das schönste Sommerhaus, das Sabrina je gesehen hatte. Als das Unwetter stärker wurde, bereute sie, hier rausgefahren zu sein, aber jetzt war es zu spät, er hatte sie schon vom Fenster aus entdeckt.

Das Lächeln wirkte echt, als er die Tür öffnete, aber die Augen zeigten keine Freude. Es lag etwas darin, dass sie von ihren eigenen wiedererkannte.

»Na, du bist also ›das kleine Mädchen‹.« Er gab ihr nicht die Hand, führte sie aber ins Wohnzimmer, in dem nur ein Tisch, zwei Stühle und ein Sofa standen.

»Und du bist Louises Sohn, Sebastian?«

Er nickte. »Willst du was trinken?«

»Nein danke, ich bleib nicht lange. Es ist am klügsten, wieder nach Hause zu fahren, bevor der Orkan ernsthaft losbricht.« Sie setzte sich vorne auf die Stuhlkante. Von hier aus konnte man ein zweites Zimmer mit einem Bett sehen. Die Tür war angelehnt, und sie erahnte etwas von einer unheimlichen Maske mit schiefen Augen, die über dem Bett hing. Sebastian warf sich aufs Sofa und starrte sie an.

»Was wolltest du mir erzählen?«, fragte sie schüchtern.

»He, Moment mal, wolltest nicht du mir was erzählen?«

»Du hast gesagt, ich soll hierher fahren, weil wir nicht am Telefon reden könnten.«

»Du wolltest irgendwas über meine Mutter wissen, stimmt's?« Er legte die Beine auf die Armlehne des Sofas und verschränkte die Arme hinterm Kopf, wandte aber den Blick nicht von ihr ab.

»Ja, und über *meine*. Josefine Hjort. Erinnerst du dich an sie?«

Sebastian sah auf eine übertrieben grübelnde Weise, die sie kränkte, an die Decke. Wenn er sich einfach nur über sie lustig machte, dann – verdammt noch mal, sie war bei diesem Wetter hier raus gefahren.

»Doch, ich erinnere mich schwach an deine Mutter. Du siehst ihr ganz schön ähnlich. Damals warst du nur ein kleines, unmögliches Kind.«

»Unmöglich?«

»Ja, du hast ziemlich viel geweint. Ich war manchmal drinnen, um meine Mutter bei euch abzuholen, wenn es spät wurde. Aber deine Mutter war ja auch sehr krank und dein Vater ein richtiger Bettler.«

»Mein Vater ist kein …!«

»Er war immer mit ihr zusammen – seiner Geliebten. Meine Mutter hat versucht, euch zu helfen, so gut sie konnte, und dann …«

»Und dann was?«

»Du weißt also nichts?«

»Ich habe ein paar Briefe gelesen, die deine Mutter damals meiner Oma geschrieben hat. Der Briefwechsel hat im Dezember 1983 aufgehört. Weißt du, was da passiert ist?«
Er setzte sich schnell auf und beugte sich mit zusammengekniffenen Augen zu ihr. »Ja, meine Mutter ist verschwunden. Sie wurde ermordet, verdammt noch mal, du liest doch wohl Zeitung!«
Sabrina stand auf. Seine Stimme war so unerwartet hart, und etwas in seiner Erscheinung machte ihr Angst. Sie hatte das unheimliche Gefühl, dass ihr die schiefen Augen der Maske aus dem Schlafzimmer durch den Türspalt folgten.
»Setz dich. Entschuldigung!« Er erhob sich ebenfalls, die Hände entwaffnend vor sich. »Wir leiden sicher beide unter dem Tod unserer Mütter und versuchen, Antworten zu finden. Versuchen zu verstehen, was passiert ist, stimmt's?«
Sabrina konnte nur nicken.
»Vielleicht weiß ich etwas. Komm mit.« Er öffnete die Haustür. Der Windstoß, der durch den Flur ging, ließ die Schlafzimmertür mit einem Krachen zuknallen und die Matte über den Boden sausen.
»Raus? Bei dem Wetter – was sollen wir draußen?«
Er zog einen Regenmantel an und ging hinaus in den Sturm; zögernd folgte sie ihm und zog die Kapuze ihres Mantels über den Kopf. Weiter vorne zwischen den Bäumen konnte sie undeutlich einen kleinen Schuppen erkennen. Vielleicht hatte er dort etwas versteckt, was sie sehen sollte, obwohl es vor allem wie ein altmodisches Plumpsklo mit einem geschnitzten Herz in der Tür aussah.
Oben auf der Böschung drehte er sich um. »Folg mir direkt auf den Fersen. Hier können Kreuzottern sein!«, rief er durch den Wind.
Es war schwer, in dem nassen Sand zu laufen. Als sie oben auf der Böschung zwischen den Bäumen um das Haus herum ankam, war es einigermaßen windgeschützt. Das Meer donnerte, die Blätter rauschten und der Wind heulte, sodass sie seine Stimme kaum hören konnte, aber sie hörte das Wort Kreuzottern. Hielten die nicht um diese Jahreszeit Winterschlaf und wären sie bei diesem Sturm überhaupt da?
»Was machen wir?«, rief sie und hielt ihre Haare mit den Händen fest. Die Kapuze war schon längst heruntergeweht worden und sie hatte sie aufgegeben.

Er hielt an und wartete auf sie. »Beeil dich mal, es ist hier drüben!«
Sie gehorchte, ohne zu wissen warum, und schaute zurück. Man sah die Rückseite des Sommerhauses und am Horizont das Meer im bedrohlichen Schaum hoher Wellen. Sie sah jetzt, dass der Schuppen ein Plumpsklo *war.* Aber dahinter stand ein Nebengebäude, das ein Geräteschuppen sein konnte.
Er kam ihr mit ausgestreckter Hand entgegen, um ihr die Böschung hoch zu helfen. »He, pass auf!«, rief er. »Der Deckel ist nicht auf der ...«
Sabrina erblickte sie genau in dem Moment, als sie einen Schritt machte und merkte, dass sie keinen Halt unter den Füßen hatte.
»... Klärgrube.«
Sie hörte das Wort und sah, wie er nach ihr griff, aber es war zu spät. Nur ihre Oberarme hinderten sie daran, herabzufallen, aber die rutschten langsam im Sand ab. Der Mantelstoff scheuerte wie Schleifpapier. Instinktiv hielt sie sich am Rand fest, als sie so weit heruntergerutscht war, dass ihre Ellbogen sie nicht länger stützten. Die Beine zappelten im Nichts.
Wie tief würde sie fallen? Was war auf dem Boden? Die Finger rutschten im Sand, und unter ihr fielen einige Kieselsteine. Als sie landeten, hörte sie einen Plumps im Wasser.
»Klärgrube?« Erschrocken sah sie ihn an. Er musste sich einfach nur zu ihr herunterstrecken und sie hochziehen, bevor sie fiel. Er war stark genug. Aber als sie über sich die Veränderung in seinem Gesicht sah, wusste sie, dass er ihr nicht helfen würde. Ihre Finger rutschten, es schnitt in ihrer Hand und ein Nagel riss ein, sodass der Schmerz auf den ganzen Arm übergriff. »Hilf mir!«
Er lächelte und stellte einen Fuß auf die Hand mit dem abgebrochenen Nagel, die blutete. Die harten Absätze bohrten sich in ihre Haut, aber er trat nicht zu. Es war auch überflüssig, dem Unvermeidlichen nachzuhelfen. Die Kräfte in ihren Armen begannen nachzulassen. Sie zitterten.
»Du musst mir helfen, Sebastian. Ich bin schwanger!« Die Worte wurden zu einem Schluchzen.
Er hob den Fuß, genau als ihre Hände abrutschten, und der Fall ins Unbekannte begann.

Sie landete auf dem Rücken. Der harte Schlag sandte einen Schmerz durch ihre Lenden, sodass sie laut aufschrie. Das Wasser war dunkel und reichte ihr bis zur Hüfte. Sie versuchte, sich hinzusetzen, aber der Schmerz zwang sie, in der gleichen Stellung liegen zu bleiben. Es gab auch keinen Platz für viel anderes.

Das einzige Licht, das in den Tank fiel, kam aus der Öffnung, wo der Deckel gelegen hatte. Aber jetzt verdeckte sein Gesicht das Licht. Er saß dort oben in der Hocke und guckte zu ihr runter. Seine Stimme hallte in dem leeren Tank, den die Geräusche des Meeres und des Sturms nicht erreichten.

»Zu deinem Glück war die Klärgrube nicht lange in Gebrauch. Aber das Wasser dringt durch den Deckel ein. Manchmal, wenn es viel geregnet hat, ist das Wasser bis ganz oben zum Rand gestiegen.« Er sah zum Himmel, und obwohl sie sein Gesicht nicht deutlich sehen konnte, erahnte sie einen zufriedenen Ausdruck, als er den Regenhut über seinen Kopf zog und wieder zu ihr runtersah. »Und das tut es heute echt. Meine Fresse, wie das regnet. Das Wasser kommt in kleinen Flutwellen den Abhang runter hierhin.« Er verschwand.

Sie versuchte, sich in dem schwachen Licht zu orientieren. Sie war ein bisschen mehr als zwei Meter gefallen. Über sich sah sie zwei Rohre, die sicher Abflussrohre gewesen waren. Die Seiten waren braun vom Rost und alten, eingetrockneten Exkrementen. Der Geruch war eklig und muffig. Sie rang nach Atem und versuchte, eine klaustrophobische Panik zu bekämpfen. Der Schmerz im Unterleib kam mit einem heftigen Stoß zurück. Sein Gesicht verdeckte das Licht erneut.

»Weißt du, was das ›septisch‹ in ›septischer Tank‹ bedeutet? So nennt man eine Klärgrube nämlich in der Fachsprache.« Mit den Händen formte er vor einem Ohr einen Trichter und legte den Kopf schief, als ob er lauschte. Sie antwortete nicht. »Das kommt von dem griechischen Wort ›septikos‹ und bedeutet verrottet oder verrotten. Glaubst du, dass es jetzt auch fünfundzwanzig Jahre dauert, bis sie dich hier als eine braune Mumie finden?« Seine Stimme war heiser und klang, als ob sie nicht von einem Menschen käme.

»Sebastian, das hier darfst du nicht! Ich habe Schmerzen im Unterleib. Ich habe Angst, dass es das Kind ist!« Die Stimme hallte und verstärkte die Panik und die Verzweiflung.

»Glaubst du, ich kauf dir das ab? Dass du schwanger bist? Aber ich werde gleich mal deinen Vater fragen, ob er sich darauf freut, Großvater zu werden …« Er verschwand wieder. Sie hörte, wie er etwas durch den Sand zog.
»Er weiß es nicht«, weinte sie. »Das weiß noch niemand!« Die Worte wurden von dem schabenden Geräusch, als er den Deckel an seinen Platz schob, erstickt. Neben ihr plumpsten ein paar Kieselsteine ins Wasser, dann wurde es dunkel und still. Nur ein viel zu schnelles Atmen, gemischt mit Schluchzern, hallte von den dicken Eisenwänden wider, außerdem ein sachtes Plätschern, das sie nach oben sehen ließ. Der Deckel schloss nicht richtig. Er hatte ihn nicht ganz zugeschoben, sodass ein Spalt offen blieb, aber garantiert nicht, damit sie Licht und Luft bekam. Oben auf dem Deckel sammelte sich das Regenwasser und strömte in den Tank.

45

»Es ist 12.45 Uhr. Das Verhör von Knud Engtoft beginnt. Anwesend sind Vizepolizeidirektor Kurt Olsen und unterzeichnend Kriminalkommissar Roland Benito«, diktierte er ins Aufnahmegerät und stellte es auf den Tisch.
Knud Engtoft saß zurückgelehnt auf dem Stuhl gegenüber und sah nicht besonders beeindruckt aus. Seine Augen leuchteten schelmisch und abenteuerlustig.
»Würden Sie freundlicherweise Ihren Namen sagen?«, fing Kurt Olsen an und setzte sich auf den Stuhl neben Roland.
»Ja, aber der Kriminalkommissar hat den völlig korrekt ausgesprochen. Knud Engtoft. Worauf läuft das hier hinaus? Ich hab euch ein wasserdichtes Alibi gegeben.«
»Das haben Sie, ja. Aber wir würden gerne ein bisschen mehr über Ihre finanziellen Posten erfahren.« Roland legte die Kontoauszüge auf den Tisch, sodass Knud Engtoft sehen konnte, dass ihre Beweisführung in Ordnung war. Zum ersten Mal trat Unsicherheit in seine Augen.
»Wo zum Teufel habt ihr die her?«
»Für die Polizei ist es nicht unmöglich, sich solches Beweismaterial zu beschaffen«, gab Kurt Olsen zur Antwort. »Was ist das für Geld, das

jedes Quartal auf Ihr Konto überwiesen wird?« Er nahm einen Auszug und guckte demonstrativ näher darauf. »Große Zahl«, fügte er hinzu und sah wieder Knud Engtoft an.

»Das ist natürlich von meinen Kunden.«

»Welche Kunden setzen so große Beträge ein?«

»Einige bezahlen gut für Safaris. Besonders, wenn sie was mit nach Hause nehmen können. Tierfelle, Stoßzähne oder whatever.«

»Tierfelle und Stoßzähne. Ist das nicht gesetzwidrig?«, fragte Roland übertrieben naiv und sah zu Kurt Olsen, der nickte, während er Knud Engtoft immer noch fest ansah.

»Ja, auch in diesem Maße. Sie erwerben Ihr Geld doch wohl nicht mit Wilderei?«

»Nein, verdammt. Ich respektiere Tiere echt, und das bringe ich auch den Teilnehmern bei. Das gehört zum Preis.«

»Das Geld wird von einem Konto in der Schweiz überwiesen. Klingelt da was, wer der Einzahler sein könnte?«

Knud Engtoft grinste und kratzte sich an dem Tattoo auf dem Oberarm. Als sie ihn geholt hatten, war er nur mit einem weißen, ärmellosen Unterhemd und einer grau melierten Jogginghose bekleidet, aber er wollte sich keinen Mantel anziehen. Er war der Typ, der nie fror, meinte er.

»Ja, jetzt dämmert was. Aber dieser Kunde will seinen Namen nicht preisgeben, das ist eine Absprache, die wir haben.«

»Und was ist der Grund für diese – Geheimhaltung?«, wollte Roland wissen.

»Warum glaubt ihr, hat er ein Konto in der Schweiz? Manche haben so viel Geld, dass sie gerne ein bisschen was steuerfrei sparen wollen, nicht?«

»Sie wollen uns also den Namen des Kunden nicht mitteilen. Merken sie nicht, dass es ein wenig verdächtig wirkt, wenn es doch *nur* um Safaris geht?«

»Loyalität meinen Kunden gegenüber ist etwas, auf das ich großen Wert lege. Und ihr könnt ein Schweizer Konto nicht aufspüren.« Es klang wie eine Frage.

»Ihr Kunde geht ganz schön oft auf Safari. Das Geld wird jedes Quartal überwiesen und das schon seit März 1984. Das war nur wenige Monate, nachdem Ihre Frau ermordet wurde!«

Knud Engtoft sah sie verständnislos an. »Ja, er reist viel und ist seit vielen Jahren Kunde bei mir. Ich sehe nichts Seltsames daran, dass die erste Zahlung ein paar Monate nach Louises Verschwinden eingegangen ist.«

»Der Betrag wurde gerade auf das Doppelte erhöht. Haben Sie dafür eine Erklärung?« Roland zeigte auf den Betrag des letzten Kontoauszuges.

»Ja. Die letzte Safari hat auch die Unterbringung in einem Luxushotel und einen Dolmetscher beinhaltet, weil der Kunde ein Dorf besuchen wollte.«

Knud Engtoft hatte die ganze Zeit die Antworten parat, ohne zu schwanken. Konnte es sein, dass er die Wahrheit sagte? Roland sah zu Kurt Olsen, der ebenfalls ratlos aussah. Das konnte eines der Verhöre werden, die sich tagelang hinzogen, bis sie etwas Brauchbares herausbekamen. Oder sie mussten ihn gehen lassen. Roland wollte gerade eine neue Frage stellen, als es vorsichtig an der Tür klopfte. Isabella steckte den Kopf rein und bat sie, einen Augenblick herauszukommen. Sie entschuldigten sich und verließen Knud Engtoft, der sich selbstzufrieden in einer übertriebenen Warteposition auf dem Stuhl zurücklehnte.

»Das Labor ist mit der Analyse des Nashorns aus Annemette Knudsens Wohnung fertig. Sie haben es mit einem Stück der Mordwaffe verglichen und es kann nicht ausgeschlossen werden, dass so eins Louise Engtoft die tödlichen Schläge verpasst hat. Die Durchsuchung des Wohnwagens ist jetzt abgeschlossen. Dort stand auch ein Nashorn, geschnitzt aus schwarzem Ebenholz, und wir haben ein Kissen aus Leopardenfell gefunden. Echtem Leopard. Das allein verstößt schon gegen das Washingtoner Artenschutzabkommen und gibt uns die Möglichkeit, ihn hierzubehalten. Das Kissen wurde zur KTU geschickt. Falls sich herausstellt, dass die Tierhaare mit denen in der Lunge der Ermordeten identisch sind, haben wir ihn!« Isabellas Augen glänzten vor Eifer.

Das Kissen, *das* hatte er während der Besprechung in Erinnerung gehabt. Es hatte nicht zu der übrigen bunten Einrichtung gepasst, erinnerte er sich jetzt, aber er hätte sich nie träumen lassen, dass es aus echtem Leopardenfell sein könnte. Imitate waren doch so modern. »Wie lange dauert es, bis wir Bescheid kriegen?«

»Und das Nashorn müssen die sich auch anschauen. Wenn es von der gleichen Sorte ist wie das, was bei der Kellnerin stand, haben wir eine Verbindung«, warf Kurt Olsen ein.
Isabella nickte. »Sie haben versprochen, es schnell zu erledigen, also falls ihr ihn so lange festhalten könnt, gebe ich euch Bescheid.« Sie flüsterte.
Kurt Olsen nickte zufrieden und ging zu Knud Engtoft hinein.
Roland legte eine Hand auf ihren Arm. »Tolle Arbeit«, lobte er gedämpft und schloss die Tür.
Knud Engtoft sah nicht mehr ganz so selbstsicher aus, als er ihre Gesichter sah. Es fiel ihnen schwer, ihren Triumph zu verbergen.
»Wir glauben, dass Sie Ihren Lebensunterhalt nicht ausschließlich mit Safaris bestreiten«, betonte Kurt Olsen, als er sich setzte.
Knud wurde blass und kratzte sich nervös an seinem Tattoo auf dem Arm.
»Wir haben den begründeten Verdacht, dass mit ungesetzlichen Waren gehandelt wird. Tierfelle von bedrohten Arten zum Beispiel? Illegaler Handel laut Washingtoner Artenschutzabkommen.«
Roland beobachtete Knud und entdeckte einen Ausdruck der Erleichterung in seiner Körperhaltung. War es etwas anderes oder mehr? Vielleicht Mord? Jetzt fehlten ihnen nur noch die entscheidenden Beweise, um ihn zu einem Geständnis der Morde zu bewegen.
»Das kann ein kleiner Fehler gewesen sein, aber verdammt, das gibt doch nur eine Geldstrafe. Gebt mir einfach die Rechnung, wenn ihr überhaupt Beweise habt.«
Als er lächelte, verklemmte sich die Oberlippe an den Schneidezähnen.
Rolands Mund fühlte sich auch trocken an. Er stand auf.
»Ich besorg gerade mal was zu trinken. Möchten Sie etwas Bestimmtes haben, Knud?«
»Mann, sind wir denn nicht fertig?«
Er sah an ihren schweigsamen Mienen, dass sie es nicht waren.
»Okay, dann hätt ich gern 'ne Cola.«

Als Roland mit den Getränken zurückkam, waren sie mitten in einem Gespräch über ansteckende Krankheiten in Afrika. »Nur die verdammten Mücken sind gefährlich. Die hinterlassen Parasiten, die selbst dem

Stärksten das Leben nehmen können. Selbst mir, echt. Der schlimmste heißt ›plasmodium falciparum‹. Aber Malaria ist 'ne Krankheit, gegen die man selbst was unternehmen kann, um nicht angesteckt zu werden. Ich schlaf immer unter einem Moskitonetz …«, er nahm die Cola entgegen und trank aus der Flasche, »und dann nehme ich natürlich Malariapillen. Warum auch nicht, wenn es mittlerweile vorbeugende Medikamente gibt? Es wäre echt dumm, das nicht zu tun.«

Sie plauderten über Gott und die Welt und hofften, ihn dazu zu bringen, unvorsichtig zu werden und etwas zu verraten. Aber das geschah nicht. Er leugnete, die Kellnerin zu kennen, und meinte, sie müsse das Souvenir von jemand anderem bekommen haben, der auch nach Afrika gereist war. Das wäre doch auch eine Möglichkeit. Roland schielte zur Uhr. Wenn sie nur bald von der Technischen hörten. Es gab Grenzen dafür, wie lange sie Knud Engtoft festhalten konnten. Irgendwann würde er wohl seinen Anwalt hinzuziehen wollen. Wie durch Gedankenübertragung klopfte es wieder. Roland sprang schnell auf und ging raus zu Isabella. Er schloss die Tür hinter sich.

»Bingo! Die Haare stammen von dem Kissen und die Nashörner aus Ebenholz haben das gleiche Schwarz und die gleiche Verarbeitung, die sind fast identisch. Wir können ihn hier behalten. Sie haben auch DNA auf dem Kissen gefunden und die in der Technischen waren wirklich schnell. Es ist Annemette Knudsens DNA. Spucke.«

»Spucke? Hat sie auf sein Kissen gespuckt?« Dann dämmerte es ihm. »Er hat erst versucht, sie mit dem Kissen zu ersticken …«

»Sie ist entwischt und in den Wald geflüchtet, schmeißt die Schuhe weg, um schneller laufen zu können, aber er holt sie leider ein, und …« führte Isabella fort.

Roland war kurz davor, sie zu umarmen, bezwang sich aber. »Jetzt müssen wir ihn nur noch mit dem Mord an seiner Frau und dem Arzt verbinden. Fragst du Kim und Mikkel, wie weit sie sind? Und übrigens – überprüf auch gleich mal, wie weit es von Knud Engtofts Wohnwagen bis zu dem Tatort im Wald ist.«

»Klar. Niels ist gerade vom Nachtclub zurückgekommen. Die Videoüberwachung vor dem Eingang hat kein Resultat ergeben. Niemand konnte einen von all den Männern, die an diesem Abend hineingingen, als den Mann wiederkennen, mit dem Annemette an der Bar geredet hatte, daher können wir von Glück sagen, dass wir andere Beweise haben.«

Roland nickte. »Aber lass sie uns trotzdem noch mal anschauen. Wir könnten sehen, wann Knud Engtoft angekommen ist, um seine Beute zu fangen. Wir sollten auch lieber eine DNA-Probe von ihm nehmen. Sonst noch was?«

»Ja, sie haben im Wohnwagen Medikamente gefunden. Antivirale Mittel. Retrovir, Norvir, Zerit, Invirase … «

»HIV – Aids?«

Isabella nickte. »Er ist HIV-positiv.«

»Dann schützt er sich also nicht gegen alle gefährlichen Krankheiten«, murmelte er. Sie sah ihn verständnislos an. Er gestikulierte und lächelte, um ihr zu signalisieren, dass es nicht von Bedeutung war.

Sie drehte sich um und war gerade am Gehen, hielt aber an, kurz bevor Roland die Tür öffnete. »Und übrigens, Mikkel und Dan waren bei Annemette Knudsens Mutter. Sie wollen gerne mit dir sprechen, wenn du hier fertig bist.«

Er nickte und öffnete die Tür. Kurt und Knud sahen zu ihm hoch.

»Es ist 13.05 Uhr und Sie sind des Mordes an Annemette Knudsen angeklagt«, erklärte er. In dem Moment kam ein Beamter herein und packte Knud Engtofts Arm. Der wurde feuerrot im Gesicht, die Worte kamen in schnellen Stößen. »Was läuft hier …! Was verdammt noch mal läuft hier, Mann? Ich hab nichts gemacht. Ich kenn die Sau echt nicht … Was soll das? Ihr dürft mich nicht einsperren, ich hab …« Er biss sich auf die Unterlippe, und Tränen stiegen ihm in die Augen.

»Das wissen wir, Knud. Sie bekommen Ihre Medikamente mit. Dafür haben wir gesorgt.«

»Worum ging es?«, fragte Kurt Olsen, als Roland begann, die Unterlagen zusammenzusuchen und die leeren Flaschen wegzuräumen.

»Der Mann ist mit HIV infiziert und muss seine Medikamente haben. Die halten ihn am Leben.«

46

Anne klingelte erneut und klopfte dann fest an die Tür zur Dachwohnung, aber niemand öffnete.

»Mist!«
Kamilla war mit Nicolaj zu einem Auftrag gefahren, den Thygesen ihnen auferlegt hatte. Nun war sie wieder allein, aber nicht, um zu bestimmen. Darüber hatte er auch völlig die Kontrolle übernommen, und nun hatte er entschieden, dass sie die Briefe beschaffen sollte, die Sabrina versteckte, und wenn sie sie stehlen müsste, hatte er gesagt. Sie war kurz davor, wieder zu gehen, als eine blonde Frau mit einem Kind auf dem einen Arm und einem Kinderwagen unter dem anderen sich die Treppe hoch kämpfte. Sie war stark geschminkt und das Parfüm erreichte Anne, bevor die Frau auf der Treppe zu sehen war. Anne schätzte, dass es die Freundin und Wohnungsbesitzerin sein musste, und griff nach dem Kinderwagen. Pernille sah überrascht zu ihr hoch.
»Anne Larsen. Ich bin Journalistin und würde gerne mit Sabrina Dahl sprechen. Moment, ich helfe gerade mal mit.« Sie lächelte und nahm den Kinderwagen.
»Danke. Macht Sabrina denn nicht auf?« Pernille machte einen kleinen Hüpfer mit dem Jungen, damit er besser auf ihrem Arm saß, und kramte den Schlüssel aus einer überfüllten Schultertasche, gegen die er mehrfach trat und die vor und zurück schwang. Er knabberte an einem Brötchen und hatte Krümel auf dem ganzen Kopf und über die Arme verteilt.
»Es sieht so aus, als ob niemand zu Hause wäre.« Anne nahm den Kinderwagen mit hinein. Pernille warf die Schlüssel auf den Küchentisch, setzte den Jungen auf den Boden und zog seinen Mantel aus, während sie nach Sabrina rief. Seine Schritte waren schon ziemlich sicher, aber er hatte den lustigen Gang, den Kinder mit Windeln oft haben. Jedenfalls wusste er, wo sein Zimmer und die Kiste mit den Spielsachen waren. Er schüttete den Inhalt auf den Boden, fand eine bunte Plüschgiraffe und reichte sie Anne hoch. Sie ging in die Hocke. »Booaaah, die ist ja toll«, staunte sie. Was sagte man sonst zu Kindern in dem Alter?
»Sie ist nicht da. Ich glaub nicht, dass sie für heute Pläne hatte, aber bei Sabrina weiß man nie.« Pernille zog den Mantel aus. »Ich kann Ihnen wohl nicht helfen. Worum geht es eigentlich?«
»Ich war schon mal hier, um mit Sabrina zu reden …«
»Das hat sie ja gar nicht erwähnt.« Pernille sah verwundert aus, als ob sie sich normalerweise alles anvertrauten.

»Sie hat einige Briefe, die für einen Artikel, an dem ich arbeite, geeignet wären. Wir haben nur darüber gesprochen.«
»Ach, die Briefe an ihre Oma? Wollen Sie sich nicht setzen?«
Pernille setzte sich auf einen Küchenstuhl, Anne gegenüber. »Wissen Sie etwas über diese Briefe?«
»Ja, sie sind von der Krankenpflegerin ihrer Mutter an Elina, ihre Oma. Sie ist gerade gestorben und Sabrina hat die Briefe in ihrem Versteck gefunden, als sie die Wohnung ausgeräumt haben. Von welchem Interesse sind sie für die Presse?«
»Sie sind wohl auch mehr für die Polizei von Interesse. Hat Sabrina nicht erzählt, dass die Krankenpflegerin, die die Briefe schrieb, diejenige ist, die ermordet im Moor gefunden wurde?«
Pernille öffnete den Mund, brachte aber keinen Laut heraus. Der Junge machte Krach mit einem Feuerwehrauto und amüsierte sich laut. »Still, Adam!«, rief sie irritiert. »Das, was Sie sagen, kann nicht stimmen. Das hätte mir Sabrina ganz sicher erzählt.«
»So ist es aber. Das Schlimmste ist, dass Sabrina auch in Gefahr sein kann. Haben Sie überhaupt keine Ahnung, wo sie sein könnte?«
»Vielleicht bei ihrem Vater. Obwohl sie lieber nicht dahin geht, wenn Carola – ihre Stiefmutter – zu Hause ist.«
Anne nickte, das verstand sie ausgesprochen gut. »Ich könnte es natürlich bei Gustav Hjort versuchen, aber …«
Pernille hatte ihr Handy genommen und eine Nummer in dessen Telefonbuch herausgesucht. Sie drückte auf Anruf. »Das müssen Sie nicht. Jetzt haben Sie mir einen richtigen Schrecken eingejagt. Wenn Sabrina in Gefahr ist, will ich wissen, wo sie ist.« Sie horchte aufs Telefon. »Hallo Gustav. Hier ist Pernille – Sabrinas Freundin. Ist Sabrina bei dir?« Während sie der Stimme lauschte, die so laut und aufgeregt war, dass Anne Bruchstücke davon hören konnte, wurde Pernille blass. Als sie auflegte, saß sie da und starrte Anne mit leeren Augen an. »Gustav hat einen Anruf bekommen, dass Sabrina nicht mehr lebt.« Sie war zu gelähmt, um zu weinen, aber um ihren Mund zuckte es.
»Von wem?«
»Weiß ich nicht!«
»Ein Mann oder eine Frau?« Anne stand auf und schulterte den Rucksack an einem Riemen.

»Gustav sagte ›er‹. Ein Mann«, antwortete Pernille mit kraftloser Stimme.
»Ich fahre zu Gustav Hjort. Hat er die Polizei angerufen?«
»Das weiß ich nicht, davon hat er nichts gesagt.« Pernille sah apathisch zu Adam, der auf den Stuhl bei ihrem Computer geklettert war, stand aber erst auf, als er anfing, Sachen auf den Boden zu werfen. Erst die Zeitung, die neben dem Computer lag, dann den Bleistifthalter. Bleistifte, Füller und Kugelschreiber rollten lärmend auf dem Parkettboden herum.
»Ich mach mich auf. Danke für das Gespräch. Ich lasse meine Visitenkarte hier, falls es etwas gibt, worüber Sie mit mir sprechen wollen.« Pernille hörte es nicht, sie nahm Adam vom Stuhl und begann die Stifte aufzusammeln. Anne schlich sich schnell aus der Tür und schloss sie leise.
Warum hatte Sabrina nicht auf sie gehört, als sie sagte, sie könnte in Gefahr sein? Wem hatte sie etwas getan? Knud Engtoft konnte es nicht sein, denn soweit sie informiert war, war er gerade verhaftet und des Mordes an Annemette Knudsen bezichtigt worden. Die Pressekonferenz war in einer knappen Stunde, aber sie konnte es vorher zum Strandweg schaffen. Sie hatte die Haustür unten im Treppenhaus erreicht, als Pernille mit einem verstörten Ausdruck in den Augen die Treppe heruntergelaufen kam.
»Ich habe diese Zeitung beim Computer gefunden. Das ist Sabrinas Handschrift.«
Anne nahm die Zeitung und schaute auf das Foto. Es war das, was Kamilla gemacht hatte. »Sebastian«, sagte sie leise.

47

Mikkel sah ein bisschen abgekämpft aus. Er streckte die Beine unter Rolands Schreibtisch aus. »Richtiges Scheißwetter. Ist das vielleicht der Weltuntergang?«
Dan saß auf dem Stuhl daneben und knabberte einen Hautfetzen am kleinen Finger ab. Roland stand mit dem Rücken zu ihnen am Fenster. Der Asphalt sah durch den aggressiven Regen und Wind auf dem Parkplatz ganz lebendig aus. Er versuchte, seine Gedanken zu sammeln. In einer halben Stunde war die Pressekonferenz, und sein Hirn schlug

sich immer noch mit Wörtern wie Dunkelziffer und Täter, die frei umherliefen, herum.
»Dann lasst mal hören«, meinte er.
»Zuerst sind wir nach Skovby gefahren und haben mit dem Cache-Eigentümer geredet. Den können wir ruhig ausschließen. Erstens hatte er ein Alibi für die ganze Woche, wo er mit einem Kommilitonen in Schweden angeln war. Danach haben wir mit Annemette Knudsens Mutter, Sidse Knudsen, geredet. Sie wohnt im Silkeborgweg, daher lag das ohnehin auf dem Weg.«
Dan Vang blickte böse auf Rolands Nacken, dann räusperte er sich.
»Wie kann das sein, dass wir das hier brauchen, jetzt, wo der Mörder gefangen ist? Wir haben ihn doch.«
Roland drehte sich zu ihm um und sah ihn ruhig an. Er setzte sich an seinen Schreibtisch, damit sie besseren Augenkontakt hatten.
»Wir sind immer sehr gründlich, Dan. Das weißt du. Ja, Knud Engtoft ist verhaftet, aber er ist nicht verurteilt, und er bestreitet die Tat. Die Frage ist also, wie lange wir ihn festhalten können. Wir haben Glück, wenn er nach der ersten richterlichen Vernehmung in Untersuchungshaft bleibt, aber das ist nun auch die Zeit, die wir haben, um die Beweise zu finden, die man für einen Prozess braucht, um ihn verurteilen zu können.« Roland machte eine kleine Pause.
»Deswegen müssen wir mit allen Möglichkeiten, die es geben könnte, weiter arbeiten. Und wer sagt, dass er die Morde allein begangen hat – wenn er es war?«
Dan nickte und schien zu verstehen.
»Was hat Sidse Knudsen gesagt?«
Mikkel wirkte verlegen ob der peinlichen Unterbrechung. »Auch nicht so viel zu ihrer Tochter. Annemette lebte anscheinend recht zurückgezogen ohne viele Freunde und Bekannte. Es war auch kein leichtes Leben. Sie hatte schon seit der Schulzeit nur in Nachtclubs als Kellnerin gearbeitet und nie eine Ausbildung gemacht. Die Mutter wusste nur, dass sie viele Jahre lang zwei Jobs hatte, um über die Runden zu kommen. Sie hatte gerade neu als Buchhalterin angefangen, sie haben sie angelernt. Das Behindertenheim, in dem die Tochter untergebracht ist, gehört nicht zu den billigsten.«
»Also nicht städtisch?«

Mikkel schüttelte den Kopf. »Nur das Beste war gut genug für die Tochter. Die Mutter meinte, das sei dem schlechten Gewissen geschuldet. Im Großen und Ganzen klang sie recht verbittert, was ihre Tochter angeht.«

Dan nickte bestätigend.

»Was fehlt dem Mädchen?« Roland nahm ein Stück Kaugummi und sah auf die Uhr. Die Pressekonferenz rückte näher.

»Sie ist linksseitig gelähmt und sitzt im Rollstuhl. Als sie vierzehn war, saß sie hinten auf dem Mofa ihres Freundes. Er fuhr zu schnell und frontal in einen PKW rein – auf der Stelle tot. Die Tochter, Kit, hing vier Monate am Beatmungsgerät; die Ärzte sagten, es sei nichts mehr zu machen, aber Annemette wollte die Geräte nicht abstellen und ihr Leben beenden lassen. Auch dagegen war ihre Mutter gewesen, wie man hören konnte. Sie ist immer noch der Meinung, das wäre für alle Beteiligten das Beste gewesen.«

»Und der Vater?«

»Spanier – für ihn hatte sie auch nicht viel übrig – ein One-Night-Stand während eines Spanienurlaubs, wie sie es ausdrückte. Sie hatte versucht, Annemette zu einer Abtreibung zu überreden, aber nicht mal Leben im embryonalen Stadium wollte sie beenden. Die Mutter meinte ganz klar, man hätte dem Ganzen damals ein Ende bereiten sollen, dann hätten sie sich all die Leiden erspart.«

»Wusste sie, wo das afrikanische Nashorn der Tochter herkam?«

»Dazu konnte sie nichts sagen, nein.«

»Habt ihr auch mit der behinderten Tochter gesprochen? Kit, so heißt sie doch, oder?«

Mikkel nickte. »Nein, was sollte das denn bringen, sie weiter zu quälen, es ist schon genug, dass ihre Mutter tot ist. Jetzt gibt es keinen, der das Heim bezahlt, also was wird aus ihr?«

Roland nickte. Er sah es genauso. Es gab keinen Grund, das arme Mädchen zu quälen.

»Was ist mit ihrer Oma, kann die nicht bezahlen?«

»Kann nicht – oder will vielleicht nicht. Sie ist Frührentnerin. Aber wir haben etwas sehr Seltsames entdeckt, als wir dort weggingen.« Mikkel sah schnell zu Dan, der ihm einen vorwurfsvollen Blick zuwarf. »Ja, eigentlich hat Dan ihn entdeckt. In der Garage stand ein schwarzer BMW

mit Lederbezügen. Ich habe das Kennzeichen notiert und überprüft. Er wurde 1984 gekauft. Bar bezahlt – von Annemette Knudsen.«
Roland klickte mit seinem Kugelschreiber ein paar Mal gegen die Tischplatte und sah wieder auf die Uhr. Wie in irgendeiner TV-Serie war die Zeit an der allerspannendsten Stelle abgelaufen. Die Pressekonferenz begann bald und er hatte Kurt Olsen versprochen, dieses Mal anzutreten.
Er stand auf und zog die Ärmel runter. »Lasst Kim Annemette Knudsens Vermögensverhältnisse und die ihrer Mutter zurück bis 1983 untersuchen. Ich geh runter zur Pressekonferenz.«
Er nahm die Treppe. Da er bald ein Jahr lang nicht mehr geraucht hatte, war das nicht mehr so anstrengend.
Vielleicht hatten die kleinen, schnellen Wanderungen mit dem jungen Hund auch das Ihre getan, obwohl er die meiste Zeit dastand und zusah. Gassi zu gehen war doch meist eine wartende Arbeit, während der sich das Tier eine geeignete Stelle erschnüffelte, um seine Notdurft zu verrichten. Ob Irene bei dem Gewitter mit ihm rausgegangen war? Das ganze Präsidium war von der Wetterlage geprägt, es gab viele Anrufe, wenn die Natur verrückt spielte. Er hoffte, es könnte die Journalisten abschrecken, damit es schnell überstanden war, aber so viel Glück hatte er nicht. Er setzte sich neben Kurt Olsen und zog ein Mikrophon ein wenig näher. Dann lasst uns das hier verdammt noch mal hinter uns bringen, sagte sein Blick.

48

Es war schwer, den Lada auf dem Weg zu halten. Anne überlegte umzudrehen. Das Meer war in wildem Aufruhr, aber dann beim Sommerhaus, wo große Bäume das Gebiet umgaben, wurde es ein bisschen geschützter. Die Baumwipfel wurden mit ungestümer Kraft gerüttelt, als ob ein grimmiger Troll sie festhielte und das letzte jämmerliche Blattfetzchen abschütteln wollte. Sie parkte vor dem Haus und setzte die Mütze auf. Der Sturm nahm ihr die Luft. Sie wandte den Kopf ab, um zu vermeiden, erstickt zu werden.
Das Haus sah verlassen aus. Es war alt, und hätte es nicht im Windschatten der Böschung und der hohen Bäume gelegen, wäre das Dach wohl schon längst abgedeckt worden. Sie schaute durch das Fenster

hinein, aber konnte außer Dunkelheit nichts erkennen. War Sabrina dort drinnen? Die Tür war verschlossen. Sie ging den ganzen Weg ums Haus herum und spähte durch die Fenster. Es gab kein Lebenszeichen. Eine Weile stand sie ratlos da und wusste genau, dass es das Beste wäre, zurück zum Auto zu gehen und nach Hause in Sicherheit zu fahren, aber das konnte sie nicht. Diese Adresse hier hatte Sabrina auf die Zeitung neben Sebastians Foto geschrieben. Sie musste ihn hier getroffen haben. Sie mussten miteinander geredet haben.

Als sie sich entschieden hatte und den ersten Stein durch die Scheibe warf, dachte sie, dass eine zertrümmerte Scheibe nach dem Unwetter nicht unnatürlich aussehen würde. Falls das Haus morgen überhaupt noch stand, wenn der Orkan – den die Meteorologen angekündigt hatten – die ganze Nacht toben würde. Sie steckte eine Hand hindurch und öffnete den Fenstergriff. Passte gut auf, sich nicht an dem scharfen Glas zu schneiden. Sie öffnete das Fenster und krabbelte hinein. Eine verwelkte Topfpflanze fiel auf den Boden, und ein kleiner Tisch kippte mit einem Knall um. Höllisch windig, dachte sie und konnte sich ein Lächeln nicht verkneifen.

Das Haus war sehr übersichtlich. Wohl nur ungefähr sechzig Quadratmeter, verteilt auf Wohnzimmer, Küche mit Gasherd und ein Schlafzimmer. Es gab keinen Strom und die vielen, fast heruntergebrannten Kerzen, die überall herumstanden, mussten die einzige Beleuchtung an diesen dunklen Abenden sein. Vorsichtig öffnete sie die Tür zu einem Zimmer mit einem Bett. Es roch nach alter Matratze und einem anderen, merkwürdig exotischen Geruch. Sie ging hinein und wich einen Schritt zurück. Das Zimmer war mit Holzfiguren gefüllt. Es war das Holz, das roch. Einige davon waren hübsch geschnitzt und dekoriert und könnten mit gutem Willen als ansehnlich gelten, andere stellten böse Geister, Phantasietiere und Krieger mit spektakulären Speeren dar. Über dem Bett hing eine Maske mit dreieckigen dicken Lippen und schiefen Löchern für die Augen. Sie bekam Gänsehaut, nicht weil es in dem Zimmer kalt war. Hier war eine Verbindung zu Afrika. Ob es wohl Knud Engtofts waren? Hatte Sebastian Sabrina in das Sommerhaus seines Vaters gelockt? Oder hatte der es getan? Aber warum wohnte er dann in seinem Wohnwagen? Nein, er hatte ja fast den ganzen Tag im Polizeipräsidium gesessen.

Der Sturm heulte um die Ecke beim Fenster. Heftige Windstöße ließen das Holz ächzen und das Fenster klingen, als ob es bald nachgeben und in einem Regen aus Glasscherben aus dem Rahmen brechen würde. Anne sah sich plötzlich selbst in einem Spiegel über einer alten Kommode mit drei Schubladen. Erschrocken zuckte sie zusammen, weil sie den Spiegel nicht gesehen hatte. Er war genauso dunkel wie alles andere in dem Raum. Sie war bleicher, als sie gedacht hatte. Die Augen waren groß und sahen erschrocken aus. Sie zog die erste Schublade raus. Dort lagen nur ein paar Kämme, ein Rasierer und anderes Rasierzeug. Die zweite Schublade war leer, aber in der untersten fand sie ein Buch im A5-Format. Der Einband ähnelte Schlangenleder, und als sie ihn anfasste, zweifelte sie nicht mehr daran, dass es echt war. Sie nahm es heraus und öffnete es. Auf der ersten Seite standen in leserlicher Schrift einige Wörter: ›*Kila lenye mwanzo halikosi kuwa na mwisho*‹. Sie blätterte um. Auf der nächsten Seite stand nur ein einziges Wort: ›*Usaidifa*‹. Alle Seiten des Buchs waren mit Wörtern gefüllt. Sie verstand keins davon. Sie waren in einer Sprache geschrieben, die sie noch nie zuvor gesehen hatte.
Sie steckte es in die Tasche und ging zu einem hohen, schmalen Kleiderschrank. Er war leer. Auch ein letzter Gang durch das Haus gab ihr keinen Aufschluss darüber, wer hier wohnte. Insgesamt war es so hinterlassen, wie es wäre, wenn in der nächsten Saison keiner zurückkam. Vielleicht war Sabrina auch überhaupt nicht hier gewesen. Alles deutete darauf hin, dass sie sich geirrt hatte.
Sobald sie herauskam, überfiel der Sturm sie. Er versuchte, ihren Mantel wegzureißen und sie umzuwerfen, als sie sich durch schlammigen Sand zurück zum Auto kämpfte. Der Regen prasselte auf sie ein und brannte im Gesicht wie Nadelstiche. In kürzester Zeit waren ihre Kleider durchnässt. Sie drehte sich von den Windböen weg und entdeckte den Schuppen zwischen den Bäumen. Hier war die Außentoilette. Sie hatte sich im Haus auch schon gefragt, wo sie war. In der größeren Hütte dahinter waren sicher Duschen oder andere Bade-Installationen, obwohl man bestimmt in Meer baden könnte, wenn man ein rauer Naturmensch war, wie es der Besitzer zweifelsohne sein musste.
Die Baumstämme knackten, als ob sie bald nicht mehr dagegen anzukämpfen vermochten. Einige Äste hatten aufgegeben und lagen wie

amputierte Arme auf der Erde. Einer hatte ihr Auto getroffen und lag auf der Motorhaube.
Das Wasser lief in kleinen Flutwellen die Böschung runter. Sie sollte lieber sehen, dass sie nach Hause kam. Ein Anruf entschied es. Thygesens Stimme donnerte genauso brutal wie das Meer.
»Wo zum Teufel steckst du? Die Pressekonferenz fängt gleich an. Du findest dich gefälligst innerhalb von fünf Minuten im Polizeipräsidium ein. Ich warte auf dich!« Sie kam nicht dazu zu antworten, dass das unmöglich zu schaffen war, und ob er diese Pressekonferenz verdammt noch mal nicht mal selbst meistern konnte, wenn er ohnehin schon da war. Sie startete das Auto und versuchte, rückwärts auszuparken, aber die Hinterreifen rutschten nur im Sand herum und das Auto kam nicht vom Fleck. Wäre es doch nur Kamillas Geländewagen gewesen. Sie fluchte. Stieg aus. In den Sturm, der versuchte, sie im Auto zu halten. Es half nicht, weiter auszuparken zu versuchen, die Räder wollten im Sand einfach nicht länger greifen. Sie schaute zu dem Schuppen. Es war unmöglich, allein nur daran zu denken, dort hinaufzugehen, aber vielleicht waren dort Werkzeuge, die sie gebrauchen konnte. Eine Schaufel oder andere nützliche Ausrüstung war nichts, was sie im Auto hatte. Sie hatte es nie gebraucht – bis jetzt.
Als sie oben ankam, rang sie nach Atem, aber hier war es einigermaßen geschützt. Der Schuppen war verhältnismäßig neu und sah solide aus. Anne probierte die Tür. Sie war verschlossen. Es gab keine Fenster. Einen Augenblick stand sie da und zitterte vor Kälte, ohne zu wissen, was sie tun sollte, dann lief sie den Abhang hinunter. Sie kniete sich hin und begann mit bloßen Händen, die sofort steif vor Kälte wurden, den nassen Sand um die Räder wegzugraben.

49

Kim überfiel ihn, als er von der Pressekonferenz zurückkam. Er hatte es nicht einmal in sein Büro geschafft.
»Ich bin die Konten der Kellnerin durchgegangen, und 1984 wurde kein Geld für den Kauf des BMW abgebucht. Mikkel hat wieder mit ihrer Mutter gesprochen. Sie behauptet, dass Annemette eine halbe Million in der Lotterie gewonnen hätte, wusste aber nicht, in welcher, und ich kann es nicht herausfinden. Es ist ja auch lange her.«

»Was ist mit Lotto?«, fragte Roland abwesend, immer noch ein bisschen benebelt nach der Pressekonferenz, in der Fragen auf sie eingeprasselt waren wie der Regen im Sturm auf die Fensterscheiben. Er setzte sich schwerfällig an den Schreibtisch.
»Lotto war damals keine Möglichkeit. Das gibt's erst seit 1989. Daran erinnere ich mich genau, weil ich mit meinem ersten Lottoschein tausend Kronen gewonnen habe.« Kim richtete sich auf und streckte die Brust raus.
»Toll, Kim!«
»Es könnte die Klassenlotterie gewesen sein. Die wurde von Frederik V. vor über zweihundert Jahren gegründet. Aber auch das gab keine Ergebnisse. Vielleicht eine ausländische Lotterie. Spanisch, vielleicht, wenn sie doch dahin reiste und …«
»Dass sowohl Knud Engtoft als auch Annemette Knudsen 1984 beide plötzlich ans große Geld kamen, regt sehr zum Nachdenken an«, unterbrach Roland. Er wendete den Kaugummi mit der Zunge und sah zu Kim Ansager hoch. Er hatte eine neue Brille, bemerkte er plötzlich.
»Vielleicht hat er sie für irgendetwas bezahlt? Ob sie wohl Safarireisen für ihn verkauft hat? Sie müssen sich ja gekannt haben. Wo hat sie sonst das Nashorn her?«
»Der Leopardenpelz war ja auf jeden Fall nicht echt.«
»Vielleicht konnte sie andere Leistungen erbringen? Kann das Geld Knud Engtofts Mordmotiv gewesen sein?«
»So lange danach? Aber du hast Recht mit der Möglichkeit, dass das Geld von ihm stammen könnte. Er hatte die Mittel, sie für etwas zu bezahlen, aber was …?« Roland strich sich übers Kinn, während er die Möglichkeiten durchging. »Schweigen«, mutmaßte er dann. »Was ist mit Schweigen?«
»Schweigen – worüber?«
»Das müssen wir herausfinden. Was ist mit dem Arzt?«
»Er hatte eine reine Weste – jedenfalls, was die Finanzen betrifft.«
Kim setzte sich auf die Schreibtischkante. »Wenn Annemette zwei Jobs brauchte, um zurechtzukommen, muss sich die halbe Million schnell verflüchtigt haben.«
»Sie hat doch auch ihrer Mutter einen BMW spendiert, Reisen, unter anderem nach Spanien, und später …«, begann Roland.

»Später ging das Ganze wohl an das private Behindertenheim und die Tochter«, schlug Kim vor.
»Ich wette, das hat das letzte Geld aufgefressen.«
»Garantiert. Und tatsächlich hat sie auch nur 1984 nicht gearbeitet. Ich habe den Nachtclubbesitzer kontaktiert – den damaligen – und er bestätigte, dass sie irgendwann ›in der Lotterie gewonnen‹ und aufgehört hatte zu arbeiten. Aber im Jahr darauf war sie wieder zurück. Vielleicht hat sie einfach ihren Job vermisst.«
»Ja, oder das Geld. Gute Arbeit, Kim!« Roland schlug die Finger hart gegen die Tischkante, ein Geräusch, das besagte: Jetzt machen wir weiter.
Kim erkannte es und stand auf. »Lief die Pressekonferenz gut?«
»Wie so was halt immer läuft, aber nun wurden die Geier ein bisschen gefüttert.« Er lächelte zufrieden, und Kim ließ ihn in Ruhe arbeiten.
Und Ruhe brauchte er. Das Ganze war so schnell gegangen; er hatte das ungute Gefühl, dass es vielleicht zu einfach gegangen war.
Er musste den Verlauf in seinem Kopf rekonstruieren. Knud Engtoft hatte Annemette Knudsen getötet. Dafür gab es nur schwache technische Beweise. Dass sie in der Nähe seines Leopardenkissens im Wohnwagen gewesen war, war ja kein Beweis dafür, dass er der Mörder war. Vielleicht würden die Ergebnisse der DNA-Analyse mehr bringen. Aber womit sollten sie die DNA abgleichen, wenn an den Tatorten keine gefunden worden war? Knud war HIV-positiv, spielte das eine Rolle? War das Rache? Hatte ihn der Arzt im Stich gelassen? Hatte Annemette ihn angesteckt? Bei diesem Gedanken richtete er sich auf und rief in der Rechtsmedizin an. Es dauerte ein bisschen, bis er Leander zu sprechen bekam, aber der konnte seinen Verdacht nicht bestätigen. Annemette Knudsen war nicht infiziert gewesen. Knud Engtoft hatte die Krankheit bestimmt von einer schwarzen Geliebten in Ghana bekommen – vielleicht unter dem schützenden Moskitonetz. Aber was war dann das Motiv? Und was war das Motiv für den Mord an seiner Frau und dem Arzt? Es gab viel zu viele unbeantwortete Fragen, um den Fall als aufgeklärt zu bezeichnen. Zu vieles, was nicht zusammenhing. Wem gehörte das Schweizer Bankkonto? Die Schweizer Banken, die sich als Steueroase für Wohlhabende anboten, waren in den letzten Jahren stark unter die Lupe genommen worden und wurden von verschiedenen Regie-

rungen nicht nur beschuldigt, Steuerhinterzieher zu beschützen, sondern auch, Kriminellen, unter anderem Drogenhändlern und Terroristen, bei der Geldwäsche zu helfen. Nach dem 11. September 2001 war der Widerstand gegen das System gewachsen. Wie immer, wenn es um Kriminalität, Macht und Geld ging, tauchte die Mafia in seinen Gedanken auf. Al Capone hatte seine Freude an dem Schweizer Bankengesetz von 1934 gehabt, das ihn dazu inspirierte, seine eigene Bank in der Schweiz zu kaufen, um dort Geld von seinen Spielautomaten zu deponieren. Natürlich passierte das auch heute noch mit Drogengeldern, Geld aus den Müllgeschäften und allem möglichen anderen. Es brauchte Zeit, einen Fall mit einem versteckten Bankkonto in der Schweiz aufzudröseln. Aber das könnte und würde sich machen lassen, falls es so weit kam. Falls sie Knud Engtoft nicht knacken konnten. Sein Kopf hatte angefangen, heftig zu hämmern. Er suchte in der Schublade nach Paracetamol, als sie klopfte und die Tür öffnete.
»Wir haben ihn also gekriegt!«, meinte sie und blieb in der Türöffnung stehen.
»Vielleicht kriegen wir ihn, ja. Komm rein, Isabella.« Er ließ die Pillenschachtel los und schloss die Schublade. Darin lagen immer noch die Verkaufsexposés, und kurz dachte er an das Wochenende, an dem Irene das Anwesen sehen sollte. Das löste bei ihm ganz andere Schmetterlinge im Bauch aus.
»Was meinst du mit *vielleicht*?«
»Es gibt nicht genug Beweise, um ihn zu verhaften. Knud Engtoft ist vorläufig nur mit begründetem Verdacht beschuldigt. Aber er hat nicht gestanden. Und es gibt etwas, das nicht zusammenpasst.«
»Hat Niels nicht gesagt, dass die Richtung vom Wohnwagen zum Tatort gut passt? Genau die würde man wählen, wenn man im Dunkeln panisch in den Wald rennt; es ist nur ungefähr einen halben Kilometer bis zu der Stelle, wo der eine Schuh gefunden wurde.«
»Nein, ich habe nicht mit Niels gesprochen.« Roland sah interessiert zu ihr hoch. »Haben sie Fußspuren gefunden?«
»Leider nicht. Es hat ja viel geregnet und …«
Er gestikulierte resigniert mit den Armen und warf den Kugelschreiber auf den Tisch. »Siehst du! Keine Beweise. Nur Indizien. Das geht einfach nicht, kein Gericht wird das akzeptieren.«

»Steckt man ihn eigentlich ins Gefängnis, wenn er HIV hat? Ich meine, er ist doch krank.« Beunruhigt setzte Isabella sich.
»Laut einem Paragraphen im Gesetz riskiert ein HIV-Infizierter für ungeschützten Sex mit Gesunden bis zu vier Jahre Gefängnis. Wenn man ihn wegen Sex einsperren kann, warum dann nicht auch wegen Mordes?«
»Da ist was dran.«
Isabella sagte lange nichts, sie wirkte verlegen.
»Haben wir eine Verbindung zwischen den drei Mordopfern gefunden?«, fragte er.
Jetzt sollten sie ja nicht ins Stocken geraten, nur weil Knud Engtoft der mögliche Täter war.
»Uns fehlt die Verbindung zu der Kellnerin, sie ist die Einzige, die außerhalb steht. Zwischen dem Arzt und der Krankenpflegerin gibt es vermutlich eine Verbindung, aber wir haben sie leider noch nicht gefunden.«
»Wir müssen etwas finden, was uns ein Motiv liefern kann. Ein Motiv dafür, dass Knud Engtoft drei Menschen tötet. Welches dieser fünf Motive kann es sein – Sex, Wollust, Eifersucht, Rache, Ehre?« Roland blätterte in den Unterlagen des Falls.
»Ehre?«, wunderte sich Isabella verständnislos. Roland kam der Gedanke, dass sie neu war.
»Ehre ist mit Schande oder Ausstoßen verbunden«, erklärte er und sah wieder in die Papiere. »Falls wir davon ausgehen, dass sich Täter und Opfer kannten, ist das Motiv meistens Wollust, Eifersucht, Ehre oder Rache. Kennen sie sich vorher nicht, ist es meistens Sex, Wollust oder Bereicherung. Keiner tötet ohne ein Motiv. Ohne das Motiv finden wir den Mörder nie«, fuhr er fort. Er bemerkte, dass er nuschelte, aber Isabella hatte ihn verstanden.
»Kann es etwas mit Geld sein?«
»Also Bereicherung? Auf jeden Fall ist Geld involviert – sogar große Beträge. Hast du irgendwelche Vermutungen?«
»Erpressung?«
Er nickte und dachte an seinen eigenen Vorschlag an Kim – Bezahlung für Schweigen. Erpressung. »Jemand weiß etwas, ein anderer bezahlt dafür, dass es nicht rauskommt.«
»Der Mord an Bente Louise Engtoft?«, schlug Isabella vor.

Roland starrte sie an, ohne sie richtig wahrzunehmen. In seinem Kopf war etwas dabei, Form anzunehmen, und nicht nur der Kopfschmerz wuchs. »Das hat fünfundzwanzig Jahre lang geklappt, aber jetzt wurde der Betrag auf das Doppelte erhöht. Was hat wohl den Ausschlag gegeben?«

»Dass die Krankenpflegerin im Moor gefunden wurde.«

Roland stellte die Fragen, Isabella antwortete. Schon zum dritten Mal an diesem Tag wollte er sie umarmen. »Knud Engtoft kriegt das Geld, also muss er derjenige sein, der was weiß.«

»Er war es auch, der die Journalistin angerufen und gewarnt hat. Er kennt ihren Mörder.« Isabella war so eifrig geworden, dass sie aufstand und auf- und abging, während sie zur Decke schaute, als ob sie mit einer schweren Rechenaufgabe kämpfte.

»Das könnte doch auch er selbst sein?«

»Falls er es selbst ist, bekommt er dann Geld für den Mord? Vielleicht ist er ein Auftragsmörder – ein afrikanischer Auftragsmörder?«

Sie war gut. »Was ist mit der Kellnerin? Wie passt die ins Bild?«

Isabella setzte sich. Ihre Wangen waren hektisch rot geworden, aber jetzt sah sie ihn resigniert an. »Genau da bin ich hängengeblieben. Hat sie auch Geld bekommen?«

»Eine halbe Million, die sie angeblich in der Lotterie gewonnen hat.«

Sie dachte nach. Plötzlich sah sie ihn an. »Sie wusste auch etwas. Vielleicht hat sie gesehen, wie er seine Frau ermordet hat?«

»Vielleicht, aber was ist dann mit dem Arzt? Warum musste er beseitigt werden?« Er bemerkte, dass er sie testete, und vielleicht fasste sie es auch so auf.

Sie gestikulierte. »Ich geb auf!«

Sie wurden vom Telefon unterbrochen. Isabella war auf dem Weg zur Tür, als er abhob, und Mikkel sagte, jemand sei hier und wolle mit ihm sprechen.

»Wer denn?«

»Sie sagt, sie sei eine Freundin von Sabrina Dahl und heiße Pernille Lauritzen. Sie hat gerade nach ihr gesucht und hat ein paar Briefe mit, die eine Verbindung zu dem Mord im Moor haben. Soll ich sie reinschicken?«

»Ja, unbedingt!«

50

Nicolaj hatte die meiste Zeit des Tages geschwafelt und die Klappe aufgerissen, sodass sie ganz wirr im Kopf war. Der Sturm allein hätte das schon machen können. Thygesen hatte sie rausgeschickt, um eine Reportage über ein umgestürztes Gerüst in der Amaliestraße zu machen. Das Erste, worüber Nicolaj sich beschwerte, war, dass es sich nicht um einen makaberen Todesfall handelte, aber es hätte leicht einen geben können. Das Gerüst hatte zwei Autos zerstört und beinahe eine Fensterscheibe im Gebäude auf der gegenüberliegenden Straßenseite zerschmettert. Die Firma, die das Gerüst aufgestellt hatte, war auch vor Ort und konnte überhaupt nicht verstehen, wie das passieren konnte. Nicolaj hatte interviewt, sie hatte fotografiert. Als sie zerzaust zurückkamen, hatte Thygesen gesagt, dass er zur Pressekonferenz ginge, weil er Anne nicht erreichen konnte, und dass sie nach Hause gehen konnten, bevor der Sturm in einen Orkan überging.

Sie machte sich einen warmen Tee und setzte sich zu Tarzan aufs Sofa. Er sah sie nicht einmal an, als sie seinen Nacken kraulte.
Wie findet man seinen biologischen Vater? Wenn ihre Mutter ihn als ›Vater unbekannt‹ oder den Fischereiarbeiter, Henning Holm, als Vater angegeben hatte, würde sie keine Hilfe vom Kirchenbüro in Horsens bekommen, das sie als erstes kontaktieren wollte. Aber hatte sie das getan? Laut Astrid war sie über diesen Freund sehr froh gewesen und hätte sie nicht eine Abtreibung vornehmen lassen, wenn sie es nicht gewesen wäre? Hätte sie so enden sollen? Als Fötus von ihrer eigenen Mutter ermordet. Vielleicht war das der Grund, dass bei ihr alles schief gegangen war – ihre Ehe, Rasmus, Danny, ihre Mutter, ihr Leben. Sie hätte überhaupt nicht existiert sollen, deswegen gab es nichts, was ihr zustand. Jetzt klingst du verdammt noch mal genau wie deine Mutter, dachte sie und trank von dem Tee. In den Kinderheimen war es streng verboten gewesen zu fluchen und regelrecht strafbar. Das hatte immer tief in ihr gesessen. Einmal war sie einen ganzen Abend lang im Besenschrank eingeschlossen worden, weil sie einmal »zum Teufel« gesagt hatte. Erst sechs Jahre alt. Sie glaubte, sie wäre vergessen worden und müsste für immer dort bleiben. Deswegen hatte sie wohl auch Angst im Dunkeln. Werde um Gottes Willen nicht wie sie! Aber ähnelte sie

ihr nicht trotzdem am meisten? War sie wie diese in Vorurteilen und an das Jüngste Gericht denkende, negative Person, die Gloria gewesen war, oder hatte sie mehr Persönlichkeitszüge von ihrem Vater? War sie ihm am ähnlichsten? Gab es erbliche Krankheiten, gegen die ihre Verhaltensregeln nichts ausrichten konnten?

Sie holte den Laptop und setzte sich damit aufs Sofa.

Das drahtlose Netzwerk sorgte dafür, dass sie sich ins Internet einloggen konnte, wo auch immer sie im Haus war. Sie gab ›Horsens Klostergemeinde‹ bei Google ein, klickte auf die Homepage, scrollte runter und fand den Kontakt. ›Priester/Kirchenbüro‹. Bingo! Sie ging auf den Link. Name und Telefonnummer des Pfarrers (Kirchenbuchführer) standen ganz oben. Sie schrieb die Telefonnummer auf. Könnte sie so viel Glück haben, dass er jetzt antwortete? Sie schaute auf die Uhr und bekam plötzlich kalte Füße. Hatte sie eigentlich Lust, ihren Vater zu finden? Wer war er, und welches Leben führte er? Trinker, Krimineller, Drogensüchtiger – verstorben? Vielleicht lebte er gar nicht mehr, und war es dann nicht besser, in dem Glauben zu sein, dass es irgendwo dort draußen einen Vater gab? Sie legte das Handy zurück auf den Tisch und sah Tarzan an. Katze müsste man sein! Sie nahm sich noch Tee, sah eine Sendung über den Sturm in den TV2 News, wo sie ankündigten, dass er im Laufe der Nacht in einen Orkan umschlagen würde. Sie schickte Anne eine SMS, ob sie gut nach Hause gekommen war. Zehn Minuten später kam die Antwort. ›Ja, ich bin jetzt gut zu Hause, saß mit dem Auto fest, aber das kennst du ja ;-) Muss dir morgen eine Menge erzählen. Umarmung, Anne.‹

Durch die Terrassentür schaute sie nach draußen auf die Bäume im Garten. Sie bewegten sich wie unruhige Geschöpfe, die sich aus der Erde losreißen und in den Windschatten flüchten wollten. Dann nahm sie das Handy wieder, entschied sich und wählte die Nummer des Kirchenbuchführers.

Es dauerte lange, bis der Hörer im Pfarrhaus abgenommen wurde, und sie den vertrauten Horsens-Dialekt hörte. Er erklärte, dass Kinder, die 2003 oder später geboren wurden, heutzutage im elektronischen Kirchenbuch standen, aber als sie sagte, dass es sich um eine Geburt von 1971 handelte, antwortete er, sie könne ins Kirchenbüro kommen und bei Vorlage des Ausweises eine Abschrift aus dem Kirchenbuch bekommen. Sie bedankte sich und legte auf. Dann kehrte die Unruhe zurück. Sie geriet wieder in Zweifel, ob sie ihn kennenlernen wollte – und vielleicht wollte er *sie* nicht kennenlernen.

51

Pernille Lauritzen sah gehetzt aus. Sie eilte in Rolands Büro und stellte einen Pappkarton auf seinen Tisch. »Das sind die Briefe«, erklärte sie schnell und sah auf die Uhr. »Ich habe nicht viel Zeit, mein Sohn ist bei der Nachbarin, es ist ja ein schreckliches Wetter, daher …« Sie hyperventilierte und war wieder auf dem Weg aus der Tür.

»Setzen Sie sich jetzt mal für einen Augenblick ruhig hin und erzählen Sie, was passiert ist. Was sind das für Briefe und warum glauben Sie, dass sie etwas mit dem Mord zu tun haben?«

Widerwillig nahm sie Platz. Die Augen waren groß, braun und voller Angst unter sehr langen Wimpern und markantem Augen-Make-up. Sie duftete nach teurem Parfüm.

»Sabrina hat mir nichts erzählt. Jedenfalls nicht, dass diejenige, die die Briefe geschrieben hat, die Tote aus dem Moor ist.«

»Sabrina ist Carola und Gustav Hjorts Tochter, richtig?«

»Nur Gustavs Tochter. Carola ist Sabrinas Stiefmutter und sie können sich nicht ausstehen. Ich dachte, sie wäre bei ihnen, aber das ist sie nicht. Sie ist verschwunden!«

Plötzlich fing sie an zu weinen, riss sich jedoch schnell zusammen und sah ihn an. Das Mascara war nicht wasserfest. Sie rasselte die Worte herunter, während er ruhig zuhörte und Fragen stellte, wenn er etwas nicht gleich verstand.

»Warum mag sich Gustav Hjort wohl nicht an uns gewandt haben, wenn seine Tochter verschwunden ist?«

»Ich gehe mal davon aus, dass er Sie kontaktieren wird. Ich weiß ja am meisten über Sabrinas Tun und Treiben, weil sie bei uns wohnt. Ich habe ihn kurz danach angerufen. Er hatte die Nachricht erhalten, dass sie nicht mehr am Leben ist.«

»Welche Nachricht – von wem?«

»Ein Mann hat ihn angerufen.«

»Wann hat er diesen Anruf bekommen?«

»Das muss gegen drei bis vier gewesen sein, ich war gerade von der Arbeit heimgekommen. Die Journalistin hat im Treppenhaus auf mich gewartet. Sie hat mir das mit den Briefen erzählt. Sie wollte mit Sabrina darüber sprechen«, schloss sie und schaute wieder auf ihre Armbanduhr. Sie stand auf. »Jetzt muss ich aber gehen! Ich habe der Nachbarin versprochen, dass es nur eine halbe Stunde dauern würde.«
Roland erhob sich ebenfalls. »Welche Journalistin?« Ein Verdacht verursachte ihm Gänsehaut auf den Armen.
»Die vom *Tageblatt*. Anne Larsen heißt sie. Sie kam, um die Briefe zu bekommen, hat es sich aber plötzlich anders überlegt. Ich glaube, sie hat sie wieder völlig vergessen, als sie das Foto in der Zeitung gesehen hat.«
Die Gänsehaut breitete sich in den Nacken aus. »Welches Foto?«
»Ich weiß es nicht. Es war ein Mann. Sabrina hatte eine Adresse daneben geschrieben. Anne Larsen hat einen Namen erwähnt, bevor sie aus der Tür gestürzt ist.«
»Können Sie sich an den Namen erinnern?«
»Leider nicht – und jetzt muss ich aber wirklich gehen. Versprechen Sie mir, dass ihr Sabrina findet, ja?« Die Tränen in ihren Augen waren zurück, als sie ihn bittend ansah. Dann war sie weg.
Roland setzte sich. Beinahe hyperventilierte er auch.
Anne Larsen war also wieder im Spiel. Was hatte sie nun aufgestöbert und vergessen, der Polizei zu erzählen? Er wählte die Nummer der Redaktion, hatte aber nur den Anrufbeantworter dran, der die Öffnungszeiten herunterleierte. Die Arbeitsplätze waren sicher verlassen. Alle waren nach Hause in Sicherheit gegangen, bevor der Orkan ernsthaft losbrach. Sie hatten ihnen ja selbst dazu geraten, sich drinnen aufzuhalten. Vielleicht sollte er auch nach Hause fahren und das Gleiche tun. Um Anne Larsen musste er sich morgen kümmern. Stattdessen rief er auf Mikkels Apparat an.
»Ihr habt eine Vermisstenanzeige von Sabrina Dahl entgegengenommen, oder?«
Mikkel bestätigte es.
»Ich glaube, wir müssen mit Gustav Hjort sprechen. Er soll einen Anruf bekommen haben, dass seine Tochter nicht mehr lebt. Kümmerst du dich darum?«

»*Jetzt*?« Mikkel klang ganz erschrocken.
»Du kannst zunächst mal mit ihm telefonieren. Ich weiß, dass es nicht das beste Wetter zum Ausrücken ist. Wir müssen mit der Suche warten, bis das Unwetter vorbei ist.«
»Ich werd wohl anrufen«, murmelte Mikkel.
Roland nahm den Pappkarton mit den Briefen unter den Arm. Das waren ein paar Überstunden zu Hause.

An der Haustür kam ihm Angolo entgegen, lief um ihn herum, sodass er beinahe hinfiel, und sprang an ihm hoch.
»Wir müssen ihn mal ein bisschen erziehen. Heute hat er den Postboten angeknurrt«, meinte Irene mit ihm zugewandtem Rücken. Sie stand am Küchentisch und es freute ihn, sie zu sehen, auch wenn es nur ihr Rücken war. Die letzten vielen Abende war sie schon im Bett gewesen, wenn er heimkam.
»Guter Hund«, sagte Roland und tätschelte ihn.
»Dafür darfst du ihn doch nicht loben!« Sie drehte sich um mit einer Lachsplatte, die sie auf den Tisch stellte. Neben den Tellern standen auch Weingläser. Irene nahm eine Flasche Weißwein aus dem Kühlschrank. Genau der Empfang, den er heute brauchte. »Sollte er denn nicht ein Wachhund sein?«, fragte er und ging in die Hocke. Sofort leckte Angolo ihm das Gesicht mit seiner weichen, warmen und nassen Zunge, aber das mochte er nicht. Man wusste nie, wo ein Hund zuletzt seine Zunge gehabt hatte. Er sah das deutlich, wenn sie Gassi gingen.
»Doch, Rolando – aber der Postbote. Das ist doch ein bisschen zu klischeehaft.« Sie lachte. Es war lange her, dass er ihr Lachen gehört hatte. Er zog den Mantel aus.
»Du bist heute früh zu Hause, aber das habe ich bei dem Wetter auch erwartet. Die von der Bereitschaft haben sicher eine Menge zu tun.«
»Ja, jetzt sind die dran. Ist heute irgendetwas Besonderes passiert?«
»Nee, aber sollten wir nicht euren Durchbruch feiern? Ich habe im Lokalradio gehört, dass ihr den Mann der Krankenpflegerin verhaftet habt.«
Die Presse war schneller, als er gedacht hatte. »Ich weiß noch nicht, ob man das einen Durchbruch nennen kann. Er hat ja nicht gestanden, und die Beweise sind schwach. Ich dachte auch mehr daran, ob *du* et-

was erlebt hast, das gefeiert werden sollte. Lachs und Wein!« Er lächelte breit.

»Eigentlich nicht«, erwiderte sie. »Oder doch? Ich habe den Brief von Zia Giovanna auf deinem Schreibtisch gesehen. Was will sie? Ist das eine Einladung – ich vermisse Italien!«

Oh, verdammt, er hatte gestern Abend vergessen, den Brief in die Schublade zu legen, fiel ihm ein. »Wir sind doch gerade erst von da wieder nach Hause gekommen.« Er setzte sich an den Tisch und schubste Angolo nachdrücklich herunter, als der versuchte, an seinen Beinen hochzuklettern.

»Ja, aber trotzdem. Sonne und Wärme sind jetzt besser als das Wetter hier.« Sie schaute aus dem Fenster, wo die Blutbuche in der Einfahrt um ihr Leben kämpfte. Man konnte hören, wie sie sich beklagte, zusammen mit dem aggressiven Heulen des Sturms. Es klang wie zwei Wesen, die sich da draußen schlugen.

Roland träufelte Zitrone über seinen Lachs und wischte die Finger an der Serviette ab. »Ich habe dir nicht von dem Brief erzählt, weil du so traurig sein würdest.«

Irene setzte sich ihm gegenüber. »Es ist doch wohl nichts passiert?«

Angolo hatte wieder die Schnauze ganz oben bei seinem Teller. Er gab ihm ein Stückchen geräucherten Lachs, um Ruhe zu haben.

»Du sollst ihm nicht solche Unarten beibringen. Er soll ein richtiger Polizeihund ohne schlechte Angewohnheiten werden.«

»Bjarne Lund von der Hundestreife will ihn sich gerne anschauen. Findest du, wir sollten das versuchen?«

»Klar. Wärst du als Hundeführer mehr zu Hause?«

»Kaum«, antwortete er bloß.

»Du willst mir also nicht von dem Brief erzählen?«

»Doch, doch.« Er kaute und trank einen Schluck von dem kalten Wein. »Übersetzt du ihn für mich?«

»Natürlich. Du willst immer noch am Samstag mitkommen, um dir das Landhaus anzusehen, oder?« Er merkte, dass es wie Erpressung klang, aber Irene nickte nur ein bisschen schmollend.

»Ich hole ihn, dann kannst du ihn vorlesen, wenn du fertig bist.«

»Willst du denn nichts essen?«, fragte er, und wollte den Brief gern noch etwas aufschieben.

Sie ging in sein Arbeitszimmer. Angolo sah aus, als ob er Schwierigkeiten hätte, sich zu entscheiden, ob die Lust auf mehr Lachs oder die Neugier siegen sollte.
Die Neugier gewann. Er folgte Irene. Roland lächelte. Neugier war eine sehr wichtige Eigenschaft für einen Polizeihund.
Der Brief lag auf der Ecke des Küchentisches, während sie fertig aßen. Angolo hatte sich in sein Körbchen gelegt, als er gemerkt hatte, dass er nicht mehr Lachs bekam. Roland hoffte, sie würde den Brief wieder vergessen, damit er ihn verstecken konnte, während sie die Spülmaschine einräumte, aber Irene hatte leider ein ausgezeichnetes Gedächtnis. »Hier«, sagte sie und reichte ihm den Brief, sobald er den Teller geleert hatte.
Roland öffnete den Brief erneut. Er hatte ihn mehrfach gelesen, um ganz sicher zu gehen, dass er das Ganze verstand. Dann faltete er ihn plötzlich zusammen, verteilte den Rest Weißwein auf ihre Gläser und sah sie an. »Ich erzähle dir lieber, was da drin steht. Du kennst Giovanna. Sie sagt geradeheraus, was sie denkt …«
Irene trank aus dem Glas und sah ihn aufmerksam an. So hatten sie es sich normalerweise immer gemütlich gemacht. Miteinander über alles geredet, Sorgen und Freuden. Wie lang das her war. Aber warum auch gleich so ein Thema. Er räusperte sich. »Sie schreibt, Salvatore hat eine Arbeit bekommen«, fing er an.
»Ja, aber das ist doch schön für ihn. Wenn es doch nicht so leicht ist, in Neapel Arbeit zu bekommen. Aber ist er nicht erst vierzehn?«
»Er ist gerade fünfzehn geworden. Aber das ist es gar nicht so sehr. Er sollte in die Schule gehen, aber er hat keine Lust mehr.«
Er schwieg lange, in seine Gedanken vertieft. Irene wartete ungeduldig. Sie fuhr mit dem Zeigefinger am Fuß des Weinglases auf und ab.
»Kannst du dich an die Tour mit dem Leihwagen in der Gegend von Giugliano und Villaricca erinnern?«
Irenes Gesichtsausdruck veränderte sich. Sie nickte.
»Du erinnerst dich bestimmt, dass Giovanna es *Feuerland* genannt hat, weil die Clans Zigeunerjungen gegen Bezahlung Abfall verbrennen lassen, wenn die Mülldeponien voll sind? Geld, das die armen Familien dringend brauchen.«
Sie nickte wieder und trank mehr Wein.

Roland trank auch einen Schluck, bevor er fortfuhr. »In diesem Gebiet gibt es über neununddreißig Mülldeponien. Viele von ihnen mit gefährlichem Abfall. Die Erde ist so vergiftet, dass sie unfruchtbar ist. Sie zwingen die Grundbesitzer zum Verkauf, und wer glaubst du, sind die willigen Käufer?« Er wartete ihre Antwort nicht ab, schaute sie nicht einmal an, sondern runter auf den leeren Teller. »Wenn die Mafia sie gekauft hat, eröffnen sie noch mehr Mülldeponien und so geht es immer weiter. Die Erde enthält unter anderem Kupfer, Arsen, Quecksilber, Blei, Nickel – Abfälle von der chemischen Industrie und den Krankenhäusern in Norditalien, die die Müllabfuhr-Mafia bezahlt haben, um die Abfälle loszuwerden. Warum ist es wohl in der Toskana so sauber?«, rief er verärgert.

Angolo hob den Kopf, weil er laut geworden war. Zur Abwechslung standen beide Ohren in die Luft. Roland warf einen kurzen Blick auf ihn und berichtete weiter. »Diejenigen, die in diesem Gebiet wohnen, sterben an Krebs, die Frauen haben Fehlgeburten oder bekommen missgebildete Kinder. Vor siebzehn Jahren führte ein Zwischenfall mit einem LKW-Fahrer zu einer ersten Untersuchung der Müllabfuhr-Mafia. Er hatte einen Unfall mit einer Tonne Abfall gehabt, von der der Deckel abgesprungen war. Die Dämpfe aus der Tonne reichten aus, um seine Augen anschwellen zu lassen und seine Haut zu verätzen. Er wurde blind. Heutzutage weigern sich die meisten Fahrer, die Tour zu fahren. Diejenigen, die es machen, wollen den Anhänger nicht selbst ausräumen, sie verlangen, dass die Tonnen darauf transportiert werden, damit sie selbst nicht in deren Nähe kommen müssen. Das überlassen sie anderen, die noch nicht alt genug sind, um einen Führerschein zu haben, daher kriegen sie Fahrstunden, während sie auf die nächste Ladung Abfall warten – sie sind erst vierzehn bis sechzehn Jahre alt.«

Rolands Stimme war heiser geworden und ihm standen Tränen in den Augen. Als er Irene ansah, konnte er sie nicht mehr zurückhalten. Sie nahm seine Hand und wollte etwas sagen.

»Das ist die Sorte Arbeit, mit der Salvatore Geld verdient«, schloss er, als er die Kontrolle über seine Stimme wiedererlangt hatte. »Die Kinder bekommen ungefähr ein paar Tausend Kronen für jede Tour, die sie mit dieser lebensgefährlichen Last fahren, und je mehr sie die Dämpfe einatmen, desto näher kommen sie dem Tod.«

»Wie hat ihn die Camorra erwischt?«
Roland zog seine Hand zurück und wischte sich mit beiden Händen die Wangen ab. »Giovanna meint, sie haben ihn und seine Kumpel in dem Café kontaktiert, in dem sie sich nach der Schule immer treffen.«
»Ja, aber hat Giovanna Salvatore denn nicht erklärt, wie gefährlich das ist? Dass er daran sterben wird?«
Er schüttelte den Kopf, er fand es hoffnungslos. »Natürlich hat sie das, aber es prallt an ihm ab. Er fühlt sich einfach noch bedeutungsvoller in einem gefährlichen Job, mit dem kein anderer – selbst die Erwachsenen – etwas zu tun haben will. Wir müssen ja ohnehin so oder so sterben, hat er ihr geantwortet.« Roland stand unvermittelt auf. Das Ganze war im Sitzen so schwer zu ertragen. Er ging zum Fenster und stützte sich auf dem Küchentisch ab, als ob er Schmerzen hätte, und schaute hinaus in die Dunkelheit. Hinaus in ein anderes Chaos.
Irene erhob sich ebenfalls und legte die Arme um ihn, die Wange an seinen Rücken. Er schloss die Augen. »Was zur Hölle soll ich tun, Irene? Giovanna will, dass ich helfe.«
»Du musst doch auch irgendetwas tun können«, flüsterte sie in sein Hemd.
Er richtete sich auf und drehte sich zu ihr um. »Aber was? Was verdammt noch mal kann *ich* tun?«
»Du bist ihre Familie, Rolando. Bald der letzte, der noch übrig ist – von den Männern jedenfalls. Natürlich kommt sie zu dir. In einer Familie hilft man sich, oder? Aber warum schreibt sie eigentlich? Warum hat sie nicht angerufen wie sonst auch?«
»Der Brief wurde von einem Touristenhotel aus abgeschickt, das die Post der Gäste abgibt. Er ist auch vierzehn Tage verspätet. Gott weiß, was in der Zwischenzeit passiert ist. Sie befürchtet, abgehört zu werden. *Das System* hat seine Augen und Ohren überall.«
»Nenn die nicht das System, ja!«
»So nennen die sich doch selbst! Das System!«
»Genau das meine ich«, sagte Irene. »Wie, denkt Tante Giovanna, kannst du helfen?«
Roland gestikulierte theatralisch. »Bestimmt, indem ich heimkomme und die Arbeit meines Vaters vollbringe. Aber das kann ich nicht, Irene. Das kann ich einfach nicht!«
Angolo lief unruhig um sie herum und kläffte.

»Sie fragt, ob wir Salvatore eine Weile zu uns nehmen wollen. Ihn aus dem Milieu wegholen. Sie hofft, ich kann ihn zur Vernunft bringen.«
Er wusste, dass das Irene nicht passte, und genau das war die Diskussion, auf die er sich nicht gefreut hatte. »Das können wir natürlich nicht, aber Giovanna hat gefragt und wartet auf eine Antwort.«
Irene ging neben Angolo in die Hocke, der an ihr hochsprang und ihr das Gesicht ableckte. »Aber was ist mit der Schule? In seinem Alter muss er doch zur Schule.«
»Er hat sie ja abgebrochen. Welcher Junge will auch in die Schule, wenn er zweitausend Kronen damit verdienen kann, eine einzelne Wagenladung zu fahren? Lustig ist das für einen Kerl in dem Alter ja auch. Überleg mal, was da an einem Tag zusammenkommen kann. Nicht viele Jobs in Neapel sind so gut bezahlt, selbst wenn man viele Jahre studiert hat.«
Liebevoll schob Irene den Hund von sich runter und stand wieder auf. »Was meint er selbst dazu? Will er überhaupt nach Dänemark?«
»Giovanna meinte, sie könnte ihn wohl dazu überreden. Sie will versuchen, sich etwas auszudenken, bei dem er nicht misstrauisch wird. Aber das können wir ja nicht, Irene. Wir haben unsere Arbeit und wir können nicht … «
»Findest du nicht, dass es an der Zeit ist, dass du etwas für die Familie tust, Rolando? Wenn es Salvatore hilft, eine Weile bei uns zu wohnen, dann soll er das! Ich habe noch genug Urlaubstage übrig, die ich nehmen kann, wenn ich will, und deine Mordfälle sind ja aufgeklärt, daher sind die langen Arbeitstage vorbei. Morgen rufst du Giovanna an und sagst ihr das.«
Sie fing an, den Tisch ab- und die Spülmaschine einzuräumen. Er nahm den Brief mit in sein Arbeitszimmer. Angolo folgte ihm direkt auf den Fersen, und legte sich auf den Boden vor seine Füße, während Roland die anderen Briefe las. Die Briefe, die Louise Engtoft geschrieben hatte. Das waren viele. Es würde wieder eine lange Nacht werden, während der Orkan tobte.

52

Am Freitagmorgen hatte sich der Wind gelegt. Es schien ganz unwirklich, dass am Tag zuvor noch ein großer Entscheidungskampf getobt hatte, so als ob sich die Natur an den Menschen rächen wollte. Nur der

Abfall, der auf den Straßen herumgeblasen worden war, war noch nicht ganz unter Kontrolle, aber Leute mit orangefarbenen Warnwesten waren mit den Aufräumarbeiten in vollem Gange. Kamilla parkte im Hof und eilte die Treppe zur Redaktion hoch.

Britt war da. Dann war sie also sehr günstig gerade übers Wochenende gesund geworden. Sie hatte kein bisschen abgenommen, daher war sie wohl doch nicht von Thygesen angesteckt worden. Sie machte gerade Kaffee und die ganze Redaktion wurde von dem Duft erfüllt.

»Guten Morgen«, rief sie, während sie Mantel und Schal auszog. »Na, du bist ja wieder gesund.«

Britt sah hinter der Kaffeemaschine auf und lächelte. »Ja, es war hart«, dann verblasste ihr Lächeln, »aber ich sollte mich wohl nicht beschweren. Wie geht's *dir* denn? Ich hab das mit deiner Mutter gehört ... «

Kamilla setzte sich und schaltete ihren Computer an. »Wir hatten kein besonders enges Verhältnis, daher war es nicht so schlimm«, log sie.

Anne polterte mit lauten Seufzern und Klagen rein und hängte ihren Mantel an den Kleiderhaken. »So eine Scheiße! Sabrina Dahl ist spurlos verschwunden, und ihre Freundin hat alle Briefe bei Benito abgeliefert!«

»Was für Briefe?«, fragte Britt.

Anne stoppte jäh. »Aaaaaach, da hat wohl jemand zu seinem Stuhl zurückgefunden? Bist du jetzt auch ganz gesund?«

Britt war über den spöttischen Ton beleidigt, aber Anne war in Streitlaune, daher machte sie weiter. »Wenn man seinem Job nicht nachgeht, kommt man ja auch nicht bei dem mit, was vor sich geht, und dich auf den neuesten Stand zu bringen würde den Großteil des Tages beanspruchen, daher musst du bis zur Morgenbesprechung warten!«

Kamilla fand sie ein wenig ungerecht, wusste aber auch, dass es nichts bringen würde, etwas zu sagen.

»Was ist gestern passiert, wovon du erzählen wolltest? Wo ist dein Auto steckengeblieben?«, fragte sie. Dann konnte Britt ja mithören.

Anne schaltete den Computer an und warf sich auf ihren Stuhl. Sie zog sich eine schwarze Strickmütze vom Kopf, die sie fast vergessen hatte, und warf sie oben auf das Garderobenbrett. Sie blieb dort hängen, aber das war sicher mehr Glück als Präzision. Böse schielte sie in Thygesens

leeres Büro und strich ihre Haare glatt. »Er ist doch jetzt wohl nicht schon wieder krank geworden?«
»Er kommt später«, gab Britt hinter dem Bildschirm Auskunft. »Irgendwas mit dem Orkan von heute Nacht, das er sich anschauen sollte.«
»Jetzt erzähl, Anne. Was ist gestern passiert?«
Anne berichtete von ihrem Besuch bei Pernille Lauritzen, von der Zeitung, auf die Sabrina eine Adresse neben das Foto, das Kamilla von Sebastian gemacht hatte, geschrieben hatte, dass sie das Auto aus dem Sand ausgraben musste – sie zeigte ihre Finger, die voller Risse und Blasen waren – und von dem kleinen Notizbuch aus Schlangenleder, das sie in einer Schublade gefunden hatte. Sie legte das Buch auf den Tisch und hatte begonnen darin zu blättern, als Thygesen mit einem überraschend munteren »Guten Morgen« und einem »Willkommen zurück« in Richtung Britt eintrat. Kurz darauf kamen Nicolaj und Mads Dam. Die Belegschaft war versammelt.
»Morgenbesprechung!«, teilte Thygesen mit und ging in sein Büro. Das bedeutete, dass man Becher auf den Tisch stellen und Kaffee in die Thermoskannen füllen sollte. Gut, dass Britt wieder da war.

Die Besprechung startete mit einem Anschiss an Anne, weil sie nicht bei der Pressekonferenz im Polizeipräsidium erschienen war. Danach ging es um die Verwüstungen durch den Orkan – ein Schweinetransporter war umgekippt, sodass mehrere Schweine getötet wurden, während andere in der Umgebung herumirrten. Außerdem war ein Mast abgeknickt, sodass Djursland immer noch ohne Strom war. Dann kam ein kurzer Bericht von der Pressekonferenz. Thygesen kam auf Annes Abwesenheit zurück und wollte wissen, was sie gemacht hatte. Sie erzählte das Ganze erneut und holte das Notizbuch heraus.
»Ob die Polizei nicht daran interessiert ist, falls das Haus nun diesem Knud Engtoft gehört?«, fragte Nicolaj.
»Vielleicht, aber die haben dafür etwas, das wir hätten bekommen sollen – die Briefe von der Krankenpflegerin. Sabrina Dahls Freundin hat sie gestern dem Kriminalkommissar ausgehändigt. Und Sabrina selbst ist übrigens verschwunden. Einiges deutet darauf hin, dass sie mit dem Sohn, Sebastian, zusammen ist«, antwortete Anne. Das brachte Thygesen auf die Palme.

»Was zum Teufel sagst du da? Warum hast du mich über eine so wichtige Sache nicht informiert? Hast du das auf die Titelseite gebracht?« Er schaute sich erhitzt nach der Tageszeitung um.
Kamilla sah Anne besorgt an. Sie war heute leicht zu reizen, und ein ernsthafter Streit zwischen diesen beiden war keine schöne Sache. Aber Anne riss sich zusammen und antwortete stattdessen einschmeichelnd. »Du sollst doch so etwas nicht in der Zeitung lesen, Thygesen. Wir müssen doch darüber sprechen, wie wir das aufgreifen. Darüber gibt es nicht viel zu schreiben. Im Sommerhaus gab es keine Spur von Sabrina, daher ist sie sowieso nicht dorthin gefahren, und ich habe keine Ahnung, was in diesem Buch steht.« Sie deutete auf das Notizbuch.
Thygesen blätterte darin. »Das ist eine afrikanische Sprache, glaube ich. Vielleicht Suaheli.«
Nicolaj beugte sich über seinen Arm und guckte mit. »Ist es. Wir hatten eine Aufgabe zu Ostafrika in der Journalistenhochschule. Ich habe eine Reportage über die Dialekte in der Sprache gemacht.« Er lächelte stolz.
»Kannst du das dann übersetzen?«, wollte Thygesen wissen und reichte ihm das Buch.
Nicolaj grinste und schüttelte den Kopf. »Nein, ich habe nur ein paar Vokabeln gelernt. Die witzigen und die, die man sich leicht merken kann. ›Jambo‹ bedeutet zum Beispiel Hallo oder Hi, ›Simba‹ – wie der Löwenjunge in Disneys König der Löwen – heißt Liebe, und ›daktari‹ Doktor, das ist ja nicht so schwer.«
Kamilla nahm das Buch und schaute hinein. Sie hatte noch nie zuvor Suaheli gesehen. Es sah wie böhmische Dörfer aus, bis man ein Wort erfasste.
»Wie heißt Doktor noch mal?« Sie sah Nicolaj an, der das Wort mit einem stillen Kopfschütteln wiederholte, als ob es nicht so schwer zu merken war.
»Daktari.«
»Das steht hier und hier und …!«
Anne riss ihr das Buch aus den Händen und starrte auf die Seite.
»Wo?«
»Da!« Kamilla zeigte darauf.
Anne blätterte hektisch die Seiten um.

»Da steht irgendetwas über einen Doktor im Text. Welchen Doktor? Doktor Winther oder Doktor Vangberg?«
»Versuch' einen Dolmetscher zu besorgen.« Thygesen stand auf und schaute auf die Uhr. »Ich habe gleich eine Besprechung. Du kümmerst dich hier drum, Anne. Über diese Sabrina Dahl müssen wir auch noch mehr wissen. Nimm Nicolaj mit. Hast du heute etwas, Mads?«
Mads Dam sah nicht so aus, als ob er schon wach wäre, er war wohl auch von dem Orkan wachgehalten worden in dem alten Haus, in dem sie ein bisschen außerhalb von Rønde wohnten. »Ich hab etwas über das Handballspiel, das ich ins Reine schreiben muss, und dann noch einige Digitalfotos, die bearbeitet werden müssen.« Er sah müde zu Kamilla. »Danach fahre ich zum NRGi Park und treibe ein wenig über den Entscheidungskampf in der Badmintonliga und die jungen Talente in Aarhus' Badminton-Elite auf.«
Thygesen nickte zufrieden. »Und Britt? Hast du etwas mitgekriegt, worum du dich direkt nach deiner Krankheit kümmern kannst?«
»Ja, ich fahre zu einem Kindergarten und höre mehr über die Essensregelung, gegen die die Eltern sehr sind. Damit werde ich meinen Artikel abschließen.«
»Gut, dann lasst uns in die Gänge kommen!« Thygesen zog seinen Mantel an und verschwand schnell aus der Tür. Anne und Nicolaj taten das Gleiche. Mads Dam schrieb im Halbschlaf seinen Artikel fertig. Kamilla ging auf die Homepage des Einwohnermeldeamts, um Informationen darüber zu finden, an wen sie sich wenden sollte, wenn sie im Kirchenbüro gewesen war. Hier würde sie, mit dem Namen und der Adresse, die aus der Abschrift aus dem Kirchenbuch hervorgehen würden, nur erfahren, wo ihr Vater heute wohnte. Mads Dam fragte nach den Bildern zu seinem Artikel. Es dauerte nur fünf Minuten, sie fertig zu machen. Sie schickte sie an seinen Computer. Kurz darauf zog er seinen Mantel an und teilte mit, dass er zum NRGi Park fuhr. Kamilla nickte und versicherte ihm, dass sie sich ums Telefon kümmern würde. Sobald er aus der Tür war, rief sie beim Einwohnermeldeamt an. Es kostete zweiundfünfzig Kronen, eine Adresse zu bekommen. Sie musste nach Feierabend viel schaffen, daher wurde es heute nichts mit Überstunden.

53

Nicolaj blätterte eifrig in dem Notizbuch. Anne erinnerte ihn mit Bestimmtheit an den Gurt, den er abwesend umschnallte, ohne den Blick von dem Buch abzuwenden. »Wo finden wir einen Dolmetscher, der Suaheli kann?«, murmelte er.
Anne drehte den Schlüssel. Es dauerte ein bisschen, bis der Motor ansprang. Sie bereute, nicht gefragt zu haben, ob sie Kamillas Suzuki fahren durfte. War versucht, ihn einfach ›auszuleihen‹, aber was wäre, wenn sie dann zu Fotoaufträgen musste? Mads Dam oder Thygesen brauchten sie vielleicht. »Das ist nicht gerade das, was wir als Erstes erledigen müssen«, entgegnete sie, als sie rückwärts aus dem Hof fuhr. Das Auto rammte einen umgefallenen Mülleimer mit einem Knall, der Passanten sich umschauen und dem gelben Lada hinterhersehen ließ. Anne drückte das Gaspedal durch und war allzu schnell auf der Frederiks Allee. Im Rückspiegel sah sie, wie eine ältere Frau über sie den Kopf schüttelte. Anne zeigte ihr im Spiegel den Finger, aber das war hauptsächlich Nicolaj zu Ehren, der sich amüsierte. Die Frau sah es glücklicherweise nicht.
»Was machen wir dann – ›Jason Watt‹?«, scherzte er.
»Vergleich mich nicht mit dem, sitzt er nicht im Rollstuhl?«
»Doch, und da endest du auch, wenn du nicht anständig fährst!«
Anne warf ihm einen drohenden Blick zu, aber fuhr ein bisschen langsamer. »Wir müssen nach Skæring. Da war etwas bei diesem Sommerhaus, das ich wegen des Unwetters nicht näher untersuchen konnte. Dahinter ist ein Schuppen, den wir uns gleich mal anschauen werden.«
Sofort gingen die Lichter in Nicolajs Augen an. »Glaubst du, Sabrina wird da gefangen gehalten?«
Anne schüttelte bestimmt den Kopf. »Nein, ich glaube, dass Sabrina überhaupt nicht zu diesem Sommerhaus gefahren ist.«
»Kann sie nicht einfach zurück zu ihrem Mann nach Italien geflogen sein?«
»Das bezweifle ich stark. Aber wer weiß?«
Sie fuhren, ohne sich zu unterhalten, bis sie vom Skæring Havweg in den Strandvangweg abbogen.
»Mann, ist das schön hier!«, äußerte sich Nicolaj selig und bewunderte die Kalø Bucht. Djursland lag vom Nebel verborgen auf der entgegengesetzten Seite des Wassers. Grau und kalt sah es aus.

»Wem, glaubst du, gehört das Sommerhaus?«
»Ich hab versucht, das gestern Abend herauszufinden, habe jedoch keinen Besitzer ermitteln können. Aber vielleicht finden wir in dem Schuppen etwas, das ihn uns verraten kann.«
»Glaubst du nicht, dass die Polizei es kann?«
»Die Polizei!« Anne sah ihn wütend von der Seite an.
»Warum willst du die Polizei immer in unsere Arbeit einbringen!«
»Weil ... weil ich dachte, dass Kriminalreporter eng mit der Polizei zusammenarbeiten. Stimmt das denn nicht?«
»Absolut nicht! Die Polizei erzählt den Journalisten nicht das kleinste Bisschen, und wir erzählen denen nichts!«
»Also Konkurrenz?«
Sie waren angenommen und Anne stieg aus, ohne zu antworten. Es war immer noch ein heikles Thema, dass Roland Benito sie zum Narren gehalten hatte, aber wenn er es so haben wollte!
Dieses Mal war sie aus Erfahrung nicht ganz bis hoch zum Haus gefahren, sondern hatte auf dem Weg geparkt. Es sah überhaupt nicht wie das Gelände aus, auf dem sie am Tag zuvor gewesen war. Jetzt lag das Meer windstill da und alles atmete Frieden. Die Vögel zwitscherten sogar ganz frühlingsvergnügt in den Baumwipfeln.
»Wie weit ist es?«, fragte Nicolaj, als sie eine Weile gelaufen waren.
»Es ist das Haus da oben auf der Böschung.« Sie zeigte dorthin.
»Diese kleine Bruchbude!«
Der Orkan hatte einige Blechplatten vom Dach gerissen und den leeren Mülleimer umgekippt; er lag halb zwischen den Bäumen.
»Sieht ziemlich verwüstet aus. Der Orkan hat letzte Nacht echt ganze Arbeit geleistet. Da ist eine Scheibe kaputt.«
»Ja, dieses garstige Wetter«, murmelte Anne. »Lass uns von hinten zum Schuppen hochgehen.«
Der Sand war nass und es war schwer, auf dem Weg die Böschung zum Schuppen hoch nicht den Halt zu verlieren. Er lag so windgeschützt, dass er keinen bemerkenswerten Schaden genommen hatte. Nicolaj war damit beschäftigt, durch die Fenster ins Sommerhaus zu schauen, und kam hinter ihr her gestürzt. Plötzlich sah sie ihn fallen. Sie lachte, weil es komisch aussah, wurde aber unruhig, als sie ihn nicht wieder aufstehen sah. Wegen des Hangs konnte sie ihn nicht sehen. Als sie

runterging, lag er auf allen vieren und versuchte, einen Deckel zu entfernen.
»Was zum Teufel machst du?« Sie lief zu ihm und fiel selbst fast hin.
»Ich bin über diesen Deckel hier gestolpert, der nicht ordentlich zugemacht war, aber ich glaube, da ist was drunter. Ich hab was gehört. Einen Platsch, glaub ich.«
»Da sind bestimmt einfach nur ein paar Steine reingefallen. Hast du dir wehgetan?«
»Nein, nein. Hilf mir gerade mal!«
Sie packten beide mit an und schafften es, den Deckel wegzuschieben. Es gab nicht besonders viel Licht da unten, aber Anne hatte etwas aus dem Vorfall am Abend gelernt. »Ich hole gerade mal eine Lampe aus dem Auto«, schlug sie vor und war schon unterwegs.

Nicolaj versuchte, in die Dunkelheit hinunterzusehen. Er meinte, dass sich dort etwas bewegte. Vielleicht nur eine Ratte. Es roch ein bisschen nach Scheiße, daher war es wohl eine Kloake.
»Ist da unten jemand?!«, rief er.
Wieder kam ein leiser Platsch und etwas, das wie eine sehr schwache Stimme klang.
»Hallo!«, rief er und stand auf. Er fühlte sich wie ein Idiot. Wenn ihn jemand sehen würde … Er schaute sich um, aber es war kein Mensch zu sehen. Das Sommerhaus lag sehr einsam. Falls Sabrina hier gewesen war, würde es niemand entdecken. Bei dem Gedanken kniete er sich wieder hin. »Sabrina!«, rief er. »Bist du da unten?« Jetzt hörte er ganz deutlich ein schwaches Schluchzen. Ratten machten so was nicht. Es klang wie jemand, der am Ertrinken war. Verdammt, wo blieb Anne mit der Lampe?
»Sabrina! Gib mir ein Zeichen, falls du es bist.« Er überlegte, was sie tun könnte, wenn sie so schwach war, dass sie nicht antworten konnte.
»Huste, wenn du es bist!«
Es dauerte ein wenig, dann erklang unten aus der Dunkelheit ein schwaches Husten und es platschte wieder. »Bleib liegen, Sabrina. Ich heiße Nicolaj und bin hier, um dir zu helfen. Halt durch, ich rufe jetzt die Polizei.« Er kramte in der Tasche nach seinem Handy und konnte es fast nicht festhalten, während er die Nummer des Polizeipräsidiums eintippte. Er bat darum, mit Kriminalkommissar Roland Benito zu

sprechen. Danach kniete er sich hin und sprach mit Sabrina. Er wusste nicht, ob sie ihn hören konnte, aber sie sollte einfach wissen, dass er immer noch da und Hilfe unterwegs war. Falls es nicht zu spät war. Wenn es nur nicht zu spät war. Sie war jetzt so still.

Er sah, wie Anne mit der Lampe angelaufen kam. »Was machst du – redest du mit Ratten?«, zog sie ihn auf und lachte außer Atem, als sie ihm die Lampe reichte. »Es kann auch eine Katze sein, die darunter geweht wurde«, machte sie weiter.

Nicolaj riss ihr die Lampe aus der Hand. »Das ist Sabrina!«, sagte er bewegt. »Hoffentlich schafft sie es. Ich habe die Polizei gerufen, ich hoffe, die sind bald mit einem Krankenwagen hier.«

»Was hast du? Warum hast du die Polizei gerufen, du Idiot? Bist du dir darüber im Klaren, was das hier für eine Story ist, falls sie es wirklich ist? Das ist eine große Sache! Das wird ganze Titelseiten füllen, und wir sind die Ersten – oder hätten es sein können! Jetzt kommen all die anderen Journalisten auch angerannt. Du Idiot! Du Riesenidiot!« Als Nicolaj ihr eine schallende Ohrfeige gab, schwieg sie sofort und hielt sich die Wange. Es war lange her, dass sie geschlagen worden war. Nicht seit ihr Stiefvater sie … Tränen stiegen ihr in die Augen und der Zorn wuchs, aber Nicolajs Blick ließ sie schweigen. Sie wusste nicht, dass diese grünen Augen so viel Ernst enthalten konnten. »Was bist du für eine Journalistin?! Wenn Journalisten so arbeiten, bin ich keiner. Ist es vielleicht einfach zu lange her, dass du auf die Journalistenhochschule gegangen bist? Wo zum Teufel ist dein Mitgefühl?«

Es waren nicht so sehr die Worte, sondern wie sie gesagt wurden. Sie sank still neben ihm auf die Knie. Man konnte die Sirenen von weit weg hören. Sie kamen immer näher.

Nicolaj leuchtete im Tank herum. Erst sahen sie nur rostfarbenes Wasser, dann erspähten sie etwas von einem Gesicht. Sabrina hielt mit gewaltiger Kraftanstrengung Augen, Nase und Mund über dem Wasser. Ein paar Millimeter mehr Regen, dann hätte sie es nicht geschafft. Zwischendurch verschwand das Gesicht völlig unter Wasser, aber der Überlebensinstinkt brachte Nase und Mund mit einem krampfartigen Ruck wieder nach oben. Jedes Mal, wenn sie sich bewegte, schwappte ihr das Wasser in die Nase. Panik stand in ihren Augen, die überhaupt nicht menschlich aussahen.

»Wie lange sie wohl auf diese Weise um ihr Leben gekämpft haben mag?«, flüsterte Anne, sodass Nicolaj sie kaum hören konnte. »Warum setzt sie sich nicht einfach auf?«
»Kann sie sicher nicht.«
Plötzlich wimmelte es von Polizisten und Sanitätern, die sie brutal wegrissen und damit anfingen, die Frau aus dem Tank zu holen.

54

Als Roland den Anruf des Praktikanten erhielt, hatte er schon den ganzen Morgen versucht, Anne Larsen in der Redaktion zu erreichen. Zuerst wurde nicht abgenommen, dann erwischte er die Fotografin, die nicht wusste, wo Anne war. Als er sie nun zusammen mit den Sanitätern bei einer Trage stehen sah, war er kurz davor, zu ihr zu gehen und sie kräftig zu schütteln. Im Laufe der Nacht hatte er alle Briefe gelesen, und wenn sie etwas davon wusste, dann musste sie ganz einfach in Quarantäne. Obwohl die Briefe nicht sehr viel Brauchbares ergaben, zeigten sie doch, wo sich die Krankenpflegerin aufgehalten hatte, bis sie getötet wurde. Falls das überhaupt geholfen hatte. Er begann, sich zu entspannen. Vielleicht waren diese Briefe für den Fall überhaupt nicht von Nutzen gewesen. Aber was wusste sie sonst über Sabrinas Verschwinden? Da war irgendetwas mit einer Zeitung und einem Foto. Aber er wollte hier keine Szene machen, daher begnügte er sich damit, sie böse anzustarren und nichts zu sagen, als er sich ihr näherte. Mikkel Jensen hatte Gustav Hjort kontaktiert, der neben der Trage stand und die Hand seiner Tochter drückte. Dann war sie es also, die sie im Tank gefunden hatten. Was, verdammt noch mal, ging hier vor? Er zeigte seine Dienstmarke und gab Gustav Hjort, den er noch nicht begrüßt hatte, die Hand.
»Sie *ist* es«, sagte er nur, tränenerstickt. Roland nickte.
»Haben Sie irgendeine Ahnung, was sie bei dem Wetter gestern hier draußen wollte?«
Gustav Hjort schüttelte den Kopf und verfolgte verzweifelt den Versuch der Sanitäter, seine Tochter wieder ins Leben zurückzuholen. Roland zog sich diskret zurück und bat Mikkel, im Haus und in dem Schuppen dahinter nachzuschauen, ob dort etwas wäre, das ihnen verraten

könnte, wem es gehörte. Er drehte sich um und wollte zurückgehen, als Anne sich näherte.
»Ich glaube, das ist Knud Engtofts Sommerhaus – oder vielleicht das des Sohnes«, sagte sie.
»Und warum glauben Sie das?«
»Weil das Schlafzimmer mit afrikanischen Skulpturen vollgestopft ist – und außerdem habe ich das hier gefunden. Dafür braucht man wohl einen Suaheli-Dolmetscher, falls ihr einen auftreiben könnt.« Sie reichte ihm ein Notizbuch mit Schlangenlederumschlag, aber als er es nehmen wollte, zog sie es an sich. Er kannte diesen Blick.
»Okay, falls es irgendetwas Interessantes enthält, bekommen Sie das Exklusivrecht an der Story.«
Sie gab ihm das Buch.
Nicolaj warf ihr ein breites Grinsen zu.
»Sie waren also in dem Haus? So was nennen wir Einbruch«, kommentierte Roland barsch und ging. Sie folgte ihm.
»Nein, der Sturm hatte eine Scheibe zertrümmert.«
»Trotzdem ist das Einbruch! Pernille Lauritzen hat mir etwas von einer Zeitung mit einem Foto und einer Adresse erzählt. Glauben Sie nicht, es ist an der Zeit, dass Sie uns ein bisschen helfen?«
Anne ergab sich und erzählte ihm das Ganze, während sie gemeinsam zum Sommerhaus zurückgingen. Hier wimmelte es von Polizisten.
Gustav ging neben der Trage mit Sabrina her, die von zwei Sanitätern in den Krankenwagen gehoben wurde. Es war ihnen gelungen, sie wieder zu Bewusstsein zu bringen und ihr eine Sauerstoffmaske aufzusetzen, aber es eilte, sie ins Krankenhaus zu bringen.
Mikkel kam vom Schuppen zurückgerannt. »Die Tür war abgeschlossen, daher haben wir sie aufgebrochen. Außer altem Gerümpel ist da nichts drin. Ein verrostetes Fahrrad, alte Liegestühle, Gartenmöbel und Pappkartons mit Briefen und Papieren.«
»Geht das Ganze trotzdem durch.«
Mikkel nickte und ging ins Sommerhaus zu den anderen.
Roland ging ans Handy, das in seiner Tasche eine James-Bond-Melodie spielte. Es war Kim Ansager, der bestätigen konnte, dass das Haus Sebastian Juhl gehörte.
»Und wo ist er dann jetzt?« Roland lauschte mit gerunzelten Brauen.

»Schick sofort eine Fahndung raus!« Er klappte das Handy zusammen und steckte es zurück in die Tasche. Anne Larsen sah ihn neugierig an, aber er sagte nichts.
»Wissen Sie, wo sie Sabrina Dahl hinbringen?«, erkundigte sie sich vorsichtig.
Er blieb stehen und drehte sich abrupt zu ihr um. »Jetzt hören Sie mal gut zu. Ihr beide …«, korrigierte er, als er Nicolaj direkt hinter ihr entdeckte. »Ihr müsst uns einfach zuerst ranlassen. Haltet euch vom Krankenhaus fern, bis ich euch die Erlaubnis erteile, mit ihr zu sprechen. Verstanden?« Er wurde nicht laut, aber der Ernst war dennoch deutlich. Seine Augen waren kohlrabenschwarz.

Sie kam sofort in sein Büro, wie er sie gebeten hatte. Ihm fehlte die weibliche Intuition bei dieser Sache. Und vielleicht brauchte er es auch, sie zu sehen. Irgendetwas in ihrem Blick und ihrem Lächeln berührte seine Eitelkeit. Er fühlte sich attraktiv, wenn sie ihn auf diese Weise ansah, wie sie es jetzt von der Tür aus tat. »Komm rein, Isabella. Ich habe allergnädigst weitere wichtige Informationen von dieser Journalistin bekommen, daher haben wir jetzt mehr, um damit zu arbeiten. Setz dich. Ich würde gerne deine Meinung hören. Kaffee? Wasser?«
»Kaffee, danke.« Sie setzte sich und wartete still, während er Kaffee einschenkte. Er brauchte selbst etwas Warmes nach der Tour an diesen kalten Strand.
»Das war also Sabrina Dahl, die in diesen Tank gefallen ist?«
Roland wärmte die Hände am Becher. »Ja, das war sie, aber ob sie hineingefallen ist? Warum war der Deckel dann wieder halbwegs fest darauf gelegt? Ich glaube, die Absicht war, dass sie dort ertrinken und wie seine eigene Mutter gefunden werden sollte.«
»Seine eigene Mutter? Du meinst Sebastian Juhls?«
»Ja, ich meine Sebastian. Es ist sein Sommerhaus, und laut der Adresse, die Sabrina auf die Zeitung neben sein Foto geschrieben hat, waren sie hier verabredet.«
Isabella drehte den Becher zwischen ihren Fingern. Ihre Nägel waren lang und hatten einen weißen Rand. French Manicure nannte man das, soviel er wusste. Unruhig rutschte er auf dem Stuhl herum, weil die

Art, wie ihre Finger den Becher liebevoll umfassten, bei ihm seltsame Gefühle auslösten, die er gerade nicht gebrauchen konnte.
»Ist das nicht auch sehr natürlich, wenn sie sich unter diesen Umständen kontaktieren? Ihre Mütter sind beide kurz hintereinander in der gleichen Stadt gestorben. Wie ist Sabrinas Mutter eigentlich gestorben?«
»Langwierige Krankheit. Krebs«, entgegnete er.
Glücklicherweise hörte sie auf, den Becher zu hätscheln, und verschränkte die Arme, aber das drückte ihre Brüste nach oben. Roland sah weg. Die Sonne schien und betonte all den Dreck, den der Orkan gegen die Scheibe geblasen hatte. Man konnte fast nicht rausgucken.
»Dr. Vangberg war auch Josefine Hjorts Arzt. Zwischen den Briefen, mit denen Pernille Lauritzen kam, lagen einige Unterlagen von Dr. Ole Winther. Er hatte vermerkt, dass Helge Vangberg im Dezember 1983 die Behandlung übernahm. Was sagt dir das?«
Er sah sie wieder an.
»Dass das Ganze etwas mit der Familie Hjort zu tun hat. Ist Dr. Winther auch tot?«
»Ja, aber ein natürlicher Tod. Altersschwäche.«
»Gott sei Dank. Aber was ist mit der Kellnerin, Annemette Knudsen? Sie ist die Einzige, die nicht ins Bild passt.«
Roland lächelte grimmig. »Doooch, die passt wahrhaftig auch hinein, hat Anne Larsen mich gnädigerweise aufgeklärt. Sie war eine alte Freundin der Krankenpflegerin aus dem Nachtclub, in dem sie gearbeitet hat, bis sie Krankenpflegerin geworden ist.«
Isabella erhob sich und stand, ihm den Rücken zugewandt, mit ihrem Becher am Fenster. »Das heißt also, Sebastian Juhl muss sie und vielleicht auch den Arzt gekannt haben? Warum er wohl nichts davon gesagt hat?«
»Vielleicht, weil wir nicht so viel mit ihm gesprochen haben, wie wir es hätten tun sollen«, antwortete Roland. Er merkte jetzt, dass das ein Riesenfehler war. Sie waren einfach nicht gründlich genug gewesen.
»Vielleicht haben sie sich sogar in Afrika getroffen, haben wir das überprüft?« Sie drehte sich langsam genug um, dass er es schaffte, seinen Blick von ihr zu nehmen und ihr stattdessen in die Augen zu sehen.

»Ich habe diese Information ja gerade erst bekommen, aber ich wollte dich bitten, das zu untersuchen. Wir müssen wissen, wann und wo sich Helge Vangberg und Sebastian Juhl dort aufgehalten haben. Falls Mikkel sich langweilt, kann er dir damit helfen, an wen du dich wenden kannst. Wir müssen auch den Text in diesem Notizbuch übersetzen lassen. Das ist Suaheli. Die Journalistin hat es in einer Schublade im Sommerhaus gefunden. Vielleicht enthält es ein paar wichtige Informationen.« Er reichte ihr das Buch, erleichtert darüber, dass Anne Larsen nicht so weit gekommen war, wie es zweifelsohne ihre Absicht gewesen wäre, wenn sie nicht Sabrina gefunden hätten.

»Ich hasse Schlangen«, sagte sie und nahm es mit einem Ausdruck von Abscheu im ganzen Gesicht entgegen. Bei der Übergabe berührten sich ihre Hände, und er hatte wieder das Gefühl, dass es nicht zufällig war.

»Das Viech ist doch tot«, sagte er und lächelte.

»Das hoffe ich«, erwiderte sie und trug es zwischen zwei Fingern hinaus.

»Und Isabella ...«, sagte er, bevor sie die Tür erreichte.

Sofort drehte sie sich um. »Ja?«

»Würdest du auch überprüfen, wie es mit der Fahndung nach Sebastian läuft?«

»Klar. Für dich immer.« Sie schloss die Tür mit einem kleinen Lächeln und er hoffte, dass sie nicht mehr gesehen hatte, wie er rot wurde.

Als er allein war, konnte er wieder ohne Ablenkungen über den Fall nachdenken. Er musste sich zusammenreißen. Sie war über zwanzig Jahre jünger als er, und er liebte Irene. Aber nicht auszudenken, wenn es sich wirklich machen ließe. Es einfach ein einziges Mal auszuprobieren. Wie würde sich das anfühlen? Ihre junge, glatte Haut und festen Brüste, ihre Hände, Lippen, Zunge. Das Blut pochte in allen Gliedern und er atmete erleichtert auf, als das Telefon klingelte – bis er hörte, was Kurt Olsen zu sagen hatte.

55

Anne Larsen wurde wieder in Ivan Thygesens Büro zurechtgewiesen. Sie konnten die beiden durch das Fenster sehen, aber nicht hören, was

gesagt wurde, obwohl laut gebrüllt wurde. Thygesen war rot im Gesicht und musste ab und zu in seinem Wutausbruch innehalten, um zu husten, was ihn noch wütender machte.
»Was ist passiert?«, fragte sie und sah Nicolaj nervös an.
Er lächelte. »Eigentlich nichts anderes, Kamilla, als dass sich Anne Larsen ausnahmsweise mal wie eine korrekte Journalistin verhalten und wichtige Informationen an die Polizei weitergeben hat.«
Kamilla sah wieder zu den zwei Streitenden hinein. Jetzt war es Anne, die schimpfte. Das brachte Thygesen seltsamerweise einen Augenblick lang zum Schweigen. Sie konzentrierte ihre Aufmerksamkeit auf den Bildschirm. Kurz nach Mittag hatte sie ausrücken müssen, weil Mads sie gebeten hatte zu kommen und im NRGi-Park Fotos von einigen jungen Badmintontalenten zu machen. Jetzt waren sie bearbeitet, zurechtgeschnitten und bereit für den Sportjournalisten, wenn er mal irgendwann wieder zurückkam. Erst musste wohl noch das Freitagsbier in seiner Stammkneipe genossen werden.
Zum Glück hatte sie bald frei, dann konnte sie zum Kirchenbüro fahren. Der Entschluss, ihren Vater zu kontaktieren, war den Tag über hin- und hergeschwankt. Für und Wider. Vor- und Nachteile. Wenn er nun nichts von ihrer Existenz wusste oder es nicht wollte, wie würde sie dann auf diese Ablehnung reagieren?
Endlich kam Anne aus der Höhle des Löwen. Kamilla schaute schnell zu ihr hoch, als sie vorbei ging, und danach zu Thygesen rein, der sich auf seine Arbeit gestürzt hatte. Sie konnte seine über die Halbglatze gekämmten Haare und seine immer noch hochrote Stirn über dem Computerbildschirm sehen. Anne blinzelte ihr zu. Sie wirkte nicht aufgeregt über den Rüffel. Sie war auch dabei, sich an diese Tour zu gewöhnen, aber mit Thygesens Jähzorn war nicht zu spaßen. Nicolaj lächelte Anne zu und signalisierte ihr mit hochgerecktem Daumen ›gut gemacht!‹. Anne drückte seine Schulter, als sie an ihm vorbei in den Küchenbereich ging, um Kaffee zu holen. Kamilla hatte das Gefühl, dass zwischen den beiden ›draußen im Feld‹ etwas passiert war, aber das würde ihr Anne ganz sicher nicht verheimlichen.
»Gut, dass Sabrina gefunden wurde. Wie geht es ihr?«, fragte sie, und selbst Britt, die geschmollt hatte, seit sie aus dem Kindergarten zurückgekommen war, sah interessiert von ihrer Tastatur auf.

»Wir dürfen nicht mit ihr sprechen, bevor Roland Benito uns kontaktiert. Aber ich hoffe, sie kommt durch, damit sie erzählen kann, wer sie in diesen Tank geworfen hat. Ein scheußlicher Ort zum Landen. Ein Wunder, dass sie überlebt hat. Das Wasser ist die ganze Nacht runtergeplatscht. Man stelle sich vor, dass ich gestern Nachmittag so dicht bei ihr war, ohne es zu wissen.«

»Wäre sie nicht ertrunken?«, fragte Britt zweifelnd.

»Sie war kurz davor. Stimmt's, Nicolaj?«

»Ja, es hätte nur noch wenige Minuten gedauert, bis sie nicht mehr die Kraft gehabt hätte, den Kopf länger über Wasser zu halten. Sie hat sich bei dem Fall den Rücken verletzt und konnte sich nicht besonders viel bewegen.«

»Nein, es war gut, dass du sie gefunden hast, Nicolaj. Du bist faktisch der Held des Tages.« Anne prostete ihm mit ihrem Plastikbecher zu.

Kamilla mailte Mads Dam die Fotos, fuhr den Computer runter und stand auf. Sie trank den letzten Schluck kalten Kaffee und schmiss den Becher in den Papierkorb, bevor sie den Mantel anzog.

»Ist es schon *so* spät!«, murmelte Britt und begann ebenfalls, den Computer herunterzufahren und zusammenzupacken. Anne und Nicolaj hatten noch viel durchzusehen. Dass die Kriminalreporter am meisten in der Redaktion zu tun hatten, regte zum Nachdenken an.

»Schönes Wochenende!«, rief sie und lief schnell die Treppe runter. Sie musste sich ranhalten, um das Kirchenbüro in Horsens und das Einwohnermeldeamt zu erreichen, bevor es zumachte.

Im Laufe der Nacht war ein Dachziegel von dem alten Haus im Mejlbyweg gefallen. Die Bäume hatten nicht genug Schutz geboten, obwohl es um den Hof herum viele gab. Sie hob den Dachziegel auf und legte ihn in die Garage. Unmittelbar konnte sie nicht gleich sehen, wo er fehlte. Sie musste bald einen Dachdecker drauf schauen lassen. Falls ihr Vater nun mittlerweile zufällig Dachdecker wäre, dann … Bei dem Gedanken lächelte sie, aber das Lächeln erstarb langsam. Ihr fehlte wirklich ein Mann in ihrem Leben. Nicht nur fürs Praktische, es gab ja trotzdem Männer, die das nicht konnten. Jan war einer davon gewesen. Er traf keinen Nagel. Danny? Er hatte seine alte Wohnung in Klampenborg renoviert und bestimmt auch in seiner Werbeagentur in der Badstuestraße eine Menge selbst gemacht.

Müde warf sie sich aufs Sofa. Eine Spannung war ausgelöst. Sie war in ihrem Inneren leer und noch mehr im Zweifel, was sie tun sollte. Jetzt wusste sie, wer ihr Vater war. Ihr *richtiger* Vater. Sie hatte sofort in die Kopie aus dem Kirchenbuch geschaut, als sie sie ausgehändigt bekommen hatte. *Vater: Mogens Arnskov Aagaard. Geboren 1946 in Agger* stand dort in der Spalte Eltern zusammen mit dem Namen ihrer Mutter. Sie hatte erleichtert aufgeatmet. Er war nicht als unbekannt angegeben. Von beiden waren die Adressen zum Zeitpunkt der Geburt angegeben. Die Adresse, die sie ihr im Einwohnermeldeamt mitteilen konnten, war zu ihrer Überraschung nicht so weit weg. Sie hatte eine Adresse in Nord- oder Westjütland erwartet, aber er wohnte in Bønnerup auf Djursland. Er war Fischer, was sie nicht überrascht hatte. Aber wieso wohnte er auf Djursland? Sie schaute noch mal in die Unterlagen. Ende der 70er hatte er auch eine Zeit lang in Horsens gewohnt, kurz nach dem Wegzug ihrer Mutter aus Agger. War er ihr gefolgt? Hatte er sie aufgegeben, als sie Henning Holm geheiratet hatte? Eine romantische Beziehung begann sich in ihrem Kopf zu formen und gab ihr Hoffnung und ein bisschen mehr Mut. Wenn es so zusammenhing, dann hatte ihr Vater sich wirklich ein Leben mit ihrer Mutter gewünscht. Vielleicht wusste er ja doch von seiner Tochter und wollte das einzig Richtige tun – die Mutter seines Kindes heiraten. Aber warum hatte er dann nicht mehr dafür getan? Sicher, weil Gloria ihn abgewiesen hatte, hasserfüllt wie sie war. Aber er hätte doch trotzdem versuchen können, seine Tochter zu kontaktieren. Ihn zu finden war ja auch nicht so schwer gewesen – er hätte sie genauso leicht finden können. Es war wohl am besten, ihn zu vergessen. Nun wusste sie trotz allem, wer er war und wo er wohnte.

Sie ging zum Weinregal und fand eine Flasche. Endlich konnte sie den ›Freitagswein‹ aufmachen, aber gab es etwas anderes zu feiern als das Wochenende? Während sie ihn öffnete, schielte sie zu den Papieren und bekam wieder Zweifel, ob sie den Mann kontaktieren sollte, der plötzlich ihr Vater geworden war. War es nicht zu spät, einen Vater zu bekommen? Brauchte man den nicht als Kind am meisten?

Die letzten beiden Abende hatte sie darauf verwendet, die Wohnung ihrer Mutter auszuräumen. Ihre Sachen hatten von dem tristen Leben gezeugt, das sie in den letzten vielen Jahren gelebt hatte. Eine einsame Tasse in der Spüle, ein fast leerer Kühlschrank, keine aufbewahrten Briefe, Postkarten oder Einladungen von Freunden, Bekannten – oder Familie. Es lag Kamilla die ganze Zeit über wie Blei im Magen und sie hatte einen Kloß im Hals. Sie musste mehrmals eine Pause einlegen und Dinge ansehen, die Erinnerungen hervorriefen. Dinge, die Gloria aufbewahrt hatte. Aber das war nichts, was mit ihr selbst verbunden war. Keine gemeinsamen Erinnerungen. Da war das Kreuz, das immer über dem Bett ihrer Mutter gehangen hatte und die Bibel, die ihren festen Platz auf dem Nachttisch unter dem Nachtlicht hatte. Als sie nachdenklich darin blätterte, fiel ein schwarz-weißes Foto auf den Boden. Es war zerknittert, als ob es in der Hand zerknüllt worden war. Der kleine Junge war blond und trug einen Strickpulli. Er stand auf dem Deck eines Kutters, um sich herum ein grünes Fischernetz und Eimer. Er war wohl ungefähr sechs oder sieben. Vielleicht wurde das Bild in dem Jahr gemacht, als er im Meer verschwand. Hatte Gloria es gemacht? Der Junge lachte. Kamilla hatte die Tränen gespürt und sich beeilt, mit dem Aufräumen fertig zu werden. Das Foto hatte sie in die Tasche gesteckt. Sie setzte sich mit dem Weinglas aufs Sofa. Brauchte es einfach, einen Augenblick abzuschalten und Kontrolle über ihre Gefühle zu bekommen. Sie trank einen Schluck Wein und behielt ihn im Mund, bis er auf der Zunge zu brennen begann; dann schluckte sie. Es war ein schwerer Wein, der einen guten Nachgeschmack hatte. Sie lehnte den Kopf zurück gegen die Rückenlehne und schloss die Augen.

Hier hatten sie gesessen, als sie vor ein paar Jahren zusammengefunden hatten. Sie spürte wieder Dannys Hand hinter ihren Nacken gleiten und seine Küsse. Diese Nacht könnte heute gewesen sein, so deutlich erinnerte sie sich daran. Alle seine Bewegungen, seine Berührungen und seine Worte. Auch die ungesagten. Sie richtete sich auf und trank wieder. Rasmus' Augen schauten sie über den Fußball auf dem Foto im Regal an. Der Hass loderte wieder auf und brannte mehr als der Wein. Entschuldigung, Rasmus, murmelte sie. Ich hasse ihn auch. Und Mama. Und Majken. Und den Ring an seinem Finger.

Sie schenkte sich mehr Wein ein, als das Glas geleert war, und sah, wie Tarzan durch die Katzenklappe hereinschlich. Kurz darauf hörte sie ihn sein Katzenfutter kauen. Der Herr im Haus, dachte sie mit einem kleinen, ironischen Lächeln. Sie nahm ihr Handy und starrte es lange an.

Trank noch einen Schluck Wein und nahm all ihren Mut zusammen. Dann tippte sie die Nummer ein, die unter der Adresse angegeben war. Es klingelte lange. Sehr lange. Sie war kurz davor aufzulegen, und fühlte sich seltsam erleichtert. Dann kam die Stimme, gerade als sie den Finger auf Abbruch gelegt hatte.
»Alice Arnskov Aagaard«, wurde in einem abwartenden Ton gesagt. Im Hintergrund redeten und lachten Kinder.
»Hallo, wer ist da?«
Kamilla legte auf. An diese Möglichkeit hatte sie überhaupt nicht gedacht. Natürlich war er verheiratet und hatte seine eigene Familie.

56

Das Feuer knisterte in dem offenen Kamin. Jedes Mal, wenn er etwas hineinwarf, sprangen Funken gegen den Funkenfänger. Er wühlte mit dem Feuerhaken und warf noch mehr hinein. Der Pappkarton stand auf dem Boden zwischen seinen Füßen. Seine Bewegungen waren monoton und gleichgültig, der Blick war wie hypnotisiert auf die Flammen geheftet. Er schaute überhaupt nicht auf die Briefe, wenn er in den Karton griff und einen nach dem anderen in den Kamin schmiss. Sie verschwanden spurlos in einem Sog des Feuers. Er spürte mehr, als dass er es hörte, dass sie hereingekommen war und sich neben ihn gesetzt hatte. Er drehte nicht einmal den Kopf und sah sie erst an, als sie ihm den Nacken anknabberte. Er roch ihr Parfüm, und sein Herz zog sich noch mehr zusammen.
»Du bist dir sicher, dass es nicht noch mehr davon gibt, ja?«
Er nickte.
»Es hat doch niemand gesehen, oder?«
Er schüttelte den Kopf. »Nein, die waren alle im Haus beschäftigt.«
»Gut, dass du das gehört hast. Hast du sie gelesen?
»Nein, warum sollte ich? Ich weiß doch fast, was drin steht. Du weißt doch, wie sehr Elina uns gehasst hat.«
»Aber trotzdem. Bist du nicht ein bisschen neugierig, Gustav?« Sie griff in den Karton und wollte einen herausnehmen, aber er packte sie hart am Handgelenk und drückte zu, bis sie losließ. Zum ersten Mal, seit er aus dem Krankenhaus zurückgekommen war, sah er ihr in die Augen.

»Lass ihn liegen, Carola. Bald ist das Ganze vorbei. Ich muss zur Polizei gehen.«
»So ein Unsinn, natürlich musst du das nicht. Wie geht es Sabrina?«
»Sieht so aus, als ob *sie* es geschafft hat.« Er saß lange da und warf weitere Briefe in die Flammen, ohne etwas zu sagen.
»Wusstest du, dass Sabrina schwanger war?«
»Schwanger! Um Gottes willen, Peter kriegt einen Schock. Er will ja gerade noch kein Kind haben, er hat seine Karriere und … sie kann jetzt keins bekommen …«
»Sie hat es verloren.«
Seine Stimme war so bewegt, dass sie ihn überrascht anschaute. Sie nahm seinen Arm und lehnte ihre Wange dagegen, während sie in sein verschlossenes Gesicht hochschaute, das von den Flammen warm glühte. Aber nicht nur die machten die Augen so glasig.
»Das war das Beste für die beiden«, sagte sie leise. »Das weißt du doch auch.«
Er nickte. Da war der letzte Brief. Er zog seinen Arm an sich und faltete den Pappkarton zusammen, dann schmiss er auch den in die Flammen. Das Feuer loderte heftig auf, und sie saßen schweigend da und starrten hinein, bis es wieder ruhig wurde.
»Ich habe Johanne gebeten, uns Tee zu bringen. Brauchst du das nicht jetzt?«
Er küsste ihre Hand. »Doch, Schatz.«
»Wir haben damals das Richtige getan«, flüsterte sie ihm ins Ohr.
»War es das, Carola? Bist du dir da ganz sicher?«
»Josefine hätte ohnehin nicht überlebt. Es hätte vielleicht ein paar Monate länger gedauert, aber dann … Wir haben ihr einen Gefallen getan. Den größten, den man einem anderen Menschen erweisen kann.«
»Vielleicht hätte die Behandlung, die Ole Winther ausprobiert hat, geholfen. Das wissen wir nicht. Heute heilen sie Krebspatienten ja – vielleicht mit genau dieser Behandlung.«
»Du weißt doch, was Helge Vangberg gesagt hat. Er war viele Jahre lang der Arzt unserer Familie. Er weiß – wusste – wovon er spricht. Es war nur gut, dass du den anderen Widerspenstigen ausgewechselt hast. Daran darfst du nie, nie zweifeln.«
»Ja, aber die Krankenpfl…«

»Sie hat uns bedroht, Gustav. Das war Notwehr, ich konnte nicht anders. Es war sie oder wir. Wir hätten mit ihm das Gleiche machen sollen, dann …«
Gustav fand es zwecklos, mehr zu sagen, und stoppte sie, indem er die Hand hob. Sie schwieg eine Weile.
»Glaubst du, er hat die Briefe gelesen? Der Sohn?«
»Sebastian – garantiert. Warum hätte er sie sonst so lange verstecken sollen. Ein paar alte Briefe einer alten Frau an seine Mutter.«
»Elina war damals gar nicht so alt, Gustav.« Sie rüttelte seinen Arm auf eine neckende Weise.
»Er hat versucht, meine Tochter zu ermorden.«
»Glaubst du wirklich, er wäre auf diese Idee gekommen? Er war damals doch nur ein kleiner Rotzbengel. Was sollte er gegen Sabrina haben?«
»Rache, Carola. Ich glaube, das Ganze ist Rache. Mit Sabrina konnte er mich, uns, treffen. Die Vergangenheit kehrt immer zu einem zurück, man kann davor nicht weglaufen – oder sie verborgen halten.«
Er stand auf und stellte den Feuerhaken zurück in den Kaminständer, dann streckte er den Rücken und sah ihr in die Augen. Sie war hübsch, wie sie da im Schein des Feuers saß. Ihre Haare schimmerten silbern, und obwohl sich in der sonnengebräunten Haut Falten verbargen, sah er sie nicht. Für sie hatte er alles getan. Er hatte sein ganzes Leben um sie herum aufgebaut. Aber hatte er in diesem Prozess seine eigene Tochter vergessen? Was würde sie nun für ihn empfinden? Sie würde ihn hassen. Genau so sehr – nein, wohl noch mehr – wie ihre Stiefmutter.
»Sobald wir Tee getrunken haben, fahre ich zum Polizeipräsidium. Ist der Ermittlungsleiter nicht Italiener?«
»Hör jetzt auf, Gustav!« Sie zog ihn wieder auf die Bank vor dem Kamin. Im gleichen Augenblick kam Johanne mit dem Tee herein, deckte den kleinen Tisch neben ihnen und wünschte ihnen einen guten Abend und ein schönes Wochenende. Carola hatte ihr freigegeben, denn sie waren selbst nicht zu Hause. Sie hatte einen Wochenendtrip für zwei nach Paris gebucht, aber jetzt …
Sie legte beide Hände um sein Gesicht und zwang ihn, ihr in die Augen zu sehen. »Hör zu, Schatz. Das Ganze ist jetzt vorüber. Vorbei. Beendet. Wir haben es geschafft! Dieser widerliche Mensch ist im Gefängnis. Es dauert nicht lange, bis sie auch den Sohn finden. Wer wird ihnen glau-

ben? Gemeinen Verbrechern. Niemand kann uns jetzt etwas anhaben! Und wir haben nichts falsch gemacht!«

Er schämte sich für seine Tränen. Es war das erste Mal, dass er sich vor ihr so die Blöße gegeben hatte. Er wusste, dass Tränen für sie Schwäche bedeuteten.

»Ja, aber das Ge...«, fing er an.

»Ich habe das Konto geschlossen. Es existiert nicht mehr und hat es nie getan. Alles ist genauso verlaufen, wie es sollte. Jetzt wird es nur besser.«

Er konnte ihr nicht in die Augen sehen und verbarg das Gesicht an ihrer Brust wie ein kleiner Junge, der getröstet werden wollte. Sie strich ihm übers Haar.

Sie hatte doch immer Recht gehabt. Warum sollte sie es nicht auch jetzt haben?

57

Roland hatte zu niemandem irgendetwas über die Entwicklung in dem Fall verlauten lassen und auch die verabredete Besprechung am Ende des Tages nicht geändert. Er wollte nicht, dass seine Mitarbeiter aus diesem Grund weniger gründlich arbeiteten oder vielleicht sogar ganz aufgaben. Er merkte, wie es ihn selbst mitgenommen hatte, sämtliche Energie hatte ihn verlassen. Das durfte nicht allen passieren. Das gerade beendete Gespräch, erst mit Kurt Olsen, dann mit dem Reichspolizeichef, hatte ihm seinen Antrieb nicht zurückgegeben. Im Gegenteil. Nervös klickte er mit dem Kugelschreiber. Das Fenster war auf, obwohl er fror – einfach, damit er atmen konnte. Die Scheibe war genauso schmutzig wie der Himmel. Der Wind hatte sich gelegt, aber es war ganz sicher ein neues Unwetter unterwegs. Regen oder Schnee, vielleicht ein neuer Sturm. Er hatte seit Ewigkeiten keinen Wetterbericht mehr gehört.

Dreimaliges Klopfen an der Tür – Kims Erkennungszeichen – ließ ihn sich auf dem Stuhl aufrichten und konzentriert aussehen.

»Der Dolmetscher steht hier draußen mit dem Buch«, kündigte er gedämpft an.

»Das ging schnell. Ja, schick ihn unbedingt rein.«

Er schloss das Fenster. Vielleicht gab es noch Hoffnung, unabhängig davon, was der Reichspolizeichef und Kurt Olsen sagten. Irgendetwas

stimmte nicht. Genau deshalb war es so wichtig, dass er den Topf am Kochen hielt, so lange er konnte. Es würde wohl nicht endlos vorhalten, daher musste schnell gearbeitet werden.
Der Dolmetscher war ein großer Mann mit Brille und mehr Bartstoppeln als Roland, aber auf der fast schwarzen Haut waren sie nicht so sichtbar. Er hängte seinen kamelfarbenen Wollmantel über den Stuhl und erzählte, er heiße Said Hashi und komme aus dem südlichen Somalia. Seit 1992 wohnte er in Dänemark und studierte an der Aarhuser Universität Datentechnik. Er sprach vier Sprachen und arbeitete deshalb neben seinem Studium als Dolmetscher. Sein Dänisch war nicht ganz akzentfrei, aber sowohl was die Grammatik als auch die Aussprache anging sehr korrekt. Er setzte sich und krempelte die Ärmel des blütenweißen Hemdes hoch, das einen scharfen Kontrast zu der sehr dunklen Haut bildete. Roland war er sofort sympathisch. Er schätzte ihn auf Ende zwanzig. Von Irene hatte er gehört, dass viele Somalier zu einem unpassenden Zeitpunkt das Studium abbrachen, um zu arbeiten und das Geld nach Hause zu ihren Familien zu schicken, falls sie nicht als Arbeitslose endeten.
»Das ist die Haut eines *Python sebae*, auch African Rock Python oder Nördlicher Felsenpython genannt. Sehr hübsch, nicht?« Er ließ die langen Finger liebevoll über das Leder des Notizbuchs gleiten. Roland nickte und bot ihm Kaffee an.
Said schlug die erste Seite auf und las den Text zunächst auf Suaheli, dann übersetzte er ihn. »*Kila lenye mwanzo halikosi kuwa na mwisho* bedeutet – Alles, was einen Anfang hat, muss auch ein Ende haben.«
Roland sah Said, der die großen Lippen gekräuselt hatte, verwundert an. Es sah aus, als ob sie mit einem Lippenkonturenstift gemalt worden wären, der dunkler als die Lippen war.
»Was schließen Sie aus diesen Worten?«
»Nicht besonders viel. Das ist eigentlich einfach ein altes Suaheli-Sprichwort. Die nächsten Wörter sind viel interessanter.« Er blätterte nach vorne und sprach wieder Suaheli. »*Usaidifa*. Über das Wort habe ich mich gewundert und das Einzige, was mir dazu einfällt, ist, dass es konstruiert ist. Auf Suaheli ist es nicht ungewöhnlich, eigene Worte zu konstruieren, besonders, indem man ein u voranstellt. Wenn man das macht, werden Worte zu Begriffen. Ein Beispiel ist *dogo*, das

bedeutet klein. Mit einem u vorne – *udogo* – wird es zu ›Geringfügigkeit‹.«

Roland räusperte sich ungeduldig. Er hatte ja nicht um Suaheli-Unterricht gebeten und für so etwas keine Zeit. »Sie meinen also, er gehört zu dieser Sorte von Begriffen, aber was bedeutet er denn?«

Said Hashi, der es offenbar gewohnt war, Zeit zu haben, dachte lange über das Wort nach, und Roland begann zu befürchten, dass es seine Absicht war, heute mit ihm das Buch durchzugehen.

»Ja, ein Begriff. Das ist die einzige Erklärung. *Saidia* bedeutet helfen, und *fa* heißt sterben. *Kufa* bedeutet zu sterben, *Kifo* und *kifu* heißt Tod«, er blätterte die Seiten im Buch zwischen seinem Daumen, wie wenn man Karten mischt, »alles Wörter, die in dem Buch dauernd vorkommen.«

»Es geht also um Tod«, fragte Roland nach, der den Sinn nicht richtig verstand.

»Die korrekte Übersetzung von usaidifa – eine Kombination aus helfen und sterben – wäre wohl am ehesten Euthanasie.«

»Euthanasie? Aktive Sterbehilfe?« Roland kratzte sich den Nacken. Die Ameisen begannen dort wieder eine Invasion. »Wir haben keine Zeit, das ganze Buch durchzugehen, aber geht es darum und wenn ja, in welchem Zusammenhang?« Das kleine Puzzle in seinem Kopf, das noch kein Bild ergab, weil ein paar Teilchen fehlten, begann Form anzunehmen.

»Ich habe natürlich das Ganze gelesen und es ist nicht nötig, dass ich Seite für Seite übersetze. Das sind ausschließlich kleine Erzählungen. Viele verschiedene Menschen, die ihre Geschichte von Dörfern in Kenia erzählt haben. Aber weil es das ganze Buch hindurch die gleiche Handschrift ist, schätze ich mal, dass ihre Geschichten in der jeweiligen Stammessprache erzählt und dann auf Suaheli niedergeschrieben wurden. Es geht um einen Arzt, der aktive Sterbehilfe leistet.« Er trank wieder langsam aus dem Becher. »Man muss ein bisschen was über Afrika wissen, um das zu verstehen. Der Begriff aktive Sterbehilfe existiert in Afrika nicht. Natürlicher Tod ebenso wenig. Das muss man so verstehen, dass es, egal ob eine Person bei einem Autounfall oder durch eine Krankheit umkommt, so ausgelegt wird, dass jemand neidisch war und den Verstorbenen ›erledigt‹ hat. In der Regel durch Hexerei. Selbst

Familienmitglieder sind dann nervös, beschuldigt zu werden, ›dahinter zu stecken‹. Der Hauptverdächtige ist typischerweise jemand, der vor Kurzem Glück oder Erfolg gehabt hat. Das ist jetzt natürlich sehr verallgemeinernd.« Er sah Roland mit glühenden Augen an.
»Werden in dem Buch Namen genannt? Der des Arztes zum Beispiel?«
Er schüttelte den Kopf und blätterte das Buch schnell durch. »Keine Namen, nein. Nur verschiedene Krankheiten für jeden Todesfall. Aber wenn das, was da steht, wahr ist, ist es sicher, dass ein dänischer Arzt aktive Sterbehilfe in diesen Dörfern geleistet hat. Woher haben Sie das Buch? Von einem Afrika-Reisenden?«
Roland nickte, und seine Gedanken kreisten darum, dass Sebastian einmal als Ehrenamtlicher in Afrika für das Dänische Rote Kreuz gearbeitet hatte und Helge Vangberg von ›Ärzte ohne Grenzen‹ dorthin geschickt worden war. Helge Vangberg war Josefine Hjorts Arzt gewesen, bis sie starb. Erpressung, gewaltsame Morde, die nach Rache aussahen. In dem Dezember war etwas in diesem Haus vorgegangen, das fünfundzwanzig Jahre danach noch Nachwirkungen hatte. Aber was? Er seufzte. Und konnte das Ganze jetzt nicht egal sein? Er sah auf seine Uhr. Nur noch eine Viertelstunde bis zur Besprechung.
»Ich bin sehr interessiert an den Geschichten in diesem Buch, weil sie von so vielen vor ein paar Jahren erzählt wurden. Ich könnte wohl nicht …«, begann Said.
»Vorläufig gehört es zu ein paar Mordfällen, daher behalten wir es noch ein bisschen hier, dann sehen wir weiter. Wenn der Eigentümer es zurückhaben will, bekommt er es natürlich.«
Falls sie Sebastian fanden und *falls* es sein Buch war.
Said stand auf und zog den Wollmantel an. »Natürlich. Ich hoffe, es hilft dabei, etwas Wichtiges aufzuklären.« Er gab die Hand zum Abschied.
Roland blätterte abwesend in dem Notizbuch vor und zurück. Konnte das Ganze Zufall sein? Zwei Fälle, die sich vermischten. Drei vielleicht? Oder gehörten sie überhaupt nicht zusammen? Weiter schaffte er es in seinen Überlegungen nicht, da Kurt Olsen ohne zu klopfen eintrat. »Hast du die Besprechung abgesagt?«
»Natürlich nicht. Wir müssen doch die neusten Erkenntnisse berücksichtigen. Alle haben so hart gearbeitet. Man weiß ja nicht, ob etwas auftaucht.« Er sah Kurt Olsen bittend an.

»Okay, aber dann lass uns losgehen.« Er ließ die Tür offen, als er ging. Roland erhob sich resignierend und ging ebenfalls zum Besprechungsraum. Alle saßen schon da und warteten. Kurt Olsen stand an der Tafel und studierte die Fotos. Roland hoffe, er hatte nichts gesagt. Zuerst wollte er hören, was die letzten Nachforschungen ergeben hatten. Kurt Olsen setzte sich neben ihn. Er roch nach Pfeifenrauch, kein unangenehmer Geruch, einfach ein Geruch, der Roland einen Stich der Entbehrung versetzte.
»Es ist etwas Neues passiert. Wie die Dinge stehen, wird das wohl unsere letzte Besprechung in diesem Fall. Isabella, hast du herausgefunden, wann Dr. Vangberg für ›Ärzte ohne Grenzen‹ und Sebastian Juhl für das Dänische Rote Kreuz gearbeitet haben? Nach der Übersetzung des Notizbuchs aus dem Sommerhaus ist das von großer Bedeutung.«
»Sie waren beide im gleichen Jahr, aber nicht zum selben Zeitpunkt in Kenia.«
»Kenia. Bist du dir sicher, dass beide ausgerechnet in Kenia waren?«
Mikkel und Isabella nickten beide, sodass ihm klar wurde, dass Mikkel ihr dabei geholfen hatte, die Informationen zu finden.
»Das Seltsame ist, dass Helge Vangberg von ›Ärzte ohne Grenzen‹ gefeuert wurde, nachdem Sebastian Juhl nach Dänemark zurückgekommen war. Er wurde gefeuert, weil ein anderer ihn dafür angezeigt hatte, aktive Sterbehilfe zu leisten, unter anderem bei Aids-Patienten. Wir haben den Namen des Anzeigenden nicht gefunden, nur, dass er für das Dänische Rote Kreuz gearbeitet hat«, übernahm Mikkel.
Roland runzelte die Stirn. Man musste nicht besonders clever sein, um sich das auszurechnen. Selbst Dan Vang sah aus, als ob er den Zusammenhang kapiert hätte.
»Sie kannten sich also?«
»Davon dürfen wir fast ausgehen. Oder jedenfalls hat Sebastian Juhl von Helge Vangberg gehört, sonst hätte er ihn ja nicht anzeigen können.«
Roland legte eine Hand auf das Notizbuch. Es gab keinen Zweifel mehr, um welchen Arzt es hier ging. Er berichtete schnell von den neuen Theorien, die in seinem Kopf aufgetaucht waren. Helge Vangberg war kein Arzt mit einer ganz reinen Weste gewesen.

»Aktive Sterbehilfe ist in Dänemark nach § 237 des Strafgesetzbuchs strafbar, auch wenn wohl niemand daran zweifelt, dass sie in einem gewissen Umfang trotzdem stattfindet«, schloss er.
»Mord auf Antrag«, murmelte Henry Leander. »Im juristischen Sprachgebrauch nennt man das aktive Sterbehilfe – § 239«, ergänzte er. »Der Franzose Bernard Kouchner, Mitbegründer von Ärzte ohne Grenzen und übrigens Außen- und Europaminister, war viele Jahre lang ein prominenter Befürworter von aktiver Sterbehilfe und hat eingeräumt, als Arzt vielen seiner Patienten das Leben genommen zu haben. Ärzte ohne Grenzen brachen jede Zusammenarbeit mit ihm ab, gut, soviel ich weiß, wohl aus anderen Gründen. Das ist rein ethisch ein sehr heikles Thema, wenn also jemand von etwas wie dem, was du hier andeutest, Roland, wusste, war das ganz sicher das Motiv sowohl für Erpressung als auch für Mord.«
»Und Rache«, warf Julie ein. »Wenn Sebastian wusste, dass seine Mutter getötet wurde, und von wem, kann das eine Welle von Racheaktionen gegenüber denen ausgelöst haben, die dahintersteckten oder ihr Wissen geheim hielten. Wenn er diesen Vorfall als Kind verdrängt hat, kann er aufgetaucht sein, als seine Mutter im Moor gefunden wurde. Es weiß ja keiner, was dieser arme Junge damals sehen musste. Aber wie passen alle Opfer da rein?«
Kurt Olsen, der schweigend mit einem wütenden Gesichtsausdruck zugehört hatte, unterbrach die beginnende Debatte barsch.
»Der Fall ist aufgeklärt. Es gibt nichts mehr zu besprechen!« Er machte eine Pause, um Kontrolle über seine Stimme zu bekommen. »Egal, was passiert ist – Knud Engtoft hat hier heute Vormittag die Morde gestanden.«
Roland versuchte, neutral auszusehen, als ihn alle vorwurfsvoll ansahen. »Wusstest du davon?«, sagten all die Blicke.
»Wir könnten doch genauso gut versuchen, entscheidende Beweise auf den Tisch zu kriegen. Irgendetwas stimmt hier nicht, und warum Knud Engtoft die Verantwortung für Sebastians Taten übernimmt, können wir nur mutmaßen«, verteidigte er sich.
»Der Fall ist abgeschlossen, Roland!« Kurt Olsens Stimme war fest und bestimmt. »Wir können den Fall für geschlossen erklären!«
»Was ist mit dem Schweizer Konto?«, wollte Mikkel wissen.

»Auch geschlossen. Ich habe versucht, die Reichspolizei in dem Fall hinzuzuziehen und zu untersuchen, wem es gehörte, aber die haben weder die Zeit noch die Ressourcen dafür, wenn wir ein Geständnis haben«, seufzte Roland und versuchte, die Verzweiflung zu verbergen. Mit einem vollen Geständnis war nicht mehr viel zu machen, wenn es keine starken Beweise gab, die dem widersprachen.

Als die anderen nach Hause ins Wochenende gegangen waren, war Roland mit Kurt Olsen allein. Sie räumten auf und entfernten die Fotos von der Tafel. Sie waren beide schweigsam. Roland war sich sicher, dass Kurt Olsen das Gleiche dachte wie er.
»Kurt?«
»Hmm.«
»Du hast gesagt, da war einer, der Knud Engtoft besucht hat, direkt bevor er gestanden hat.«
»Ja.« Kurt schaute ihn nicht an.
»Wer war das?«
»Sein Sohn.«
»Sein Sohn? Hat Knud Engtoft einen Sohn?«
»Stiefsohn halt«, gab Kurt Olsen irritiert zurück.
»Sebastian Juhl.«

58

Das Messer glitt langsam durchs Wasser. Durchschnitt es, während es langsam rotierte, bis er es in dem braunen Wasser nicht mehr sehen konnte. Er sah zu den Frauen in den farbenfrohen, bunten Kleidern hinüber. Es waren nur ein paar Kinder und Frauen aus dem Dorf, das in der Nähe des Flusses war. Sie wuschen Wäsche und holten Wasser. Um sie herum spielten die Kinder, ohne vor irgendetwas Angst zu haben. Nicht wie dänische Kinder. Auch die Mütter wirkten trotz der lauernden Gefahren im Gestrüpp und im Wasser nicht nervös. Am gegenüberliegenden Ufer lagen faule Nilpferde. In Dänemark hatten die Kinder und ihre Eltern vor allem Angst. Die trauten sich nicht einmal, die Kinder selbst in die Schule gehen zu lassen und fuhren sie, selbst wenn sie nur ein paar Meter von der Schule entfernt wohnten.

Keine der Frauen schaute zu ihm. Er war ihnen so gleichgültig wie die Nilpferde und die Krokodile flussaufwärts. Er legte sich zurück auf die Decke und lauschte den Geräuschen, die er so lange vermisst hatte. Jetzt fühlte er Frieden. Die Unruhe, die ihn immer erfüllt hatte, war plötzlich weg. Noch nie hatte er sich so frei und erhebend gefühlt wie jetzt. Die Sonnenstrahlen stachen, wie sie es nur in Afrika tun. Die Augen glitten nach innen und die Bilder begannen zu rollen. Kühle Bilder vom Wüten eines Schneesturms vor langer Zeit.

Der Schnee stob von den Dächern herunter und über die Straße, sodass sie aussah wie ein weißes Meer mit unruhigem Wasser. An den Seiten der Straße lagen große Schneewehen, höher als er selbst. Er konnte das Haus nicht sehen und versuchte, seine Gedanken auf das Donald-Duck-Heft zu konzentrieren, das ihm der Afrikaner in die Hand gedrückt hatte. Donald Duck war was für Babys, aber er hatte nichts anderes, um sich zu beschäftigen, und er hatte angefangen zu frieren. Warum dauerte das so lange?

Er hatte sie bedrängt, mitkommen zu dürfen, obwohl seine Mutter bei ihrem Nein blieb. Es waren nur fünf Tage bis Heiligabend, vielleicht wollten sie Geschenke für ihn kaufen. Aber als der Afrikaner es endlich erlaubte, tat Mama es auch. Sie musste nur auf dem Weg etwas in einem Haus abholen, danach könnten sie dann in die Stadt fahren und *Unmengen* von Weihnachtsgeschenken kaufen, hatte er mit Betonung auf *Unmengen* gesagt. Er freute sich und protestierte nicht einmal, als ihm seine Mutter die Strickmütze aufsetzte. Sonst hasste er die, weil sie kratzte.

Zuerst war seine Mutter hoch zu dem Haus gegangen, während der Afrikaner zusammen mit ihm im Auto gewartet hatte, aber als fast eine halbe Stunde vergangen war, und er geflucht und eine Menge Unverständliches gemurmelt hatte, während er Zigaretten rauchte, die ihn hinten auf dem Rücksitz husten ließen, war er ausgestiegen und gegangen, ohne zu sagen, wo er hinwollte. Es wirkte beinahe, als ob er ganz vergessen hatte, dass er dabei war. Er sah ihn zum Haus hochgehen und hinter der Schneewehe verschwinden.

Er schaute auf die Uhr im Auto. Jetzt war es schon lange her, dass er gegangen war. Wo blieben die? Er legte das Heft weg und zog seine

Handschuhe an. Da, wo er ausstieg, war es glatt, und die Stiefel rutschten, sodass er fast hinfiel. Als er um die Schneewehe herumgegangen war, sah er das Haus. Es sah in der Schneelandschaft gemütlich aus. Draußen im Hof stand ein beleuchteter Weihnachtsbaum und in zwei Fenstern brannte Licht. Hatten sie ihn einfach vollständig vergessen? Er ging zum Haus und schaute hinein. Es war keiner zu sehen. Er ging zum nächsten Fenster und dann noch eins weiter und war plötzlich hinter dem Haus in einem Garten. Der Schnee war niedergetrampelt und es sah aus, als ob Kinder darin gespielt hatten. Er sah das Mädchen, als er durch das nächste Fenster hineinschaute. Sie war noch ziemlich jung. Sie schlief in ihrem Bett. Eine kleine Lampe brannte, sodass er ihr Gesicht sehen konnte. Sie hatte dunkle Locken. Ihr Gesichtsausdruck ließ ihn an einen Engel denken. Er hatte sie einmal mit Puppen spielen sehen, als er drinnen gewesen war, um seine Mutter abzuholen. Aber weder sie noch der Afrikaner war zu sehen. Er sah sich im Garten um. Wenn sie nur auch so einen hätten. Hier gab es richtig viele Möglichkeiten, spannende Höhlen zu bauen, wie es auch im Garten in Silkeborg gewesen war. Da, wo sie jetzt wohnten, ging das nicht. Aber bald würden sie in ein großes, tolles Haus ziehen, hatte der Afrikaner gesagt.
Etwas Seltsames fiel ihm an dem Schnee auf. An manchen Stellen war er geschmolzen und rot. Es sah aus, als ob es von irgendeiner Stelle hinter dem Vogelbad auslief. Er glitt in den Schneewehen herum, als er darüber ging. Sie lag da, völlig bedeckt vom Schnee. Nur eine Hand guckte hervor, aber er erkannte sie sofort. Mamas Hände waren etwas Besonderes. Weinend warf er sich neben sie und begann im Schnee zu wühlen, aber jedes Mal, wenn er ihr Gesicht freibekam, wurde es wieder von neuem Schnee zugedeckt, der über sie hinwegstob. Das Rote kam von ihrem Kopf. Er erinnerte sich an ihre Geschichte aus dem Nachtclub und versuchte, sie hochzuheben, um sie zu schütteln, aber sie war zu schwer und ihr Körper war ganz steif und kalt. Er hörte Rufe aus dem Haus. Das war die Stimme des Afrikaners. Er musste wissen, was mit Mama passiert war. Weinend lief er zu der Tür, die zum Garten führte. Es waren kleine Scheiben darin, sodass er hineinsehen konnte. Der Afrikaner stand vor einem Mann und einer Dame in feinen Klamotten. Er hatte ein Messer in der Hand und bedrohte sie.

»Das hier wird euch verdammt noch mal teuer zu stehen kommen!«, brüllte er so laut, dass man ihn draußen im Garten hören konnte. Er nahm eine schwere Tasche entgegen, die ihm die Frau reichte. »Und warum konntet ihr die ihr nicht einfach geben, habt ihr geglaubt, ich wäre nicht dabei? Dachtet ihr, ich würde nicht auf sie aufpassen? Dachtet ihr, ihr könntet damit einfach davonkommen?« Seine Stimme klang nicht so wie sonst.

Er sah das Blut auf dem Teppich und das hässliche Holznashorn, das der Afrikaner Mama geschenkt hatte, aber wie er wusste, hatte sie das der kranken Frau hier im Haus gegeben. Es lag mitten in der Blutlache, sodass es aussah, als ob es das Nashorn war, das blutete. Ihm wurde klar, dass der Afrikaner wusste, was mit Mama passiert war. Aber warum rief er nicht die Polizei? Warum tat er nichts?

Plötzlich drehte er sich um und ging schnell zur Haustür. Sie knallte hinter ihm zu. Der Mann und die Frau waren allein. Er umarmte sie und strich ihr übers Haar. Er wusste nicht, was er tun sollte. Der Mann sah plötzlich hinaus in die Dunkelheit des Gartens und er wusste instinktiv, dass er wegmusste. Als er das Haus, so schnell er durch diese Schneewehen rennen konnte, umrundet hatte, sah er draußen auf der Straße die Scheinwerfer eines großen Autos verschwinden. Die Garage war leer. Der Afrikaner hatte ihr Auto geklaut. Hier fand er das tolle Messer im Schnee. In der Eile musste er es verloren haben. Er zitterte, weinte und übergab sich im Schnee. Es war nur Galle, da es lange her war, das er etwas gegessen hatte. Es schmolz den Schnee und hinterließ ein gelbes Loch. Wie Mamas Blut im Schnee des Gartens geschmolzen war und ihn rot gefärbt hatte. Er wusste nicht, wo er sich verstecken oder was er tun sollte, und als er in die Schneewehe oberhalb des Autos fiel, schaffte er es nicht, wieder aufzustehen. Er wollte einfach sterben. Sterben wie Mama unter dem Schnee. Aber nach einer Weile fror er so sehr, dass er es nicht aushielt, und zitternd ins Auto krabbelte. Da lag eine Decke, die er über sich zog, bis die Kälte von ihm Besitz ergriff und er nicht länger nachdachte.

Wasser platschte ihm ins Gesicht und er setzte sich schnell auf. Hinter ihm ertönte Kinderlachen und als er sich umdrehte, stand ein kleiner Samburu-Junge von ungefähr sechs Jahren hinter ihm, einen Tonkrug mit Wasser zwischen den schmutzigen Händen. Seine Beine waren vom Schlamm bis zu den Knien hoch grau, die bunte Kleidung war viel zu groß und saudreckig, aber die Zähne waren strahlend weiß und die Augen schillerten vor Freude. Er setzte sich auf die Decke, den Wasserkrug vor sich, und schaute ihn erwartungsvoll an. Er wartete auf das Übliche – spannende Dinge aus dem fremden Land des weißen Mannes. Der Junge roch nach Schweiß, wie er selbst es getan hatte, wenn er an seinem Geburtstag mit seiner Mutter im Wald getobt hatte. Sebastian versuchte, das bedrückende Gefühl in der Brust zu ignorieren. In der Tasche fand er seinen Schlüsselbund und reichte ihn dem Jungen, der ihn mit bewunderndem Blick entgegennahm und die Schlüssel, die anregend klirrten, zu untersuchen begann. Der Schlüssel vom Wohnwagen seines Stiefvaters befand sich auch daran. Er wischte sich das Wasser aus dem Gesicht und betrachtete die dösigen Nilpferde. Er hätte ihn abliefern müssen, aber was sollte der Afrikaner jetzt im Gefängnis damit? Außerdem starb er wohl bald an Aids. Er fühlte weder Scham noch Trauer darüber, so zu denken. Der Afrikaner hatte bekommen, was er verdiente. Er würde nie seinen Schreck über den unerwarteten Besuch und die Furcht in seinen Augen vergessen. Endlich waren die Rollen vertauscht. Die Drohungen hatten gewirkt. Es war Gefängnis, egal, wie er es drehte. Oder Tod. Falls der Afrikaner nicht alle Morde gestand, würde er enthüllen, dass er von dem Mord, der Euthanasie und fünfundzwanzig Jahren Erpressung des reichen Paares aus dem Strandweg wusste. Auch die hatten bekommen, was sie verdienten. Sabrina war jetzt wohl tot. Das war das Einzige, was ihn berührte. Er sah das Gesicht wieder vor sich, das er an dem Abend durch das Fenster gesehen hatte, als sie wie ein kleiner Engel ausgesehen hatte. Es war nicht seine Absicht gewesen, dass sie sterben sollte. Er wollte ihr nur diese Briefe zeigen, die er im Schuppen versteckt hatte, damit sie selbst sehen konnte, was ihr Vater und ihre Stiefmutter getan hatten, aber weil der Deckel offen war, ergab sich das Ganze von selbst. Es hätte anders sein sollen. Die sollten bestraft werden, nicht sie. Nun hatte es stattdessen sie erwischt. Er konnte die Familie Hjort nicht härter treffen. Jetzt fühlten sie das, was er selbst so lange gefühlt hatte – Unwissenheit, Hoffnungslosigkeit, Trauer.

Ein starker Schmerz fuhr ihm in den Kopf, er fasste sich an die Schläfen und sein Gesicht verzog sich in Krämpfen. Der Junge sah zu ihm hoch und lachte. Er dachte, er würde Spaß machen, wie sonst auch. Aber diese heftigen, stechenden Schmerzen waren in dem starken Licht hier unten schlimmer geworden. Sie waren gekommen, als er sich zu erinnern begann. Als das Gedächtnis langsam zurückkam, nachdem ihm diese beiden Polizisten erzählt hatten, dass sie im Moor gefunden worden war. Alle hatten ihm eingeredet, sie hätte ihn wegen des Afrikaners verlassen. Ihn fremden Menschen überlassen, die versuchten, ihn sich an das erinnern zu lassen, an das er sich nicht erinnern wollte. Das Gespräch in der Küche, das er gehört hatte, als er auf der Treppe gesessen hatte, war immer wieder aufgetaucht. Mamas Freundin, die Kellnerin mit der heiseren Stimme, die alles wusste, sich aber kaufen ließ und durch ihr Schweigen schuldig war. Sie hätte es damals verhindern können. Und sie glaubte, er wäre romantisch an ihr interessiert. Er schnaubte, und der Junge lachte wieder. Die Schlüssel waren nicht länger interessant. Er steckte sie zurück in die Tasche. Der Schmerz ließ langsam nach, und er versuchte, seine Gesichtsmuskeln zu entspannen. Sie saßen da und schauten auf das braune Flusswasser. Kleine Wellen von der Unterströmung spielten miteinander Fangen. Dieses Jahr hatte er an seinem Geburtstag im Wald auch Fangen gespielt. Ihm wurde übel. Das war in der Regel mit den Anfällen verbunden. Oder vielleicht war es der Gedanke an sie, die Kellnerin. Der Geruch des Blutes und das Geräusch ihres Schreis, als er sie im Wald gefangen und das erste Mal mit dem Messer getroffen hatte. Der zähe Widerstand, bis die Messerklinge hindurchglitt. Ein befreiendes Gefühl, die Gerechtigkeit siegen zu lassen. Wie die Faustschläge auf dem Schulhof. Ihre Augen hatten in der Dunkelheit vor Entsetzen geleuchtet. Wie auch die des Arztes, als er die Kapuze weggezogen und sein Gesicht gezeigt hatte. Er wusste, dass seine Augen ein genaues Abbild der Augen seiner Mutter waren. Es war deutlich, dass er sie nicht vergessen hatte. Wie viele hatte der Arzt nicht selbst im Namen der Gerechtigkeit um die Ecke gebracht? Hilflose und Kranke in Kenia, bis er dem Ganzen ein Ende bereitete. Und Sabrinas Mutter. Keiner stellte den Tod einer Krebskranken in Frage. Keiner zweifelte einen korrupten Arzt an, der seinen Beruf nicht ernst nahm. Nur seine Mutter. Seine beschützende Mutter, die nun endlich in Frieden ruhen konnte.

Ein neuer Schwapp Wasser auf den Kopf riss ihn schnell aus den Gedanken. Der Junge hatte die Geduld verloren. Die Augen blitzten schelmisch, als er losrannte und wollte, dass er ihm nachlief. Sebastian wischte sich mit beiden Händen das Wasser aus dem Gesicht und legte sich zurück auf die nasse Decke, die durch das verschwitzte Hemd kühlte.
Er lächelte. Die Sonne brannte. Sie war am Himmel weiter nach unten gewandert. Bald würde der schöne orangefarbene Sonnenuntergang am Horizont hinter den Akazien aufflammen. Er war zu Hause. Jetzt war er endlich zu Hause.

59

Angolo weckte ihn. Er hatte zu lange geschlafen und wusste zuerst nicht, welcher Tag war. Es war fast zehn. Er setzte sich so schnell auf, dass Angolo hinunter auf den Boden gestoßen wurde und ihn beleidigt anbellte. Aber es war ja Samstag, fiel ihm ein, und er entspannte sich wieder. Samstag! In einer Stunde sollten sie sich mit dem Immobilienmakler bei dem Landhaus in Skåde treffen.
Verdammt, warum hatte Irene ihn nicht geweckt! Naja. Das wusste er doch genau. Aber so leicht sollte sie damit nicht durchkommen, vor einer Verabredung wegzulaufen. Er zog Strümpfe an, tatkräftig unterstützt von Angolo, der sie ihm so schnell wieder auszog, wie er sie angezogen hatte.
»Hör auf damit, Köter!«, knurrte er ihn an, bereute es aber sofort, als der schuldbewusst zu ihm aufblickte. Er tätschelte ihn und ging in seinem Morgenmantel zu Irene in die Küche. »Hast du vergessen, mich zu wecken? Du erinnerst dich bestimmt, wir müssen …«
»Ja, ja, ich hab's nicht vergessen. Aber ich dachte, ich lasse dich so lange schlafen, wie du es brauchst. Du musst ja heute Nachmittag auch Salvatore abholen.«
Salvatore würde mit dem Flugzeug nach Kopenhagen fliegen und von dort aus weiter zum Flughafen nach Aarhus, wo Roland ihn abholen würde, das hatte er seiner Tante versprochen. Die Unruhe über das

Treffen rumorte in seinem Magen. Oder vielleicht fehlte ihm einfach nur sein Frühstück. Zuerst badete er.

Als er aus dem Badezimmer kam und sich an den Frühstückstisch setzte, hatte Angolo sich in sein Körbchen gelegt. Irene hatte weich gekochte Eier gemacht und das getoastete Brot duftete. Er versuchte, sich Isabella in dieser Rolle vorzustellen, aber in das Bild passte sie nicht. Er musste mit ihr reden. Sie sollte nicht glauben, dass zwischen ihnen etwas laufen könnte. Sein erstes Argument würde der Altersunterschied sein.
»Bjarne Lund von der Hundestreife war heute Morgen hier, um Angolo zu sehen.«
Er sah sie schnell an. »So früh – an einem Samstag! Was meinte er denn zu ihm?«
»Er meinte, Angolo eignet sich ganz klar«, sagte Irene stolz und schaute auf den Hund herunter, als ob er ein Kind wäre, das tolle Noten in der Schule bekommen hätte.
Roland nahm sich ein Croissant und schenkte ihnen beiden Kaffee ein. »Ist der Welpe nicht noch zu klein, als dass Bjarne das beurteilen kann? Er ist doch erst ein paar Monate alt.«
»Bjarne erzählte, dass sie sehr früh damit anfangen, die Welpen zu trainieren. Im Moment ist Angolo in der ›Sozialisierungsphase‹, wie sie es nennen. In dieser Phase lernen sie, wer ihr Hundeführer ist.«
Roland kaute fertig und grinste. »Aber das bist doch du, Irene. Es ist *dein* Hund.«
»Ich finde eher, er klebt die ganze Zeit an dir. Und als Hundeführer musst du ja …«
»Irene. Ich werde kein Hundeführer!«
Sie aß und sah ihn prüfend an. »Du hast heute Nacht wieder im Schlaf geredet.«
Roland verschluckte sich fast an seinem Kaffee. Er erinnerte sich ausgezeichnet, was er geträumt hatte, aber das ging Irene definitiv nichts an.
»Es klang, als ob du irgendetwas von einer Dunkelziffer gemurmelt hast. Du zweifelst doch nicht etwa daran, ob ihr den richtigen Mörder erwischt habt?«
Roland atmete erleichtert auf. Ach ja, davon hatte er ja auch geträumt, daran erinnerte er sich wiederum nicht. »Er hat doch gestanden«, wich

er aus und schaute auf die Uhr. »Na, wir sollten mal lieber fertig werden, wenn wir nicht viel zu spät kommen wollen.«

Angolo blieb im Auto. Er schaute ihnen durchs Seitenfenster nach, als sie gingen. Auf der Straße vor der Einfahrt hielten noch zwei weitere Autos.

»Ist es hier nicht schön, Irene?« Er nahm ihre Hand und sie gingen wie ein frisch verliebtes Paar zum Landhaus hoch. Das hatte durch den Orkan nicht den geringsten Schaden genommen und jetzt, wo die Sonne schien und betonte, wie gepflegt es war, konnte Irene nicht viel einwenden.

»Doch, Rolando. Aber das ist auch viel Geld.«

Trotzdem leuchteten ihre Augen vor Bewunderung, und er war schon fast sicher, dass alles so lief, wie es sollte, bis er das Paar bemerkte, das zusammen mit dem Makler auf dem Hof stand. Er wollte Irenes Hand loslassen, aber stattdessen drückte er sie fest.

»Was ist los, Rolando?« Irene entdeckte das Paar ebenfalls. »Ja, aber das ist doch Mikkel, oder? Warum hast du nicht erzählt, dass er eine Freundin hat?«

Roland antwortete nicht, sondern winkte steif zurück zu Mikkel, der sie auch gesehen hatte.

»Ach, ihr guckt es euch auch an«, stellte Irene fest und gab ihm die Hand.

Mikkel stellte ihr seine Begleitung vor.

»Das ist meine Freundin, Isabella Munch.«

Isabella hatte sich bei Mikkel untergehakt und lächelte Roland auf genau die gleiche Weise an, wie sie es an dem Tag von der Tür aus getan hatte. Sein eigenes Lächeln misslang, dann legte er den Arm um Irenes Schulter und sah Isabella direkt an. »Und das hier ist meine geliebte Ehefrau, Irene Benito. Ich hatte keine Ahnung, dass ihr euch für das Landhaus interessiert und erst recht nicht, dass ihr zusammen seid.«

»Das sind wir schon eine Weile. Aber sag es nicht Kurt Olsen. Er will ja keine Liebes- und Ehebeziehungen am Arbeitsplatz haben«, meinte Mikkel und fuhr sich verlegen mit der Hand über den Flaum auf dem runden Kopf.

Das war also der Grund für die Heimlichtuerei. Einen Augenblick hatte Roland Lust zu petzen, aber Mikkel war einer seiner besten Leute, und das würde Folgen haben. Das würde nun wohl am meisten Isabella schaden, aber die wollte er auch nicht verlieren, sie hatte sich als fähiger erwiesen, als er gedacht hatte.
»Seid ihr auf dem Nachhauseweg? Habt ihr genug gesehen?«, fragte er und hoffte, dass es nicht so klang, als ob er sie verjagen wollte.
»Tatsächlich haben wir uns nicht aufs Gucken beschränkt. Wir haben es gerade gekauft«, sagte Mikkel lachend und klopfte dem Makler auf die Schulter.
Er nickte. »Tut mir leid, Benito. Aber heutzutage gilt ›Wer zuerst kommt, mahlt zuerst‹. Verkaufen ist nicht mehr so leicht, wie es mal war. Besonders solche Landhäuser, und Sie hätten ja nicht kaufen können, bis Sie das andere verkauft bekommen hätten, und in diesen Zeiten, da …«
Irene drückte seine Hand. »Das ist nicht so schlimm. Wir waren uns ohnehin nicht ganz einig, weder über den Kauf noch den Verkauf. Es ist ja mein Elternhaus und wir haben es immer geliebt«, versicherte sie.
Roland rang sich ein Lächeln ab und nickte. Er gab Mikkel und Isabella die Hand. »Ja, also dann Glückwunsch zum Kauf«, gratulierte er ein bisschen bewegt.
Isabella hielt seine Hand ein bisschen länger, als ihm lieb war, und er glaubte, in ihrem Blick eine Entschuldigung zu erkennen.
»Wir freuen uns schon sehr darauf, einzuziehen. Ihr könnt uns ja besuchen«, sagte sie stattdessen.

Erst als er am Nachmittag im Auto auf dem Weg nach Tirstrup saß, fühlte er, wie sich der Schock legte. Welcher davon der größte war, konnte er nicht gleich beurteilen. Vielleicht waren beide Träume einfach Luftschlösser gewesen. Wie konnte er glauben, dass sich die hübsche Isabella in einen alten Knacker wie ihn verlieben könnte, wenn der charmante Mikkel Jensen, seit sie angefangen hatte, so dicht mit ihr zusammengearbeitet hatte. Er schüttelte den Kopf und freute sich darüber, dass sie herausgefahren waren, um das Landhaus anzusehen, sonst hätte er nicht von ihrer Beziehung erfahren, was ihn in eine äußerst peinliche Situation hätte bringen können. Sie waren sehr diskret

gewesen. Wie Leander und Julie. An Arbeitsplätzen ging wohl mehr von dieser Art vor sich, was nur die Betroffenen wussten. Als das angeknackste Ego einigermaßen verarbeitet war, tauchte wieder der Fall in seinen Gedanken auf. Sebastian war nicht gefunden worden. Er hatte seinen Job gekündigt und die Wohnung in der Klosterstraße war an ein junges Paar vermietet. Sebastian hatte das Land verlassen, dessen war er sich sicher.
Bestimmt war er nach Afrika gereist und niemand würde die Zeit und die Kraft investieren, nach ihm zu suchen, wenn sie ein Geständnis hatten. Kurt Olsens viele Gespräche mit Knud Engtoft hatten keine Antworten gebracht, warum der Arzt und die Kellnerin sterben mussten, und warum er vor fünfundzwanzig Jahren seine Frau ermordet und ins Moor geworfen hatte. Er verweigerte eine Aussage darüber. Die Überwachung vor dem Nachtclub hatte sein Ankommen nicht verzeichnet – auch Sebastians nicht, aber wollte man nicht entdeckt werden, war es leicht zu vermeiden. Dass Sebastian in der Winternacht allein in einem Auto zurückgelassen worden war, hatten sie nur von den Pflegeeltern, aus den alten Berichten ging es nicht hervor. Und Sabrina Dahl, warum deckte sie ihn? Sie behauptete, selbst in diesen Tank gefallen zu sein. Sagte, sie könne sich nicht erinnern, wann und könnte auch nicht erklären, wie der Deckel wieder darauf gelegt wurde, und warum sie überhaupt zum Sommerhaus gefahren sei. Natürlich war sie auch von Knud Engtofts Geständnis beeinflusst und wollte Sebastian sicher nicht noch mehr aussetzen. Sie hatte ihr ungeborenes Kind verloren, vielleicht beeinflusste auch das ihre Urteilskraft. Er musste den Fall als geschlossen ansehen, wie Kurt Olsen es gesagt hatte. Dann musste er halt im Schlaf etwas über Dunkelziffern murmeln, so lange wie nötig – Hauptsache, er murmelte von nichts anderem.
Es brachte ihn auf andere Gedanken, einen Parkplatz beim Flughafen von Aarhus zu finden.

Es dauerte eine Weile, bis das Flugzeug landen würde. Mit einer Zigarette wäre es schön gewesen. Stattdessen kaute er und schaute sich die Auslagen an.
Er stieß auf einen Stoß Zeitungen des *Tageblatts* und schaute nur die Titelseite an. *Ermordeter dänischer Arzt leistete aktive Sterbehilfe in*

Afrika, stand dort fett gedruckt über einem Foto von Helge Vangberg, das Anne Larsen offenbar irgendwo aufgestöbert hatte. Es war in Afrika gemacht worden, wo er neben einem Afrikaner stand, der an Aids erkrankt war. Sie hatte es geschafft, das Thema aus einer anderen Perspektive zu betrachten. Der Mordfall war abgehakt. Für die Presse war wohl nichts langweiliger als ein Geständnis.
Er beobachtete die Leute, die mit ihren Koffern umhereilten auf dem Weg aus oder ins Land. Die globale Welt, offene Grenzen, weitere Autobahnen, Brücken, schnellere Flugzeuge – und Züge –, neue Typen von Mördern aus der ganzen Welt. Er versuchte, den Fall zu vergessen und an die neue Herausforderung zu denken, die es werden würde, sich um einen Jungen in diesem Alter zu kümmern. Das Teenageralter war schwierig. Daran erinnerte er sich noch von seinen Töchtern. Aber die vielen Fragen des Falls drängten sich ihm weiterhin auf: Warum hatte Knud Engtoft gestanden? Was hatte Sebastian zu ihm gesagt? Und die Mordwaffen – wo waren die abgeblieben? Vielleicht tauchten sie eines Tages auf. Für ihn war der Fall nicht abgeschlossen. Das Messer und das Nashorn aus Ebenholz würden immer spuken.
Er setzte sich auf eine Treppenstufe und wartete auf Salvatore.

Mord auf Antrag spielt wie mein Debüt *Dukkebarnet* (deutsch: *Der Schrei der Kröte*) in Aarhus und Umgebung. Die Figuren sind alle erfunden. Ein Teil der Handlung ist Fiktion und meiner Fantasie entsprungen. Aber vieles ist wahr und beruht auf wahren Begebenheiten. In Dänemark gibt es aktive Sterbehilfe, auf gute und schlechte Weise. Ich glaube daran, dass es meistens in guter Absicht geschieht, aber es kommt doch immer der Gedanke auf – was wäre, wenn …

Leider sind die Verhältnisse von Roland Benitos Familie in Neapel wahr. Der italienische Autor Roberto Saviano schrieb das Buch *Gomorrha – Reise in das Reich der Camorra,* das von der Camorra handelt. Das Buch wurde auch verfilmt. Roberto Saviano lebt heute unter Polizeischutz, um nicht getötet zu werden. Ich habe das Buch natürlich gelesen, um mich in die Verhältnisse hineinzuversetzen. Es ist eine unheimliche Lektüre und nicht gerade das Italien, das man als Tourist erlebt. Es tut weh, wenn man das Land so sehr liebt wie ich. Aber es ist auch nichts, wovor man die Augen verschließen darf und kann. Es ist nicht nur ein Problem in Italien, die Mafia ist in ganz Europa – in der ganzen Welt – aktiv.

Aber viele andere haben mir mit Informationen und Beratung geholfen, wofür ich sehr dankbar bin. Ich möchte gerne die Gelegenheit nutzen, ihnen für all ihre freiwillige Hilfe zu danken, die zu mehr geworden ist, als ich erhofft hatte. Vielen Dank an:

Den leitenden Polizeidirektor John Jacobsen, der mir mit Fragen rund um die Arbeit der Polizei und der Polizeireform geholfen hat, als er bei der Polizei von Ostjütland angestellt war. John Jacobsen ist heute leitender Polizeidirektor bei der Polizei auf Fünen.

Den Tierarzt Carsten Grøndahl vom Kopenhagener Zoo, der mir einen sehr lebendigen Einblick in die Betäubung wilder Tiere und die Verwendung und Wirkung von Betäubungsmitteln gab.

Morten Munk Jakobsen und Senkoro, letztgenannter Literaturprofessor an der University of Dar es Salaam (UDSM) in Tansania, der mir mit Suaheli und bei anderen Fragen zu Afrika geholfen hat, was mit dazu beigetragen hat, meinen Dolmetscher wissender zu machen, als er es sonst geworden wäre.

Niels Morsing, Teknologisk Institut, Træ og Tekstil (dt.: Holz und Textil), für Informationen über Holz, unter anderem dessen Beeinflussung durch Moorwasser, Krankheiten und anderes mehr.
Die frühere Kriminalkommissarin bei der Polizei von Kopenhagen und Helsingör, Tove Nielsen, der ich dankenswerterweise Fragen zur Polizeiarbeit stellen durfte. Tove Nielsen ist leider nicht länger unter uns, sie schlief neulich nach einer kurzen Zeit der Krebserkrankung still ein. Ich werde sie sehr vermissen, als den fantastischen Menschen, der sie war. Sie hatte gerade einen biografischen Roman, *Regnbuedans* (d.h. *Regenbogentanz*, nicht auf Deutsch erhältlich, Anm. d. Übersetzerin), publiziert, der von ihrem Leben und der Polizeiarbeit handelt. Ich kann ihn wärmstens empfehlen.
Mein Dank gilt auch dem Kirchenbüro in Horsens und dem Einwohnermeldeamt für ihre Hilfe.
Nicht zuletzt danke ich all meinen Lesern. Ohne Sie wäre es nicht das Gleiche zu schreiben. Ich bin immer noch sehr gerührt über die Annahme meines Debüts und deswegen haben Sie dazu beigetragen, dass ich Mut und Lust hatte weiterzumachen, sodass *Mord auf Antrag* entstand.

Inger Gammelgaard Madsen